ELÍAS SNÆLAND JÓNSSON

Runen

rütten & loening

ELÍAS SNÆLAND JÓNSSON

Runen

THRILLER

Aus dem Isländischen von Richard Kölbl

rütten & loening

Die Originalausgabe mit dem Titel Rúnagaldur
erschien 2009 bei Skrudda, Reykjavík.

Die deutsche Übersetzung wurde finanziell gefördert von
Bókmenntasjóður
The Icelandic Literature Fund

MIX
Papier aus verantwortungsvollen Quellen
FSC
www.fsc.org
FSC® C083411

ISBN 978-3-352-00812-2 | Rütten & Loening ist eine Marke der Aufbau Verlag GmbH & Co. KG | 1. Auflage 2011 | Einbandgestaltung capa, Anke Fesel | Typografie Madeleine Speidel, Stuttgart | Gesetzt aus der Constantia und der NeoPrint M319 durch Greiner & Reichel, Köln | Druck und Binden CPI – Clausen & Bosse, Leck | Printed in Germany | www.aufbau-verlag.de

Vorbemerkung des Übersetzers

In Island ist die Anrede mit »du« üblich. Sie ist in der Übersetzung an den relevanten Stellen beibehalten worden. Aus Gründen der Konsequenz wurden bei den Namen aus der nordischen Mythologie die isländischen Formen i. d. R. beibehalten:

Ásgarður	Asgard, Wohnort des Göttergeschlechts der Asen
Gormur	Gorm der Alte († 958), dänischer König
Iðavöllur	Idafeld, die Ebene in der Mitte Asgards
Iðunn	Idun(a), nordische Göttin der Jugend
Mímirsbrunnur	Mímirs Brunnen
Mjölnir, Mjöllnir	Thors Hammer
Óðinn	Odin, Wotan, Gott der Dichter und der Runen
Þór	Thor, Donar, der Blitzeschleuderer
Urðarbrunnur	Schicksalsbrunnen
Valhöll	Walhall, Ort der im Kampf gefallenen Krieger
Yggdrasill	Yggdrasil, die Weltenesche

ERSTER TEIL
DAS SCHWARZE ERBE

Die Runen waren heilig,
ihnen wohnte eine Macht inne, die das Verständnis überstieg,
und sie waren nur einigen wenigen Auserwählten anvertraut.
Sie waren die Kraft zum Guten und Üblen,
und nur wenige wussten mit ihnen umzugehen.
– Prof. Magnús Olsen

1 Freitag, 20. April 2007

Höskuldur Steingrímsson hob langsam das bauchige Glas an die Lippen und atmete dreimal tief das Bouquet des alten französischen Cognacs ein. Dabei ließ er seinen Blick aus dem Fenster des Speisesaals im Hótel Borg schweifen, schaute über die Pósthússtræti zum Austurvöllur-Platz, wo er seinerzeit die Gelegenheit gehabt hatte, gegen die isländischen Stalinisten zu kämpfen. Am 30. März 1949 waren er und seine Kameraden mit Holzprügeln aus dem Parlamentsgebäude gestürmt. Er hatte jedem Bolschewiken, den er zwischen den grauen Tränengasschwaden ausmachen konnte, eins über den Schädel gezogen. Der säuerlich-süßliche Geruch des Gases, der fast sechs Jahrzehnte lang in seiner Erinnerung geschlummert hatte, vermengte sich in seinen Gedanken mit dem Geruch des Baron de Sigognac, der etwa zehn Jahre jünger war. Wieder schloss er die Augen und spürte, dass der gegenwärtige Augenblick vollkommen war.

Aber was der Geist auch immer wahrnimmt, es ist nichts als ein flüchtiger Moment in der Ewigkeit; ein bunter Schmetterling, der sich für einen winzigen Augenblick niederlässt, bevor die Erinnerung davonflattert.

Höskuldur seufzte wehmütig, öffnete die Augen wieder, leerte das Glas, stand bedächtig auf und ging langsam zur Tür und zum Aufzug in der Empfangshalle. Das Zimmer, das er am Vortag für zwei Nächte gemietet hatte, lag im zweiten Stock des Hotels.

Er zog die Schuhe aus, legte den dunklen Anzug, das weiße Hemd und die schwarze Fliege auf das gemachte Bett, öffnete eine kleine Reisetasche, zog seine alte Uniform und die schwarzen Stiefel ein letztes Mal an. Eine ganze Weile betrachtete er sich in dem großen Badspiegel. Sie saß noch immer ausgezeichnet. Sein Körper war durch das Alter unvermeidlicherweise ausgemergelt. Er hatte keinen Apfel ewiger Jugend von der nordischen Göttin Iðunn bekommen, der die Gebrechlichkeit in Schach hätte halten können, wie die ihm so vertrauten altnordischen Mythen erzählten. Trotzdem hatte er schon viele überrascht, wenn sie sein wahres Alter erfuhren; trotz seines von tiefen Falten zerfurchten Gesichts und des hellgrauen, kurzgeschnittenen Haars wirkte er noch unglaublich jung.

Er war mit dem Flugzeug von den Westmännerinseln, dem kleinen Archipel vor der Südwestküste Islands, in die

Hauptstadt Reykjavík gekommen. Er wohnte seit langem auf Heimaey, der einzigen dauerhaft bewohnten Insel. Höskuldur hatte seine Enkelin zum Abendessen ins Hótel Borg eingeladen, um die Tatsache zu feiern, dass er am heutigen 20. April das neunzigste Lebensjahr vollendet hatte. Dieses letzte gemeinsame Abendessen war allerdings recht kurz ausgefallen, da Melkorka Steingrímsdóttir spät ankam und schon früh wieder verschwand. Sie hatte etwas in der Nachrichtenredaktion des isländischen Fernsehens zu erledigen. Aber es war ihm eigentlich auch egal. Immerhin hatte er die Möglichkeit gehabt, sie in seine Arme zu nehmen und sich von ihr zu verabschieden.

Höskuldur zog einen dicken, langen Wintermantel an und knöpfte ihn bis zum Hals zu. Dann holte er eine schwarze Aktenmappe aus einem Schrank, öffnete sie, überprüfte ihren Inhalt ein letztes Mal und schloss sie wieder. Einen Moment lang stand er ruhig mitten im Zimmer, blickte sich um, um sicherzugehen, dass alles seine Ordnung hatte, bevor er es für immer verließ.

Dieser Aprilabend in Reykjavík war mild und trocken. Hinter dem Gletscher Snæfellsjökull ging gerade die Frühlingssonne unter. Sonnenstrahlen brachen sich auf der Glaskuppel über der Aussichtsplattform von Perlan, einem der Wahrzeichen der Stadt: Auf dem Öskjuhlíð standen vier massige Heißwassertanks, die Ende der Achtziger zum Aussichtspunkt umfunktioniert worden waren. Diesen Hügel fuhr er im Taxi hinauf und auf der stadtabgewandten Seite wieder hinunter – nach Osten. Dort lag der Friedhof von Fossvogur. Höskuldur fand es passend, den Sonnenuntergang im Rücken zu haben, so wie in alten Zeiten auf dem finnischen Eis. Oder später, als er sich abends vor den bolschewistischen Partisanen in den Ruinen einer uralten gotischen Höhlenstadt am Schwarzen Meer versteckt hatte.

Er öffnete eines der zahlreichen Eisentore des Friedhofs, trat ein und schloss es hinter sich. Es kreischte in den Angeln.

Das nächste Tor würde Valgrind sein, das Tor zur nordisch-heidnischen Anderwelt.
Der feine Kies knirschte unter den robusten Stiefeln bei jedem seiner Schritte den Friedhofsweg entlang. Zu beiden Seiten waren alte Grabsteine und verwitterte Holzkreuze ordentlich über den Köpfen derjenigen aufgereiht, die Krankheiten oder dem Alter anheimgefallen waren; Gräber von Dahingesiechten, für die Óðinn in seiner Heerschar der Auserwählten keine Verwendung hatte.

Höskuldur blieb vor einem blumengeschmückten Grab deutscher Soldaten stehen, an dem drei Kreuze aus isländischem Basalt die meisten anderen Grabsteine oder Denkmäler des Friedhofs überragten. Er hatte die drei Steinkreuze noch nie als christliche Symbole angesehen. Ganz im Gegenteil waren diese grauen Steinriesen in seinen Augen immer Symbole für Þórs Hammer gewesen, des grimmigen Gottes, der seinen Feinden Angst und Schrecken mit seinen Donnerschlägen einjagte, bevor er sie mit Feuer und Schwefel vernichtete. Entsetzen. Auflösung. Tod. Die heilige Dreiheit des großen Kriegsherren.

HIER RUHEN 17 DEUTSCHE SOLDATEN

DES KRIEGES 1939–1945

Höskuldur vergewisserte sich, dass er allein am deutschen Soldatengrab stand. Er zog den Wintermantel aus, breitete ihn über die Blumen und den beschrifteten Basaltblock in der Mitte des Grabes vor der höchsten Steinsäule, legte die Aktenmappe rechts auf den Mantel, zog die Uniformmütze aus der Tasche und setzte sie sich auf den Kopf.

Eine Weile stand er bewegungslos vor den drei Gedenksteinen, blickte mit durchgestrecktem Rücken in den Himmel, streckte dann den rechten Arm vor und hob ihn zum Gruß dessen, der am selben Tag wie er Geburtstag hatte: »Heil Hitler!«

Höskuldur kletterte auf den Basaltblock und rutschte mühsam auf den Knien vorwärts, bis er mit dem Rücken dicht an den größten Stein gelehnt sitzen konnte. Er atmete kurz und stoßweise wegen der Anstrengung, die sein Körper nur mehr widerwillig verkraftete. Aber es machte nichts, wenn das Fleisch jetzt schwach war: Der Wille war noch stark wie Stahl.

Er zog die offene Aktentasche zu sich heran, griff nach einem silbergrauen Flachmann, schloss die Augen und atmete den Duft des Cognacs ein.

Der letzte Duft seines irdischen Daseins.

Höskuldur nahm einen ausgiebigen Schluck, steckte den Flachmann wieder in die Aktentasche zurück, zog eine abgegriffene Luger Po8 aus dem schwarzen Halfter, schloss die Tasche, presste den Lauf gegen den Adamsapfel und drückte ab, ohne zu zögern.

Der Knall zerriss den Abendfrieden des Friedhofes, wurde weit hinaus auf die stille Bucht Fossvogur getragen. Aber er schreckte nur ein paar Stare auf, die sich in einem Baum niedergelassen hatten.

2 Samstag, 21. April

Lange nach Mitternacht legte sich Melkorka Steingrímsdóttir neben ihren schlafenden Ehemann ins Bett, ohne die geringste Ahnung von dem schrecklichen Ereignis zu haben, das ihr so harmonisches Leben in den nächsten Tagen und Wochen von Grund auf umstürzen sollte.
Die letzten beiden Stunden hatte sie mit dem Laptop auf den Knien in dem grünen Sessel im Wohnzimmer verbracht und ein Interview überarbeitet, das ein Journalist der Zeitschrift *Neues Leben* vor einigen Tagen mit ihr geführt hatte.

»Erzähl unseren Lesern, wie es ist, eine der verhältnismäßig wenigen Frauen in Island zu sein, die all das erreicht haben, was der Gesellschaft des einundzwanzigsten Jahrhunderts am erstrebenswertesten erscheint: Prominenz, Karriere und ein glückliches Familienleben mit einem der beliebtesten Sportidole unseres Landes«, schmeichelte der Journalist. »Es gibt viele Frauen mit einem gewissen Bekanntheitsgrad. Einige sind durch ihre Karriere in künstlerischen oder sonstigen Berufen berühmt geworden. Andere finden ihr Glück im Schoß der Familie. Aber nur den wenigsten gelingt es, diese drei Dinge so spielerisch zu verbinden wie dir. Welches Geheimnis steckt dahinter?«

»Das Einzige, was man dazu braucht, ist ein entschlossener Wille!«

Melkorka ließ ihre etwas schroff hingeworfene Antwort im Raum stehen, obwohl es eigentlich nur die halbe Wahrheit war.

»Das Leben ist wie dieser Marathonlauf«, hatte ihr Vater Steingrímur Höskuldsson gesagt, als Melkorka im Sommer 1992 als Elfjährige eine Fernsehübertragung von den Olympischen Spielen in Barcelona sah. »Wenn du im Leben ganz nach oben kommen willst, musst du dir das Ziel hoch genug setzen und alles Notwendige tun, um es auch zu erreichen. Du musst nicht nur jede einzelne Gelegenheit ergreifen. Du musst dir die Chancen selbst erschaffen. Wenn du Erfolg haben willst, brauchst du einen eisernen Willen, besonders dann, wenn dir der Wind ins Gesicht bläst.«

Melkorka vergaß diese Worte ihres Vaters nie. Zwei Jahre später war Steingrímur bei einem Unfall ums Leben gekommen, als sein Motorschlitten auf den Gletscherweiten des Vatnajökull in eine Eisspalte gestürzt war. Melkorka begann, sich einen starken und konzentrierten Willen anzutrainieren, um vorwärtszukommen und Anerkennung zu erhalten. Mit allem, was sie tat, wollte sie die Karriereleiter Sprosse um Sprosse nach oben steigen und ihre Präsenz pflegen.

Bevor sie sich schlafen legte, warf sie noch einen kritischen Blick auf die Fotos, die das Interview im *Neuen Leben* begleiten sollten. Die meisten waren so weit in Ordnung, da sie ihre Kleidung selbst ausgesucht hatte. Ebenso den Visagisten, der ihr selbstbewusstes Gesicht mit Make-up unterstrichen und das lange, rubinrote Haar frisiert hatte. Auf den Familienbildern hielt sie ihren Sohn Höskuldur Darri im Arm. Ihr Mann, der Speerwerfer und Privattrainer

Kári Sigurvinsson, der vor ein paar Jahren zwei Mal zum Sexiest Man Islands gewählt worden war, hatte ihr den Arm liebevoll um die nackten Schultern gelegt, und seine blauen Augen lächelten direkt in die Kamera.

Sie waren das Traumpaar der Fernsehprominenz.

oo

Am folgenden Morgen war Kári mit ihrem knapp einjährigen Sohn gerade zur Tagesmutter im Stadtteil Kópavogur aufgebrochen, als es an der Tür läutete.

Melkorka hatte die Kaffeetasse auf dem Küchentisch abgestellt und hielt das *Morgunblaðið* noch in der Hand, als sie die Wohnungstür öffnete.

Vor ihr stand ein schlanker Mann mittleren Alters und mit naturgewelltem Haar, der sie aufmerksam musterte. Und ein wenig dahinter eine blonde Frau, schätzungsweise um die dreißig.

»Wir sind von der Polizei«, sagte der Mann mit gewichtigem Unterton. »Kriminalhauptkommissar Guðjón Andreas Baldvinsson und Kriminalkommissarin Erna Sól Hafsteinsdóttir. Dürfen wir reinkommen?«

»Wozu?«

»Ich schätze, es ist für uns alle angenehmer, die Angelegenheit drinnen zu besprechen.«

»Also gut«, antwortete Melkorka. Sie warf einen Blick auf ihre feingearbeitete goldene Uhr. »Ich muss aber in ein paar Minuten aus dem Haus.«

Sie bat die Besucher in den großen, hellen Vorraum.

»Wir haben heute morgen diesen Brief gefunden«, fuhr Guðjón fort und zeigte ihr einen länglichen weißen Umschlag. »Er ist an dich adressiert. Erkennst du die Handschrift?«

Melkorka nahm den zugeklebten Umschlag entgegen. Ihr Name und ihre Adresse waren handschriftlich darauf vermerkt.

»Woher hast du den?«, fragte sie verwundert.

»Kennst du die Handschrift?«, wiederholte der Polizeibeamte.

»Ja. Das ist die meines Großvaters. Er wohnt auf Heimaey.«

»Wie heißt er?«

»Höskuldur Steingrímsson.«

»Wann hast du ihn zum letzten Mal gesehen?«

»Gestern Abend. Wir haben uns zum Essen getroffen. Er hat seinen neunzigsten Geburtstag gefeiert.«

»Wo war das?«

»Großvater übernachtet immer im Hótel Borg, wenn er nach Reykjavík kommt. Er ist nur auf einen Sprung rübergekommen. Er wollte vor heute Abend wieder dort zurück sein.«

Erna hörte Melkorka aufmerksam zu und beobachtete ihr Mienenspiel. Melkorka wiederum fand ihren forschenden Blick seltsam.

»Was ist los?«, fragte sie besorgt.

Guðjón räusperte sich.

»Willst du dich nicht lieber setzen? Ich glaube, das wäre günstiger.«

Melkorka blickte die beiden abwechselnd an. Allmählich formte sich in ihr die Überzeugung, dass ihr die Polizisten eine schlechte Nachricht überbringen wollten. Mit der Zeitung in der einen und dem Brief in der anderen

Hand ging sie, gefolgt von den beiden Polizisten, in die Küche zurück und setzte sich an den Tisch. Der Kaffee war mittlerweile kalt geworden.

»Opa ist doch wohl nicht tot?«

»Leider ist es so«, antwortete Guðjón ruhig. »Vermutlich erklärt Höskuldur in dem Brief an dich genauer, was passiert ist.«

Melkorka sah den Beamten an. Das Unbehagen in ihrem Magen wurde immer bohrender.

»Soll das etwa heißen, Opa hätte sich umgebracht?«

»Es weist einiges darauf hin. Willst du den Umschlag nicht vor uns öffnen?«

Melkorka legte die Zeitung auf den Tisch, drehte den Brief um und schlitzte ihn mit dem sorgfältig rosa lackierten Daumennagel auf.

Höskuldur Steingrímsson hatte eine kurze Notiz auf Briefpapier des Hotel Borg geschrieben. Datiert auf den Vortag:

Jetzt bin ich also nach Walhalla gegangen, meine liebe Melkorka. Sei Deinem Opa nicht böse. Denn so ist es am besten für uns beide. Der Krebs sitzt überall, auch in der Bauchspeicheldrüse, und in meinem Fall gibt es keine Hoffnung mehr. Der Arzt hat mir fünf oder sechs Wochen Qual und Schmerzen vorhergesagt. Man kann sie zwar mit Morphium lindern. Aber das ist nichts für mich.

Als junger Mann wollte ich immer wie ein Wikinger leben und sterben. Lass mich nach nordisch-heidnischer Sitte verbrennen und meine Asche am südlichen Ende Heimaeys bei Stórhöfði in Ægirs Wogen streuen. Ich lege das Geheimnis meines Lebens vertrauensvoll in Deine Hände.

3

Einige Blutstropfen waren auf die schwarze Aktentasche gespritzt, in der Kriminalhauptkommissar Guðjón den Abschiedsbrief gefunden hatte. Ein kurz vor dem Rentenalter stehender Friedhofswärter hatte frühmorgens die Leiche entdeckt und die Polizei verständigt.

In seiner Karriere als Polizist, die mittlerweile ein gutes Vierteljahrhundert umfasste, hatte Guðjón schon viele Tote zu Gesicht bekommen. Einige davon waren bei Verkehrsunfällen mehr oder weniger zerfetzt worden. Eine Leiche in einer solchen Uniform hatte er jedoch noch nie gesehen. Aus der roten Armbinde mit dem schwarzen Hakenkreuz auf weißem Grund und den blutbespritzten Runenzeichen auf dem Kragen des schwarzen Hemdes schloss er sofort, dass der Tote eine SS-Uniform aus Nazideutschland trug. Das Gesicht der Leiche war von der Pistolenkugel übel zugerichtet worden. Sie hatte den Schädel durchschlagen, war unter der Mütze ausgetreten und im oberen Teil des Steinkreuzes steckengeblieben.

Da der an Melkorka gerichtete Brief eindeutig und eigenhändig von dem Verstorbenen verfasst worden war, hatte Guðjón jetzt die Bestätigung dessen, was ihm schon am Schauplatz des Geschehens so offensichtlich erschienen war: Höskuldur Steingrímsson hatte Selbstmord begangen. Der Fall an sich war für die Polizei damit abgeschlossen. Nur der Papierkram blieb noch zu erledigen. Aber warum hatte der Mann diese Art und Weise gewählt, um aus dem Leben zu scheiden? Und warum in dieser Uniform?

Guðjón wusste, dass das für die weitere Aufklärung kaum noch eine Rolle spielte. Aber er ertrug es schwer, wenn Fragen zurückblieben, auf die er keine Antwort hatte. Sie pflegten ihm gerne tage- und wochen-, manchmal sogar monatelang im Kopf herumzuspuken, bis er endlich eine befriedigende Antwort fand. Oder wenigstens eine plausible Erklärung.

Er räusperte sich erneut höflich.

»Die nicht gerade alltägliche Kleidung, die dein Großvater bei seinem Tod trug, ist uns besonders aufgefallen«, erklärte er.

»Ja«, antwortete Melkorka in Gedanken, ohne aufzublicken. »Opa hat immer Fliege getragen.«

»Nein, diesmal nicht. Er trug eine Uniform der SS.«

Melkorka lehnte sich zurück, wie sie es bei ihrer Arbeit für das Fernsehen gewohnt war, wenn sie die Antwort eines Befragten nicht ganz verstanden hatte. Dabei hob sie ihre üppigen Brüste etwas an, die beständig einen Weg durch den tiefen Ausschnitt ihrer engen Bluse zu suchen schienen.

»SS-Uniform?«, wiederholte sie unsicher. »Meinst du so wie die Würstchenverkäufer in der Werbung für *Schlachthaus Südislands*?«

Guðjón sah sie mit unbewegter Miene an, blickte in die tiefen, blaugrünen Augen und auf den Busen, der Umfragen zufolge den Anteil von Männern mittleren Alters unter den Zuschauern der abendlichen Zehnuhrnachrichten um mindestens zwölf Prozent gesteigert hatte. Wie weit eigentlich ging die Ahnungslosigkeit der jüngeren Generation, die vor dem verflixten Fernseher aufgewachsen war?

»Nein«, versetzte er trocken. »Dein Großvater trug eine Uniform der deutschen nationalsozialistischen SS ...«

»Nazis?«, rief Melkorka.

»... als er sich am Kriegerdenkmal für die deutschen Soldaten erschoss, die im Zweiten Weltkrieg in den isländischen Hoheitsgewässern gefallen waren. Es steht auf dem Friedhof in Fossvogur.«

»Das kann ich nicht glauben.«

»Hast du irgendeine Erklärung, warum dein Großvater sich diesen Aufzug ausgesucht hat?«

»Nein, natürlich nicht.«

»Das ist ja auch in Ordnung«, mischte sich Erna in das Gespräch ein, bevor der Hauptkommissar weitere Fragen stellen konnte. »Weswegen sich Höskuldur so angezogen hat, spielt für die Untersuchung des Falles keine Rolle mehr. In dem Brief an dich bestätigt er ja den Suizid, und nach den isländischen Gesetzen ist es keine Straftat, sich das Leben zu nehmen.«

Guðjón schnaubte unwillig. Was erlaubte sich diese freche Person wieder einmal, ihrem Vorgesetzten auf diese Art das Heft aus der Hand zu nehmen?

»Das ist doch alles kompletter Unsinn«, ereiferte sich Melkorka.

»Ich kann sehr gut nachvollziehen, wie unvorbereitet dich dieser schreckliche Vorfall trifft.«

»Es ist völlig absurd, das Ganze.«

»Natürlich hast du mein vollstes Mitgefühl.«

»Willst du am Ende behaupten, mein Opa war ein Nazi?«

»Nein, nein. Ich suche nur nach Erklärungen für die ungewöhnlichen Umstände, auf die wir heute früh gestoßen sind«, erklärte der Hauptkommissar und steckte Höskuldur Steingrímssons Schreiben wieder in den Umschlag zurück.

Er gab seiner Kollegin ein Zeichen, ihm voraus zur Wohnungstür zu gehen.

»Den Abschiedsbrief muss ich leider noch eine Weile behalten, da er ein Beweisstück ist«, fügte er hinzu. »Auf Wiedersehen.«

In den nächsten Minuten fiel es Melkorka schwer, logisch klar zu denken. Sie versuchte Kári zu erreichen. Aber es meldete sich nur die Mailbox seines Handys.

»Bitte ruf mich sofort zurück!«, bat sie, legte auf und begann, nach einer Antwort auf die Frage zu suchen, die sie am schmerzlichsten bedrängte: Warum hatte Höskuldur ihr am gestrigen Abend nicht die Wahrheit über seine Krankheit gesagt?

Zwar hatte sie es durchaus eilig gehabt, ins Funkhaus zu kommen. Dennoch wäre genügend Zeit gewesen, ihr anzuvertrauen, dass er nicht mehr leben wollte. Natürlich hätte sie sich im Funkhaus abgemeldet und ihn von diesem grauenhaften Schritt abzubringen versucht.

Am allerwenigsten verstand sie jedoch, weswegen er sich ausgerechnet in so einer lächerlichen Verkleidung hatte erschießen müssen.

Melkorka hatte nie auch nur die geringste Andeutung gehört, dass ihr Opa früher ein Nationalsozialist gewesen sein könnte. Ihre Mutter und ihr Stiefvater hatten so etwas nie erwähnt. Er selbst hatte mit ihr immer über alles andere als seine Jugendjahre oder über Politik gesprochen, obwohl er ihr durchaus seine Anerkennung für ihre steile Karriere in der Jugendsektion der Unabhängigkeitspartei vermittelt hatte, bevor sie als Nachrichtenjournalistin zum Fernsehen gekommen war.

Wie hatte Opa ihr das antun können?

4

Die wildesten Gerüchte über den Selbstmord verbreiteten sich wie ein Lauffeuer in den isländischen Medien. In den Fluren des Rundfunkhauses wurde über die Verbindungen zwischen dem Verstorbenen und Melkorka getuschelt, ohne dass jemand so viel Mut aufgebracht hätte, mit ihr selbst über die Gerüchte zu sprechen. Gegen Mittag rief sie der Leiter der Nachrichtenredaktion zu sich und fragte ohne Umschweife: »Dein Großvater ist gestorben?«

»Ja. Woher weißt du das?«

»Das pfeifen die Spatzen von allen Dächern. Willst du dir nicht ein paar Tage freinehmen?«

»Brauche ich nicht, mir geht's gut.«

»Aber es muss für dich doch ein großer Verlust sein.«

Melkorka nickte.

»Nimm dir einfach eine Auszeit!«

»Nicht nötig«, wiederholte sie.

»Etwas anderes kommt aber nicht in Frage.« Die Miene ihres Vorgesetzten gab deutlich zu verstehen, dass seine Entscheidung keinen Widerspruch mehr duldete.

Also räumte Melkorka ihren Schreibtisch auf, verließ hocherhobenen Hauptes das Rundfunkhaus und setzte sich ans Steuer ihres Range Rover Sport. Noch auf dem Parkplatz prüfte sie ihr Handy. Kári hatte noch immer nicht reagiert.

In sportlicher Fahrweise fädelte sie sich durch den Verkehr auf der Schnellstraße Miklabraut zur Ártúnsbrekka im Osten Reykjavíks. Auf dem Heimweg zu ihrem schicken Haus im Nobelviertel Grafarholt gingen ihr Erinnerungen an angenehme Besuche bei ihrem Opa durch den Kopf. Als ihr Vater noch lebte, hatten sie sich jedes Jahr im August zu dritt auf dem großen Volksfest im Tal Herjólfsdalur auf Heimaey amüsiert. Anschließend hatten sie immer noch etwa eine Woche bei Höskuldur auf der Insel verbracht. Während ihrer Studienzeit hatte sie dann zwei Sommer lang im Büro einer Reederei auf Heimaey gearbeitet, an der Höskuldur beteiligt war. Oft waren sie auch zusammen auf See gewesen. Höskuldur war mit ihr in seinem Boot um die Westmännerinseln getuckert und hatte ihr das Bootfahren beigebracht, das Tauchen mit Froschmannausrüstung, das Klettern in den steil abfallenden Inselfelsen und wie man die Papageientaucher hoch oben in den Felswänden mit dem Vogelkescher erwischte.

Sie hatte immer geglaubt, ihren Großvater gut zu kennen. Der Mann, an den sie sich erinnerte, konnte kein widerlicher Nazi sein. Das war absolut ausgeschlossen.

Eigentlich wusste sie recht wenig über die deutsche SS, außer dass sich unter ihnen die Massenmörder befunden hatten, die für die schlimmsten Gräueltaten des Zweiten Weltkriegs verantwortlich waren.

Als sie mit dem Jeep in die Einfahrt vor ihrem neuen Einfamilienhaus einbog, drängte sich der letzte Satz im Brief ihres Großvaters in ihre Gedanken:

Ich lege das Geheimnis meines Lebens vertrauensvoll in Deine Hände.

Das unangenehm ziehende Gefühl im Bauch wurde plötzlich um einiges stärker. Sollte der Selbstmord vielleicht erst der Anfang von weiteren, bestürzenden Enthüllungen alter Familiengeheimnisse sein?

5 Dienstag, 24. April

Melkorkas Alptraum nahm an jenem Morgen neue Gestalt an, als das Boulevardblatt DV auf der Titelseite in großer Aufmachung den Tod ihres Großvaters in die Welt posaunte. Zuoberst prangte in großen Lettern die Schlagzeile vom »Selbstmord eines isländischen SS-Mitglieds«. Darunter war die Bildmontage eines Mannes in schwarzer SS-Uniform mit dem hineinkopierten Gesicht von Höskuldur Steingrímsson zu sehen.

»Dürfen die das?«, fragte Melkorka erbost und feuerte das Blatt auf den Küchentisch.

Ihr Mann zog die DV zu sich, betrachtete die erste Seite und blätterte auf die nächste um, auf der ausführlicher über den Suizid berichtet wurde. Melkorka blickte ihm von einem Foto aus entgegen.

Kári verfügte über die besondere Fähigkeit, sein Temperament zu zügeln, wenn ihn etwas ärgerte. Er verlor nie die Kontrolle über sich. Stattdessen schwoll ihm die Zornesader an, und er runzelte die Stirn.

»Unglaublich geschmacklos«, befand er düster.

Melkorka befiel ein Schwindel, als sie ihr Bild und ein weiteres von ihrem Großvater erblickte, beide in ein riesiges Foto des deutschen Soldatengrabs auf dem Friedhof von Fossvogur montiert. Die Buchstaben unter den Bildern flimmerten vor ihren Augen:

> Der ehemalige Lehrer Höskuldur Steingrímsson aus Heimaey und Großvater des Fernsehstars Melkorka Steingrímsdóttir trug eine Uniform der berüchtigten deutschen SS-Verbände und brachte sich mit einem Kopfschuss am Grab von Hitlers Soldaten in Fossvogur um.

»DV. Drecksblatt, verdammtes«, knurrte Kári.

Den ganzen Vormittag hingen sie beide am Telefon, um abwechselnd mit ihren Verwandten, Freunden oder Kollegen zu reden oder Fragen von Journalisten zu beantworten. Obwohl sich viele ihrer Bekannten an diesem Morgen hinreißen ließen, die DV wüst zu beschimpfen, kamen sie nicht an der Tatsache vorbei, dass der Kern der Nachricht stimmte. Melkorka und Kári wurde auch klar, dass Höskuldurs Selbstmord nicht nur Verwunderung bei Freunden und Bekannten hervorrief, sondern auch Neugier erregte. Melkorka konnte das nicht nur nicht nachvollziehen, sie hatte noch viel weniger Lust, diese Neugier zu befriedigen.

Sie spürte, wie Ohnmacht, Trauer und Zorn in ihr miteinander rangen. In ihrer verzweifelten Ratlosigkeit rief sie ihre Mutter Helga Arnórsdóttir an, die in ihrem Büro in der Stadtbücherei im nordisländischen Akureyri saß. Schweigend hörte Helga der aufgeregten Erzählung ihrer Tochter von dem Artikel zu, der ohne Vorwarnung das Leben der Familie auf den Kopf gestellt hatte.

»Soll ich zu dir kommen?«, fragte sie dann.

»Nein«, wehrte Melkorka ab. »Ich muss nur mal mit wem reden, um nicht vollends den Verstand zu verlieren.«

»Ich könnte die Nachmittagsmaschine nehmen.«

»Hast du gewusst, dass Opa so eine Nazi-Uniform besaß?«

Helga zögerte.

»Wusstest du das?«, wiederholte Melkorka.

»Ich hab sie nie an ihm gesehen«, gab Helga zur Antwort.

»Aber?«

»Ich erinnere mich, dass dein Vater mir irgendwann mal erzählt hat, dass Höskuldur eine deutsche Uniform besaß. Er hat sie angezogen, wenn er mit der Flasche allein war.«

»Mein Gott!« Melkorka atmete einige Male tief ein, um ihre Nerven zu beruhigen.

»War er denn ein Nazi?«

»Ich wüsste nicht, dass irgendwer so etwas in meiner Anwesenheit behauptet hätte.«

»Aber was bedeutet das dann?«, rief Melkorka. »Warum tut er uns das an?«

»Ich nehme jetzt doch die nächste Maschine nach Reykjavík«, verkündete Helga entschlossen.

6

Aðalsteinn Indriðason, seit vielen Jahren Höskuldur Steingrímssons Rechtsanwalt, war einer von denen, die kurz vor Mittag bei Melkorka anriefen. Der Anlass war jedoch ein ganz anderer. Er behauptete, auf Veranlassung des Verstorbenen eine dringende Angelegenheit mit ihr besprechen zu müssen.

Melkorka hatte den Rechtsanwalt während ihrer politischen Tätigkeit für die Unabhängigkeitspartei flüchtig kennengelernt, für die er als einflussreicher Geldbeschaffer gearbeitet hatte. Sie verabredeten ein Treffen in Aðalsteinns Büro für den Nachmittag. Die Kanzlei befand sich im dritten Stock eines neu errichteten Glasturmes an der Borgartún, der isländischen Miniausgabe der Wall Street, an der während des größenwahnsinnigen Aktienbooms einige der bedeutendsten isländischen Finanzunternehmen ihre Niederlassung unterhalten hatten.

Aðalsteinn war von kleiner Statur, aber dafür um so mehr in die Breite gewachsen. Er begrüßte Melkorka, indem er ihre beiden Hände in seine nahm und ihr sein tiefempfundenes Beileid aussprach. Dann bot er ihr einen Platz auf dem dunkelbraunen Ledersofa an. Das geräumige Büro war mit einem großen Gemälde des isländischen Malers Jóhannes S. Kjarval geschmückt. Es zeigte die Ebene Þingvellir, diesen für die isländische Geschichte so bedeutsamen Ort. Daneben gab es die gebundenen Ausgaben von Urteilen des höchsten isländischen Gerichts sowie des Staatsanzeigers, die die Wand hinter einem umfänglichen Eichenschreibtisch bedeckten. Der Schreibtisch selbst war nahezu leer.

»Vor mir war mein Vater der Anwalt deines Großvaters«, begann er, als sie sich auf dem Sofa niedergelassen hatten. »Soweit ich weiß, lernten sie sich gegen Ende des Zweiten Weltkriegs kennen und waren eng befreundet. Kurz vor dem Tod meines Vaters übernahm ich die Kanzlei und dabei unter anderem die juristische Vertretung Höskuldurs, und auch wir waren eng befreundet. Zu hören, wie sich sein Tod ereignet hat, überrascht mich nun sehr.«

»Ich bin auch völlig schockiert«, sagte Melkorka.

»Das kann ich gut nachvollziehen. Er hat dir, ebenso wie mir, keine Andeutung gemacht, was er vorhatte, oder?«

»Nein, das brach wie ein Blitz aus heiterem Himmel über uns herein.«

Aðalsteinn nickte nachdenklich. »Die Sache ist die, dass Höskuldur am Tag vor seinem Tod zu mir kam, um mir seine Verfügungen für die Abwicklung der letzten Dinge nach seinem Ableben zu übergeben.«

»Heißt das, er hat ein Testament gemacht?«

»Nein, das nicht. Er sagte, du und dein Sohn seien seine einzigen lebenden Nachkommen und deshalb sei das nicht notwendig.«

»Was dann?«

»Vor einigen Jahrzehnten hatte Höskuldur meinem Vater eine Aktentasche zur Aufbewahrung anvertraut. Es muss um 1950 gewesen sein«, berichtete der Rechtsanwalt. »Bei unserer letzten Begegnung bat er mich, dir diese Tasche nach seinem Tod zu übergeben.«

»Was ist in der Tasche?«

»Das weiß ich nicht«, antwortete Aðalsteinn. »Die Aktentasche ist fest verschlossen, wie all die Jahre zuvor auch. Es gibt aber in einem versiegelten Umschlag einen Schlüssel dazu.«

»Wenn ich sie aber nicht haben will?«

»Dann bin ich verpflichtet, sie zu verbrennen, und zwar mitsamt ihrem Inhalt.«

Melkorka konnte eine gewisse Scheu vor dem Geheimnis, das ihr Großvater jahrzehntelang vor der Familie versteckt hatte, nicht leugnen. Schließlich gewann aber doch die Hoffnung auf Antworten die Oberhand über ihr Widerstreben. Sein schrecklicher Tod hatte zu viele Fragen aufgeworfen.

»Also gut«, beschloss sie. »Ich muss die Tasche annehmen, wenn Großvater es so wollte.«

»Gut.«

Aðalsteinn stand auf und gab einige telefonische Anweisungen. Kurz darauf erschien eine Frau mittleren Alters, brachte eine schwarze Aktentasche und legte sie auf den Schreibtisch. An der Tasche war ein kleiner, aber dicker Umschlag befestigt.

»Bitte sehr«, sagte Aðalsteinn.

Melkorka beeilte sich, in ihren Sportjeep zu kommen. Sie schloss die Tür, legte die schwarze Tasche auf den Beifahrersitz, nahm hastig den Umschlag an sich, brach das rote Siegel, fand den Schlüssel und steckte ihn ins Schloss.

7

Helga Arnórsdóttir hatte vorgehabt, einen kurzen Abstecher ins Reykjavíker Einkaufszentrum Kringlan zu machen, solange ihre Tochter bei Höskuldur Steingrímssons Anwalt war. Nicht, weil sie irgendetwas gebraucht hätte, was sie zu Hause nicht auch bekommen hätte. Es schien ihr schlichtweg eine angenehme Abwechslung, in aller Ruhe in einem der Cafés des überdachten Zentrums zu sitzen, eine Zeitschrift in Griffweite, und den Leuten um sich herum bei Arbeit und Vergnügen zuzusehen.

An der Haltestelle Kringlan blieb sie dann aber im Bus sitzen, bis er in der Stadtmitte bei Lækjargata hielt. Dort schlenderte sie an Restaurants und Geschäften vorbei, machte kurz am Kolaportið halt und nahm dann die Vesturgata Richtung Stadtrand.

Helga hatte Steingrímur Höskuldsson, Melkorkas Vater, auf einer Kneipentour kennengelernt, in ihrem dritten Jahr des Bibliothekarsstudiums an der Universität Islands. Er studierte Geologie und erklärte ihr das isländische Hochland, die Vulkane, Gletscher und die weiten Landschaften mit einer Begeisterung, der sie nichts entgegenzusetzen hatte. Im darauffolgenden Frühjahr, als sie sich nach abgeschlossenem Studium exmatrikulierte und in der Stadtbücherei Reykjavík eine Stelle antrat, bezogen sie zusammen eine Mietwohnung nahe am Hafen. Sie genossen die

Freiheit, waren jung und gesund. Ehe sie sich's versah, fand sie sich wieder in einer ihr vorher unbekannten Welt, in der man die Konfrontation mit der ungebändigten Natur suchte und den entfesselten Wetterhexen in monströsen Geländewagen und kraftvollen Motorschlitten die Stirn bot. Das Dasein nahm jetzt oftmals Züge einer wilden Achterbahnfahrt an, in der gelegentlich das Leben selbst auf dem Spiel stand.

Doch niemand kann die Naturgewalten dauerhaft herausfordern, ohne irgendwann dafür zu bezahlen. Sie war auf einer schicksalhaften Expedition auf dem Gletscher Vatnajökull dabei gewesen, als ein eiskalter Nordsturm mit mörderischem Frost und dichtem Schneetreiben über die Gruppe hereinbrach. Sie sahen die Hand vor Augen nicht mehr, und Steingrímurs Motorschlitten stürzte in eine tiefe Gletscherspalte. Als sie ihn nach mehrstündigen Bergungsversuchen in heftigem Sturm endlich aus dem eiskalten Schlund heraufholen konnten, war er tot. Das war vor dreizehn Jahren passiert.

Helga war mit Melkorka zu ihren Eltern nach Akureyri gezogen, wo das Leben wieder eine neue Richtung einschlug, als sie den Bankdirektor Guðbrandur Hjaltason kennenlernte, ihren jetzigen Ehemann und Melkorkas Stiefvater. Er hatte mehr Interesse an den Pferden in der Umgebung der Stadt, als mit Motorschlitten über das Hochland zu jagen. So hatte Helgas Leben allmählich in eine andere, langsamere Gangart geschaltet.

Als sie Steingrímur das erste Mal traf, hatte er zu seinem Vater Höskuldur wenig Kontakt gehalten, eigentlich fast nur zu großen Festen. Steingrímur fuhr zu diesen Gelegenheiten mit der Fähre Herjólfur hinaus nach Heimaey und blieb einige Tage lang beim Meister, wie er seinen Vater zu nennen pflegte. Tatsächlich hatte Helga ihren zukünftigen Schwiegervater zuerst über das Telefon kennengelernt. Sie war allein zu Hause gewesen, als Höskuldur seinen Sohn hatte sprechen wollen. Sie hatten einige Höflichkeiten ausgetauscht. In dem Sommer aber, als sie schwanger wurde, war Höskuldur unerwartet zu Besuch gekommen und hatte sich liebevoll um sie gekümmert. Danach war Helga ein selbstverständliches Mitglied der Familie gewesen und hatte jedes Jahr im August mit Steingrímur und Melkorka das Sommerfest auf den Westmännerinseln besucht und war manchmal auch im Dezember mitgekommen, um Weihnachten auf Heimaey zu feiern.

Steingrímur hatte seine Mutter nur selten erwähnt. Er erzählte lediglich davon, dass sie sofort nach der Geburt verstorben und er bei seinem Vater Höskuldur und dessen Haushaltshilfen aufgewachsen war. Diese Frauen hausten in einem bescheidenen Kellerzimmer, kümmerten sich um die Kindererziehung und erledigten für Höskuldur die tägliche Hausarbeit. Höskuldur unterrichtete in der Grundschule, bis er mit etwa siebzig aus Altersgründen den Dienst quittiert hatte. Im Sommer war er mit seinem Fischerboot regelmäßig aufs Meer hinausgefahren.

Wehmütige Trauer und Nostalgie rangen in Helgas Brust miteinander, als sie an dem alten grauweißen Wohnhaus vorbeiging, in dem sie das Leben und die Liebe mit leidenschaftlicher Hingabe und tieferer Freude als jemals danach genossen hatte.

8

Eine Weile saß Melkorka regungslos auf dem Fahrersitz ihres Sportjeeps an der Borgartún und betrachtete den Inhalt der Tasche: zwei Päckchen und ein zugeklebter weißer Umschlag. Die Päckchen waren in dunkelbraunes Packpapier gewickelt und mit einer starken, über Kreuz gelegten Schnur zugebunden. Das eine hatte die Größe eines Taschenbuchs. Das andere war viel kleiner.

Sie schloss die Tasche wieder, ließ den Motor an und fuhr rasch nach Hause. Dort genehmigte sie sich einen starken Kaffee, setzte sich an den Küchentisch und riss das Couvert auf. Ein kleiner Zettel fiel heraus. Zwei Zeilen in der Handschrift ihres Großvaters waren dort zu lesen:

Zur Entfesselung aus Lœðingur:
3 2 4 1 3 6

Was war denn das für ein Unsinn?

Nach einigem Überlegen löste sie die Schnur um das kleinere Päckchen, entfernte das Packpapier und öffnete eine kleine Schachtel.

Melkorka stockte der Atem. Darin lag ein grobschlächtiger Silberring, von dem sie ein Totenschädel angrinste.

Das widerwärtige Schmuckstück erregte ihren heftigsten Widerwillen. Trotzdem begann sie, den Ring genauer zu untersuchen. Zu beiden Seiten des Totenkopfs gab es eine stilisierte Variante des Buchstabens S, dahinter ein Hakenkreuz und weitere Zeichen, die sie bei der ersten Betrachtung nicht erkannte.

Mit spitzen Fingern fischte sie das Ding aus der Schachtel, um die Gravur an der Innenseite zu entziffern. Dort standen die Namen H. Himmler und H. Steingrim neben dem Datum 18. August 1943.

H. Steingrim?

Voller Abscheu und Verunsicherung wich Melkorka zurück und legte den Ring hastig zur Seite. Schließlich nahm sie das andere Päckchen aus der Tasche und durchtrennte die schwarze Schnur.

Aus dem Packpapier kam ein Notizbuch in bräunlichem Ledereinband zum Vorschein, das von einer bronzefarbenen Spange zusammengehalten wurde. Mittig auf den Umschlag war ein reliefartiges ovales Zeichen geprägt, das sie noch nie gesehen hatte: ein Schwert mit plumpen Kugeln an beiden Enden der Parierstange bildete die Mittelachse. Drum herum wand sich eine Art Ehrenschleife. In einem äußeren Oval um das Symbol war eine Inschrift in ebenfalls reliefartig erhöhten Lettern angebracht.

Melkorka entzifferte die abgeschabten Buchstaben einen nach dem anderen:

DEUTSCHES AHNENERBE

Sie hatte keine Ahnung, was das bedeuten sollte.

Viele Seiten des Buches waren dicht und mit klarer Handschrift beschrieben. Die Buchstaben schienen aber in einer fortlaufenden Reihe ohne Zwischenräume aufeinanderzufolgen und waren außerdem meistens unkenntlich. Wenn das überhaupt ein Notizbuch sein sollte, dann hatte ihr Großvater seine Gedanken in einer seltsamen Geheimschrift niedergeschrieben, die sie nicht enträtseln konnte.

Auf manchen Seiten waren Schwarzweißfotos in das Buch eingeklebt.

Melkorka betrachtete die Bilder nur oberflächlich, da ihr die Motive nichts sagten. Einige Fotos zeigten Gebäude, unter anderem Steingebäude, die wie Trutzburgen wirkten. Auf anderen wiederum waren Landschaften: Felsen, Seen, Hügel und Höhlen abgebildet. Und auf zweien waren Männer in Uniform zu sehen. Das erste zeigte eine Gruppe Soldaten, die mit vorgestreckten Händen unter bizarren, klobigen Felstürmen standen. Neben ihnen waren viele brennende Fackeln und Flaggen mit zwei der berüchtigsten Symbole des Nazi-Reiches: dem Hakenkreuz und der doppelten Sig-Rune der SS-Verbände. Auf dem anderen Foto posierten zwei Soldaten vor einem großen U-Boot.

Schaudernd schloss Melkorka das Notizbuch und schob es in die schwarze Tasche zurück.

9

Helga Arnórsdóttir hatte sich während ihrer Studienzeit an der Universität Islands mit vielen Gebieten der Buchherstellung beschäftigt und sich so einiges Fachwissen angeeignet. Deshalb erkannte sie schnell, welche Schrift in dem Notizbuch verwendet worden war, das ihre Tochter unerwartet geerbt hatte.

»Das sind zweifellos nordische Runen«, sagte sie. »Für Runen hatte sich Höskuldur in der Tat besonders interessiert. Ich erinnere mich, dass Steingrímur seinen Vater manchmal den großen Runenmeister nannte. Und er meinte das noch nicht mal spöttisch.«

Sie blätterte durch die insgesamt sechsundvierzig sorgfältig nummerierten Seiten der Kladde. Gelegentlich betrachtete sie einen Eintrag genauer.

»Zu den Wikingerzeiten waren in Nordeuropa verschiedene Runenreihen in Gebrauch«, fuhr sie fort. »Wissenschaftler nennen die Runenalphabete nach den ersten fünf Buchstaben das ›Futhark‹. Ich glaube, eines davon hatte sechzehn Buchstaben, ein anderes vierundzwanzig. Dazu gab es noch verschiedene Varianten einzelner Buchstaben. Jedenfalls bedeutet das, dass es insgesamt wesentlich weniger Runenzeichen gibt, als das heutige isländische Alphabet mit seinen zweiunddreißig bereitstellt. Immerhin stammt unser *þ* aus dem Runenalphabet.«

»Und was schreibt Opa da?«, fragte Melkorka.

»Das sind ganz offensichtlich einzelne Wörter und Sätze«, antwortete Helga. »Man sieht deutlich, dass Höskuldur einen Doppelpunkt auf mittlerer Zeilenhöhe gesetzt hat, um die einzelnen Wörter voneinander abzutrennen. Aber ich weiß nicht, welches Alphabet er verwendet hat oder ob er gar sein eigenes erfunden hat. Und ich weiß auch nicht, in welche Richtung er geschrieben hat. Runen zu lesen kann ganz schön schwierig werden. Es sei denn, du weißt, wie der Verfasser genau vorgegangen ist.«

»Opa hat mit mir nie über Runen gesprochen.«

»Möglicherweise sind Hinweise auf Höskuldurs Ansatz in seinem Arbeitszimmer zu finden.«

»Ja, auf Heimaey drüben«, stimmte Kári mit einem Blick auf seine Frau zu. »Wir müssen vermutlich ohnehin bei Gelegenheit mal rüber, um nach seinem Haus zu sehen.«

Melkorka hatte bis zu diesem Augenblick noch keinen Gedanken daran verschwendet, dass sie mit dem Tod ihres Großvaters auch ein Wohnhaus und seine übrigen Besitztümer geerbt hatte.

»Das denke ich auch«, antwortete sie. »Ich habe aber keine Schlüssel zu dem Haus.«

»Höskuldur muss Hausschlüssel bei sich gehabt haben, als er nach Reykjavík flog«, warf Helga ein.

»Dann liegen die wahrscheinlich noch bei der Polizei«, setzte Kári hinzu.

Melkorka blickte ihre Mutter an.

»Traust du dir zu, diesen Runentext für mich in modernes Isländisch zu übersetzen?«

»Kaum. Ich denke, es ist das Vernünftigste, für diese Aufgabe einen Runenspezialisten hinzuzuziehen.«

»An wen denkst du da?«

Helga überlegte eine Weile.

»Tja, der versierteste Fachmann, dem ich bisher begegnet bin, ist zweifellos der Dichter von Hvíthöfði«, meinte sie schließlich.

Melkorka hatte von dem Mann noch nie gehört.

»Beinteinn ist zwar schon hoch in den Siebzigern, aber er ist rüstiger als so mancher Jüngere. Er gab erst letztes Jahr vor Weihnachten immerhin noch einen neuen Gedichtband heraus.«

»Glaubst du, er kann Opas Runen entziffern?«

»Wenn es überhaupt jemand fertigbringt, dann am ehesten noch er. Es kann jedenfalls nicht schaden, ihm mal die Kopie einer Seite aus dem Notizbuch zu zeigen.«

Melkorka nickte. Wieder spürte sie diesen unangenehmen Schauder ihren Rücken hinabrieseln, wenn sie an den grinsenden Totenkopf in der Aktentasche dachte.

»Weißt du, was das für ein scheußlicher Ring ist?«

»Nein. Aber nach den Symbolen auf dem Ding zu schließen, muss er auf irgendeine Weise mit den deutschen Nazis zu tun haben, und über die weiß dein ehemaliger Dozent Njáll hierzulande am meisten.«

»Ich werde ihn anrufen«, sagte Melkorka.

10 Donnerstag, 26. April

Njáll Gunnarsson, Historiker und Professor an der Universität in Reykjavík, hatte schon zu seinen Studienzeiten vor knapp vier Jahrzehnten mit seinen sorgfältigen Arbeiten über die politische Geschichte Islands zwischen beiden Weltkriegen auf sich aufmerksam gemacht. Durch seine Dissertation über den Einfluss des Engey-Familienclans auf die isländische Politik war er schließlich landesweit bekannt geworden.

Als er am Nachmittag des folgenden Tages das Ehepaar besuchte, war er zuvor noch kurz die Namenslisten isländischer Geschichtswerke über die Aktivitäten der nationalsozialistischen Bewegung in Island durchgegangen. Außerdem hatte er auf einigen ausländischen Internetseiten weitere Informationen über Angehörige der deutschen SS-Verbände recherchiert. Auf den Namen Höskuldur Steingrímsson war er dabei jedoch nicht gestoßen. Er wurde nirgends im Zusammenhang mit der Tätigkeit der isländischen Nationalbewegung oder anderer Organisationen isländischer Nationalsozialisten erwähnt, die in den Vierzigern und Fünfzigern des vergangenen Jahrhunderts aktiv waren. Der Name fand sich auch weder in ausländischen Datenbanken zur Geschichte des Dritten Reiches noch in solchen über Heinrich Himmler und jene Soldaten, die einst Europas erbarmungslose Kriegsherren waren.

»Nach so einer kurzen und unsystematischen Durchsicht kann ich natürlich noch nichts ausschließen. Schon deshalb nicht, weil die Mitgliederliste der isländischen Nazis während des Krieges draußen auf der Halbinsel Álftanes verbrannt wurde«, sagte er und blickte Melkorka, Helga und Kári abwechselnd an. »Andererseits ist nicht abzustreiten, dass Höskuldur offenbar nirgends erwähnt ist. Weder in Papieren oder sonstigen Schriftstücken der Nazis oder ihrer Gegner noch in Büchern, die in den letzten Jahrzehnten über isländische Nazis verfasst wurden. Von daher ist es eher unwahrscheinlich, dass er in der isländischen Bewegung mitgemischt hat. Aber noch mal, ich kann es nicht definitiv ausschließen.«

»Aber er könnte sich die Uniform doch auch als Devotionalie gekauft haben, oder?«, erkundigte sich Melkorka.

»Natürlich, das schon. Aber das erklärt keineswegs, weswegen er sich dazu entschlossen hat, in der Uniform zu sterben«, gab Njáll zu bedenken. Er war von kleiner Statur, untersetzt und hatte ein breites Gesicht, das Melkorka immer an die Zwerge in »Schneewittchen« erinnerte. »Mir scheint viel wahrscheinlicher, dass hier etwas ganz anderes dahintersteckt.«

»Jeder Mensch wird zwei Mal zum Kind«, bemerkte Helga.

»Meinst du damit, Höskuldur war dement?«, fragte Kári.

»Opa schien ganz normal, als ich ihn im Hótel Borg traf«, widersprach Melkorka.

»Trotzdem konnte er dir verheimlichen, dass er schwerkrank war und fest entschlossen, sich auf diese furchtbare Art umzubringen«, entgegnete ihre Mutter gelassen.

»Ich hatte es leider ziemlich eilig, in die Nachrichtenredaktion zu kommen«, verteidigte sich Melkorka. »Sonst hätte er mir vielleicht mehr erzählt und wäre noch am Leben.«

»Ich glaube, dass ich seine mutmaßlichen Verbindungen zur SS in Deutschland noch genauer untersuchen sollte«, nahm Njáll den Faden wieder auf. »Die SS hatte mehrere Unterabteilungen. Von der berüchtigten Gestapo in der Allgemeinen SS bis zu den bewaffneten Mitgliedern der Waffen-SS, in denen unterschiedliche Nationalitäten vertreten waren. Es ist bekannt, dass sich während des Krieges einige Isländer diesen Gruppierungen angeschlossen haben. Die Namen der meisten von ihnen liegen vor. Einige haben sogar in Gesprächen oder Büchern von ihren Erfahrungen berichtet. Keiner von ihnen scheint aber jemals einen Höskuldur erwähnt zu haben, und das reduziert meiner Meinung nach die Wahrscheinlichkeit, dass er SS-Mitglied war. Ohne weitere Untersuchungen ist es aber wie gesagt nicht möglich, es völlig auszuschließen.«

»Und der Ring?«, fragte Melkorka. »Hast du so einen schon früher mal gesehen?«

»Ja, habe ich«, bestätigte Njáll. »Das ist ein Totenkopfring oder SS-Ehrenring. Der Reichsführer-SS Himmler ließ ihn anfertigen, um damit SS-Angehörige zu ehren, die in seiner ganz besonderen Gunst standen. Ich vermute, dass er viele Tausende solcher Ringe herstellen ließ.«

»Viele Tausende?« Helga konnte es kaum glauben.

»Ja. Du musst bedenken, die SS war kein kleiner Milchladen. Himmler hatte auf dem Höhepunkt seiner Macht knapp zwei Millionen bewaffneter Leute unter sich. Die SS war so etwas wie ein eigener Staat im Dritten Reich.«

»Ein SS-Ehrenring also«, wiederholte Melkorka mit fragendem Blick auf den Professor. »Könnte Großvater ihn nicht auch einfach irgendwo gekauft haben?«

Njáll überlegte.

»Wie heißt es so schön: Alles ist möglich. Und es ist nicht abzustreiten, dass diese Totenkopfringe nach dem Krieg gehandelt wurden. Aber ich halte es dennoch für ziemlich unwahrscheinlich. Der Name des Empfängers war immer zusammen mit dem Datum der Verleihung in den Ring graviert. Hier steht, dass dieser Ring einem H. Steingrim gehört. Das wird wohl die Abkürzung für Höskuldur Steingrímsson sein.«

»Du glaubst also doch, Großvater war Angehöriger der Waffen-SS?«

»Aller guten Dinge sind drei, wie das Sprichwort sagt.«

»Was für drei Dinge?«

»Der Ring, die Uniform, das Buch.«

»Was hat das Buch mit der SS zu tun?«, fragte Helga.

Njáll schloss das Notizbuch und strich vorsichtig mit den Fingern über das reliefartig erhöhte Symbol auf der Vorderseite des braunen Ledereinbands.

»Hier steht es klar und deutlich«, antwortete er und las ihnen die Worte vor, die im Kreis um das blankgezogene Schwert geschrieben waren:

DEUTSCHES AHNENERBE

»Was ist das?«, fragte Melkorka, die kein Deutsch verstand.

»Ahnenerbe bedeutet in etwa das Erbe der Vorfahren. Es war eine Einheit innerhalb der SS mit zahlreichen Mitarbeitern. Himmlers bevorzugte Abteilung, wenn ich mich recht erinnere.«

»Was haben die denn gemacht?«

»Alles Mögliche«, antwortete der Historiker. »Sie hatten außerordentlich vielfältige und unterschiedliche Aufgaben.«

»Welche zum Beispiel?«

»Beispielsweise intensive Runenforschung.«

»So wie Großvater«, bemerkte Melkorka.

Njáll nickte zustimmend.

»Aber vieles andere, was die so getrieben haben, war nicht so harmlos.«

»Was meinst du damit?«

»Du hast doch sicher von den grauenhaften Menschenversuchen an Juden und Kriegsgefangenen in den Konzentrationslagern der Nazis gelesen? Furchtbare Untaten von Psychopathen wie Dr. Mengele.«

Melkorka bejahte stumm.

»Viele dieser Verbrechen wurden auf Veranlassung von Ahnenerbe ausgeführt. Der Leiter dieser Institution wurde nach der deutschen Kapitulation verhaftet, wegen Kriegsverbrechen zum Tode verurteilt und hingerichtet.«

An diesem Abend war Melkorka jeglicher Appetit vergangen. Sie zog sich in einen der Sessel im Wohnzimmer wie in ein Nest zurück, verfolgte halb abwesend die Abendnachrichten, nahm gelegentlich einen Schluck grünen Tee und versuchte, sich das Verhalten ihres Großvaters bei ihrem Treffen im Hotel Borg zu vergegenwärtigen. Was er gesagt und wie er sich verhalten hatte. Sie erinnerte sich undeutlich daran, dass Höskuldur sie die ganze Zeit angestarrt hatte, ohne dass ihr das seltsam vorgekommen wäre:

Die Leute sahen sie immer an, wo sie sich auch aufhielt. Im Nachhinein aber erschien ihr sein Blick ungewöhnlich nahegehend. So als hätte er versucht, ein genaues Abbild von ihr mit in die Ewigkeit zu nehmen.

11 Freitag, 27. April

Helga unternahm mehrere Versuche, dem Geheimnis des Runentextes im Notizbuch auf die Spur zu kommen. Aber alle ihre Bemühungen blieben erfolglos. Das Ergebnis war und blieb dasselbe: ein Buchstabensalat ohne Sinn, weder auf Isländisch noch auf Deutsch.

Melkorka war es unangenehm, dieses dunkle Erbe in ihrer Wohnung zu wissen. Sie scannte alle Seiten des braunen Notizbuchs ein, brannte sie zusammen mit Scans der Fotos auf eine CD und verwahrte es mitsamt dem Totenkopfring im Familiensafe in der Landesbank.

Danach rief sie bei der Polizei an, um sich nach dem Schlüsselbund ihres Großvaters zu erkundigen. Sie wurde mit Erna Sól Hafsteinsdóttir verbunden, die bestätigte, in Höskuldurs Anzug tatsächlich einen Schlüsselbund gefunden zu haben. »Wir brauchen diese Gegenstände nicht mehr, da die Ermittlungen zu dem Fall vollständig abgeschlossen sind«, verkündete sie, als Melkorka in ihrem Büro eintraf. »Anders ist es allerdings mit dieser Pistole aus Deutschland. Eine Luger P08, die ein Kriegsandenken zu sein scheint. Sie ist nirgends registriert und wird daher beschlagnahmt, so wie es das Gesetz will.«

»Ich brauche eigentlich nur die Schlüssel«, entgegnete Melkorka.

Wieder zu Hause, untersuchte sie flüchtig den Inhalt der

drei Plastikbeutel, die Erna ihr ausgehändigt hatte. In einem befand sich die Kleidung, die ihr Großvater bei ihrem letzten Abendessen im Hotel getragen hatte. Im anderen waren die blutige Uniform und die Mütze mit dem runden Loch in der Scheitelregion, im dritten schwarze Schuhe und Lederstiefel. Die Beamten hatten alle kleineren Gegenstände in die Aktentasche gepackt. Darunter den Schlüsselbund, den Flachmann, in dem noch ein Rest Cognac schwappte, Höskuldurs Lesebrille und den Abschiedsbrief. Alle diese Dinge, mit Ausnahme des Schlüsselbunds, verwahrte Melkorka in einem Stahlschrank in der Garage.

In der oberen Etage des Einfamilienhauses hatte Melkorka ein Arbeitszimmer, in dem sie ungestört sein konnte. An den Wänden hingen viele große Fotos von ihr selbst, von ihrem Sohn und ihrem Mann. Den größten Teil des Tages verbrachte sie abwechselnd im Internet oder am Telefon auf der Suche nach irgendwelchen Informationen, die ein Licht ins Dunkel von Höskuldurs Geheimnis bringen konnten.

Zuerst konzentrierte sie sich auf das Foto des U-Boots. Ihr ehemaliger Dozent hatte sie darauf hingewiesen, dass die Unterseeflotte des Dritten Reiches durchnummeriert gewesen war. Auskünfte über die Geschichte und Schicksale der U-Boote waren in Fachbüchern und in Datenbanken im Internet zugänglich.

Nachdem sie das kleine Foto im Laptop größer gezoomt hatte, erkannte sie deutlich die ersten beiden Ziffern der Nummerierung. Es war eine ›70‹. Die uniformierten SS-Angehörigen verdeckten aber die dritte Ziffer.

War das die U-700? Oder U-709? Oder eine Nummer dazwischen?

Im Internet fand Melkorka Informationen zu allen zehn U-Booten, die in Frage kamen, und konnte sofort die U-700 ausschließen. Sie war nie in Betrieb genommen worden. Zwei weitere, die U-704 und U-708, hatten die Deutschen bei Kriegsende am 3. Mai 1945 eigenhändig versenkt. Die anderen sieben hatten vermutlich die Alliierten auf den Weltmeeren ausgeschaltet. Die U-707 und U-709 verschwanden je in einem nassen Grab westlich der Azoren. Die U-705 und U-706 traf dasselbe Schicksal in der Biskaya nördlich von Spanien. Wasserbomben zerstörten die U-701 vor der nordamerikanischen Küste, während die U-702 in der Nordsee auf eine Treibmine aufgelaufen war. Die U-703 schließlich war im Seegebiet nordöstlich von Island verschwunden.

Die Fotografie, die Höskuldur mehr als ein halbes Jahrhundert bei sich gehabt hatte, war vor einem dieser neun U-Boote aufgenommen worden. Aber vor welchem? Wann? Und wo?

Weitere Fragen tauchten auf: Wer waren die Uniformierten auf dem Bild? Welche Position hatten sie inne? Und schließlich: Weswegen bewahrte ihr Großvater dieses Bild in seinem Notizbuch auf? Was für eine Bedeutung hatte es für ihn ganz privat und persönlich gehabt?

Melkorka rief abermals bei ihrem ehemaligen Dozenten an und fragte ihn um Rat.

»Du solltest dich an ausländische Fachleute wenden, die sich auf die Militärgeschichte des Dritten Reiches spezialisiert haben«, riet er ihr nach kurzem Nachdenken.

»Wen kannst du mir da empfehlen?«

»Mir fällt als erster der amerikanische Wissenschaftler Robert M. Houston ein. Er ist Professor für Neuere Geschichte an der Ruprecht-Karls-Universität zu Heidelberg. Er hat jede Menge Artikel und Bücher zum Thema geschrieben. Darunter dicke Wälzer über den Reichsführer-SS Heinrich Himmler und den Oberbefehlshaber der deutschen Kriegsmarine Karl Dönitz, der Befehlshaber der U-Bootflotte war und später dann Hitlers Nachfolger wurde, als der im Frühjahr 1945 in Berlin Selbstmord verübt hatte.«

Ohne weiter darüber nachzudenken, besorgte sich Melkorka die E-Mail-Adresse des Professors über die Website der Universität, schrieb ihm eilig eine Nachricht auf Englisch, in der sie eine Frage zu dem U-Boot stellte, und fügte das Foto als Anhang bei.

Gerade als sie die Nachricht abschicken wollte, fiel ihr noch eine weitere Frage an den Professor ein:

PS: Ist es möglich, anhand der Listen des Dritten Reiches herauszufinden, ob es bei Ahnenerbe-SS einen H. Steingrim gegeben hat?

Melkorka konnte nicht ahnen, dass diese hastig hingeschriebene und unüberlegte Anfrage weitreichende Folgen haben würde.

12

Sonnenbeschienene Weite des Ozeans breitete sich vor Melkorka aus, als sie aus dem Fenster des Bücher- und Arbeitszimmers von Beinteinn Marteinsson blickte. Der Dichter benannte sich selbst nach einem verlassenen Gehöft namens Hvíthöfði. Es gab viele solcher aufgegebener Einzelhöfe im Fjord Jökulfirðir in Islands Nordwesten. Jahrhundertelang war dort eines der abgelegensten Siedlungsgebiete des Landes gewesen. Heute dagegen war es nahezu komplett unbewohnt.

»Dort, jenseits des Horizonts liegen die Frostwelten von Ginnungagap, von denen unsere Vorväter erzählten«, sagte der betagte Mann und lehnte sich in seinem bequemen, am Fenster stehenden Sessel zurück. »Wenn du dich im Vogelflug gen Westen begibst, trägt dich der Wind zuerst nach Grönland, dann ins Baffinland und in andere Gefilde Kanadas und schließlich in das ewige Eis Sibiriens. Die Regionen des ewigen Eises rund um den Nordpol sind die kalten Welten, die die Dichter der Edda zur Heimat der Reifriesen erklärten.«

Beinteinn, dem ein knappes Jahr zum achten Lebensjahrzehnt fehlte und der allein im obersten Stockwerk eines neugebauten Mehrfamilienhauses im Westteil der Halbinsel Álftanes südlich von Reykjavík wohnte, war an Händen und Wangen außergewöhnlich hager und knochig. Sein schulterlanges Haar war im Alter fast weiß geworden, wie auch sein Kinnbart. Doch trotz seines hohen Alters blitzte in seinen blauen Augen immer wieder eine unerwartete Lebendigkeit auf.

Er betrachtete Melkorka ausgiebig und verbarg nicht, dass sie ihm gefiel.

»Setz dich nicht gleich hin«, sagte er, als sie sich vom Fenster abwandte, um auf einem Stuhl vor dem Schreibtisch des Dichters Platz zu nehmen. »Junge und attraktive Mädchen kommen mittlerweile leider nur mehr selten zu mir. Gewähre mir die Gunst des Genusses, dich dort am Fenster noch um ein wenig länger stehen zu sehen. Du erinnerst mich an einen verwichenen Jugendtraum, der unerwartet wieder ins Leben fand, so wie es mitunter zu übernatürlicher Stunde geschieht, da die Zeit zögert und alles möglich ist.«

Melkorka lächelte.

»Du kannst mich jede Woche an ein paar Abenden im Fernsehen sehen«, entgegnete sie und ließ sich auf dem Stuhl nieder.

»Alles im Fernsehen ist Trug«, erwiderte Beinteinn. »Dort wird eine Kunstwelt erzeugt, schön oder hässlich, je nachdem, und den Menschen wird weisgemacht, sie habe etwas mit der Wirklichkeit zu tun. Viele moderne Menschen glauben, die Welt sei genau so beschaffen, wie sie dort erscheint. Ein weiterer Beweis dafür, dass es möglich ist, die Menschen von was auch immer zu überzeugen, wenn sie nicht in die Lage versetzt werden, zwischen Einbildung und Wirklichkeit zu unterscheiden. In früheren Zeiten betrachtete man solche Leute als wirklichkeitsfremd, gar verrückt, und sie wurden überdies in Anstalten für Geisteskranke weggesperrt. Die Lügenbarone aus den Machtkreisen von Hochfinanz und Politik haben mit Hilfe des Fernsehens die Verhältnisse völlig umgekehrt. Nunmehr sind es wir wenigen, die die Welt noch ohne Täuschung wahrnehmen, die für verrückt erklärt werden, für in der Vergangenheit verhaftet. In der Welt ist es heute so, dass die Geisteskranken die Macht übernommen haben.«

Melkorka sah ein schelmisches Lächeln über Beinteinns Lippen huschen und war sich deshalb nicht ganz sicher, ob es ihm mit dieser Suada wirklich ganz so ernst war.

»Wie du siehst, bin ich ein Mann der Schrift«, fuhr der Dichter fort und deutete mit seinem hageren Zeigefinger auf die Regale, die alle Wände des Zimmers bedeckten. »Aber nur eines ist auf dieser kugelrunden Welt selbstverständlich: *memento mori!* Ich bin mir sicher, dass wir Menschen des Geistes aussterben werden wie jene Reifriesen, und zwar in dem Moment, da das letzte Eis des Nordpols geschmolzen ist und die Konzerne der Bösartigkeit ihre blutsaugenden Bohrinseln dort errichten werden, wo jetzt noch die majestätischen Eisberge in ihrem Frieden dahingleiten. Wie überall wird auch dort das Schöne zum Hässlichen dahinwelken, so will es das Gesetz des Lebens.«

Für einen Augenblick ließ Beinteinn den Blick auf Melkorkas Brust ruhen.

»Die Jugend ist meinem Geist nur eine bildhafte Erinnerung, nichts anderes, leider«, sagte er seufzend. »Du aber bist sicher nicht hierhergekommen, um dem Unsinn eines alten Mannes zu lauschen, den es manches Mal nach dem Unmöglichen verlangt: im Leibe wieder jung zu werden.«

»Hat nicht irgendwer mal behauptet, das Alter sei nur eine Frage des geistigen Zustands?«

»Wer einen solch blühenden Unsinn behauptet, weiß nicht, was es heißt, alt und nicht länger Herr über seinen Körper zu sein.«

Melkorka nahm eine Kopie der ersten Seite aus Höskuldur Steingrímssons Notizbuch aus ihrer Tasche und reichte sie dem Dichter.

»Mein Großvater hat das hier geschrieben«, erklärte sie. »Aber ich kann nicht ein einziges Wort davon lesen.«

Beinteinn zog eine dunkle Brille aus der Brusttasche seiner grünen Lederweste und überflog das Blatt.

»Dein Großvater hat nach altem Brauch mit den Runen gespielt«, stellte er fest und blickte auf. »Was aber fängt eine junge Nymphe der Schönheit, die zu Liebe und Vergnügen geschaffen ist, mit altem Runengekrakel an?«

»Ich hoffe, dass in diesen Runen ein paar Antworten auf Fragen zu finden sind, die mir keine Ruhe lassen«, antwortete Melkorka und erläuterte ihm in kurzen Sätzen die Vorgeschichte.

»Verstehe ich dich richtig, dass dies die erste Seite aus dem Tagebuch ist, das dein Großvater während des Krieges in Deutschland geführt hat?«

»Davon gehen wir aus, ja.«

Beinteinn schloss die Augen wieder, so als wäre er in tiefe, schwere Gedanken versunken.

»Tja ja«, sagte er schließlich, öffnete die Lider und strich mit dem rechten Zeigefinger über die Illustration, die den oberen Teil der Seite bedeckte. »Die Erzählung beginnt mit dieser Warnung.«

»Was für eine Warnung?«

»Die erste Seite eines Buches gleicht dem Eingang in ein Haus«, sprach der Dichter mit andächtiger Miene. »Der

Beginn der Reise in die Welt des Buches. Der Autor hat hier drei große Runen als Zierunzialen gesetzt. Die Rune *Þurs* sowohl zur Linken als auch zur Rechten und die Rune *Nauð* zwischen beiden, um jene zu verbinden. Und es scheint mir, als erkennte ich ein winziges Bild in der Mitte zwischen den beiden *Þurs*-Runen.«

»Im Ernst? Das habe ich gar nicht bemerkt.«

»Da ist die kleine Zeichnung eines Totenkopfes.«

»Was bedeutet das?«

»*Þurs* ist die Rune des Donnergottes Þór und bedeutet Gefahr und Tod.«

»Gefahr und Tod?«, wiederholte Melkorka.

»Hier sind zwei *Þurs*-Runen von der Rune *Nauð* zusammengebunden, der Schicksalsrune, und das vermehrt die Gefahr um die Hälfte«, fuhr Beinteinn fort. »Das heißt, im Geiste derer, die noch zu unseren Tagen daran glauben, dass den altehrwürdigen Zauberrunen Óðinns magische Macht innewohnt.«

»Bist du einer von denen?«

»Ich bin in meiner Denkweise nicht altertümlich genug.« Der Dichter lächelte. »Aber ich bin mir vollkommen im Klaren darüber, dass unsere Vorväter in der religiösen Überzeugung lebten, von der Macht der Runen geleitet zu werden. Das ist über jeden Zweifel erhaben. Einstmals hieß es aus simpler Überzeugung, dass der Glaube Berge versetzen könne.«

»Erkennst du, was Großvater sonst noch geschrieben hat?«

Beinteinn wandte sich wieder der Kopie zu und betrachtete eingehend die Runen, die Höskuldur in seine Kladde notiert hatte. Gelegentlich hob er die Brauen, als sei er erstaunt, überlegte hin und her, und dabei murmelte er Unverständliches.

»So, also schön«, sagte er schließlich und warf einen Blick auf Melkorka.

»Was?«

»So auf die Schnelle kann ich das nicht sagen«, beschied Beinteinn. »Zwar kenne ich alle Runen als solche, aber ich kann daraus beim besten Willen kein verständliches Wort herauslesen, aus welchem Grund auch immer.«

»Opa konnte auch Deutsch.«

»Ich komme zweifellos früher oder später dahinter, aber dazu bedarf es einiger Überlegungen«, erklärte der Greis.

»Das glaub ich gern.«

»Willst du mir dieses Blatt nicht dalassen und morgen oder übermorgen wieder bei mir vorbeischauen? Das heißt, im Falle, dass es dich nach wie vor danach gelüstet, durch die Schicksalspforte der Þursen zu treten auf der Suche nach der Weisheit oder Dummheit deines Großvaters?«

»Es braucht mehr als dieses Gekrakel da, um mir Angst einzujagen«, erwiderte Melkorka trotzig und stand auf.

13 Montag, 30. April

Kári brachte nur ein Grunzen zustande, als kurz nach ein Uhr morgens Melkorkas Handy zu lärmen begann. Ächzend wälzte er sich auf die andere Seite, um weiterzuschlafen. Melkorka nahm das Telefon hoch und meldete sich.

»Hier spricht Robert M. Houston, Professor aus Heidelberg«, hörte sie eine durch Rauschen gestörte Stimme.

»Houston?«, wiederholte Melkorka. Sie war augenblicklich hellwach und setzte sich im Bett auf.

»Ich habe an kaum etwas anderes mehr gedacht als an die E-Mail, die Sie mir geschickt haben«, erklärte der Professor. »Mich würde brennend interessieren, woher Sie dieses außerordentlich bemerkenswerte Foto haben.«

»Das von dem U-Boot?«

»Genau. Sie haben mir doch nur ein Foto geschickt, oder?«

»Ja, doch.«

»Woher stammt es?«

»Was meinen Sie damit?«

»Ich meine, wer hat die Aufnahme gemacht?«

»Das weiß ich nicht.«

»Woher haben Sie es?«

»Haben Sie eine Vorstellung, wo oder wann diese Aufnahme gemacht worden sein könnte?«, fragte Melkorka, ohne auf seine Frage einzugehen.

»Nein, aber das ließe sich vielleicht klären, wenn ich wüsste, wie das Foto mit diesem H. Steingrim zusammenhängt, den Sie in Ihrer E-Mail erwähnten.«

Nach einigem Zögern gab Melkorka Auskunft: »Ich sag es mal so: Der Name und das Bild gehören zusammen.«

»Meinen Sie damit, dass Ihnen ein und derselbe Mann beides gegeben hat?«

»Ja, genau. Sagt Ihnen der Name etwas?«

»Ich habe mich die letzten Tage nach H. Steingrim erkundigt, und es ist deutlich zu spüren, dass meine Anfragen an verschiedener Stelle ziemliche Aufmerksamkeit erregt haben, um es mal vorsichtig zu formulieren.«

»Wie das?«

»Das ist eine einigermaßen komplizierte Angelegenheit und schwierig am Telefon zu erklären«, sagte Houston gedehnt. »Was für Angaben haben Sie noch über diesen Mann zur Verfügung?«

»Eigentlich gar keine.«

»Das heißt?«

»Ich habe den Namen nur ein Mal gesehen.«

»Wo?«

»Er ist in einen Ring graviert.«

»Was für ein Ring?«

»Spielt das eine Rolle?«

»Nur wenn es sich um einen SS-Ehrenring handelt.«

»Woher wissen Sie das?«, fragte Melkorka verblüfft.

»Wann hat Himmler ihm diesen Ring ausgehändigt?«

»Auf der Innenseite des Rings ist der 18. August 1943 vermerkt.«

»Sehr interessant. Wirklich sehr interessant.«

»Also wissen Sie etwas über diesen Mann?«

»Die Quellen über H. Steingrim scheinen eher spärlich zu sein, wenn wir überhaupt über ein und denselben Mann reden.«

»Und was können Sie mir über ihn sagen?«

»Arbeiten Sie vielleicht an einem Buch, in dem er vorkommt?«, fragte der Professor.

»Nein, ganz und gar nicht«, entgegnete Melkorka. »Das Foto und der Ring fielen mir völlig unerwartet in die Hände, und dabei tauchten einige Fragen auf, auf die ich gerne eine Antwort hätte.«

»Haben Sie noch weitere Informationen dieser Art?«

»Ich habe ein Notizbuch, das möglicherweise mit H. Steingrim zu tun haben könnte.«

»Möglicherweise? Sie sind nicht sicher?«

»Nein.«

»Warum nicht?«

»Das Buch ist in einer Art Geheimsprache verfasst.«

»Was für eine Geheimsprache?«

»Sie könnte auf einem Runenalphabet beruhen.«

»Ja natürlich«, entgegnete der Professor. »Ich habe genau den Eindruck gewonnen, dass H. Steingrim Spezialist war für alles, was mit Runen zu tun hat. Darf ich wohl dieses Notizbuch untersuchen?«

»Wozu?«

»Ich könnte Ihnen helfen, die Geheimsprache zu entschlüsseln«, antwortete Houston und legte deutlich mehr Nachdruck in seine Stimme. »Wie wäre es, wenn Sie mir per Mail einen Scan von ein paar Seiten schicken würden?«

Melkorka dachte über diese Bitte eine Weile nach.

»Ich könnte Ihnen ja mal eine Seite schicken«, entschied

sie schließlich. »Aber nur, wenn Sie mir alles erzählen, was Sie über H. Steingrim wissen.«

»Ist das dann also eine Vereinbarung zwischen uns?«

»Ja, das ist es.«

Robert M. Houston räusperte sich.

»Die frühesten Hinweise, die ich zu H. Steingrim gefunden habe, gehen auf den Dezember 1939 zurück. Zu der Zeit war er als Freiwilliger im sogenannten Winterkrieg in Finnland verzeichnet. Er gehörte zu einer schwedisch-norwegischen Truppe, die im Winter 1939/40 an der Seite finnischer Soldaten gegen die sowjetischen Invasoren kämpfte. Etwa ein Jahr später, im Herbst 1940, wird sein Name in einem Bericht der SS-Abteilung Ahnenerbe erwähnt. Die darauffolgenden zwei Jahre taucht H. Steingrim in diversen deutschen Berichten auf. Manchmal scheint er in dieser Zeit sogar zu Himmlers Gefolge gehört zu haben, aber danach nichts mehr.«

»Nichts mehr? Was meinen Sie?«

»Ganz einfach. Es sieht ganz so aus, als habe die Erde diesen Mann im Herbst 1944 schlicht verschluckt.«

»Wissen Sie, welche Nationalität er hatte?«

»Die meisten Hinweise deuten auf eine norwegische Herkunft H. Steingrims hin, wahrscheinlich aus der Hafenstadt Narvik in Nordnorwegen, aber das ist keinesfalls sicher.«

»Er war also kein Isländer?«

»Haben Sie denn irgendwelche Hinweise darauf?«

»Nein, gar nicht.«

»Mehr weiß ich im Augenblick auch nicht über diesen Mann«, sagte der Professor. »Ich habe in verschiedene Richtungen Erkundigungen angestellt, beispielsweise zu dem deutschen U-Boot. Ich hoffe auch, dass ich in den nächsten Tagen weitere Informationen bekomme. Wann können Sie mir die Scans schicken?«

»Sie sollten sie morgen in der Mailbox haben.«

Melkorka rüttelte ihren Mann wach und erzählte ihm von dem Gespräch mit dem amerikanischen Professor.

»Opa scheint den scheußlichen Ring offenbar nicht selbst von dem Naziführer bekommen zu haben, sondern dieser ominöse Norweger«, resümierte sie erleichtert.

»Bist du dir da so sicher?« Kári gähnte. »Was weißt du eigentlich über Höskuldurs Vergangenheit? Was hat er dir aus seiner Kindheit und Jugend erzählt?«

»Opa wollte immer lieber über mich sprechen als über sich.«

»Und deine Mutter?«, fuhr Kári fort. »Weiß sie beispielsweise, ob sich Höskuldur in jungen Jahren nicht in Norwegen aufgehalten hat?«

Melkorka stand abrupt auf, eilte in den Flur und schaltete die Deckenbeleuchtung des Gästezimmers ein, in dem Helga sich zum Schlafen hingelegt hatte.

»Hat Opa irgendwann mal in Norwegen gewohnt?«, fragte sie ohne Umschweife.

Helga setzte sich auf und blinzelte ihre Tochter kurzsichtig an.

»Ja, er hat während des Krieges da gewohnt«, antwortete sie und rieb sich die Augen.

»Hat er dir das selber gesagt?«

»Nein. Höskuldur wollte nie mit mir über diese Zeit sprechen. Dein Vater hat mir die Geschichte dann in groben Zügen erzählt.«

»Was für eine Geschichte?«

»Dein Urgroßvater bekam kurz vor Ausbruch des Zweiten Weltkriegs das Kommando als Kapitän auf einem norwegischen Schiff, und seine Familie folgte ihm nach Norwegen«, berichtete Helga. »Höskuldur verlor während des Krieges seine Eltern bei Luftangriffen. Deshalb kehrte er allein nach Island zurück, als wieder Frieden herrschte.«

»Warum habe ich davon nie etwas erfahren?«

»Du hast ja nie gefragt, oder?«

»Gute Nacht«, erwiderte Melkorka kurz angebunden und löschte das Licht.

Als sie wieder unter ihrer warmen, weichen Decke lag, musste sie sich eingestehen, dass sie nie genügend Interesse für den langen Lebensweg ihres Großvaters aufgebracht hatte, um ihn über seine Vergangenheit zu befragen.

14 Dienstag, 1. Mai

Dichter Nebel lag über Heimaey, als Höskuldur Steingrímsson in der kleinen Inselkirche Landakirkja die letzte Ehre erwiesen wurde. Die Nebelschwaden verhüllten die Felsen des Hafens, den 1973 am Ortsrand entstandenen Vulkan Eldfell und zogen sich bis über die südlichste Landspitze Stórhöfði hinaus. Dicke, graue Schleier lagen auch über der Ansiedlung von etwa fünftausend Seelen, die sich am Hafen im Nordteil der Insel zusammendrängte.

Am Vorabend waren Melkorka, Kári, Darri und Helga im Taxi direkt vom Flughafen zum Friedhof neben der Landakirkja gefahren, wo sie einen Strauß roter Rosen auf Steingrímurs Grab niedergelegt hatten. Melkorkas Vater war neben seiner Mutter beerdigt worden, die Melkorka nur von einem alten Hochzeitsbild kannte. Ihr Großvater hatte an den Gräbern der beiden die gleichen Grabsteine aus Basalt aufstellen lassen.

Die Zeremonie in der Kirche fand unter breiter Anteilnahme der Öffentlichkeit statt, da Höskuldur einige Jahrzehnte lang in der hiesigen Grundschule unterrichtet hatte. Viele, die sich in der Landakirkja einfanden, um ihren ehemaligen Lehrer zu verabschieden, hatten bei ihm Lesen, Schreiben und Rechnen gelernt. Einige erzählten davon während des Leichenschmauses, der anschließend im Versammlungsraum der Kirche stattfand.

Höskuldurs Wohnhaus stand im alten Westteil der Ortschaft, der 1973 der enormen Zerstörungskraft eines völlig unerwarteten Vulkanausbruches entgangen war. In der Winternacht des 23. Januar war die Erde nach fünftausendjähriger Ruhe ohne Vorwarnung aufgebrochen, und eine anderthalb Kilometer lange Vulkanspalte – nur hundertfünfzig Meter vom östlichen Ortsrand entfernt – hatte die Stadt mit Asche überschüttet. Ein glühender Lavastrom war aus der Spalte hervorgebrochen und hatte sich während der nächsten Wochen über fast ein Drittel der Stadt hinweggewälzt. Die Grundfläche von Höskuldurs Haus betrug lediglich siebzig Quadratmeter, es hatte aber zwei Stockwerke und ein steiles Dach. Das erwies sich während der Eruption als Vorteil, als sich mehrere Meter dicke Aschelagen mit entsprechendem Gewicht über Häuser, Straßen und Gärten und die ganze Insel gelegt hatten; so blieb Höskuldurs Haus bewohnbar. Heute waren die Wände weiß gestrichen, die Fensterrahmen, Türen und das Dach waren in schwarzer Farbe gehalten. Im Erdgeschoß befanden sich die Küche, eine Waschküche und das Schlafzimmer, in dem die Haushaltshilfen während der Jahre untergebracht gewesen waren, in denen Höskuldur Unterstützung bei der täglichen Sorge für seinen Sohn gebraucht hatte. Im oberen Stock lagen sein ehemaliges Schlafzimmer, ein kleines Kinderzimmer, ein Wohnzimmer und eine Bibliothek, in der er stundenlang diverse Schriften über nordische Geschichte und Literatur zu Runentexten studiert hatte.

Melkorka hatte noch gut in Erinnerung, welch großen Wert ihr Großvater darauf gelegt hatte, dass alles in der Wohnung an seinem Platz und sauber aufgeräumt war.

Nicht zuletzt galt das auch für sein Arbeitszimmer. Darin gab es zahlreiche Regale mit isländischen und deutschen Büchern über nordische Geschichte, Mythologie und Runen. Daneben standen Wörterbücher und Nachschlagewerke in verschiedenen Sprachen zur Geschichte der germanischen Völker und Werkausgaben vieler isländischer und nichtisländischer Autoren. Melkorka waren Gunnar Gunnarsson und Knut Hamsun schon bekannt gewesen, während sie von Sven Hedin und manch anderen noch nie etwas gehört hatte.

Ein kleines Gemälde, das in schwarzem Rahmen über der Kommode im Schlafzimmer ihres Großvaters hing, fesselte Melkorkas Blick. Es zeigte eine grandiose Gebirgslandschaft mit vielen Hügeln und Gipfeln. Auf einem der Berge war ein großes Gebäude zu sehen, das am ehesten einer Burg glich.

»Ich bin mir sicher, dass davon auch ein Foto in dem Notizbuch ist«, sagte sie.

»Das ist Montserrat in Katalonien«, erklärte Kári.

Melkorka nahm das kleine Bild von der Wand und betrachtete eingehend die Felswände, Gipfel und Gebäude. Das größte Bauwerk, das hoch über der Umgebung des Berges thronte, war länglich und hatte mehrere Stockwerke.

»Ich habe mal einen interessanten Tagesausflug dorthin gemacht, als ich 2002 bei den Wettkämpfen in Barcelona war«, fuhr Kári fort. »Wenn ich mich recht erinnere, wurde die erste Kirche auf diesem Berg etwa um dieselbe Zeit errichtet, als sich Ingólfur Arnarson hier in Island niederließ, also in der zweiten Hälfte des neunten Jahrhunderts. Ich habe gehört, dass Santa Maria de Montserrat seit mehr als tausend Jahren der heiligste Ort der Katalanen ist.«

Melkorka öffnete das Fenster, um vor dem Schlafengehen frische Luft hereinzulassen. Die angenehme Ruhe über Heimaey war ein willkommener Kontrast zum ständigen Verkehrslärm in Reykjavík. Trotzdem konnte die Stille ihre Nerven nicht beruhigen.

Sie ließ Wasser in die blitzweiße Badewanne ihres Großvaters ein und tauchte dann bis zum Kinn in dem heißen Wasser unter. Sie hatte Badesalz und nach Rosen duftenden Seifenschaum hinzugegeben. Sie spürte, wie sich allmählich ihre Muskeln lockerten. Erst nach ungefähr einer Stunde Entspannung stieg sie aus dem Bad, trocknete sich sorgfältig ab und fönte sich vor dem Spiegel die Haare. Obwohl sie mit ihrem Aussehen nie ganz zufrieden war, war ihr Körper durchtrainiert und durch das systematische Fitnesstraining drei Mal die Woche im Sportzentrum Laugardalur kräftig. Die dafür nötigen Anstrengungen betrachtete sie wie jede andere Pflicht als ein Opfer, das sie bringen musste, um voranzukommen.

Melkorka blieb vor dem Bett stehen und ließ ihren rosafarbenen Seidenbademantel zu Boden gleiten. Sie spiegelte sich in den blauen Augen ihres Ehemanns. Vor knapp drei Jahren hatten sie einander kennengelernt, als sie Kári nach seinem souveränen Sieg im Speerwerfen bei einem Wettkampf in Deutschland interviewte. Sie hatte sofort gespürt, dass sie einen gefunden hatte, der ihrem Vater, was Männlichkeit anbetraf, ebenbürtig war.

Keiner vermochte besser als Kári, ihre verborgenen Leidenschaften hervorzuzaubern.

15 Donnerstag, 3. Mai

Melkorka war überrascht, wie schnell ihre Anfrage an den amerikanischen Professor in Heidelberg im Internet die Runde machte.

Ganz offensichtlich hatte Robert M. Houston die E-Mail an andere Experten für Geschichte des Dritten Reiches weitergeleitet. Außerdem hatte er sie an eine Stelle geschickt, die Daten über die SS-Verbände und die deutsche Kriegsmarine verwaltete. Drei Empfänger schickten Melkorka eine Kopie ihrer Antworten.

Die erste Mail kam von einem deutschen Journalisten, der einige Bücher über den U-Boot-Einsatz Deutschlands im Zweiten Weltkrieg geschrieben hatte. Er glaubte, dass er das U-Boot auf Höskuldur Steingrímssons Foto identifizieren konnte:

> Nahezu alle Hinweise deuten darauf hin, dass es sich um die U-703 handelt. Dieses U-Boot wurde 1942 in Hamburg gebaut, war die Jahre darauf in Norwegen stationiert und führte erfolgreiche Angriffe auf Geleitzüge durch, die Waren und militärische Ausrüstung nach Russland transportierten. Die Umgebung lässt darauf schließen, dass das Foto in Narvik in Norwegen aufgenommen wurde, wahrscheinlich 1943 oder 1944. Die U-703 unternahm ihre dreizehn-

te Ausfahrt am 14. September 1944 unter dem Kommando des erfahrenen Kapitäns Joachim Brünner. Zehn Tage später befand sich die U-703 nordöstlich von Island, wo die Besatzung einen Wetterballon aussetzen sollte. Was danach geschah, weiß keiner genau. Die U-703 verschwand, ohne eine Meldung losgeschickt zu haben, und mit ihr die 54-köpfige Besatzung. Für das Verschwinden des U-Bootes wurden damals keine Erklärungen abgegeben. Die Alliierten haben es nicht versenkt. Es könnte aber in einem der Stürme verschollen sein, wie es sie in dem Gebiet dort oben im Winter oft gibt.
Zu den zwei Männern auf dem Bild habe ich keine Informationen. Sie tragen beide die Uniform der SS und gehören deshalb nicht zur Besatzung des U-Boots.

»Also war die letzte Ausfahrt diese dreizehnte«, sagte Melkorka halblaut zu sich selbst, nachdem sie die Mail durchgelesen hatte.

Die nächste Mail kam von einem Archivar der Wehrmachts-Auskunftsstelle in Berlin. Er machte Houston darauf aufmerksam, dass er als Historiker wissen sollte, dass eine schriftliche Erlaubnis der nächsten Verwandten vorliegen müsste, um Informationen aus ihren Datenbeständen über eine bestimmte Person zu bekommen. Aus der Antwort war leicht zu ersehen, dass Houston um eine förmliche Bestätigung der Behörde nachgesucht hatte, dass H. Steingrim während des Krieges Mitarbeiter von Ahnenerbe gewesen war.

Die letzte Antwort auf Melkorkas Anfrage kam von Greta von Trittenheim-Schneider vom Germanischen Nationalmuseum in Nürnberg. Sie glaubte, einen der Männer auf dem Foto erkannt zu haben: der linke war wahrscheinlich ihr Großvater, Freiherr von Trittenheim, der im Winter 1944–1945 spurlos verschwunden war. Da alle Versuche der Familie, sein Schicksal aufzuklären, erfolglos geblieben waren, sei die Fotografie wie ein Geschenk des Himmels und deshalb seien alle weiteren Informationen zu dem Bild höchst willkommen.

Kári warf einen Blick ins Kinderzimmer und rückte die Bettdecke zurecht, die Darri weggestrampelt hatte. Dann schaltete er den Fernseher im Wohnzimmer ein, um die Zehnuhr-Nachrichten anzusehen. Wieder einmal erfüllte ihn Stolz, als Melkorka lächelnd auf dem Bildschirm erschien. Er kostete den Gedanken bis in die Fingerspitzen aus, dass diese reizende, schöne Frau jede Nacht ihm gehörte und keinem anderen. Manchmal erregte es ihn über alle Maßen, sich Männer im ganzen Land vorzustellen, die sich vor dem Einschlafen mit Melkorkas Bild vor Augen selbst befriedigten.

Die Türglocke störte Kári jäh. Vor sich hin grummelnd ging er sie öffnen. Immer diese Aufdringlichkeit von Vertretern und Missionaren, die alle Welt am späten Abend hemmungslos belästigten.

Ein hochgewachsener Mann in hellbraunem Wintermantel und mit breitkrempigem Hut stand vor der Tür. In der linken Hand hielt er eine schwarze Ledertasche. Mit der Rechten schob er die Brille hoch und strich sich über den graumelierten Kinnbart.

»Entschuldigen Sie bitte die Störung zu so später Stunde, aber ich wollte keine Minute Zeit verlieren«, sagte der Besucher auf Englisch und nahm den Hut ab.

Kári stand ratlos in der Tür und musterte den Unbekannten. Dessen mächtige, gebogene Nase fiel ihm besonders auf, ebenso wie das wirre graue Haar.

»Ich bin Robert M. Houston«, fuhr der Besucher fort und trat ohne Aufforderung über die Türschwelle. »Ich habe die Abendmaschine aus Kopenhagen gerade noch geschafft.«

»Ja, bitte sehr«, sagte Kári und trat zur Seite.

Als der Professor den Mantel abgelegt und aufgehängt hatte, bat Kári ihn ins Wohnzimmer, wo Melkorka immer noch die Nachrichten im Fernsehen verlas.

»Das ist meine Frau«, erklärte er.

»Glückwunsch«, entgegnete Houston und setzte sich in einen der Sessel. Er legte die Ledertasche auf der massiven Glasplatte des Couchtisches ab.

»Ich bin auf dem Weg in die USA, um einige Vorträge zu halten«, fuhr der Professor fort. »Ich konnte aber nicht anders, als in Island Zwischenstation zu machen und mir dieses hochinteressante Notizbuch Ihrer Frau anzusehen. Wie kam sie dazu?«

Kári erklärte mit wenigen Worten, wie das Notizbuch Melkorka in die Hände geraten war. Er erwähnte, dass ihr Großvater mit neunzig verstorben war. Er verschwieg aber geflissentlich, auf welche Weise Höskuldur Steingrímsson diese Welt verlassen hatte.

Houston öffnete die Ledertasche und holte einige Blätter heraus. Unter anderem befand sich darunter ein Ausdruck der ersten Seite des Notizbuchs, die Melkorka ihm nach dem Begräbnis auf den Westmännerinseln per E-Mail zugesandt hatte.

»Hat Ihre Frau mittlerweile eine Ahnung, was ihr Großvater in sein Tagebuch geschrieben hatte?«, erkundigte sich der Professor.

»Tagebuch?«, wiederholte Kári interessiert. »Demnach haben Sie die Geheimsprache entziffert?«

»Nein, aber es ist mir gelungen, einen interessanten Namen in dem Text aufzufinden.«

»Was für einen Namen?«

»Bruno Schweizer.«

Kári sagte der Name nichts: »Kann mich nicht erinnern, dass ich ihn jemals zuvor gehört oder gelesen hätte.«

»Bruno Schweizer war Sprachwissenschaftler und ist mit Heinrich Himmler in die Schule gegangen«, erklärte Houston. »Er hat viel für Ahnenerbe gearbeitet, unter anderem auch hier in Island.«

»Hier im Land auch?«

»Ja. Doktor Schweizer kam einige Male hierher und plante für Ahnenerbe eine vielköpfige Expedition, die aber nie durchgeführt wurde. Die Deutschen wollten damals unter anderem vorgeschichtliche Tempel ausgraben, in denen die frühen isländischen Siedler die germanischen Gottheiten Óðinn und Þór verehrten, beziehungsweise Wotan und Donar, wie sie im Deutschen heißen. Es erscheint mir wahrscheinlich, dass Höskuldur Steingrímssons und Dr. Schweizers Wege sich zum ersten Mal bei einer der Islandreisen des Doktors kreuzten.«

»Aha?«

»Mir scheint es außerdem wahrscheinlich, dass dieses Zusammentreffen das Leben des jungen Isländers völlig verändert hat. Um das aber mit Gewissheit feststellen zu können, muss das Rätsel des Notizbuches gelöst werden. Und daran will ich unbedingt teilhaben dürfen.«

Der Besucher aus Amerika blieb in aller Seelenruhe auf dem Ledersofa im Wohnzimmer sitzen, bis Melkorka nach elf von der Arbeit nach Hause kam.

Sie begrüßte ihn kurz angebunden und reagierte verhalten auf sein Angebot, bei der Entzifferung der Geheimsprache des Notizbuches mitzuhelfen. Houston tat sein Bestes, um sie zu überzeugen, und zeigte sich schmeichelnd und überzeugend zugleich.

»Die Antworten auf die vielen drängenden Fragen zum Lebenslauf Ihres Großvaters, die Sie jetzt zweifellos haben, bekommen Sie ausschließlich, indem Sie sein Tagebuch lesen.«

»Das weiß ich selbst ganz gut«, gab Melkorka zurück. Die Stimme des amerikanischen Professors erschien ihr irgendwie anders als am Telefon.

»Und dabei kann ich Sie unterstützen, das können Sie mir glauben«, unterstrich Houston.

Schließlich stimmte Melkorka zu, ihm die Ausdrucke der Schwarzweißfotos zu zeigen, die Höskuldur in sein Tagebuch geklebt hatte. Am längsten verharrte Houston bei dem Bild, das die Gruppe von Soldaten in SS-Uniform bei irgendeiner Veranstaltung in der freien Natur zeigte.

»Ich würde meinen Hut darauf verwetten, dass das eine Weihe von SS-Angehörigen ist«, sagte er.

»Könnte mein Großvater das Bild aufgenommen haben?«

»Ich glaube eher, dass er einer der frischgebackenen SS-Männer ist, die da vermutlich gerade ihren Treueeid auf Adolf Hitler ablegen«, erklärte Houston. »Aber das steht wahrscheinlich in dem Notizbuch genauer beschrieben.«

Gegen Mitternacht rief Kári ein Taxi, um den unerwarteten und ungebetenen Abendbesucher zu einer Gästeherberge an der Straße Snorrabraut bringen zu lassen, wo er für ein paar Nächte ein Zimmer gemietet hatte.

Mit einem dumpfen Gefühl in der Brust machte sich Melkorka zum Schlafengehen fertig. Obwohl sie klare Antworten auf die vielen bedrängenden Fragen zur Vergangenheit ihres Großvaters wollte, fürchtete sie sich davor, dass die Antworten nicht weniger unangenehm ausfallen könnten.

ZWEITER TEIL
WOLFSFREUND

Lässt seine Augen blitzen wie Soldaten,
so einer ist der Wölfe Freund.
Aus der Lieder-Edda:
Das Lied von Helgi dem Hundingstöter, I, Vers 6.

16 Freitag, 4. Mai

Beinteinn Marteinsson hielt sich mit der linken Hand am Treppengeländer fest und hatte den rechten Arm um Melkorkas Schultern gelegt.

»O wäre ich doch nur noch ein Mal jung«, sagte er. »So würde ich dich auf Händen tragen, anstatt mich auf dich zu stützen wie auf eine Krücke.«

Langsam stiegen sie die Treppe zu ihrem Arbeitszimmer hinauf, das im oberen Stock des Einfamilienhauses lag.

»Nicht so zu verstehen, dass ich eine Krücke nicht zu schätzen wüsste, die zur gleichen Zeit nachgiebig und stark, jung und gut im Fleische stehend ist und nach den Verheißungen des Paradieses duftet«, ergänzte er. Er ließ sich in einem bequemen Stuhl am anderen Ende des weißen Schreibtisches vor einem großen Computerbildschirm nieder und schenkte ihr ein Lächeln.

»Ich habe nie einen Computer auch nur berührt, der Vorsehung sei Dank«, fuhr der Dichter fort und nahm einen Schluck von seinem starken Kaffee. Kári hatte ihnen Kaffee und eine Schale warmes Schmalzgebäck auf einem Tablett heraufgebracht. »Aber dieses Zaubergerät der modernen Zeit ist sicherlich so etwas wie der Füllfederhalter der jungen Dichtergeneration.«

»Ich habe eine Kopie des gesamten Notizbuches auf dieser CD«, erklärte ihm Melkorka. Sie schaltete den Rechner ein und legte die glänzende Scheibe ins Laufwerk. »Hier können wir jede Seite einzeln für sich genauestens untersuchen.«

Sie sah Beinteinn erwartungsvoll an. Am Telefon hatte er ihr mitgeteilt, dass er das Rätsel des Runentextes in der Kladde gelöst habe. Sie konnte eine gewisse Ungeduld in der Stimme nicht unterdrücken, als sie sich erkundigte: »Und? Was ist nun des Rätsels Lösung?«

Der alte Mann ließ sich reichlich Zeit, das Geheimnis zu lüften. »Anfangs verwunderte mich am meisten, dass ich zwar alle verwendeten Runen erkannte, aber dennoch um nichts in der Welt daraus verständliche isländische Wörter zusammensetzen konnte.«

Er nippte wieder an seinem Kaffee. »Obwohl es durch die Doppelpunkte, die die Wortzwischenräume bezeichnen, offensichtlich ist, wo ein neues Wort beginnt und wo es endet, gab es immer mindestens zwei Buchstaben in jedem Wort, die die Wortbildung durcheinanderbrachten.«

»Was für ein Runenalphabet hat Höskuldur denn überhaupt verwendet?«, erkundigte sich Kári.

»Mir wurde sofort klar, dass der Autor seine eigene Version des ältesten Runenalphabetes verwendet hatte. Es ist das Alphabet namens *Fuþark*, aber mit 26 Zeichen anstatt 24. Es war in Nordeuropa bis etwa um das Jahr 800 am weitesten verbreitet. Die zwei Zusatzzeichen haben mir lange Kopfzerbrechen bereitet. Bis ich bemerkte, dass sie immer an denselben Stellen im Text standen.«

»Das heißt?«

»Sie bildeten entweder den ersten oder den letzten Buchstaben eines Wortes, manchmal sowohl als auch. Das erschien mir nun als ausgesprochen seltsamer Zufall, und das führte schließlich dazu, dass mir ein Licht aufging!«

Beinteinn lächelte. Er verheimlichte nicht, wie stolz er auf seinen Geistesblitz war.

»Lass hören!«, forderte Kári ihn ungeduldig auf.

»Diese zwei Runenbuchstaben, die in der Tat von derselben Art waren wie der siebzehnte und achtzehnte Runenbuchstabe im Alphabet des Geheimcodeexperten Guido von List, stellten sich als Lettern zum Zwecke der Täuschung heraus. Sie wurden nur dazu eingesetzt, um die Leser zu verwirren, die nicht in die Runen des Autors eingeweiht sind«, erklärte der Dichter. »Als ich so tat, als gäbe es sie nicht, traten mir die isländischen Wörter so klar vor Augen wie die Goldklunker in den Klüften von Klondike.«

»Ausgezeichnet«, erkannte Melkorka aufgeregt an.

»Als Zweites erschwerte mir das Lesen zu Anfang, dass der Autor die Runen in einer bustrophedon kontinuierlichen Reihe niederschrieb.«

»In was für einer Reihe, bitte?«

»Schau hier!« Beinteinn zeigte Melkorka seine mit Anmerkungen versehene Kopie der ersten Seite. »Du musst die oberste Zeile hier von links nach rechts lesen. Die Zeile darunter beginnt dann rechts. Das bedeutet, dass du sie von rechts nach links lesen musst. Die dritte Zeile fängt dann wieder links an, und so geht die ganze Geschichte abwechselnd weiter, das ganze Blatt bis ans Ende, etwa wie ein zusammenhängendes langes Zahlenband.«

»Ist das ungewöhnlich?«

»Absolut. Zwar kennt man von einigen wenigen altnordischen Runensteinen auf diese Weise angeordnete Texte. Üblicher war es allerdings, Texte in jeder Zeile von links nach rechts zu schreiben, wie es in indoeuropäischen Schriftsprachen allgemein üblich ist.«

»Und was hat Großvater jetzt auf der ersten Seite geschrieben?«, wollte Melkorka wissen.

»Er widmet das Tagebuch einem Deutschen namens Dr. Bruno Schweizer, der es ihm geschenkt hatte. Als Schweizer im Jahre 1936 hier in Island weilte, beobachtete er, wie Höskuldur Runen auf ein Blatt schrieb, und sprach ihn an. Es stellte sich heraus, dass sie beide großes Interesse an dem alten Germanen-Alphabet hatten. Höskuldur hatte schon einiges über Runen gelesen. Der Gelehrte sandte ihm im darauffolgenden Winter einige Bücher in deutscher Sprache zu Forschungen über Geschichte und Bedeutung der Runen nebst dem Tagebuch zu und forderte ihn auf, darin seine Überlegungen zu isländischen und außerisländischen Runen und Runentexten niederzuschreiben.«

Beinteinn blickte Melkorka aufmerksam an.

»Und wie es weitergeht, das liegt nun in deinen Händen, meine Schöne«, erklärte er. »Ich bin bereit, euch dabei zu helfen, das Tagebuch deines Großvaters zu lesen, sollte das dein Wunsch sein.«

»Ich verlasse mich dabei auf deine Verschwiegenheit«, entgegnete sie.

»Das versteht sich von selbst.«

»Also drucke ich jetzt ein paar Seiten aus«, verkündete Melkorka.

Sie vertieften sich in den Runentext und dechiffrierten in langsamem, aber sicherem Fortschritt die ersten Seiten des Tagebuches. Höskuldur berichtete davon, wie und weswegen er sich 1940 in Deutschland der Waffen-SS angeschlossen hatte. Der sogenannte Winterkrieg zwischen Finnland und dem Sowjetreich endete mit einer Niederlage für die Finnen, worauf er zu seinen Eltern in Norwegen heimkehrte. Dort war er in der Fischverarbeitung tätig, konzentrierte sich aber in seiner Freizeit auf die Runenwissenschaft. Die deutsche Vertretung in Oslo ließ einen Artikel übersetzen, den er in einer nordischen Zeitschrift über isländische Runen verfasst hatte, und sandte ihn an einen SS-Angehörigen namens Karl Maria Wiligut, der als einer der besten Runenspezialisten Himmlers galt. Er hatte unter anderem das Sig-Runenemblem der SS und die Symbole auf dem Totenkopfring entworfen. Als die Deutschen Norwegen besetzten, war Höskuldur alleine, da seine Eltern durch britische Sprengbomben im Kampf um Narvik im Sommer 1940 umgekommen waren.

Melkorka erschrak, als sie so konkret mit dem Schicksal ihrer Urgroßeltern konfrontiert wurde. »Kann das stimmen, dass britische Soldaten sie getötet haben?«

»Wie du weißt, gibt es bei Luftangriffen immer mehr Opfer unter der Zivilbevölkerung als unter Soldaten, gleichgültig, wer daran beteiligt ist«, antwortete Beinteinn. »Die Eltern deines Großvaters waren schlicht zur falschen Zeit am falschen Ort gewesen, wie auch die anderen unschuldigen Opfer der Kriegsleute.«

Kurz nach dem Tod seiner Eltern hatte Höskuldur dann ein Angebot von Wiligut bekommen, für Himmler Runenforschung zu betreiben. Er ging nach Deutschland und bekam den Rang eines Unterscharführers bei der SS-Abteilung Ahnenerbe im Rahmen einer Weiheveranstaltung unter den Externsteinen im Teutoburger Wald verliehen. Auf dem Foto von der Weihe war er der Dritte von rechts.

»Was ist an den Felsen so besonders?«, wollte Melkorka wissen.

»Die Externsteine genannten Felsen gehören zu einem Wald, den die Deutschen den Teutoburger Wald nennen. Er ist für die germanische Geschichte bedeutsam«, erklärte ihr Beinteinn. »Der römische Geschichtsschreiber Gaius Cornelius Tacitus beschreibt in seinem Werk ›Germania‹, das er im ersten Jahrhundert nach Christus verfasste, dass die Soldaten der Sachsen dem römischen Eindringling dortselbst eine verheerende Niederlage beigebracht haben. Das war im Jahre neun, als Augustus als Kaiser in Rom herrschte. Dieser Sieg der Germanen führte dazu, dass die Römer weitere Absichten, Germanien zu erobern, fürs Erste aufgaben. Von daher hat er in der deutschen Geschichte eine besondere Bedeutung. Diejenigen, die im neunzehnten Jahrhundert für die Vereinigung Deutschlands kämpften, betrachteten die Externsteine als heiligen Ort. Sie glaubten nämlich, dass die Sachsen an dieser Stelle ihre Irminsul aufgerichtet hatten. Diese Säule war das Abbild für den großen Weltenbaum, die Weltenesche, die von den Männern des Nordens Yggdrasill genannt wurde. Mit anderen Worten, Óðinns Baum.«

Ganz unten auf der dritten Seite des Tagebuches hatte Höskuldur das Motto der SS in isländischer Übersetzung verzeichnet: *Heiður minn er tryggð* – Meine Ehre ist die Treue. Unmittelbar danach schilderte er die Zeremonie unter den Felsen im Teutoburger Wald, wo er Adolf Hitler seine ewige Treue schwor – ihm »*und denen, die du über uns setzt, bis in den Tod*«.

Melkorka überlief ein Schauer, als sie Beinteinn den Eidestext leise vorlesen hörte. Um nichts in der Welt konnte sie begreifen, wie ihr Großvater sich von diesem schwarzen Eid bis zu seinem letzten Atemzug hatte binden lassen können.

17

Melkorka fiel es schwer, den Runentext weiter zu dechiffrieren, doch sie biss die Zähne zusammen. Stundenlang brütete sie mit Beinteinn über Höskuldur Steingrímssons Tagebuch. Jede einzelne zweifelhafte Stelle wurde von allen Seiten diskutiert, bevor Melkorka den isländischen Text in den Computer tippte:

Am Tag nach der Weihe im heiligen Hain der Götterfelsen bekam ich den Befehl, zum Reichsführer-SS in Berlin zu kommen, der mir eine wichtige Aufgabe des Deutschen Reiches übertragen wollte. Es war ein erhabener Augenblick, den mächtigen Führer der Germanen seine Bewunderung für die historische Aufgabe des isländischen Volkes zum Ausdruck bringen zu hören; dem Volk, dem es gelungen sei, seinen reinen, arischen Ursprung viel besser zu bewahren, als den Deutschen selbst. Er ist überzeugt davon, dass die isländischen Eddalieder der Schlüssel zur Welt der nordischen Vorväter des deutschen Volkes sind, jener ersten Arier, die lange vor der Entstehung des Christentums schon existierten. Die Erzählungen der uralten Lieder von den übernatürlichen Kräften und der Weisheit, die Óðinn aus dem Brunnen Mímirs schöpfte, und seine magischen Runen waren zweifellos als Wegweiser für die arischen Nachkommen der Vorväter angelegt und gedacht. Er hielt es auch für offenkundig, dass Þórs Hammer Mjölnir in Wirklich-

keit eine uralte und mächtige Waffe ist, die mit Blitzen bei Gewittern nichts zu tun hat. Vielmehr haben es die Asen fertiggebracht, die Kraft der Elektrizität auf irgendeine Weise zu bändigen, die das heutige Wissen deutscher Wissenschaftler noch übersteigt. Er hat an einige handverlesene Mitarbeiter von Ahnenerbe den Befehl ausgegeben, die Geheimnisse dieser enormen Kräfte von Óðinn und Þór zu lüften. Er gelobte unserem Führer, die Technologie erneut zu entwickeln, die Þórs Hammer zugrunde liegt: eine machtvolle elektrische Geheimwaffe, die dem deutschen Volk den Endsieg im Krieg sichern wird. Die geheime Aufgabe, die der Reichsführer-SS mir zuteilte, besteht darin, alte Runentexte ausfindig zu machen, die den Weg zu dem geheimnisvollen Lebensbrunnen weisen, in dem den Eddaliedern zufolge das Wissen der Vorväter bewahrt ist. Ursprünglich wurden diese Runentexte in drei Runensteine geritzt, denen zusammen der Name Gotatýrs Runenlied gegeben wurde. Von Generation zu Generation wurden diese Steine als Heiligtümer an geweihten Orten gehütet und weitergegeben. Der Reichsführer-SS verfügt aber auch über Hinweise, nach denen das Runenlied zudem auf Pergament festgehalten wurde, und zwar in etwa um die Zeit, als die Isländer im beginnenden 10. Jahrhundert die Gründung der Versammlung aller Freien vorbereiteten. Wahrscheinlich wurde diese Pergamenthandschrift mehr als eintausend Jahre lang an einem geheimen Ort in der Bibliothek eines Mönchsklosters hoch oben in den Bergen von Montserrat in Katalonien aufbewahrt. Nachfragen von Ahnenerbe diesbezüglich haben keinen Erfolg gebracht, da der Abt des Klosters verneint, von so einem Manuskript oder von Runen überhaupt etwas zu wissen. Meine Aufgabe ist es, mich einige Wochen oder Monate in dem Kloster aufzuhalten, das Runenlied zu finden und es abzuschreiben oder gegebenenfalls auch zu entwenden.

Als Himmler dem jungen Runenexperten 1940 diese besondere Aufgabe anvertraute, hatte Höskuldur eben seinen 23. Geburtstag gefeiert. Die Führungsspitze der deutschen Nationalsozialisten Hitler, Göring und Himmler hatten mit militärischer Gewalt die meisten Nachbarländer Deutschlands annektiert: Österreich, die Tschechoslowakei, Polen, Dänemark, Norwegen, Holland, Belgien und Frankreich. Sie waren Europas Kriegsherren.

Einige Wochen später, im Oktober 1940, reisten Hitler und Himmler mit einer Entourage uniformierter SS-Leute nach Spanien. Hitler begab sich ins baskische Hafenstädtchen Hendaye, um sich dort mit dem spanischen Diktator Francisco Franco zu treffen; mit jenem General, der mit Unterstützung der Deutschen und Italiener die spanische Demokratie zu Tode gebracht hatte, während sich die Engländer und Amerikaner noch heraushielten. Himmler fuhr nach Barcelona, wo er dem Polizeichef der Stadt erklärte, mit welchen Methoden die Gestapo die eiserne Disziplin in deutschen Städten und Dörfern aufrechterhielt. Der Reichsführer-SS logierte mit einer vielköpfigen Begleitgruppe im Ritz, dem berühmtesten Hotel der Stadt, traf spanische Militärs und machte sich für einen knappen Tag frei, um das Kloster auf dem Montserrat zu besuchen. Höskuldur wurde dort zurückgelassen.

Die Mönche bringen den Gipfeln, die wie eine Reihe steinerner Finger hoch in den Himmel greifen, vielfache Verehrung entgegen. Mich erinnern die Gipfel an die heiligen Götterfelsen im Teutoburger Wald. Ich habe hier nur einen Mann angetroffen, der die deutsche Sprache spricht. Er heißt Ripol. Wegen der Gebetszeiten und anderen Klosterpflichten hat er nur wenig Zeit, aber er hat mir dennoch die Bibliothek gezeigt. Sie befindet sich in teilweise dunklen, verwinkelten und engen Gängen unter dem Kloster und der Kapelle. Weder er noch die anderen Mönche, die er für mich befragt hat, wissen etwas davon, dass ein Runengedicht in der Bibliothek aufbewahrt sein soll. Sie lesen nur Bücher in Latein. Einige von ihnen halten Runen für Zeichen des gefallenen Engels Luzifer. Deshalb sei es schon fast Gotteslästerung, sie auch nur anzublicken. Um mich körperlich in Form zu halten, habe ich am Sonntag eine Bergwanderung unternommen, wie ich es mir als Junge zu Hause in Island angewöhnt habe. Ich fürchte, die Suche nach Gotatýrs Runenlied wird zeitaufwendig und beschwerlich.

Melkorka sah Beinteinn fragend an: »Weswegen nennt Opa diese Felsen Götterfelsen?«

»Offensichtlich betrachtete Höskuldur die Externsteine als den heidnischen Göttern geweiht, Óðinn und den anderen. Die sächsischen Felsgipfel zählten über Tausende von Jahren immer wieder zu den heiligen Orten verschiedener religiöser Kulte.«

Drei Wochen sind vergangen. Mein Leben im Kloster hat einen festen Rhythmus angenommen. Ich erwache um sechs Uhr morgens, wenn die Glocken zum Morgengebet rufen. Ich ertüchtige meinen Körper im Klostergarten unter freiem Himmel, während die Mönche in der Kapelle beten. Dann nehme ich mit ihnen ein karges Frühstück im Refektorium ein, fahre gegen neun Uhr vormittags wieder mit meiner Suche fort, lege mittags eine kurze Essenspause ein und mache dann bis zum Abend weiter. Ich untersuche jedes Buch und jedes sonstige Stück der Sammlungen. Einige der Bücher sind wegen der Feuchtigkeit oder durch Mäuse oder Insektenfraß in schlechtem Zustand. Bisher habe ich keinerlei Anzeichen für Gotatýrs Runenlied gefunden, geschweige denn für Runen überhaupt. Aber ich werde unbeirrt weitersuchen. Geordnetes und planvolles Vorgehen ist Grundvoraussetzung für den Erfolg.

18

Am Nachmittag lud sich Robert M. Houston selbst zu einem erneuten Besuch ein. Kári zeigte ihm den Weg in das obere Stockwerk zu Melkorka, die dem Amerikaner Beinteinn als einen der bedeutendsten isländischen Poeten seiner Generation vorstellte.

Der Alte verzog das Gesicht. »Einer der bedeutendsten?«, echote er und schüttelte Houston die Hand. »Ich muss zugeben, dass mir kein vergleichbarer Poet in den Sinn kommt.«

»Haben Sie die E-Mail von Greta von Trittenheim-Schneider gesehen?«, fragte der Professor und ließ sich in das weiche Ledersofa fallen.

»Ja«, antwortete Melkorka. »Glauben Sie, dass sie recht hat?«

»Ich denke schon«, entgegnete Houston und warf seinen Hut auf den weißen Schreibtisch. »Ich habe mich ein wenig mit dem Lebensweg des Freiherrn beschäftigt, als ich das Buch über Himmler geschrieben habe. Im Dritten Reich nannte man Rudolf von Trittenheim den *Schwarzen Bankdirektor*.«

»Warum das? War er in Geschäfte auf dem Schwarzmarkt verwickelt?«

»Nein. Schwarz war schlicht und einfach die dem Germanentum zugeordnete Farbe der SS. Seit Mitte der vierziger Jahre hatte der Freiherr eine bedeutende Rolle inne für die Finanzen der SS und auch für Himmler selbst. Er stammte aus einer alteingesessenen deutschen Adelsfamilie und hatte sich schon ein paar Jahre vor der Machtergreifung Hitler angeschlossen. Himmler nahm den Freiherrn 1932 in die SS auf und machte ihn zwei Jahre später zu seinem wichtigsten Verbindungsmann zur deutschen Reichsbank. Von dort flossen Himmler nach der Machtergreifung große Geldsummen zu. Das änderte sich später, als die SS einen Teil des umfangreichen Vermögens, das die Nationalsozialisten den Juden raubten, zur Wiederverwertung und Aufbewahrung in die Reichsbank schickte. Freiherr von Trittenheim war wahrhaft einer der berüchtigsten Räuberhauptmänner in der größten Räuberbande der Geschichte, als er einige Monate vor Kriegsende in Europa urplötzlich spurlos verschwand.«

»Wie hat er das angestellt?«, fragte Melkorka.

»Das weiß anscheinend niemand so ganz genau. Nach dem Krieg kursierten verschiedene Theorien. Die einen behaupteten, Himmler habe ihn wegen großangelegter Finanzbetrügereien eliminieren lassen. Die anderen sagten, dass er zunächst in die Schweiz oder nach Schweden geflohen sei, wo er mächtige Geschäftsfreunde hatte, und nach Kriegsende nach Südamerika ging, wie so viele andere SS-Angehörige auch. Sein Verschwinden ist eines von zahlreichen ähnlichen Ungeklärtheiten seit Ende des Dritten Reiches. Nur dass von Trittenheim schon mindestens ein halbes Jahr verschwunden war, bevor die Deutschen vor den Amerikanern kapitulierten, das weiß man.«

Melkorka konnte sich jetzt nicht mehr zurückhalten:

»Und Sie glauben, mein Großvater ist der andere Mann vor dem U-Boot auf dem Foto? Ich meine den neben dem Freiherrn.«

»Das erscheint mir sehr wahrscheinlich, aber ich habe keine Beweise. Können Sie mir ein altes Foto von Höskuldur zum Vergleich beschaffen, zum Beispiel als er in den Zwanzigern war?«

»Nein. Mir wurde erst gestern Abend klar, dass das älteste Foto, das ich von meinem Opa gesehen habe, das Hochzeitsfoto von 1958 ist. Mutter kann sich ebenfalls nicht daran erinnern, jemals ein Foto von Höskuldur gesehen zu haben, das vor seiner Hochzeit aufgenommen wurde. Da war er schon über dreißig.«

»Das ist für einen Mann mit einer solchen Vergangenheit keineswegs ungewöhnlich«, erklärte Houston. »Nach dem Krieg war es ja nicht gerade eine Empfehlung, an der Seite der Deutschen gekämpft zu haben. Ganz zu schweigen davon, wie es war, als die unmenschlichen Verbrechen der Nazis bekannt wurden. Die schlimmsten Gräueltaten wurden meist von der SS verübt. Viele der jungen Männer in Schweden, Norwegen und Dänemark, die der SS zu Tausenden beigetreten waren und überlebt hatten, schwiegen nach der Rückkehr tunlichst über ihr Vorleben. Manche von ihnen heirateten und bekamen Kinder, die von dieser Vergangenheit überhaupt nichts erfuhren. Dein Großvater scheint genauso gehandelt zu haben. Zweifellos vertraute er darauf, dass es keinen anderen Isländer gab, der von seiner Karriere im Dienste Himmlers etwas hätte ausplaudern können.«

»Aber warum brachte er sich dann in der Naziuniform um, nachdem er all die Jahre geschwiegen hatte?«

»Eine solche Frage müssten Sie wahrscheinlich besser einem Psychologen oder Psychiater stellen. Es gehört in deren Fachbereich, darüber zu befinden.«

Melkorka senkte zögernd den rothaarigen Kopf, als stimmte sie zu. Dabei drängte sich ihr der Verdacht auf, dass ihr Großvater diese öffentliche Inszenierung seines Todes viel eher aus unerschütterlicher Treue zu seinem alten politischen Traum gewählt hatte, der nichts anderes war als ein furchtbarer Alptraum für Millionen.

»Wenn Ihre Vermutung zutrifft, dann stellt sich die Frage, was der Fundraiser von Trittenheim und der Runenexperte Höskuldur Steingrímsson gemeinsam hatten«, warf Kári ein und betrachtete das Foto auf dem Bildschirm seiner Frau.

»Außer der offensichtlichen Tatsache, dass beide SS-Mitglieder waren?«

»Ja«, sagte Melkorka. »Warum würden sie sonst da nebeneinander vor der U-703 stehen?«

»›Wann‹ ist nach meiner Einschätzung eine nicht minder wichtige Schlüsselfrage«, entgegnete der amerikanische Professor. »Deshalb müssen Sie mir erlauben, mich mit dem Tagebuch Ihres Großvaters auseinandersetzen zu dürfen. Die Antwort ist mit Sicherheit darin zu finden.«

Melkorka stand abrupt auf, ging zum Fenster und sah hinaus auf den ruhigen Fluss, der sich in einem grünen Tal zum Meer hinunterwand.

»Wir brauchen dabei keine Hilfe«, stellte Kári klar. »Beinteinn hat den Schlüssel zum Code des Tagebuchs bereits gefunden.«

Houston wandte sich auf dem Sofa um und fixierte den Dichter von Hvíthöfði.

»Können Sie wirklich den gesamten Text lesen?«, fragte er scharf.

»So flüssig wie das Vaterunser und meine eigenen Gedichte«, konterte Beinteinn und griff nach seiner halbvollen Tasse schwarzen Kaffees.

»Kann ich mal sehen?«

Melkorka reichte dem Professor den Computerausdruck von Beinteinns Übersetzung der ersten Seite des Tagebuchs.

Houston nickte lebhaft.

»Ja, hier erwähnt er Dr. Schweizer. Das habe ich dann also richtig aufgefasst«, sagte er. »Ausgezeichnet, wirklich ausgezeichnet.«

Die Türglocke schrillte ihnen in den Ohren.

Kári ging öffnen. Kurz darauf erschien er wieder im oberen Stockwerk, gefolgt von einer Frau um die dreißig. Sie war blond und kräftig gebaut, trug einen dunkelblauen, knielangen Rock, ein Kostüm in derselben Farbe und silberne, hochhackige Schuhe. Ihr Gesicht war sonnengebräunt, die Augen strahlend blau und wachsam und ihre Gesichtszüge herb, wie nach langen Aufenthalten unter freiem Himmel.

»Ich bin Greta von Trittenheim-Schneider«, sagte sie auf Englisch mit sanfter, einschmeichelnder Stimme.

19

Melkorka nahm das Auftauchen der Deutschen gelinde gesagt übel auf, aber Robert M. Houston ging sofort zur Verteidigung über.

»Das ist ganz zweifellos meine Schuld«, sagte der Professor entschuldigend. »Ich habe Frau Schneider in einer E-Mail davon berichtet, dass in dem Text des Tagebuches vermutlich weitere Informationen über das Schicksal ihres Großvaters zu finden sind, da es in dem Buch eine Fotografie von Rudolf v. Trittenheim und H. Steingrim vor dem U-Boot gibt. Dass sie aber in das nächste Flugzeug springen würde, davon hatte ich allerdings nun auch keine Ahnung.«

»Sie stecken also dahinter«, bemerkte Melkorka kühl.

»Touché!«

»Ich habe verständlicherweise nicht einfach tatenlos dasitzen können«, ließ sich Greta Schneider vernehmen. »Jahrelang habe ich versucht herauszufinden, was aus meinem Großvater wurde, habe aber nichts als jede Menge Klatsch und Gerüchte gehört. Ich habe aber niemals handfeste Informationen erhalten, die sich hätten bestätigen lassen. Wenn Sie auf neue Tatsachen über die letzte Reise meines Großvaters gestoßen sind, dann finde ich es nur gerecht, dass ich erfahre, welche Tatsachen das sind. Ich brenne auf Antworten, um meinen Großvater zur letzten

Ruhe zu betten und gleichzeitig Frieden für meine Seele zu bekommen.«

Melkorka betrachtete die Deutsche mit wachsendem Verständnis.

»Wissen Sie von irgendwelchen weiteren denkbaren Zusammenhängen zwischen dem Freiherrn und diesem U-Boot?«, fragte sie.

»Nicht direkt.«

»Was meinen Sie damit?«

»Nach dem Tod meiner Großmutter erbte ich viele Briefe, die ihr mein Großvater während der Kriegsjahre geschrieben hatte«, berichtete Greta Schneider. »Der letzte erreichte sie kurz vor Weihnachten 1944. Er schrieb nur in Andeutungen, da zu dieser Zeit alle Feldpost deutscher Soldaten zensiert wurde. In diesem Brief bereitet er Großmutter darauf vor, dass sie die nächsten Monate oder sogar das nächste halbe Jahr nichts weiter von ihm bekommen würde, da er sich auf eine weite, gefährliche Reise machte. Er sagt zu dieser Reise nicht mehr, aber als ich das Bild von ihm vor dem U-Boot sah, kam mir der Gedanke, dass Großvater womöglich mit diesem U-Boot auf Fahrt gegangen war. Sie werden sicherlich verstehen, dass es mir sehr viel bedeutet zu erfahren, was über meinen Großvater in dem Tagebuch Ihres Großvaters geschrieben steht. Ist er mit dem U-Boot in See gestochen? Wohin ist er gefahren? Was ist aus ihm geworden?«

Professor Houston kam Melkorka zuvor.

»Niemand scheint mit Sicherheit das Schicksal der U-703 zu kennen, wenn es sich denn überhaupt um dieses U-Boot handelt«, erklärte er. »Bis jetzt gingen die Historiker davon aus, dass das U-Boot im Herbst 1944 auf seiner dreizehnten Fahrt nordöstlich von Island aufgrund eines Unglücks verschwand, aber dafür liegen keine Beweise vor. Ich meine, das Foto in dem Notizbuch ist als Hinweis darauf zu interpretieren, dass die U-703 ihr Ziel erreicht hat. Zumindest ist es ja wohl eindeutig, dass Höskuldur nach Island gelangte.«

»Was steht in dem Tagebuch zu der letzten Fahrt des U-Bootes?«

»Wir sind mit der Übertragung noch nicht so weit gekommen.«

»Mir ist alles andere in dem Tagebuch völlig egal«, versetzte Schneider mit Nachdruck. »Wenn Sie für mich nur das Kapitel mit dem U-Boot übersetzen, kann ich mit Frieden im Herzen heimkehren.«

Melkorka war in einer Zwickmühle. Sie fühlte ein gewisses Mitleid mit der Deutschen, die in einer ähnlichen Situation war wie sie selbst: Sie versuchte, den Lebensweg ihres Großvaters aufzuklären.

»Wenn im Tagebuch irgendwas zur Reise Ihres Großvaters stehen sollte, ist es nur selbstverständlich, dass Sie es erfahren«, sagte sie. »Wenn es so weit ist.«

»Dafür danke ich Ihnen sehr«, erwiderte Schneider.

»Im Übrigen aber ist der Inhalt des Tagebuches ein Familiengeheimnis, und dabei bleibt es auch.«

»Ich habe einen noch besseren Vorschlag«, mischte sich der Professor ein. »Warum denn nicht das Kapitel gleich jetzt übersetzen? Das sollte doch nicht lange dauern, wo Sie doch die Geheimformel schon herausgefunden haben.«

»Das kommt überhaupt nicht in Frage«, verkündete Melkorka entschlossen. Sie konnte nicht zulassen, dass die beiden bei der Übertragung dabei waren. Erst wollte sie selbst wissen, was ihr Großvater geschrieben hatte.

Houston zuckte die Schultern und blickte die Deutsche entschuldigend an.

»In welchem Hotel wohnen Sie?«, fragte er sie.

»Im Augenblick habe ich noch keins. Mein Gepäck ist noch am Busbahnhof, da ich so schnell wie möglich herkommen wollte.«

»Das Gästehaus, in dem ich wohne, ist sauber und freundlich«, meinte der Professor. »Ich habe heute Morgen gesehen, dass sie noch Zimmer frei haben.«

»Klingt gut«, sagte Schneider dankbar.

»Könnten Sie mir ein Taxi rufen?«

Sie warteten alle zusammen im Wohnzimmer, bis der Taxifahrer vor dem Haus hupte. Houston suchte seinen breitkrempigen Hut im Flur, fand ihn aber nicht.

»Entschuldigen Sie mich bitte einen Augenblick«, wandte er sich in bedauerndem Tonfall an Melkorka. »Ich habe dummerweise meinen Hut oben in Ihrem Arbeitszimmer liegenlassen. Bin gleich zurück.«

Erstaunlich flink eilte der Professor die Treppe hinauf und kam umgehend mit dem Hut auf dem Kopf zurück.

»Auf Wiedersehen«, sagte Greta Schneider auf Deutsch und folgte Houston auf den asphaltierten Parkplatz vor dem Haus.

20

Als die Besucher gegangen waren, nahmen sich Melkorka und Beinteinn die Kopien der nächsten Tagebuchseiten vor, auf denen Höskuldur die weitere Suche nach Gotatýrs Runenlied in der Bibliothek des alten Klosters von Montserrat Ende 1940 schilderte. Erst zwischen Weihnachten und Neujahr war er wohl einen Schritt weiter gekommen:

Endlich ein Lichtblick. Fand in einem der Kellergänge des Klosters unter der Steindecke ein paar übel zugerichtete Bücher. In einem davon sind Manuskripte unterschiedlicher Art. Darunter fand ich lose Seiten, die offenbar aus einem Buch gerissen sind. Auf einem von ihnen sind Runenzeichen geschrieben. Das Blatt ist zwischen Seiten mit griechischen und lateinischen Texten eingefügt. Die Runen sind verblasst und schwierig zu entziffern.

Einige Tage später hatte Höskuldur den Runentext dann in lateinischer Schrift übertragen, soweit das überhaupt möglich war:

Auf der Vorderseite des Blattes stehen offenbar vollständige Sätze, die in gleicher Form auch von Allvater Óðinn im Runenlied überliefert sind, das zu der Älteren Liederedda gehört: »Ich spähte nach unten. Erlernte die Runen. Ich, der Allweise, lernte sie laut. Wohl dem, der es kann. Wohl dem, der es sang. Weißt du zu ritzen? Weißt du zu deuten? Weißt du zu erforschen? Weißt du zu bitten?«

Die Rückseite ist viel schlechter erhalten, notierte Höskuldur. Dort konnte er vereinzelte Wörter in lesbaren Runen ausmachen, dazwischen waren unleserliche Stellen:

brunnR... gotat ... runastainaR ... þrija hailag stad ... hof got... doro... agistr... saks... graf... gorm... jal...odi...þor ... urd ... mimR... idave.

Während der Wintertage in den Bergen von Montserrat hatte Höskuldur lange über der Bedeutung der zusammenhanglosen Sätze und Silben geknobelt, ohne jedoch zu einem endgültigen Ergebnis zu kommen:

Das ist nur ein Bruchstück eines Manuskripts. Vieles fehlt. Was kann man aus diesen Runen lesen? Bei erster Betrachtung das Folgende: Gotatýrs Runenlied wurde an drei heiligen Orten (»þrija hailag stad...«) in Runensteine (»runastainaR«) geritzt. Was nachfolgend über die drei Orte geschrieben ist, sind lediglich meine eigenen Überlegungen und Mutmaßungen.

hof got... doro...: Wahrscheinlich wird auf einen gotischen Tempel (altnordisch: »hof«) in ihrer berühmten Hauptstadt Doros am Schwarzen Meer verwiesen.

agistr... saks...: Sehr wahrscheinlich sind hier die Götterfelsen oder Externsteine in Westfalen gemeint, das bedeutendste Heiligtum der Sachsen.

graf... gorm... jal...: Halte es für nahezu sicher, dass hier das Grab von Gormur dem Alten gemeint ist, der ein bekannter dänischer Wikingerkönig des zehnten Jahrhunderts war und der in Jalangur saß, das die Dänen heute Jelling nennen. Das ist in Jütland.

Wenn ich die richtigen Schlüsse gezogen habe, muss der älteste Runenstein demnach in Doros sein, der mächtigen Gotenfestung. Die Goten hatten im dritten Jahrhundert die Krim an der Schwarzmeerküste erobert, wichen dort aber vor den Hunnen zurück. Viele von ihnen zogen unter der Führung von Óðinn und Þór nach Nordeuropa über das heutige Sachsen und weiter nach Skandinavien, siehe auch den Bericht unseres isländischen Geschichtsschreibers Snorri Sturluson in seiner »Heimskringla«. Vom Tempel von Doros sind wahrscheinlich seit Jahrhunderten nur mehr Ruinen übrig.

Die Goten ließen sich in Sachsen nieder, bevor sie nach Skandinavien weiterzogen. Der zweitälteste Runenstein könnte daher in einem sächsischen Tempel bei den Götterfelsen verborgen sein. Sie gehören unter anderem zu einem Gebiet, in dem Doktor Schweizer für Ahnenerbe in Detmold germanische Forschungen leitet.

Der jüngste Runenstein wäre demnach im Grabhügel von Gormur dem Alten auf Jütland zu finden, vermutlich im zehnten Jahrhundert errichtet. Dort sind bereits Runensteine zum Gedenken an den alten Gormur und seinen Sohn, Haraldur Blauzahn, aufgefunden worden. Es ist denkbar, dass diese drei uralten Runensteine tausend Jahre Geschichte der germanischen Götter umfassen.

Einige Wochen später hatte Höskuldur seine Suche in der Klosterbibliothek dann beendet, ohne auf weitere Runentexte gestoßen zu sein. Er verfasste einen ausführlichen Bericht über seine Entdeckung und die wesentlichen Ergebnisse und lieferte ihn im Februar 1941 persönlich beim Reichsführer-SS in Berlin ab. Im Anschluss daran bekam er die Aufgabe, die drei Steine ausfindig zu machen, auf denen das Geheimnis von Gotatýrs Runenlied aufgeschrieben sein sollte.

Obwohl Höskuldur es für am wahrscheinlichsten hielt,

dass der älteste Runenstein in der alten Stadt Doros auf der Krim zu finden war, konnte er trotz des Hitler-Stalin-Pakts nicht ohne Weiteres eine Suche innerhalb der Grenzen des Sowjetreiches durchführen. Die beiden anderen Orte waren dagegen unter deutscher Herrschaft und deshalb leicht zugänglich.

Er bekam einen persönlichen Befehl Himmlers, seine Expedition in Sachsen zu beginnen und danach in Dänemark weiterzusuchen:

Ich habe mit allen Experten von Ahnenerbe gesprochen, die die historischen Götterfelsen im Teutoburger Wald am gründlichsten untersucht haben, und habe ihre Untersuchungsberichte durchgearbeitet. Habe auch den alten Wilhelm Teudt aufgesucht. Er ist immer noch davon überzeugt, dass die Externsteine jahrhundertelang der heiligste Ort der Germanen waren, bis sich die Sachsen im Jahre 772 Karl dem Großen geschlagen geben mussten. Der christliche Kaiser ließ damals die prächtige Säule Irminsul zerstören, die von den Sachsen auf dem höchsten Felsen errichtet worden war. Keiner dieser Gelehrten weiß etwas von Runen in den Felsen, außer einer einzigen umstrittenen Runenritzung, die dem Gott Tiwaz oder Týr geweiht sein soll. Das heißt, ich habe eine offensichtlich schwierige Aufgabe, da mir ein schriftlicher Befehl des Reichsführers der SS vorliegt, die Felsen und ihre nächste Umgebung so gründlich wie möglich zu untersuchen und nichts unversucht zu lassen, den Runenstein zu finden.

Höskuldur Steingrímsson wurde in Detmold untergebracht, wo Dr. Schweizer Leiter der wissenschaftlichen germanistischen Abteilung von Ahnenerbe war. Er begann seine Suche am frühen Morgen.

Was für Felsenriesen. Die heiligen Felstürme der Sachsen ragen wie die Finger der Götter in den Himmel auf. Sie erscheinen einem größer, als ihre Abmessungen tatsächlich sind. Sie spiegeln sich in dem stillen See: der heilige Hain unserer Vorväter, an einer klaren Waldquelle gelegen.

Im Inneren der Felsen sind zahlreiche unterschiedlich große Höhlen und Treppen, die im Laufe der Jahrhunderte in den Sandstein geschlagen wurden und die bis auf die höchsten Felsen hinaufreichen. Hier gibt es auch Reliefs verschiedener Art und unterschiedliche Steinritzungen. Zuoberst in dem höchsten Felsen ist eine große Höhlung, von der mit Sicherheit angenommen werden kann, dass sie ein germanischer Tempel war. Reichsführer Himmler erzählte mir, dass ihn, als er hier oben zum ersten Mal stand und über den Teutoburger Wald hinwegsah, die Energie der Vorväter durchströmte und ihm die Kraft zu großen Heldentaten verlieh. Ich kann ihn gut verstehen.

In den darauffolgenden Tagen untersuchte Höskuldur die Felsen eingehend. Sorgfältig überprüfte er alle Felswände, sowohl im Freien als auch in den Höhlen, und ließ dabei weder Boden noch Decke aus. Er übersah keine Felsplatte und kein Loch, weder Reliefs noch eingekratzte Schriftzeichen. Aber er fand nichts, das mit Gotatýrs Runenlied in Verbindung zu bringen gewesen wäre.

Allmählich musste er sich der drängenden Frage stellen, ob er sich nicht möglicherweise doch geirrt hatte. Er verbot sich solche Zweifel aber sofort wieder und beharrte auf seinem Standpunkt, dass er das uralte Heiligtum einfach noch nicht gründlich genug untersucht hatte.

Kurz vor Sonnenuntergang legte ich mich vor dem Opferstein auf den Rücken, den einige als Altar bezeichnen. Es ist ein mächtiger flacher Stein, der an beiden Enden auf Stützen aus Sandstein ruht. Dazwischen sind nach außen offene Hohlräume. Ich beobachtete die Schatten, die von den flackernden Fackeln an Wände und Decke der Tempelhöhle geworfen wurden, wie es unsere Vorväter sicherlich jahrhundertelang getan haben. Ich grübelte wieder einmal darüber, ob ich wohl gezwungen sein würde, meine Deutung der Runen in Montserrat zu revidieren. Irgendetwas, für das ich noch keinen Namen habe, brachte mich dann aber dazu, unter den Opferstein zu blicken. Im gedämpften Licht der Fackeln erschienen mir dort sonderbare Steinritzungen. Es war wie eine Offenbarung.

Am Morgen danach halfen mir sechs kräftige Männer beim Anheben und Umdrehen des Opfersteins. Ich wischte den Staub der Jahrhunderte mit einer weichen Bürste fort. Dann versuchte ich aus den Einritzungen Schriftzeichen oder Worte zu erkennen. Schließlich stand fest: Es sind germanische Runen.

Der junge Runenspezialist brauchte einige Tage, um die Zeichen zu entziffern und zu deuten. Schließlich gelang es ihm, obwohl er mit dem Ergebnis nicht ganz zufrieden war:

Verflixt schwierig, diese alten Runen in den Griff zu bekommen. Sie können bis zu fünfzehnhundert Jahre alt sein. Für sich genommen verraten sie nicht viel über den Weg zu Óðinns verborgenem Heiligtum, aber man muss bedenken, dass dies ja nur einer von drei Runensteinen ist. Zusammen sollen sie den Weg zu den Schätzen der Vorväter weisen. Die Entdeckung des Textes auf diesem Stein beweist, dass ich auf dem richtigen Weg bin, und das ist die Hauptsache.

»Was stand da in Runen auf dem Stein geschrieben?«, fragte Melkorka aufgeregt.

Aber da Höskuldur Steingrímsson es unterlassen hatte, die Worte des Runensteins ins Tagebuch zu übertragen, hatte der alte Dichter auf diese Frage natürlich auch keine Antwort.

21

Melkorka fühlte sich um den wohlverdienten Lohn ihrer Anstrengungen betrogen. Trotzdem fuhr sie fort, zusammen mit Beinteinn den Runentext in lesbares Isländisch zu übertragen.

Im Frühjahr 1941 reiste Höskuldur nach Kopenhagen, wo das Alltagsleben trotz der Invasion durch die Deutschen seinen normalen Gang beibehalten hatte. Ein Jahr zuvor hatten die Dänen kapituliert, ohne zu den Waffen zu greifen, und von Widerstand gegen die deutschen Besatzer war nichts zu spüren. Ganz im Gegenteil bereitete die Regierung unter Thorvald Stauning die Anpassung der Dänen an die neue Situation in Europa unter Führung des Dritten Reiches vor und forderte die dänische Nation auf, sich mit den veränderten Realitäten auf dem Kontinent abzufinden.

Der isländische SS-Mann Höskuldur dagegen vertiefte sich in alle Berichte, deren er zu den archäologischen Untersuchungen an dem Grabhügel in Jelling im 19. Jahrhundert habhaft werden konnte. Ein weiterer isländischer Runenexperte war hier für eine Weile mit ins Spiel gekommen:

Jalangur. Jelling. Ein Provinznest in Jütland. Zwei große Grabhügel aus der Wikingerzeit. Der eine Hügel wird Gormur dem Alten zugeschrieben, der bis in die zweite Hälfte des 10. Jahrhunderts als König über die Dänen herrschte. Der andere ist seiner Ehefrau gewidmet, die Þyri hieß. Sie stammte aus königlichem Geblüt in England. Zwei Runensteine stehen noch heute aufrecht zwischen den beiden Hügeln. Den einen ließ der alte Gormur errichten, als seine Frau, die Königin, starb. Den anderen ließ Haraldur Blauzahn, ihr Sohn, nach König Gormurs Tod mit Runen beschriften. In der Nähe der Runensteine steht eine Steinkirche aus dem elften Jahrhundert.

Oben auf dem nördlichen Hügel gab es seit jeher einen Brunnenschacht. Die Bauern glaubten jahrhundertelang, dass dort eine Wasserquelle entsprang. Das stellte sich aber als nicht richtig heraus, denn es war lediglich Regenwasser, das sich dort sammelte. Im Jahr 1820 wollten Bauern den Brunnen vergrößern und begannen, in dem Schacht zu graben. Dabei stießen sie auf die hölzerne Grabkammer, die sich mitten in dem Hügel befand. In der Grabkammer war ein Loch aus früheren Zeiten, das sicherlich von Grabräubern angelegt worden war. Man rief Fachleute herbei. Der isländische Runenexperte Finnur Magnússon konnte als Erster in die Kammer einsteigen, doch fanden sich dort keine menschlichen Knochen. 1861 machte man erneut Ausgrabungen in beiden Hügeln. Man stieß auf zahlreiche große Steine. Nirgends werden Runen erwähnt. Ich will die Steine unter den Hügeln untersuchen. Dazu muss wieder gegraben werden.

Im Sommer nahm Höskuldur an Feldarbeiten dänischer Wissenschaftler teil, die lange Stollen in die beiden Grabhügel von Jelling vortrieben. Der Leiter der Erkundung hieß Ejnar Dyggve und war Architekt. Höskuldur interessierte sich ausschließlich für die großen Steine, die bei der

Ausgrabung ans Tageslicht kamen. Sie bildeten Reihen, in denen aber einige fehlten. Wahrscheinlich hatten sie Bauern im Mittelalter entfernt, da sie ihre Wiesen aufbessern wollten:

Dyggve hat sonderbare Ansichten zu den Steinen. Ich glaube zu wissen, dass sie zu einer sehr großen bootsförmigen Steinsetzung nordischer Wikinger gehören. Es erscheint mir offensichtlich, dass die Schiffsetzung sich unter beiden Hügeln hinzieht und sie miteinander verbindet. Der Steven des Schiffes ist unter dem einen Hügel, das Heck unter dem anderen. Ich habe alle Steine, von denen die Erdschicht abgetragen wurde, nach Runen untersucht, ohne Anzeichen für eine Runenbeschriftung zu finden.

Mit Beginn des Herbstes 1941 schwanden Höskuldurs Hoffnungen. Zu der Zeit hatte man nur einen kleinen Teil der Schiffsetzung freigelegt, ohne irgendwo auf Runen zu stoßen. Aber etwa um die Zeit, als im Winter die archäologischen Untersuchungen beendet wurden, klang sein Bericht plötzlich anders:

Habe großen Stein im Steven des Steinschiffs untersucht. Bin auf der Unterseite auf Runen gestoßen. Ließ den Stein mitten in der Nacht abholen und nach Flensburg abtransportieren. Habe tagelang die Runen zu entschlüsseln versucht und mich mit der wahrscheinlichsten Interpretation dieses Teils des Runenspruches abgefunden, obwohl sie mich sehr überrascht.

Wieder war Melkorka unzufrieden, denn wie beim ersten Mal hatte Höskuldur die Worte nicht vom Runenstein ins Tagebuch übertragen. Sie hatten weiterhin keine Ahnung davon, welche Botschaft sich in den zwei Bruchstücken von Gotatýrs Runenlied verbarg.

Dann merkte sie, dass Beinteinn nach dem langen Arbeitstag erschöpft war.

»Ich bring dich heim«, bot sie ihm an.

»Ja, meine Schöne«, antwortete der Alte. »Wir können den Faden morgen wiederaufnehmen.«

Er musste sich auf sie stützen, als er in ihren Jeep einstieg.

»Ich werde dir ein Geheimnis anvertrauen«, sagte er verschmitzt, als sie die Ártúnsbrekka hinunterfuhren. »Ich habe es niemals geschafft, die Fahrprüfung abzulegen.«

»Wie bitte?«, rief Melkorka. »Du bist nie selbst Auto gefahren?«

»Aber natürlich, du Anmut in Person, und das sogar berauscht wie völlig nüchtern. Ich habe mir jedoch nie die Zeit genommen, die Fahrprüfung abzulegen. Was kümmert sich der Dichter um weltliche Prüfungen, die von den Bleistiftlutschern und Bürohengsten erdacht werden, die nichts Besseres mit ihrer Zeit anzufangen wissen, als den schöpferischen Geist mit Haarspaltereien zu ärgern? Die einzigen Prüfungen, denen wir Dichter uns zu unterziehen haben, bestehen darin, unserem Umgang mit dem Weltenfeuer des Geistes standzuhalten und den bezaubernden Göttinnen, in deren Augen der Funke des Liebreizes erglüht.« Beinteinn schaute Melkorka an, die sich auf das Fahren konzentrierte. Dann fügte er mit wehmütigem Blick hinzu: »Unsere Zusammenkünfte sind nun leider viel zu spät erfolgt, mein Schmuckstück, aber genau deshalb kann ich bereitwillig eingestehen, dass du offensichtlich eine dieser wackeren Schönheiten bist, die den Dichter zur gleichen Zeit anstacheln und ihn in Verwirrung stürzen.«

22 Samstag, 5. Mai

Frühmorgens rief Melkorka den Dichter von Hvíthöfði an, aber Beinteinn Marteinsson nahm nicht ab, obwohl sie es beide Male lange klingeln ließ.

»Wahrscheinlich schläft er morgens länger«, mutmaßte Kári.

Aber in Melkorka war ein lebhaftes Interesse an dem eigenartigen Rätsel erwacht, mit dem sich ihr Großvater während der Kriegsjahre herumgeschlagen hatte. Sie brannte darauf weiterzumachen.

»Dann muss ich es wohl ohne ihn versuchen«, beschloss sie.

Als Höskuldur einen ausführlichen Bericht über die Runeninschriften an Himmler gesandt hatte, befahl ihm der Reichsführer-SS, beide Steine zur Aufbewahrung in die Wewelsburg in Westfalen zu bringen:

Eine prachtvolle Burg mit drei Türmen. Auf zweien davon ist eine Schweifhaube, nicht aber auf dem Nordturm, der von allen der höchste und mächtigste ist. Als wir dort gegen Abend ankamen, waren Dutzende Arbeiter, ihrer Kleidung nach KZ-Häftlinge, mit Ausbesserungsarbeiten an der Burg beschäftigt. Ich verwahrte die Runensteine aus dem Teutoburger Wald und von Jelling sicher und gut in dem Kellergewölbe. Der Reichsführer teilte mir mit, dass die Steine einen Ehrenplatz im heiligen Tempel der SS bekommen würden, sobald die Umbauten am Nordturm abgeschlossen seien.

Aber was war mit dem dritten Stein? Hatte ihr Großvater eine Gelegenheit bekommen, nach dem dritten Runentext auf der Krim zu suchen und ihn womöglich sogar zu finden?

Melkorka übertrug die nächsten Kapitel des Tagebuchs mit wachsender Neugier.

Im Herbst 1941, als Höskuldur seinen Bericht über die Suche nach dem ältesten Runenstein niederschrieb, tobte der Angriffskrieg der deutschen Truppen auf die Sowjetunion gerade am heftigsten, und es hatte ganz den Anschein, als fiele Moskau der eisernen Umklammerung der Deutschen über kurz oder lang zum Opfer. Höskuldur bereitete sich auf seine Reise nach Osten vor, indem er sich die alten Erzählungen über das Gotenreich vornahm, das vor fast zwei Jahrtausenden am Schwarzen Meer bestand:

Die Gotensaga, Codex Holm, ein schwedisches Manuskript, im dreizehnten Jahrhundert niedergeschrieben: darin wird von der Herkunft der Goten aus Skandinavien berichtet und von ihrem Zug über die Ostsee nach Estland und von da über die Weichsel und Dwina nach Süden zum Schwarzen Meer bis zur heutigen Ukraine. Damals gehörte das Gebiet zu Griechenland. Dann, vor zweitausend Jahren, gründeten die Goten ein Reich zwischen dem großen Strom Don im Osten und Dacia, der römischen Provinz im Westen.

Die isländische Heimskringla, Snorri Sturlusons Geschichte der mittelalterlichen norwegischen Könige von 1230: Snorri Sturluson berichtet darin, dass Óðinn in jenem mächtigen Schwedenreich geherrscht habe, das nördlich des Kaukasus zwischen dem Schwarzen Meer und dem Asowschen Meer lag, also auf der Krimhalbinsel. Nördlich des Gebirgszuges, an dessen Fuß alle damaligen Ansiedlungen lagen, entspringt ein Fluss, der das Schwedenreich durchzieht. Sein Name ist Tanaïs – der Don. Östlich davon nannte man die Gebiete Asien, westlich davon Europa. Östlich der Tanaïs lag das Asenland oder Ásaheimur, dessen Hauptstadt sie Ásgarður nannten.

Die Eddalieder: Einige der Heldengedichte in den Eddas beschreiben die Kämpfe zwischen Goten und Hunnen im vierten Jahrhundert, als der mächtige König Airmanareiks über das Reich Gothia herrschte. Die Goten mussten vor dem Hunnenkönig Attila kapitulieren und zogen zunächst nach Westen, dann nach Norden. Snorri Sturluson erzählt von Óðinns Zug durch Europa. Zuerst nach Sachsen, dann gen Norden, wo Óðinn und Þór wegen ihrer Heldentaten als Götter angesehen wurden. Ihre nordischen Verwandten, die Wikinger, besiedelten Island und kamen bis nach Grönland und Amerika. De Gothorum Origine et Rebus Gestis: die Geschichte der Goten nach dem römisch-gotischen Geschichtsschreiber Jordanes. Er lebte im sechsten Jahrhundert in Konstantinopel. Er zeichnete die Gotenkriege und ihre heftigen Kämpfe mit Hunnen und Römern auf. Jordanes wusste wohl von Island, da er in seiner Gotensaga Vergil zu einer Insel ganz weit im Norden zitiert: »Ultima Thule wird dir dienen.«

Der Reichsführer hat mir einen Vortrag über große Pläne zur Wiedererstarkung eines deutschen Reiches gehalten, des Gotengaus auf der Krim, wo Gothia einst lag. Er hat die Vision von Hunderten kriegsgerüsteter deutscher Bauern-

dörfer als Korn- und Schatzkammer der Deutschen und als Schutzwall gegen die asiatische Bedrohung.

Melkorka hatte noch nie zuvor von solchen Ideen eines deutschen Reiches auf der Krim gehört und rief ihren ehemaligen Professor an.

»Gotengau?«, fragte Njáll Gunnarsson verwundert. »Warum fragst du mich nach dieser alten Phantasterei eines Verrückten?«

»Ich bin im Tagebuch meines Großvaters auf diesen Begriff gestoßen, aber ich weiß nichts darüber.«

»Der Gotengau war eine Idee von Himmler. Es sollte eine germanische Ansiedlung im ehemaligen Gothia werden. Die Ausführung dieser Idee ist eine grauenhafte Geschichte, eigentlich so gut wie alles andere auch, bei dem Himmler seine schmutzigen Finger im Spiel hatte«, erklärte der alte Professor.

»Wieso?«

»Spezielle SS-Verbände hatten die Aufgabe, parallel zu den Eroberungen der Deutschen in der Ukraine alle anderen Nationalitäten – ›Rassen‹, wie es damals hieß – auf der Krim auszurotten. In den ersten Wochen wurden die Menschen an den Rändern der Massengräber erschossen, die auszuheben man sie zuvor gezwungen hatte. Später schickte Himmler fahrbare Gaskammern, damit die Vernichtung der Frauen und Kinder schneller vonstattengehen sollte. Als die deutschen Truppen 1943 endlich zurückgedrängt wurden, hatte die SS etwa 40000 Zivilisten umgebracht, die vor dem Überfall auf der Krim gelebt hatten.«

Melkorka verzichtete auf jeglichen Kommentar. Sie schüttelte nur lange den Kopf wie jemand, der es aufgegeben hat, etwas begreifen zu wollen.

23

Melkorka machte sich wieder an die Übertragung des Tagebuchs. Ihr Großvater beschrieb seine gefährliche Reise ans Schwarze Meer, wo es monatelange, schwere Kämpfe zwischen Deutschen und Russen gegeben hatte.

Etwa um die Zeit der anfänglichen Erfolge der Wehrmacht in der Sowjetunion entsandte Himmler einige Wissenschaftler von Ahnenerbe mit dem Auftrag, Überreste wie Ruinen und Schätze des ehemaligen Gotenreiches ausfindig zu machen. Darunter sollte vor allem die Hauptstadt Doros sein, die im Dunkel der Geschichte versunken war. Höskuldur nahm als Runenexperte an der Expedition teil.

Der Leiter der archäologischen Forschungsabteilung, Herbert Jankuhn, führte die Gruppe von Wissenschaftlern an, die ans Schwarze Meer reiste. Dr. Jankuhn war zu der Zeit einer der bekanntesten deutschen Archäologen und ein Günstling Himmlers. Er war insbesondere für seine Untersuchungen im schleswig-holsteinischen Haithabu bekannt geworden. Haithabu war der größte Handelsplatz der dänischen Wikinger gewesen, bis der norwegische König Haraldur III. der Harte die Ansiedlung im elften Jahrhundert hatte niederbrennen und dem Erdboden gleichmachen lassen. Auch die Archäologen Dr. Karl Kersten und Wolf Freiherr von Seefeld waren an der Exkursion beteiligt.

Im kleinen Dorf Starobeseve angekommen. Hier ist im Augenblick die Kommandozentrale der SS-Panzerdivision Wiking unter der Leitung von Divisionskommandeur Felix Steiner untergebracht. Er setzt alles daran, die Ölförderstellen bei der Stadt Maikop im Kaukasus so schnell wie möglich unter seine Kontrolle zu bekommen. Er bezeichnet die Situation auf der Krim als äußerst unsicher und fordert uns auf, vorsichtig zu sein. Dr. Jankuhn ist ungeduldig; er will versuchen, so viel wie möglich von den historischen Kostbarkeiten der Goten zu finden, bevor der Feind die Gelegenheit bekommt, sie verschwinden zu lassen. In letzter Zeit haben die Russen Fabriken und anderes Wertvolles in den Ural verlagert, wobei sie fast alles, das sie zurücklassen mussten, zerstört haben.

Außerhalb von Maikop teilte sich die Gruppe auf. Wiking dringt in die brennende Stadt ein, während Jankuhn und Seefeld unter militärischem Geleitschutz nach Maikop reisen, um nach archäologisch Interessantem zu suchen. Gemäß einem neuen Befehl von Himmler bin ich mit Kersten nach Süden auf die Krim gefahren, um Mangup Kale und andere gotische Höhlenstädte in den Bergen östlich von Sewastopol zu untersuchen. Eine davon könnte die Hauptstadt Doros sein.

Wir haben uns einen Stützpunkt in der tatarischen Hauptstadt Bachtschyssaraj errichtet; die Tataren wurden von Stalin nach Sibirien vertrieben. In der Stadt gibt es prachtvolle Schlösser und sonstige Überreste aus dem Mittelalter, aber ich bin ausschließlich daran interessiert, gotische Gebäude und Runen aus Óðinns Zeiten zu finden.

Jeden Tag beginnen wir frühmorgens, machen Tagesreisen durch die Ruinen in den bewaldeten Anhöhen und die Höhlen, in die sich nachts die Partisanentruppen der Bolschewiken zurückziehen, wie man uns sagte. Wir kehren immer vor Einbruch der Dunkelheit zurück. Wir haben die Höhlenstadt Tschufut Kale erkundet, die uralte Festung Tepe Kermen und die beeindruckenden Ruinen von Eski Kermen, eine besonders mächtige Felsenburg, die zu früheren Zeiten bestimmt ein uneinnehmbares Bollwerk darstellte.

Die Ruinen von Mangup Kale liegen noch weiter südlich. Von ihnen bin ich am meisten fasziniert. In vielen Hügeln wurden Wohnräume in den Fels gehauen und auch unterirdisch angelegt. Zweifellos gibt es hier unter Tage noch viele verborgene Höhlen. Vor ein paar Jahren ließen die Russen in den Ruinen Ausgrabungen machen und stießen auf eine Menge Steinbildnisse und andere Artefakte, die ich im Museum von Bachtschyssaraj schon gesehen habe. Auf keinem dieser Steine waren gotische Runen eingeritzt.

Tag um Tag untersuche ich die Ruinen von Mangup Kale. Stehe vor der Morgendämmerung auf. Plage mich mit Hacke und Schaufel an den fundträchtigen Stellen ab, wo keine Spuren kürzlicher Erdbewegung zu sehen sind. Aber obwohl ich jetzt schon seit Wochen daran bin, habe ich nichts Bemerkenswertes gefunden. Der Krieg tobt um mich herum, aber ich blocke alles ab. Im Augenblick gehören meine Gedanken und mein Herz ganz der Vergangenheit.

Schließlich aber hatte die Suche Erfolg:

Bin endlich auf ein paar Höhlen gestoßen, deren Zugänge im Laufe der Jahrhunderte durch Geröll und Steine auf natürlichem Weg zugeschüttet und dann überwachsen wurden. Im Schein einer Fackel besah ich mir die engen Gänge, die sich tief in den Fels hineinziehen. Sie enden in einer Art Tempel, wo mitten auf dem Boden ein Opfersteinblock liegt.

Darunter ist eine tiefe Grube. Diente sie zum Auffangen des Blutes? Ich habe die Höhlenwände genauestens untersucht, bis ich auf Einritzungen stieß, die Runen sein könnten. Habe sie vorsichtig von Staub befreit und anschließend den Stein aus jeder denkbaren Perspektive abfotografiert. Von den Einritzungen habe ich Abdrücke genommen und sie außerdem auf Papier abgezeichnet. Als ich wieder hinaustrat, war die Dämmerung hereingebrochen. Alles war still und friedlich, aber ich wusste, dass in den Ruinen bei jedem Schritt in der Dunkelheit der Nacht Lebensgefahr lauerte. So kehrte ich wieder in den Tempel zurück. In der Unterwelt von Mangup Kale wartete ich die Morgendämmerung ab. Ich spürte eine starke Verbundenheit mit den alten Goten, die damals im ausgehenden vierten Jahrhundert in dieser mächtigen Festung lebten, als die asiatischen Hunnen über sie herfielen wie die Heuschrecken.

Tagelang brütete Höskuldur Steingrímsson in seinem Stützpunkt im tatarischen Bachtschyssaraj über den Fotos und Zeichnungen und versuchte, aus den Steinritzungen gotische Runen zu entziffern. Die russischen Partisanen, die sich in den Höhlen der Felsenfestung verborgen hielten, hatten die deutschen Truppen bereits eingekesselt. Daher bekam Höskuldur kein zweites Mal die Erlaubnis, nach Mangup Kale zurückzukehren und die Höhlenwände noch genauer zu untersuchen. Das schien ihn aber nicht allzu sehr zu bekümmern:

Die Einritzungen in dem Tempel sind ganz zweifellos der älteste Teil des uralten Runenliedes von Gotatýr. Ich glaube, dass ich jetzt den Text vollständig vorliegen habe.

Der Reichsführer-SS hat Bachtschyssaraj gestern auf seiner Reise durch die Ukraine besucht. Ich habe ihm meine Er-

gebnisse gezeigt. Himmler ist mit diesem herausragenden Erfolg hoch zufrieden und will dem Führer das Runenlied bei der ersten Gelegenheit vorstellen.

Danach kehrte Höskuldur zurück ins Hauptquartier von Ahnenerbe in Berlin und befasste sich wieder mit den drei Runentexten. Im Winter verfasste er einen ausführlichen Bericht über Gotatýrs Runenlied, seine Geschichte und die Übersetzung dazu. Auf Himmlers Befehl ließ er den Text auf Pergament schreiben, sowohl in Runenschrift als auch in isländischer und deutscher Übersetzung. Er ließ auch seinen Bericht über die bedeutsamen Hinweise, die den Runen zu entnehmen waren, in Kalligraphie auf Deutsch und Isländisch auf dem Pergament festhalten. Im Frühjahr 1943 war diese Aufgabe vollendet:

Brief von Himmler. Er übergab A. H. das Pergament mit Gotatýrs Runenlied anlässlich eines Festmahls, das in Berchtesgaden abgehalten wurde, und versprach dem Führer, mit allen verfügbaren Mitteln die Feuerwaffe der Vorfahren, nämlich Þórs Hammer, zu finden, um einen völligen Sieg über die Bolschewiken sicherzustellen.

Im Spätsommer verlieh der Reichsführer-SS dem isländischen SS-Mann die begehrte Anerkennung für seine tadellos ausgeführte Aufgabe:

Himmler rief mich heute zu sich und überreichte mir im Rahmen einer eigens angesetzten Zeremonie den SS-Ehrenring, den ich bis zum jüngsten Tag tragen werde. Wunderbarer Augenblick.

Melkorka sah sich erneut enttäuscht. Als sie die Übertragung der letzten Seite beendet hatte, sah sie sich dem Inhalt der Botschaft, die Himmler seinem Führer im Sommer 1943 übergeben hatte, keinen Schritt näher gekommen.

24

Von Anfang an hatte Melkorka die Idee, dass es eine abenteuerliche Zauberwaffe nordischer Götter geben sollte, für ein völlig abwegiges Hirngespinst gehalten. Dass ihr Großvater an so einen Quatsch geglaubt hatte, konnte sie überhaupt nicht nachvollziehen.

Aber dem Tagebuch zufolge hatte Höskuldur die drei Runentexte ausfindig gemacht, sie abgeschrieben und entziffert. Runentexte, die seiner Aussage nach den Weg zu Óðinns und Þórs Geheimnissen wiesen. Diese Behauptung machte sie nachdenklich, änderte jedoch an ihrer Einstellung dazu gar nichts. Immerhin hatte sie diesen angeblichen uralten Wegweiser noch nicht zu Gesicht bekommen.

Wenn dieser Runenschlüssel aber in der Tat existierte, wo war er dann verborgen?

Kári bezweifelte allerdings, dass Höskuldur die Runensteine tatsächlich gefunden hatte.

»Natürlich weiß ich darüber auch nicht mehr als du«, bekannte Melkorka. »Aber ich meine, dass in seinem Notizbuch Bilder von den Fundorten aller drei Runensteine waren, also die Götterfelsen in Sachsen, die Hügel in Jelling und die Felsenstadt in Doros.«

»Bist du dir sicher?«

Melkorka setzte sich an ihren Laptop, um die drei Fotografien auf der CD herauszusuchen. Sie hatte die Scheibe am Tag zuvor im Rechner gelassen, als Greta von Trittenheim-Schneider unerwartet hereingeplatzt war und sie bei der Arbeit gestört hatte.

Als sie aber das Laufwerk öffnete, durchfuhr sie ein heißer Schrecken: Die CD mit den Kopien des Notizbuches war nicht mehr da.

»Hast du die CD rausgenommen?«, fragte sie Kári.

»Nein, natürlich nicht«, antwortete er.

Fieberhaft suchten sie auf dem Schreibtisch, in Schubladen und Regalen nach dem Datenträger. Er war nirgends zu finden.

»Wo kann das Ding denn hingekommen sein, das gibt es doch nicht«, stöhnte Melkorka und setzte sich wieder. »Es war seit gestern Abend niemand mehr hier oben.«

»Dann gibt es nur eine Erklärung«, überlegte Kári. »Der amerikanische Professor muss die CD mitgenommen haben.«

»Und wann bitte?«

»Niemand von uns hat Houston beobachtet, als er hier oben seinen Hut holte, bevor er mit dem Taxi wegfuhr. Der Typ könnte die CD an sich genommen und unter seinem Mantel versteckt haben.«

»Fällt mir schwer zu glauben, dass ein angesehener amerikanischer Professor so tief sinkt, uns zu beklauen.«

»Die Amis sind zu allem fähig«, erwiderte Kári lapidar.

Melkorka griff zum Handy, wählte die Nummer des Gästehauses an der Snorrabraut und verlangte Robert M. Houston.

»Er geht nicht an sein Telefon«, sagte das Mädchen an der Rezeption nach kurzem Warten.

»Ist er denn nicht im Zimmer?«

»Das wird dann wohl so sein.«

Melkorka atmete einige Male tief ein und aus, um ihr Temperament in den Griff zu bekommen.

»Dann verbinde mich bitte mit Frau Greta Schneider.«

»Moment«, antwortete das Mädchen. »Nein, warte mal, wir haben überhaupt keinen Gast, der so heißt.«

»Ist Houston denn nicht gestern bei euch mit einer Deutschen angekommen?«

»Nein. Nur mit seiner Frau.«

»Seine Frau ist bei ihm?«, fragte Melkorka verblüfft.

»Ja, Greta Houston traf gestern Abend bei ihm ein.«

»Dann verbinde mich mit ihr.«

»Wie denn, da antwortet doch niemand auf ihrem Zimmer«, erklärte das Mädchen mürrisch.

»Hast du sie heute Morgen rausgehen sehen?«

»Nein, glaub nicht.«

Melkorka legte auf und sah Kári nachdenklich an.

»Irgendwas stimmt hier nicht. Ich werde mal in die Pension runterfahren.«

Sie nahm sich die Zeit, sich zu schminken und ihr rubinrotes Haar zu richten, bevor sie in ihre weiße Jacke und die Stiefel von gleicher Farbe schlüpfte.

Auf dem Weg die Ártúnsbrekka hinunter und die mehrspurige, vielbefahrene Miklabraut entlang geriet sie erst so richtig in Wut. Was für eine Unverfrorenheit von diesem Amerikaner, sich zuerst in ihr Haus einzuschleichen, um sie zum Abschied dann auch noch zu bestehlen.

Sie parkte den Geländewagen vor dem Gästehaus und rauschte durch die Tür. Ein junges, zierliches Mädchen ausländischer Herkunft nahm an der Rezeption gerade die

Bezahlung eines jungen Ehepaares entgegen, das offensichtlich abreisen wollte. Als die beiden mit ihren Reisetaschen loszogen, fragte Melkorka nach Robert M. Houston. Die Rezeptionistin rief erneut auf dem Zimmer an, bekam jedoch keine Antwort.

»Ich möchte bei ihm anklopfen«, erklärte Melkorka entschlossen. »Welche Zimmernummer hat er?«

Das Mädchen an der Rezeption versuchte zu widersprechen und meinte, dass die Hotelgäste auf ihren Zimmern nicht gestört werden dürften.

»Du hast aber die Nummer 116 angerufen, das hab ich gesehen«, zischte Melkorka und drehte sich auf dem Absatz um.

Sie eilte die Treppe hinauf und den langen, fensterlosen Flur der ersten Etage entlang, wo sich die meisten Zimmer befanden. Vor der 116 blieb sie stehen und klopfte energisch an die Tür.

Keine Antwort. Sie klopfte erneut. Wieder nichts. Da griff sie spontan nach dem Drehknauf und merkte, dass die Tür unverschlossen war.

Melkorka zögerte, bevor sie öffnete. Dann überschritt sie die Schwelle. Wie angewurzelt blieb sie stehen.

Der Amerikaner lag splitternackt auf der weißen Decke des Doppelbettes.

Sie starrte eine ganze Weile auf seine Hände, die am Kopfende wie für Sexspielchen mit dünnen, bunten Tüchern festgebunden waren. Dann glitt ihr Blick auf die Büschel von dickem, schwarzem Brusthaar, die in unleugbar krassem Gegensatz zu dem grauen und wirren Haupthaar des Professors standen.

Melkorka ging ein paar Schritte auf das Bett zu und

musste die Hände vor den Mund schlagen, um nicht laut loszuschreien. Entsetzt starrte sie auf die weit aufgerissenen, toten Augen, den tief klaffenden Schnitt und das blutige Kissen.

Man hatte Robert M. Houston die Kehle aufgeschlitzt.

25

Wie angewurzelt und starr vor Schreck stand Melkorka vor dem Bett. Hinter ihr kam die Rezeptionistin ins Zimmer gestürzt. Als sie die blutige Leiche sah, fing sie ein panisches Geschrei an.

»Hör auf!«, rief Melkorka. Sie suchte in der Jackentasche fieberhaft nach dem Handy, wählte die 112 und meldete den Mord. Dann scheuchte sie die junge Frau zurück in den Empfangsraum und befahl ihr, auf die Polizei zu warten. Sie selbst blieb in Zimmer 116. Vorsichtig näherte sie sich dem Bett, in dem Robert M. Houston von seinem Mörder überrascht worden war.

Das Blut aus der tiefen Halswunde war bereits geronnen. Offenbar war der Professor schon vor einigen Stunden ermordet worden; möglicherweise in den ersten Nachtstunden oder sogar schon am Abend zuvor.

Die nächsten Stunden vergingen wie in einem traumartigen Nebel.

Uniformierte Polizisten trafen am Tatort ein, auf dem Fuß gefolgt von der aufgelösten Rezeptionistin. Die Beamten schoben die beiden Frauen sofort auf den Flur hinaus. Dann folgte die Kriminalpolizei mit Spurensicherungsbeamten in weißen Ganzkörperanzügen, die den Tatort unter die Lupe nahmen.

Melkorka trank im Büro des Gästehauses im Erdgeschoss

schluckweise heißen Tee, aber das munterte sie nur wenig auf. Jedes Mal, wenn ihr das grauenhafte Bild von dem Bett dort oben wieder vor das innere Auge trat, durchrieselte sie ein unangenehm kalter Schauder. Die klaffende Wunde am Hals. Das dunkelrote Blut auf dem Kissen. Der tote Blick der Augen.

Guðjón Baldvinsson verhörte Melkorka und die Rezeptionistin im Büro des Gästehauses. Melkorka schilderte ihm, wie sie die Leiche gefunden hatte. Die Rezeptionistin bestätigte ihre Aussage und zeigte dem Kriminalhauptkommissar die Anmeldung des Professors im Computer.

»Robert M. Houston und Frau Greta Houston«, las Guðjón laut vom Bildschirm. »Weiß seine Frau, was passiert ist?«

Das Mädchen von der Rezeption zuckte verlegen mit den Schultern.

»Wo ist Frau Houston?«, wiederholte der Hauptkommissar.

»Das weiß ich nicht.«

»Hast du sie heute Morgen nicht gesehen?«

»Nein, aber das heißt nichts. Ich bin morgens ständig am Rumrennen, weil's so viel ist, was wir vor dem Mittag machen müssen.«

Guðjón wandte sich wieder an Melkorka.

»Wie warst du mit dem Toten bekannt?«

In knappen Worten erzählte sie ihm von dem unerwarteten Besuch des amerikanischen Professors: »Houston war bis gestern Abend bei Kári und mir zu Hause zu Besuch. Als er ins Hotel aufbrach, nahm er versehentlich eine CD mit, die uns gehört. Ich habe das Versehen heute Morgen bemerkt und bin schnell hierhergefahren, um mir meine CD zu holen, aber stattdessen fand ich den Professor, tot.«

»Was ist auf dieser CD?«

»Ein Runentext, den wir untersuchen.«

Guðjón hob die Brauen.

»Runen?«, fragte er. »Was für Runen?«

»Nur ein Runentext, den mein Opa früher mal geschrieben hat.«

»Dein Großvater? Höskuldur Steingrímsson?«

»Ja.«

Der Hauptkommissar dachte eine Weile nach. Diese unerwartete Verbindung zwischen zwei gewaltsamen Todesfällen, einem Mord und einem Selbstmord, schien ihm ein äußerst eigenartiger Zufall zu sein.

»Hat der Professor deinen Großvater irgendwie gekannt?«

»Kann ich mir nicht vorstellen«, antwortete Melkorka.

»Und hast du die CD gefunden?«

»Nein. Ich war viel zu schockiert, um danach zu suchen.«

»Was ist mit seiner Frau?«

»Sie war nicht dabei, als der Professor uns besuchte.«

»Kennst du sie?«

Melkorka schüttelte den Kopf.

Kriminalkommissarin Erna Sól Hafsteinsdóttir betrat das Büro und brachte den Rucksack des Professors mit.

»Anhand des Ausweises heißt der Verstorbene Robert M. Houston und ist amerikanischer Staatsbürger«, verkündete sie und reichte dem Hauptkommissar die Tasche. »Hier ist auch ein Bild, von dem ich annehme, dass es von seiner Frau stammt. Ihr Pass ist aber nirgends zu finden, ebensowenig eine Tasche mit ihrem Namen oder Kleidung von ihr.«

Guðjón inspizierte den Inhalt des Rucksacks: der amerikanische Pass, eine Lederbörse mit Kreditkarten, Dollarnoten und Fotos, ein Reiseführer für Island, ein englisches Taschenbuch mit dem Namen *The Master Plan*, ein elektrischer Rasierapparat und ein brauner Toilettenbeutel. Er öffnete die Lederbörse, betrachtete die Fotos und zeigte der Rezeptionistin das Bild, auf das Erna hingewiesen hatte.

»Ist das seine Frau?«

»Ja«, bestätigte das Mädchen.

»Darf ich mal sehen?«, bat Melkorka, die sich allmählich wieder erholte.

Der Hauptkommissar legte das Foto auf den Schreibtisch.

Sofort erkannte Melkorka das blonde Haar, das sonnengebräunte Gesicht und die strahlend blauen Augen.

»Aber das ist ja die Deutsche«, rief sie aufgeregt. »Das ist Greta von Trittenheim-Schneider.«

26 Sonntag, 6. Mai

Mit einem Schrei fuhr Melkorka aus einem Alptraum hoch.

Sie hatte Greta von Trittenheim-Schneider mit einem hocherhobenen Messer auf dem nackten Bauch des amerikanischen Professors sitzen sehen. Greta grinste über die verzweifelten Versuche des Opfers, seine Hände von den Schnüren zu befreien, mit denen es ans Kopfende des Bettes gefesselt war. Sie führte die blitzende Klinge unter sein Kinn und zog sie ihm langsam und bedächtig quer durch den Hals. Das Blut spritzte aus der tiefen Wunde über das weiße Kissen, auf Gretas Hände und Brust. Dann richtete sie ihren Blick durchbohrend auf Melkorka, bleckte hämisch die Zähne und deutete mit der blutigen Mordwaffe in Melkorkas Richtung, wie zum Zeichen, dass sie die Nächste sein würde.

Als Melkorka aus diesem schrecklich realistischen Alptraum aufschreckte, schlug ihr das Herz in der Brust, wie ein zu Tode verängstigter Vogel in einer Kinderhand mit den Flügeln schlagen mochte. Ihr rosa Schlafanzug war durchnässt von kaltem Schweiß.

Kári schlief ruhig neben ihr, ohne einen Mucks zu tun.

Die lebhaften Traumbilder dieser Nacht gingen ihr nicht aus dem Kopf. Schließlich stand sie auf, lief ins Badezimmer, warf das feuchte Schlafzeug in den Wäschekorb, steckte das Haar unter eine rosa Haube, drehte das Wasser auf und stellte sich unter den sprudelnden Strahl. Sie schloss die Augen und wollte die schrecklichen Phantasien vom heißen Wasser fortspülen lassen.

Es war erst sechs Uhr morgens, als sie sich nach der Dusche trockenrubbelte. Aber sie wollte sich nicht wieder ins Bett legen. Stattdessen ging sie in die Küche und machte sich einen Espresso.

Zusammen mit Kári hatte sie sich bis spät in die Nacht ausgiebig den Kopf darüber zerbrochen, weswegen Robert M. Houston sein seltsames Täuschungsmanöver inszeniert haben mochte. Wieso hatte er so getan, als kenne er seine Ehefrau nicht, als sie bei ihnen vor der Tür gestanden hatte? Stattdessen hatte er mit ihr und über sie gesprochen, als wäre sie eine Deutsche, die er vorher noch nie gesehen hatte.

»Ich bezweifle, dass auch nur ein einziges Wort von dem glaubhaft ist, was sie uns da aufgetischt haben«, meinte Melkorka. »Ich meine, ihre Story von diesem Freiherrn von Trittenheim, der angeblich auf dem Foto von dem U-Boot neben meinem Opa steht, ist das nicht auch die pure Lüge?«

»Gut möglich.«

»Aber warum haben sie mich dann so unverfroren angelogen?«

»Auf den ersten Blick scheint mir nur eine Erklärung plausibel«, meinte Kári. »Aus irgendeinem Grund wollte dich dieser amerikanische Professor hinters Licht führen und falsche Tatsachen vorspiegeln, nur um an das Tagebuch zu kommen. Oder zumindest an den Teil davon, der über die U-Bootfahrt berichtet. Als er dein Zögern bemerkte, hat er seine Frau mit deinen Gefühlen spielen lassen. So kam sie mit dieser herzzerreißenden Lügengeschichte von der Suche nach ihrem Opi daher.«

»Und ich habe ihr das auch noch abgenommen.«

»Würde mich nicht überraschen, wenn Houston die Gelegenheit wahrgenommen hätte, die CD an sich zu nehmen, und das dann auch in die Tat umgesetzt hat«, fuhr Kári fort. »Andererseits war das Täuschungsmanöver für ihn selbst offenbar hochriskant. Das heißt, wenn er überhaupt wegen der CD umgebracht wurde, worauf eigentlich alles hindeutet. Natürlich kann er auch aus einem ganz anderen Grund ermordet worden sein.«

Melkorka schüttelte voller Zweifel den Kopf: »Ich glaube nicht, dass das Notizbuch meines Großvaters alleine für jemanden der Grund gewesen ist, jemanden umzubringen.«

27

Nachdem sie sich mit einem kräftigen heißen Kaffee gestärkt hatte, fuhr Melkorka mit der Übertragung des letzten Kapitels aus dem braunen Notizbuch fort:

Habe heute Morgen einen neuen Befehl vom Reichsführer-SS erhalten. Er will mich im geheimen Auftrag nach Island schicken, wo ich anhand der Hinweise in Gotatýrs Runenlied den Schatz der Götter ausfindig machen soll. Himmler hat mich heute Abend zu sich bestellt, um mir die Befehle persönlich zu übergeben. Ich wurde im Flugzeug nach München gebracht und von dort mit dem Auto weiter in die Alpen. Als wir ankamen, war es bereits dunkel. Das letzte Stück fuhren wir einen engen, steilen Weg hinauf, der sich noch weiter einen fürchterlich abschüssigen Berghang emporwand und dann durch einen langen, von Menschenhand angelegten Tunnel. Dann ging es in einem Aufzug durch den Fels in ein großes Gebäude, das oben auf dem Berg errichtet ist. Im oberen Stockwerk des Gebäudes war gerade ein Fest im Gange. Ich wurde in einen Sitzungsraum im Keller des Hauses geführt. Dort machte mich SS-Obergruppenführer Karl Wolf mit zwei weiteren SS-Leuten bekannt und sagte, dass sie wahrscheinlich meine Gefährten während der Reise über den Atlantik werden würden, obwohl unser Ziel nicht dasselbe sei: Rudolf Freiherr von Trittenheim und Gruppenführer Gerhard von Ramstein. Kurz darauf kam Himmler zu uns herunter und sagte, wir drei hätten eine historische Rolle in schicksalhaften Zeiten zu übernehmen. Der Erfolg unserer Fahrt könnte für die Zukunft des Tausendjährigen Reiches entscheidend sein. Danach sprach er mit jedem von uns einzeln. Ich war der Letzte. Himmler empfing mich in einem kleinen Büro im Keller des Hauses. Er saß in einem Sessel, hatte das Pergament mit Gotatýrs Runenlied in der Hand und sagte, er sei sehr optimistisch, nachdem er sich die alten Runentexte von Doros, Sachsen und Jelling genau angesehen hatte. »Das ist die Stimme unserer Vorväter«, sagte er, »und sie weist uns den Weg zu ihrer mächtigsten Waffe, Þórs Hammer, der den Krieg entscheiden wird. Ich werde diese heiligen Texte an einem geheimen Ort in diesem sichersten aller Häuser des Reiches zusammen mit dem Auftrag an Rudolf von Trittenheim und Gerhard von Ramstein aufbewahren. Die beiden werden dich für eine Zeit begleiten. Du hast uns zwar die alten Wahrheiten zurückgebracht, aber die wichtigste Aufgabe deines Lebens steht dir noch bevor: den erhabenen Hammer zu finden, den die Götter auf der weißen Insel verbargen, auf der Siegfried der Drachentöter Brünhild aus dem ewigen Schlaf erweckte.«

Bevor wir mitten in der Nacht losfuhren, waren wir dabei, als Himmler drei verschlossene Umschläge in einem geheimen Fach verwahrte, das jenseits des Felsens Il Duce in Stein geformt wurde, wo Ritter Schätze bewachen. Ergriffen und erschüttert von dem Vertrauen, das der Reichsführer-SS mir erwies, war ich bereit, in den bevorstehenden gefährlichen Strapazen nicht einen Deut weniger Mut an den Tag zu legen, als es die Helden der Nibelungen getan haben, die ihm so sehr am Herzen liegen.

Auf den letzten Seiten des braunen Notizbuchs berichtete Höskuldur von seiner riskanten Seereise nach Island im Jahre 1944. Zuvor aber brachte man die drei SS-Leute mit dem Flugzeug nach Nordnorwegen, wo sie das deutsche U-Boot erwartete:

Narvik liegt nach den Kämpfen von 1940 immer noch in Trümmern. Ich schaute am Friedhof vorbei, wo meine Eltern in aller Eile in Kisten aus unbearbeitetem Holz hatten beerdigt werden müssen, da in dem Ort nach den britischen Luftangriffen die Särge ausgegangen waren. Sie hatten in Norwegen gut gelebt. Dort hatten sie auch zur letzten Ruhe gebettet werden wollen.

Freiherr von Trittenheim und SS-Gruppenführer von Ramstein haben schweres Reisegepäck mit. Im Torpedoraum des U-Bootes wurden viele Kisten eingelagert. Als alles zur Abfahrt bereit war, baten sie mich, ein Foto von ihnen am Hafenkai zu machen. »Für die Geschichtsbücher des Reiches«, wie von Ramstein meinte.

Mein Gepäck passte in eine kleine Reisehandtasche und einen norwegischen Seesack. Ich packte nur die notwendigste Schutzkleidung und Proviant für zehn Tage ein. Das Geld versteckte ich in dem Funkgerät, das als Schreibmaschine getarnt ist. Im U-Boot ist es furchtbar eng, so dass man sich gerade mal so in seine Koje zwängen kann. Der Ausdruck »wie Sardinen in der Büchse« bekommt eine ganz neue Bedeutung in dieser Blechröhre. Der Freiherr und von Ramstein sind immer zusammen. Sie scheinen sich gut zu kennen.

Der Kapitän hat strengen Befehl, uns über den Atlantik zu bringen, koste es, was es wolle. Auf der bisher zurückgelegten Strecke ist das U-Boot zwei Mal in Schussnähe britischer Frachter gekommen, unterließ aber jeglichen Angriff. Beim zweiten Mal glitten wir lautlos wie die Fische unter einem langen Schiffskonvoi hindurch, der von zwei britischen Begleitschiffen bewacht war. Wegen Platzmangels sind nur zwei Torpedos an Bord, die auch nur in Notfällen verwendet werden dürfen, um das U-Boot zu verteidigen. Während einiger kalter und sternenflimmernder Nächte ist das U-Boot aufgetaucht, um die Fahrt zu beschleunigen, aber der Kapitän lässt stets abtauchen, bevor der Morgen dämmert.

Kapitän Brünner hat uns von der Geschichte des U-Bootes erzählt. Es ist drei Jahre alt und in Narvik stationiert. In den letzten zwei Jahren hat die U-703 viele Schiffe versenkt, die militärische Ausrüstung und Nachschub an die Bolschewiken in Murmansk liefern wollten. Im letzten Frühjahr geriet das U-Boot in einen heftigen Fliegerangriff und wurde dabei stark beschädigt, ist aber nach den Reparaturarbeiten im Sommer wieder voll seetüchtig. Gruppenführer von Ramstein sagt, dies sei die wichtigste Fahrt des U-Bootes überhaupt, da sie das entscheidende Glied in einer Reihe von Maßnahmen ist, welche den Gang des Krieges hoffentlich verändern werden. Der Freiherr hat den Worten seines Kameraden zugestimmt und hinzugefügt, dass ihre Heldentat tausend Jahre lang besungen würde, wenn sie an ihr Ziel gelangen und ihren Plan ausführen können. Von keinem von beiden aber auch nur eine Andeutung, worin dieser Plan besteht. Ich habe zu meiner Aufgabe in Island ebenfalls geschwiegen wie ein Grab. Der Kapitän vermutet, dass ich die Bewegungen der alliierten Frachter zu verfolgen habe, die sich gerne vor Islands Küste versammeln und sich zu einem Verband zusammenschließen und von dort nach Norden und Murmansk weiterfahren. Ich lasse ihn glauben, was immer er will.

28

Kurz vor Mittag steckte Kári den Kopf ins Arbeitszimmer, in dem Melkorka noch immer über dem Runentext ihres Großvaters schwitzte.

»Ich gehe mal mit Darri raus.«

»Prima, tu das.«

»Möchtest du heute den ganzen Tag damit weitermachen?«

»Ich muss das hier vor heute Abend fertigkriegen«, erwiderte Melkorka, ohne vom Bildschirm aufzusehen.

Nach neun Tagen auf See lag das deutsche U-Boot schließlich vor Island:

Das U-Boot liegt noch immer in schwerstem Wetter vor dem Loðmundarfjörður. Letzte Nacht machte der Kapitän einen Versuch, mich an Land zu bringen, musste aber wegen des Unwetters wieder abtauchen. Wir müssen den Südoststurm abwettern, der hier an der ganzen Ostküste tobt. Hoffentlich gelingt der Landgang heute Nacht. Ich kehre mit recht gemischten Gefühlen wieder nach Island zurück. Das Land ist von unseren Feinden besetzt, und die Amerikaner haben sicherlich Spione hinter jedem Erdhügel hocken. Ich habe vor, mich ungesehen nach Jökuldalsheiði durchzuschlagen, wo mein Onkel schon seit langem allein auf einem abgelegenen Bauernhof vor sich hin wirtschaftet. Da werde ich mir die nächsten Schritte überlegen.

Gruppenführer von Ramstein hat mir einen Flachmann mit französischem Cognac als Proviant mitgegeben. Einen von vielen, die er an der Ostfront bekommen hat, wie er sagt. »Bewahre den kostbaren Tropfen bis nächstes Neujahr auf«, sagte er zu mir. »Wenn der große Knall vor Ende des nächsten Jahres Amerika erschüttern wird, werde ich mit dir auf der anderen Seite des Meeres zu Silvester anstoßen. Wenn nicht, dann bitte ich dich, auf mein letztes Wohl zu trinken.

Der große Knall? Eine Weile überlegte Melkorka, was von Ramstein wohl damit gemeint haben könnte. Am naheliegendsten erschien ihr der Schluss, dass Freiherr von Trittenheim und von Ramstein in Amerika ein großes Attentat auszuführen hatten. Irgendetwas Schreckliches, das massiv genug war, um den Gang des Weltkriegs entscheidend zu beeinflussen. Aber dann musste ihr Plan wohl ebenso gescheitert sein, da die Deutschen im Frühjahr 1945 bedingungslos kapitulierten; ein halbes Jahr nachdem die U-703 zur letzten Fahrt aufgebrochen war.

Sie las weiter.

Der Himmel war bedeckt, und eine steife südöstliche Brise wühlte die See vor der ostisländischen Fjordküste zu schwerer Brandung auf, als die Besatzung des deutschen U-Bootes Höskuldur im Schutz der Nacht heimlich an Land schaffte:

Die Matrosen an Bord der U-703 machten gegen zwei Uhr nachts das Schlauchboot fertig und stiegen ein. Zu viert ruderten sie an Land, während ich auf meinen Seesack und die Reisetasche achtgab. Die See war sehr unruhig, und an der Felsküste sah ich im Dunkeln die weiß schäumenden Brecher. Nirgends an Land war ein lebendes Wesen zu sehen, ebensowenig ein Licht. Die Matrosen steuerten das Schlauchboot zwischen zwei tangbewachsene Felsen und hielten es so ruhig wie möglich, während ich mit dem Gepäck auf das felsige Ufer hinaufkletterte. Ich rutschte aus und fiel platt auf den Bauch, während die Wellen über mich hinwegspülten. Ich konnte mich aber wieder aufrappeln und ging an den Felsen in Deckung. Als ich mich umsah, war das Schlauchboot bereits wieder auf dem Weg zurück zum U-Boot. Plötzlich kam der Vollmond durch die Wolken und erleuchtete wie ein Suchscheinwerfer den Strand und das Meer. Das U-Boot hätte in diesem Augenblick ein vortreffliches Ziel abgegeben. Ich hielt mich aber nicht länger auf, sondern kletterte die steilen und nassen Felsen hinauf, die kaum einen Halt boten, bis ich schließlich erschöpft am buschbewachsenen Rand der Felsklippen stand. Dort legte ich mich flach hin, schaute aufs Meer hinaus und sah das U-Boot langsam abtauchen, während es den Fjord verließ. Dann wandte ich mich um und spähte ins Land hinein. Ich versuchte, die nächstgelegene Deckung auszumachen; die erste von vielen auf einem langen Weg.

Letztlich musste Höskuldur doch weitaus länger, als er ursprünglich vorgehabt hatte, bei seinem Onkel auf dem abgelegenen Hof Jökuldalsheiði wohnen bleiben, nämlich fast zwei Jahre. Im Frühjahr 1946 fuhr er endlich nach Reykjavík und setzte sich mit einem ranghohen Regierungsvertreter in Verbindung, der während der isländischen Freiheitsbewegung im Hintergrund als bedeutender Strippenzieher tätig gewesen war. Darauf bekam er Arbeit bei der Stadt und trat der Selbständigkeitspartei bei, in der er sich politisch engagierte. Er betätigte sich als Wahlwerber und diente als bewaffnetes Mitglied in einer Reserveeinheit der

Polizei, die am 30. März 1949 auf dem Austurvöllur-Platz die Gegner der isländischen NATO-Mitgliedschaft niederknüppelte. Höskuldur verfolgte während der ersten Jahre des Kalten Krieges regelmäßig die Nachrichten zum Verlauf der politischen Entwicklungen in Europa und freute sich, wann immer die Westmächte Josef Stalin die Zähne zeigten:

Den Amerikanern wird endlich das Verhängnis klar, das die Kurzsichtigkeit Roosevelts und seiner bolschewistischen Schwachköpfe über die Welt heraufbeschworen hat. Anstatt am Kampf des großen Führers gegen die bolschewistische Pest teilzunehmen, hat er mit Stalin einen Pakt geschlossen, der Europa dem Kommunismus des Ostblocks anheimfallen lassen wird. Ich kann dennoch nicht anders, als unerschütterlich und eisern daran zu glauben, dass das deutsche Volk wiederauferstehen und seinem Führer alle Ehre machen wird. Deswegen habe ich die Pflicht, die bedeutsame Aufgabe zu vollenden, die mir anbefohlen wurde.

Melkorka schüttelte nur müde den Kopf und schaltete den Rechner aus.

29 Dienstag, 8. Mai

Während der nächsten Tage versuchte Melkorka, ihr Leben wieder in die gewohnten Bahnen zu lenken. Höskuldur Steingrímssons Selbstmord und der Mord an dem amerikanischen Professor hatten es auf tragische Weise gehörig durcheinandergewirbelt. Sie ignorierte alles Gerede und alle Gerüchte um sich herum und konzentrierte sich darauf, in ihrem Beruf Höchstleistungen zu bringen.

Trotzdem konnte sie die Gedanken an das Geheimnis ihres Großvaters nicht immer verdrängen. In seinem Bücherzimmer auf Heimaey war sie auf drei Bücher gestoßen, die ihr besonders aufgefallen waren: *Wegweiser der Vorväter*, *Ursprung des Runenliedes* und *Magische Kräfte der Runen*. Die in dunkelbraunes Leder gebundenen Bücher handelten auf die eine oder andere Weise von den altnordischen Runen. Was sie dabei aber am meisten überrascht hatte: Sie waren von Höskuldur verfasst worden.

Sie grübelte darüber nach, weswegen ihr Großvater es niemals auch nur mit einem Wort erwähnt hatte, dass er drei Bücher über Runen geschrieben hatte. Es verwunderte sie auch, dass weder der Name des Verlegers angegeben war noch das Erscheinungsjahr der Bücher.

Einige Tage nachdem Melkorka Professor Njáll Gunnarsson die Bücher geschickt hatte, rief der Historiker an und bat sie, bei Gelegenheit einmal bei ihm vorbeizuschauen.

Njálls Büro in der obersten Etage von Árnagarður, einem der älteren Gebäude des Universitätskomplexes in Reykjavík, war klein und eng und bis auf den letzten Platz mit Büchern, Blätterstapeln, Zeitschriften und Sonderdrucken vollgestopft. Njáll schien sich in der stickigen Enge wohl zu fühlen. Melkorka fühlte sich hier dagegen unbehaglich.

»Dein Großvater war offenbar ein fast fanatischer Anhänger der Denkweise des vergangenen Jahrhunderts«, meinte er und gab ihr die drei Bücher zurück. »Wir geben heutzutage auf solche Weisheiten herzlich wenig.«

»Wie meinst du das, fanatischer Anhänger?«, fragte Melkorka.

»Aus Höskuldurs Büchern geht klar hervor, dass er vollkommen davon überzeugt ist, dass die nordische Mythologie auf wirklichen Ereignissen und Personen beruht«, erklärte Njáll. »Dein Großvater versuchte, die Mythen aus der altnordischen Prophezeiung Völuspá, ›Der Seherin Gesicht‹, und aus anderen Liedern der Edda-Spruchsammlungen mit realen Geschehnissen zu untermauern. Er behauptet sogar, dass darin wirkliche Orte geschildert werden, die lediglich im Laufe der Jahrhunderte in Vergessenheit geraten sein sollen. Darunter fallen seiner Meinung nach so bekannte Orte der altnordischen Mythologie wie *Valhöll* – das Paradies der gefallenen Krieger, *Iðavöllur* – der Versammlungsplatz der Götter, *Urðarbrunnur* – der Schicksalsbrunnen und *Mímirsbrunnur* – der Weisheitsbrunnen. Dem übrigens musste Óðinn sein Auge opfern, um daraus trinken zu dürfen. Und so weiter und so fort.«

»Ich dachte, die Eddalieder seien ein rein literarisches Werk«, warf Melkorka ein.

»Die meisten Wissenschaftler sind der Ansicht, dass

diese Lieder und Sprüche auf der Grundlage alter Mythen geschrieben wurden, die bis dahin von Generation zu Generation nur mündlich als populäre Erzählungen weitergegeben worden waren.«

»Aber mein Großvater war von etwas anderem überzeugt?«

»Mir scheint, mal grob zusammengefasst, dass Höskulдurs Schriften in der geistigen Tradition der Ideen stehen, mit denen einige Gelehrte des neunzehnten Jahrhunderts bis zu den ersten Jahrzehnten des zwanzigsten geliebäugelt haben. Das heißt, dass in den Eddaliedern und anderen alten Texten auf Wahrheit beruhende Erzählungen über die Vorfahren der germanischen Völker enthalten sein sollen. Sie nahmen an, dass Óðinn, Þór und andere heidnische Götter so eine Art Superhelden waren, die ursprünglich aus kaukasischen Ländern am Schwarzen Meer stammten, aus Tibet oder Ultima Thule, dem angeblichen nordischen Atlantis. Sie sollen um den Beginn der christlichen Zeitrechnung auf Wanderschaft gegangen sein und auf ihren Reisen die Grundlage zur germanischen Frühgeschichte und dem heidnischen Weltbild gelegt haben. Das spiegelte eine bestimmte Interpretation der altnordischen Geschichte wider. Beispielsweise die Skjoldungensaga, die den Ursprung der Dänen auf Óðinn zurückführt, der aus Asien nach Norden zog. Aber auch Snorri Sturluson behauptet in der Heimskringla, dass die nordischen Götter aus Troja in der heutigen Türkei gekommen seien. Beide Autoren gründen ihre Berichte vermutlich auf alte Erzählungen, bei denen es keinen Grund zu der Annahme gibt, dass sie auf realen Ereignissen beruhen.«

»Hat mein Großvater das alles tatsächlich geglaubt?«

»Sieht ganz so aus. Höskuldur hatte offenbar größtes Interesse daran, die beiden sagenhaften Brunnen Urðarbrunnur und Mímirsbrunnur zu finden. Snorri Sturluson schreibt in seiner Snorra-Edda, der jüngeren der beiden Eddas, dass Urðarbrunnur auf dem Versammlungsplatz der Götter zu finden sei. Der Mímirsbrunnur soll dagegen bei den Riesen angesiedelt sein. Höskuldur nahm an, dass es sich bei den beiden Brunnen in Wirklichkeit um ein und denselben handelte, und stützt sich dabei auf die Prophezeiung Völuspá in der Lieder-Edda. Er schreibt außerdem über seine Suche nach einem alten Runentext, der eben auf jenen uralten Brunnen des Lebens und des Todes verweisen soll.«

»Brunnen des Lebens und des Todes?«

»Die heidnische Weltanschauung geht davon aus, dass am Urðarbrunnur über das Leben der Menschen schicksalhaft entschieden wurde, während im Mímirsbrunnur alle Weisheit der Welt verborgen war. Somit suchte Höskuldur nach einem Brunnen, der einerseits Quelle der übernatürlichen Kräfte von Óðinn und Þór sein sollte, andererseits auch die vollkommene Weisheit und das ewige Leben verleihen sollte.«

»Quelle des ewigen Lebens?«, wiederholte Melkorka nachdenklich.

Njáll lächelte belustigt über ihre Reaktion. Eine Zeile aus einem alten Popsong fiel ihm unwillkürlich ein: *Who wants to live forever?*

Die Antwort darauf war klar: Sehr viele, wenn sie dazu die Möglichkeit hätten.

»Und der Schlüssel zur Lösung soll dieses Runenlied von Gotatýr sein?«

»Ja, oder auch Óðinns Runenzauber genannt. Höskuldur geht davon aus, dass Gotatýr nur einer der zahlreichen Namen Óðinns ist, was zweifellos richtig ist. Deshalb wurde der Runentext nach ihm benannt. Gota-Týr bedeutet im Übrigen wahrscheinlich Gott oder Häuptling der Goten. Sie waren einer der germanischen Stämme, die im vierten und fünften Jahrhundert wie ein Sturm durch Europa fegten und sich beispielsweise in Dänemark und auf den britischen Inseln ansiedelten.«

»Hast du von diesem Runentext vorher schon einmal gehört?«

»Nein«, erwiderte Njáll kopfschüttelnd. »Es würde mich doch sehr überraschen, wenn etwas anderes dahinterstecken würde als pure Phantasie deines Großvaters.«

Melkorka seufzte.

»Was ist denn überhaupt so Besonderes an den Runen?«, fragte sie. »Ist das nicht bloß ein uraltes und unvollkommenes Alphabet?«

»Nun, das Wort Rune an sich bedeutet ›Geheimnis‹. In den Eddaliedern steht, dass die Runen die von geheimnisvoller Kraft erfüllten Zeichen waren, mit denen Óðinn seine Wundertaten vollbrachte. Er lehrte auch andere den Gebrauch der Runen, damit sie damit Gutes oder je nachdem auch Böses vollbringen konnten. Mit den Runen beschaffte sich der Allvater der Götter die Urkraft des Lebens aus der Tiefe der Vergangenheit wieder und verwendete sie zum eigenen Vorteil.«

»Willst du allen Ernstes behaupten, dass die Runen echte Zauberzeichen waren?«

»Nein«, lächelte Njáll. »Nur dass die Menschen des nordischen Heidentums das so glaubten.«

»Haben die Nationalsozialisten deswegen die Runenzeichen verwendet?«

»Ja, Melkorka, in der Tat. Vieles deutet darauf hin, dass Himmler, immerhin einer der mächtigsten Männer des Dritten Reiches, buchstäblich an die magische Macht der Runen glaubte, indem er sie als Schutz- und Siegeszeichen der SS-Verbände eingesetzt hat.«

Njáll war ganz in seinem Element, als er ihr näher erklärte, weswegen die germanischen Runen eine Schlüsselrolle in der Gedankenwelt der Kreise um Himmler einnahmen.

»Schau mal, die Nationalsozialisten waren von der Überlegenheit der ›germanischen Rasse‹ überzeugt, die sie Arier nannten, obwohl das eigentlich nichts weiter als eine künstliche Bezeichnung der vielen Völker ist, die indoeuropäische Sprachen sprechen, und die deswegen mit Rassenherkunft nichts zu tun hat. Aufgrund dieser Überzeugung der Nationalsozialisten sollten die Arier früher die Herren der Welt gewesen sein und die Ahnen einer reinen germanischen Rasse. Die Runen waren früher nicht nur das Alphabet der Arier, so behaupteten sie, sondern eben auch machtvolle Zauberzeichen, wie es in den Eddaliedern steht. Deswegen könne man mit ihnen zurück in die Vergangenheit blicken und sich die Weisheit und Wunderkräfte Óðinns und Þórs aneignen.«

»Das hört sich an wie vollkommener Quatsch.«

»Ja, ja, darauf können wir uns einigen. Vergiss aber nicht, dass vieles von dem, was glaubensfeste Leute heute noch als selbstverständlich und normal ansehen, andere als kompletten Unsinn abtun, und das gilt auch für unseren christlichen Glauben. Man kann sich also die Frage stellen, ob diese Ideen so viel unsinniger sind als beispielsweise die Überzeugung so vieler Christen, dass Maria eine unberührte Jungfrau war, als sie ihren ersten Sohn ohne Zutun eines Mannes gebar, was rein biologisch nicht denkbar ist. Oder dass Jesu Leichnam in den Himmel aufgestiegen ist, was auch gegen alle Naturgesetze ist. Der Glaube übernimmt die Macht, wenn die Realität beiseitegeschoben wird, und die Geschichte der Menschheit hat oft genug bewiesen, dass solcher Glaube uns alle zu Narren machen kann.«

»Aber trotzdem ist das völliger Schwachsinn«, wiederholte Melkorka.

»Und was für einer, da hast du recht. Nur weniges ist gefährlicher in den Händen skrupelloser Politiker als Schwachsinn, an den zu glauben ein ganzes Volk gebracht werden kann. Die Hypothese der sogenannten reinen Arier war eine der Voraussetzungen des furchtbaren Rassismus, der schließlich zur Ausrottung von Millionen Menschen geführt hat, die laut dieser Ideologie keine Arier waren, sondern anderen Rassen zugehörig. Der fanatische Glaube der Nationalsozialisten an so einen fürchterlichen Schwachsinn führte schlussendlich zu den Öfen in Auschwitz.«

30 Mittwoch, 9. Mai

Melkorka war in der Nachrichtenredaktion des isländischen Fernsehens gut beschäftigt, als kurz vor Mittag Erna Sól Hafsteinsdóttir auf dem Handy anrief.

Als Nachrichtenjournalistin hatte sie in kurzer Zeit gelernt, wie wichtig es war, ihr Netzwerk mit immer neuen Bekanntschaften anzureichern, die ihr möglicherweise von Nutzen sein konnten. Sie legte die Namen, Telefonnummern, Adressen und Berufsbezeichnungen in einer Datenbank ab. Dazu fügte sie noch Anmerkungen bei, in welchen Bereichen sie möglicherweise weiterhelfen konnten. Diese Informationen bewahrte sie nicht nur in ihrem Handy auf, sondern konnte sie auch jederzeit von ihrem Speicherstick abrufen, von dem sie sich niemals trennte. Sie hatte auch die Namen der Beamtin in ihrer Datenbank stehen und sie zwei Mal angerufen, seit ihr die Polizei die schreckliche Nachricht von dem Selbstmord auf dem Friedhof von Fossvogur überbracht hatte.

»Die Tochter des Amerikaners war heute Morgen bei uns«, sagte Erna. »Sie hat die Leiche ihres Vaters abgeholt.«

»Was ist mit seiner Ehefrau?«

»Unter uns gesagt, es hat sich rausgestellt, dass Houstons Ehefrau mit dem Mord nichts zu tun hat. Sie heißt Rachel Houston und hat die USA seit über dreißig Jahren nicht mehr verlassen.«

»Das heißt, die Deutsche war gar nicht die Frau des Professors?«

»Nein.«

»Habt ihr mit ihr reden können?«

»Nein, leider nicht.«

»Ist Greta Schneider noch im Lande?«

»Sie war ein paar Tage hier und ist unter anderem nach Nordisland gefahren, nach Akureyri, genauer gesagt, und auf die Westmännerinseln. An dem Morgen, an dem du die Leiche entdeckt hast, hat sie das Land aber verlassen«, erklärte Erna. »Wir haben Interpol eingeschaltet. Die sollen sie für uns aufspüren.«

»Ich verstehe.«

»Susan hat uns über den Grund der Reise ihres Vaters nach Island regelrecht ausgefragt«, fuhr die Beamtin fort. »Sie hatte ursprünglich gedacht, dass er auf Hawaii sei und dort Vorträge über deutsche Geschichte halte.«

»Sie heißt also Susan?«

»Ja, Susan Houston. Und sie ist nicht verheiratet. Wir haben ihr von deiner Zeugenaussage berichtet. Sie will dich unbedingt treffen, bevor sie den Sarg ihres Vaters in die USA überführt.«

»Ich könnte sie um die Mittagszeit treffen, wenn das bei ihr geht«, antwortete Melkorka sofort. »Kommst du auch dazu?«

Erna musste erst ihre Agenda befragen.

»Ich könnte mich für eine Dreiviertelstunde oder so freimachen«, antwortete sie nach kurzer Überlegung.

Sie verabredeten sich in einem Hummerrestaurant am Amtmannsstígur, einem prachtvollen Gebäude mit Vergangenheit. Umweltschützern war es gelungen, das Gebäude den Klauen von Beamten zu entreißen, die es Ende der Achtziger niederreißen lassen wollten.

Melkorka traf als Letzte ein. Susan und Erna hatten bereits bestellt.

Susan schien in den Dreißigern zu sein. Sie war eher von kleiner Gestalt und hatte ein hageres Gesicht. Das schulterlange Haar war rötlichbraun, die Augen braun und tief und die Lippen schmal.

»Ich hatte mich mit meinem Vater für den nächsten Monat in Baltimore verabredet«, erzählte sie traurig. »Ich glaube es immer noch nicht so recht, dass er tot sein soll, geschweige denn, dass ihn jemand ermordet hat. Mutter glaubt es auch nicht. Ihr erscheint es ebenso völlig unverständlich wie allen anderen, mit denen ich geredet habe und die meinen Vater kannten, dass ihm jemand etwas antun wollte.«

»Mein tiefstempfundenes Beileid«, sagte Melkorka.

»Mein Vater hat in mir das brennende Interesse an der Erforschung der deutschen Geschichte des letzten Jahrhunderts geweckt.«

»Bist du Historikerin?«

»Ja.«

»Was ist dein Spezialgebiet?«

»Ich habe hauptsächlich über den Zusammenhang zwischen Politik und Religion zu früheren Zeiten und heute gearbeitet«, erklärte Susan. »Mein Vater hat mich dazu angehalten. Er wusste sehr gut Bescheid über den bedeutenden Einfluss, den Religion auf die politischen Entwicklungen im zwanzigsten Jahrhundert hatte. Er hat oft gesagt, dass die Nazis in Deutschland in erster Linie gewissenlose Fanatiker mit einem blinden Buchstabenglauben waren.

In meiner Doktorarbeit habe ich einen Vergleich zwischen Himmler und Ignatius von Loyola angestellt, zwischen ihren Ideen und Handlungen.«

»Und? Hast du da eine Analogie feststellen können?«

»Ja. Es ist klar, dass die Organisationsstruktur der SS-Verbände zu einem wesentlichen Teil auf der des Jesuitenordens beruhte und dass Glaubensfanatismus und Engstirnigkeit der beiden Männer von derselben Art waren, obwohl der religiöse Hintergrund an sich jeweils völlig unterschiedlich war. Die spanische Inquisition war eine Art Gestapo der damaligen Zeit.«

»Sind deine Eltern geschieden?«, fragte Melkorka.

»Rein auf dem Papier nicht«, antwortete Susan. »Sie wohnen allerdings nicht mehr zusammen, seit ich vierzehn war. Mein Vater hat damals eine interessante Professur an der Uni Heidelberg angeboten bekommen. Eine viel bessere, als ihm drüben in Amerika zur Auswahl stand. Nur Mutter wollte absolut nicht nach Deutschland. Ich wohne noch bei ihr in New York, aber ich treffe meinen Vater mindestens zwei Mal im Jahr, wenn er zu uns rüberkommt, um Vorträge und Kurse zu halten. In den letzten Jahren halten wir auch über das Internet Kontakt, und ich bin ein paar Mal nach Deutschland rüber, um ihn in Heidelberg zu besuchen.«

»Mir haben von der Stadt schon viele vorgeschwärmt.«

»Für eine deutsche Stadt hat sie durchaus einen gewissen Charme.«

Melkorka lächelte.

»Hattest du nie das Verlangen, dich dort niederzulassen, bei deinem Vater?«

»Nein, das wäre ein Verrat an meiner Mutter gewesen.«

»Wie das?«

Susan zögerte etwas. Dann blickte sie Melkorka direkt in die Augen. Sie konnte ein Zittern in der Stimme nicht ganz verbergen, als sie die Frage beantwortete:

»Mutter war im Konzentrationslager.«

31

Melkorka verstummte. Nie wäre sie auf den Gedanken gekommen, dass die Witwe des amerikanischen Professors als Kind in einem der berüchtigtsten Gefängnisse der Menschheitsgeschichte gefangen gehalten war.

»Entschuldige«, murmelte sie.

»Du musst dich nicht entschuldigen«, entgegnete Susan. »Aber aufgrund dieser bitteren Erfahrungen sind die Worte Höllenfahrt und Deutschland für Mutter und mich nahezu synonym. Das eine Wort ruft manchmal in Gedanken das andere hervor.«

Melkorka nickte und beeilte sich, Susan vom unerwarteten Besuch ihres Vaters in Island zu berichten.

»Er sagte mir, dass er nur deswegen nach Island gekommen war, um das Tagebuch lesen zu können, das mein Großvater während der Kriegsjahre geführt hatte. Andererseits weiß niemand mit Sicherheit, ob das Tagebuch mit seinem Tod überhaupt in irgendeinem Zusammenhang steht. Hast du etwas über diese Greta von Trittenheim-Schneider gehört, die wegen des Mordes verdächtigt wird?«

Susan schüttelte den Kopf.

»Wir haben weitere Informationen über die Deutsche bekommen«, schaltete sich Erna ein. »Sie sind aber im Augenblick absolut vertraulich.«

»Du kannst dich ganz auf meine Verschwiegenheit verlassen«, meinte Melkorka.

»Wir haben ein Bild der Trittenheim-Schneider aus der Datenbank des Flughafens Keflavík an Interpol geschickt. Dabei hat sich herausgestellt, dass sie bei Interpol unter verschiedenen Namen gelistet ist, unter anderem als Greta Richthoven. Interpol sagt, dass das wahrscheinlich ihr richtiger Name ist, aber so genau weiß das auch keiner.«

»Diese Deutsche hat Kári und mir gegenüber behauptet, die Enkelin eines gewissen Rudolf Freiherr von Trittenheim zu sein.«

»Das geht aus den Daten von Interpol nicht hervor. Zumindest nicht aus denen, die ich bisher gesehen habe«, antwortete die Beamtin. »Darin wird sie als die unverheiratete Tochter eines Ehepaares namens Richthoven aus Leipzig bezeichnet, das vor elf Jahren bei einem Verkehrsunfall ums Leben kam. Greta ist seit einigen Jahren schon bei Interpol zur Fahndung ausgeschrieben, aber sie wurde bisher nie gefasst.«

»Gibt es dafür irgendeine Erklärung?«

»Interpol sagt, dass sie oft den Namen ändert. Außerdem benutzt sie falsche Ausweispapiere, die sehr professionell gemacht sind und ein Heidengeld kosten, was sicher darauf hindeutet, dass sie nicht gerade unter Geldsorgen leidet. Dann ist sie natürlich eine Weiße, und das macht es ihr leicht, in Europa unterzutauchen, wo sich die Beobachtung mehr oder weniger auf dunkelhäutige Moslems eingeschossen hat.«

»Was hat sie denn ausgefressen, bevor sie nach Island kam?«

»Ihr wird vorgeworfen, Angriffe von Neonazis auf Unterkünfte von Einwanderern geplant und finanziert zu haben. Darunter auch Brandanschläge, bei denen Menschenleben zu beklagen waren.«

Susan hatte ihr Essen bisher kaum angerührt. Sie beugte sich nachdenklich über den Tisch.

»Gibt es denn in dem Tagebuch etwas, das bei den Neonazis ein spezielles Interesse geweckt haben könnte?«

»Kann ich mir kaum vorstellen«, antwortete Melkorka. »Es sei denn, sie glauben an denselben Unsinn wie dieser Idiot von Himmler.«

»Von was für einem Unsinn sprichst du?«, erkundigte sich Susan.

Melkorka berichtete ihr von der Suche ihres Großvaters nach Gotatýrs Runenlied, das ihm und dem Reichsführer-SS den Weg zu Óðinns Zauberrunen und Þórs Hammer bei den beiden geheimnisvollen Brunnen weisen sollte.

»Þórs Hammer?«, wiederholte Susan.

»Jawohl.«

»Weißt du, ich habe Dokumente gesehen, die Himmlers Überzeugung belegen, dass die Germanen früherer Zeiten gelernt hätten, die Kraft der Elektrizität zu beherrschen. Himmler behauptete, Þórs Hammer sei eine mächtige Elektrowaffe, die seine germanischen Vorfahren zu Urzeiten gebaut hätten. In den Kriegsjahren befahl er deutschen Wissenschaftlern, einen Weg zu finden, diesen Hammer nachzubauen, damit man ihn gegen die amerikanischen Truppen einsetzen konnte.«

»Im Ernst jetzt?«

»Ja. Himmler gab dazu ein paar Monate vor Kriegsende noch schriftliche Befehle heraus. Würde mich überhaupt nicht überraschen, wenn ein paar durchgeknallte Neonazis auf so eine Fata Morgana ebenso hereingefallen wären wie der SS-Führer.«

Unvermittelt änderte sich Susans Gesichtsausdruck. Sie schien zu erstarren, ihr Atem ging stoßweise und klang heiser.

»Was ist los?«, erkundigte sich Melkorka besorgt.

Susan begann fieberhaft in ihrer Handtasche zu kramen und holte eine kleine Sprühflasche heraus. Sie sprühte sich damit einige Male in den Rachen. Nach und nach wurde ihre Atmung wieder normal.

»Ich leide an ziemlich üblem Asthma«, entschuldigte sie sich und steckte die Flasche in die Handtasche zurück. »Der geringste Anlass reicht schon, dass ich einen Anfall bekomme.«

Ernas Handy spielte eine flotte Schlagermelodie. Sie antwortete dem Anrufer knapp und einsilbig. Ihrem Gesichtsausdruck nach zu schließen überraschte sie gerade etwas sehr.

»Verstehe«, schloss sie und blickte Susan ernst an. »Ich bringe sie gleich mit.«

Ein erwartungsvolles Schweigen folgte, nachdem Erna aufgelegt hatte.

»Du darfst niemandem etwas sagen, bevor ich dir die Erlaubnis dazu gegeben habe«, sagte Erna und blickte Melkorka durchdringend an. »Versprichst du mir das?«

»Selbstverständlich, ich habe das Vertrauen meiner Informanten stets gewahrt.«

Erna wandte sich an Susan: »Du bist noch nicht gebeten worden, die Leiche deines Vaters zu identifizieren, oder?«

Susan schüttelte mit kaum verhohlener Verwunderung über diese Frage den Kopf.

»Nein. Der Sarg war verschlossen, und man sagte mir, dass ich die Leiche nicht zu sehen bräuchte, bevor ich heimkomme und das Bestattungsinstitut meinen Vater für die Beerdigung zurechtgemacht hat«, antwortete sie.

»Warum fragst du das?«, mischte sich Melkorka heftig ein.

Erna gelang es, ihre aufgewühlten Emotionen zu verbergen, und antwortete sanft: »Weil die Polizei von Suðurnes auf dem Weg nach Reykjavík ist und einen sechzigjährigen Amerikaner mitbringt, der behauptet, sein Name sei Robert M. Houston, seines Zeichens Professor in Heidelberg.«

32 Donnerstag, 10. Mai

Tags darauf meldete sich Susan bei Melkorka. Sie war immer noch überglücklich darüber, dass sie ihren Vater lebend angetroffen hatte.

»Mein Vater kann es nicht nachvollziehen, warum jemand seinen Namen in dieser Weise missbraucht hat«, erklärte sie. »Er möchte euch beide, Kári und dich, unbedingt zum Essen einladen, um aus erster Hand zu erfahren, was der ominöse Fremde unter seinem Namen von euch wollte.«

Melkorka nahm die Einladung an.

In gewisser Weise ähnelte Robert M. Houston seinem Doppelgänger im Aussehen, war aber älter und gepflegter. Sein Gesicht war sonnengebräunter, die Nase kleiner, das Haar kürzer und dunkler und die Stimme tiefer. Den größten Unterschied nahm Melkorka jedoch in seinen Augen wahr: Sie glänzten vor Begeisterung, als in dem Professor der Erzähler durchbrach.

»Was für eine wunderbare Aussicht«, schwärmte er in tiefem Bass, nachdem sie sich im Restaurant Grillið des Hotels Saga begrüßt hatten. Mit kindlicher Begeisterung ließ er den Blick über die Bucht Faxaflói zu Reykjavíks Hausberg schweifen, der grauhaarigen Esja, und schließlich zum Gletschervulkan Snæfellsjökull, der über Wolkenfetzen am Nordwesthorizont aufragte. »Als Jugendlicher habe ich Jules Verne sehr verehrt und mit besonderer Begeisterung *Die Reise zum Mittelpunkt der Erde* verschlungen. Die Geschichte erzählt von Wissenschaftlern, die durch den Feuerschlund des Snæfellsjökull ins Erdinnere reisen und dann durch ewig lange Höhlen bis zum Vulkan Stromboli in Italien gelangen. Das waren wunderbare Tage!«

Nachdem sie das Essen bestellt und ihren Cream Sherry getrunken hatten, befriedigte Melkorka endlich die Neugier des amerikanischen Professors, der mit wachsender Verwunderung ihrem Bericht über den Besuch seines »Namensvetters« zuhörte.

»Unglaublich!«, rief er immer wieder. Er schenkte dem vorzüglichen Rinderfilet kaum die ihm zukommende Beachtung, so sehr war seine Aufmerksamkeit gefesselt. »Mir scheint, die isländische Polizei hat noch keine Ahnung, wie der Ermordete in Wirklichkeit heißt.«

»Das wird sich vermutlich in Kürze herausstellen«, antwortete Melkorka. »Sie haben seine Fingerabdrücke an Interpol und das FBI geschickt.«

»Hm.«

Professor Houston überlegte eine Weile. Er spürte dem Duft des Rotweins nach.

»Ich muss wohl davon ausgehen, dass der Unbekannte wusste, dass ich auf Reisen war, während er sich hier im Lande aufhielt«, sagte er schließlich. »Er hätte es wohl kaum gewagt, hier unter meinem Namen aufzutreten, wenn er nicht absolut sicher gewesen wäre, dass ich verreist bin.«

»Wo waren Sie denn?«, erkundigte sich Kári.

»Vor zehn Tagen war ich gerade dabei, die Vorbereitungen zu meiner alljährlichen Vorlesungsreihe in den USA abzuschließen. Da bekam ich unerwartet ein Angebot, die Universität auf Hawaii zu besuchen. An- und Abreise waren frei. Außerdem sollte ich an einer einwöchigen Tagung über die Anfangsjahre des Nationalsozialismus in Deutschland teilnehmen«, antwortete der Professor. »So ein Angebot konnte ich unmöglich ausschlagen, selbst wenn ich dafür gleich am nächsten Morgen von Deutschland in die USA fliegen musste.«

»Kam Ihnen das nicht seltsam vor, ein Angebot mit so kurzer Vorlaufzeit zu bekommen?«

»Nein, zu dem Zeitpunkt nicht, da man mir gesagt hatte, dass einer der wichtigsten Veranstalter einen schweren Unfall gehabt habe und dass sie in einer höchst bedenklichen Bredouille steckten. Aber jetzt ...«

»... sieht die Sache natürlich anders aus«, beendete Susan den Satz anstelle ihres Vaters.

»Ganz genau.«

Melkorka gab dem Professor eine kurze Zusammenfassung vom Inhalt des Notizbuchs, hauptsächlich von Höskuldurs Suche nach Gotatýrs Runenlied.

»Mein Vater hat an der okkulten Seite der Geschichte des Nationalsozialismus weitaus weniger Interesse als ich«, warf Susan ein und nahm einen Schluck Cognac.

»Ja, ich bin durch und durch bodenständig und habe wenig für Phantastereien und Aberglauben von der Art übrig, wie sie Alfred Rosenberg, Heinrich Himmler und die Lügenwissenschaftler von Ahnenerbe in restloser Begeisterung glaubten«, stimmte Houston zu.

»Aberglauben ist in der Tat noch ein exzellentes Geschäftsfeld in aller Welt«, fügte Kári hinzu.

»Wahr gesprochen. Leider haben die Wissenschaften

im Kampf gegen die Unwissenheit des Aberglaubens den Kürzeren gezogen. Aber trotzdem gibt es da einige merkwürdige Tatsachen in diesem Notizbuch, nicht wahr?«

»Meinen Sie die Fotos?«, fragte Melkorka.

»Ja, Sie haben mir eines davon geschickt. Das mit den zwei SS-Leuten bei dem deutschen U-Boot. Ich habe es an Leute weitergeleitet, die einen besseren Zugang zu mehr Informationen über das Dritte Reich haben als die meisten anderen.«

»An wen?«

»Ich habe lange Zeit eng mit Spezialisten einer Institution zusammengearbeitet, die nach dem Nazijäger Simon Wiesenthal in Jerusalem benannt ist. Sie spüren unter dem Motto ›*Letzte Gelegenheit*‹ immer noch Kriegsverbrecher aus den Reihen der Nazis auf. Sie glauben, dass sie die beiden SS-Angehörigen auf dem Foto Ihres Großvaters erkannt haben, und sind davon überzeugt, dass einer der beiden auf der Liste derjenigen Verdächtigen steht, die im Zweiten Weltkrieg systematischen Massenmord begangen haben.«

33

Melkorka schaute den amerikanischen Professor mit wachsendem Entsetzen an. Beschuldigte er wirklich ihren Großvater, Verbrechen begangen zu haben?

»Großvater behauptet, dass er die SS-Männer Trittenheim und Ramstein fotografiert hat«, sagte sie schließlich so ruhig, wie es ihr nur möglich war. »Geht es dabei um dieses Bild?«

»Ja, der Linke ist aller Wahrscheinlichkeit nach der Schwarze Bankier«, bestätigte Houston. »Und neben dem Freiherrn steht Gerhard von Ramstein, der um dieselbe Zeit wie von Trittenheim verschwand, also im Herbst 1944.«

»Wer von den beiden hat Kriegsverbrechen begangen?«, hakte Kári nach.

»Vermutlich beide, denn von Trittenheim hat an der Planung der Verwendung des Zahngoldes mitgearbeitet, das den ermordeten Juden in den KZs aus den Kiefern gebrochen wurde. Von Ramstein hingegen wurde in den fünfziger Jahren als Kriegsverbrecher gesucht. Bis jetzt war es eine weitverbreitete Auffassung, dass die beiden SS-Angehörigen einige Zeit vor Kriegsende umgekommen sind, wenn auch nicht bekannt ist, auf welche Weise. Das Foto gibt aber einen neuen Hinweis darauf, dass beide lebend vom europäischen Kontinent flüchten konnten.«

»Ist es denn möglich, so einen Schluss einzig und allein aufgrund des Bildes zu ziehen?«, fragte Melkorka.

»Sicher doch. Die Spezialisten des Wiesenthal-Instituts halten es für möglich, dass von Trittenheim und von Ramstein mit dem U-Boot auf dem Foto im September 1944 in Norwegen in See gestochen sind und dass H. Steingrim alias Höskuldur Steingrímsson ebenfalls mit dabei war. Eigentlich ist das sogar die einzige stichhaltige Erklärung dafür, weswegen er dieses Foto bei sich hatte. Das U-Boot brachte Ihren Großvater nach Island, so viel ist sicher, aber was ist aus den anderen SS-Leuten geworden? Sind auch sie in Island an Land gegangen, oder ist das U-Boot zu einem neuen Ziel weitergefahren? Und wenn ja, wohin? Die Beantwortung dieser Fragen so schnell wie möglich ist ihnen ein äußerst dringliches Anliegen.«

»Im Tagebuch steht, dass die beiden Deutschen an Bord des U-Bootes waren«, sagte Melkorka. »Leider gibt es aber keine Hinweise auf ihr endgültiges Ziel.«

Houston ließ den Duft des französischen Cognacs auf sich wirken, den er sich zum Kaffee bestellt hatte, und überlegte.

»Hat Ihr Großvater irgendwelche weiteren Notizen oder Briefe aus der Kriegszeit hinterlassen?«, fragte er und blickte Melkorka über das bauchige Glas hinweg an.

»Nein«, antwortete sie. »Wo, glauben Sie, ist es am wahrscheinlichsten, dass die deutschen SS-Männer an Land gehen sollten?«

»Schwierig, eine Antwort auf diese Frage zu geben«, meinte der Professor. »Wenn sie zu Kriegsende geflohen wären, wäre es einfacher, sich eine Vorstellung von ihrem möglichen Ziel zu machen. Damals gab es eine Art Schnellstraße für Kriegsverbrecher der SS über den Vatikan in Rom nach Südamerika, gerne auch mit Unterstützung des amerikanischen, britischen und französischen Geheimdienstes. Sie rechtfertigten ihre Hilfe mit dem Kampf gegen den Kommunismus, so merkwürdig sich das heute auch anhören mag. Abertausende von SS-Angehörigen ließen sich in Argentinien, Chile und anderen Ländern Südamerikas nieder. Andere richteten sich in den USA, in Großbritannien, Kanada oder in Spanien ein behagliches Leben ein. Bis in die siebziger Jahre befand sich Spanien unter der Diktatur Francos. Und schließlich gab es ja noch die vielen, die während der ersten Jahre des Kalten Krieges völlig unbehelligt in Deutschland oder Österreich lebten. Nur ein Drittel der schätzungsweise 150 000 Deutschen, die im Zweiten Weltkrieg Kriegsverbrechen begangen haben, wurden danach überhaupt dingfest gemacht. Und noch viel weniger wurden dann auch vor Gericht gestellt, wenn die Einschätzung eines deutschen Staatsanwalts richtig ist, der sich damit sehr gut auskennt.«

»Die große Abrechnung nach dem Krieg war eine Geschichte gebrochener Versprechen«, fügte Susan bitter hinzu. »Zehntausende von Nazis haben die Fabriken des Todes erbaut und betrieben. Und sie haben Millionen geschwächter Gefangener schändlichst ausgebeutet, um die Maschinerie der deutschen Militärmacht am Laufen zu halten. Sie raubten den Juden ihr Eigentum, angefangen bei Unternehmen, Immobilien, Landbesitz und Kunstwerken bis hin zu Kleidung und Zahngold, einfach alles, und brachten sie dann wie Vieh in Schlachthäusern erbarmungslos um. Die SS-Männer, die diese Massenmaschinerie des Todes betrieben, hatten es nicht verdient, nach

Ende des Krieges am Leben zu bleiben. Aber anstatt diese Mörder zu bestrafen, machte unsere eigene Administration Tausende von ihnen zu ihren Anhängern. Alles im Namen der Demokratie und der Freiheit. Sie wandte allerlei Tricks an, um deren Verbrechen und Namen vor dem amerikanischen Volk zu verschleiern. Ein fürchterlicher Verrat war das an den Opfern, ein abscheulicher Verrat an den unschuldigen Kindern, den Frauen und Männern, die in den Vernichtungslagern umgebracht worden sind, ein Verrat, der niemals verziehen werden kann, ebenso wenig wie das monströse Verbrechen selbst.«

Melkorka sah, wie Susans Wangen vor Erregung um so röter anliefen, je länger diese völlig ungeschminkte Anklagerede dauerte. Danach aber wurde sie unvermittelt kreideweiß. Ein Asthmaanfall bedrängte sie. Sie nahm eine Dosis des Medikaments, worauf die Atemkrämpfe allmählich nachließen.

»Es scheint, dass von Trittenheim und von Ramstein ein halbes Jahr vor der Kapitulation der Nazis vor der amerikanischen Streitmacht auf den Atlantik hinausgeschickt wurden«, nahm Houston nach einer Weile den Faden wieder auf. »Daher ist völlig unklar, wohin sie fahren sollten, obwohl es am wahrscheinlichsten ist, dass sie nach Kanada gebracht werden sollten und von da aus weiter in die USA. Ob das U-Boot sie dort abgeliefert hat oder auf dem Weg dorthin im Meer verschwand, ist allerdings ebenfalls vollkommen ungeklärt.«

»Kann man sich vom Ziel ihrer Mission eine einigermaßen realistische Vorstellung machen?«, fragte Melkorka.

»Von Trittenheim wurde zu Recht Himmlers Bankier genannt«, meinte der Professor. »Wenn der Reichsführer-SS ihn auf diese Reise geschickt hat, dann muss es auf irgendeine Weise mit Geld zu tun gehabt haben. Der Stand der Dinge im Herbst 1944 war der, dass den meisten Nazis klargeworden war, dass sie, wenn sich nichts änderte, den Krieg verlieren würden. Die unaufhaltsam vorrückende russische Armee hatte die Ostgrenze Deutschlands erreicht, und die Amerikaner hatten ihre Truppen in Frankreich positioniert. Es ist nicht undenkbar, dass Himmler seinen Bankier in die USA geschickt hat, um schwerreiche Amerikaner zu treffen, die seinerzeit Hitler auf seinem Weg an die Macht unterstützt hatten. So sollten sie die Weiterführung der SS-Tätigkeit nach Kriegsende vorbereiten. Dann ist es auch möglich, dass sich an Bord des U-Bootes ein Teil der Goldreserven der Deutschen Reichsbank befunden hat. Sie sind in den letzten Monaten der Naziherrschaft verschwunden. Das Guinness-Buch der Rekorde bezeichnet das Verschwinden dieses Goldes als den am wenigsten aufgeklärten Raub der Menschheit, obwohl es in der Geschichte genug ähnliche Vorgänge gibt. Aber das sind alles nur Spekulationen.«

»Ich habe noch nie gehört, dass amerikanische Millionäre Hitler unterstützt haben sollen«, warf Melkorka ein.

»Es wird als nicht zu dem Image passend angesehen, das die Amerikaner andernorts als Überbringer der Freiheit und Menschenrechte genießen. Deshalb wird da nicht sehr viel Wind darum gemacht. Aber den Historikern ist das schon seit langem klar«, erklärte der Professor. »Viele der größten Finanzhäuser und die Industrie hatten ihren satten Anteil daran, dass Adolf Hitler seine Kriegsmaschinerie aufbauen und sie am Laufen halten konnte, und das sogar bis zum Kriegsende. Besitzer weltbekannter US-

Unternehmen bewunderten Hitlers Diktatur und wollten sogar eine faschistische Regierung in den USA einsetzen. Diese Geldsäcke waren auch der Ansicht, dass Geld keine Landesgrenzen kennt und kein Vaterland. Deswegen war es für sie auch völlig in Ordnung, von Unternehmen zu profitieren, die militärisches Gerät für die Deutschen herstellten oder die Gefangene aus den KZs als Arbeitssklaven heranzogen. Von diesem hässlichen Kapitel des amerikanischen Finanzwesens wird wenig Aufhebens gemacht. Es sind nämlich meist diejenigen, die als Sieger aus Konflikten hervorgehen, die dann die Deutungshoheit über die Geschichte innehaben, zumindest für eine Zeit. Tatsache ist bedauerlicherweise die, und dem kann keiner mit vernünftigen Argumenten widersprechen, dass keiner mehr am Zweiten Weltkrieg verdiente als die Millionäre in den USA und Deutschland.«

»Auch in Deutschland?«

»Ja. Die Wahrheit ist, dass den deutschen Industriellen, die gute Beziehungen zu den US-amerikanischen Millionären hatten, schnell verziehen wurde, dass sie Hitler zum fürchterlichsten Kriegsherren der Welt gemacht hatten. Es war ja ein neuer Gegner gefunden, und für beide Parteien war es lukrativ geworden, sich nun mit diesem Gegner zu befassen. Es ist auffällig, dass vierzig Jahre nach Ende des Zweiten Weltkriegs einige von Hitlers Unterstützern sich ganz oben auf der Liste der reichsten Männer der Welt befanden.«

Susan bestätigte das: »Das liegt daran, dass bei vielen, die mit Geld zu tun haben, der Profit gerne zu einer Religion wird und sich damit über alle anderen sittlichen Forderungen erhebt.«

»Wer war dieser Gerhard von Ramstein eigentlich?«, fragte Melkorka

»Er war ein naher Vertrauter Himmlers«, antwortete Houston. »Nach dem Krieg stellte sich heraus, dass von Ramstein eine aktive Rolle bei der Durchführung von *Einsatz Reinhard* in den Jahren 1942 und 1943 gespielt hat. Deshalb wurde er als Kriegsverbrecher gesucht. Es ist völlig unbewiesen, dass er umgekommen war.«

»*Einsatz Reinhard?*«

»Ja. Das war der Plan der SS, alle Juden in Polen auszurotten. Himmler ließ eigens dazu Vernichtungslager in Treblinka, Bełżec, Sobibór und Majdanek errichten. Dort haben Angehörige der SS in kurzer Zeit etwa zwei Millionen Menschen ermordet.«

»Darunter waren auch mein Großvater und meine Großmutter«, fügte Susan leise hinzu.

Melkorka überlief ein Schauer bei dem Gedanken, dass ihr eigener Großvater bewusst in der Gefolgschaft solcher Unmenschen gewesen war.

34

Guðjón lehnte es ab, sich zum Stand der Ermittlungen beim Mord im Gästehaus an der Snorrabraut in irgendeiner Weise zu äußern. Journalisten gegenüber bestätigte er lediglich, dass die Leiche des Ermordeten in den kommenden Tagen in die USA zur Beerdigung überführt würde.

»Wir haben weitere Informationen vom FBI erhalten«, vertraute Erna am späteren Abend Melkorka an. »Der Ermordete hieß John Dulles Forster jr. und war zweiundfünfzig Jahre alt.«

»Weißt du, was er gearbeitet hat?«

»Nein, das wollte mir Guðjón nicht verraten. Mir kommt das komisch vor, da er sonst nie Informationen zu einem Fall, den wir gemeinsam bearbeiten, vor mir zurückhält. Er hat auch mehr oder weniger den ganzen Tag Kontakt zur amerikanischen Botschaft gehalten, was genauso ungewöhnlich ist.«

»Was glaubst du denn, was da los ist?«

»Keine Ahnung. Ich finde das alles sehr spooky. Gruselig.«

»Gruselig? Meinst du denn, dieser Forster war ein amerikanischer Agent oder Spion?«

»Würde mich nicht wundern, wenn er vom FBI oder CIA wäre«, bekannte Erna. »Die sind doch überall auf der Welt zugange, oder nicht?«

»Scheint so.«

»Ich will nur klarstellen, dass das mein ganz persönlicher Verdacht ist. Guðjón ist so nervös und verschlossen und hängt die ganze Zeit bei den Amis rum.«

Der Kriminalhauptkommissar war übel gelaunt, als er abends seine Wohnung bei Meistaravellir im Westen von Reykjavík betrat. Er stürzte das erste von drei Gläsern italienischen Rotweins hinunter und verfiel in dumpfe Grübeleien über die Unannehmlichkeiten des Tages. Interpol hatte weder neue Erkenntnisse zur Person Greta Schneider noch wohin sie aus Island gereist war. Die amerikanische Botschaft hatte gezögert, ihm Informationen zu dem Ermordeten J. D. Forster jun. zu geben. Schließlich bekam er eine zensierte Zusammenfassung über den Lebensweg des Opfers zu sehen, nachdem er wiederholt in der Botschaft auf der Matte gestanden und mit dem Botschafter der USA gesprochen hatte. Bei der Lektüre des stellenweise geschwärzten Berichtes lag die Erklärung für das Zögern klar auf der Hand: Dieser Forster hatte lange für den amerikanischen Geheimdienst gearbeitet, und obwohl er dort 1999 aufgehört hatte, lag noch immer völlige Geheimhaltung über seiner Position und seinen Aufgaben beim CIA.

Nachdem Forster den Dienst beim US-Geheimdienst quittiert hatte, nahm er eine Stelle bei Brownwater International Security an. Dieses Unternehmen spezialisierte sich auf Sicherheitsdienstleistungen für Regierungen, Firmen und finanzstarke Persönlichkeiten. Zwei Vertreter der Firma waren im Privatjet nach Island gekommen, um die

Leiche abzuholen. Sie hatten rundheraus die Offenlegung aller Informationen zum Fall J. D. Forster jr. verlangt. Umgehend schalteten sie die amerikanische Botschaft ein, als Guðjón sich nicht in der Lage sah, unbefugten Privatpersonen Auskünfte über Ermittlungen in einem Mordfall zu erteilen, die noch am Anfang standen. Kurz darauf ereilte den Hauptkommissar ein kurzer, im Befehlston gehaltener Anruf des Polizeipräsidenten, der ihn anwies, sich sofort in die amerikanische Botschaft zu begeben und den Vertretern von Brownwater einen Bericht über den Gang der Ermittlungen zu geben.

Das Treffen verlief recht einseitig. Der Hauptkommissar beantwortete die Fragen der Brownwater-Leute, bekam selbst aber nur wenig Antworten auf seine wiederholt gestellten Fragen. Dass Forster unverheiratet und kinderlos war, gehörte zu den ganz wenigen Auskünften, zu denen er sie bewegen konnte.

Guðjón hatte daher nach wie vor keine Ahnung, weswegen J. D. Forster jr. unter falschem Namen nach Island gekommen war, geschweige denn weswegen der Abgesandte von Brownwater die Deutsche, die unter Verdacht stand, ihn ermordet zu haben, in dem Gästehaus als seine Ehefrau hatte registrieren lassen.

»Die Herren der Welt waren immer schon arrogante Banditen«, grummelte er und leerte das dritte Glas Rotwein.

Er war überzeugt davon, dass der Mord an J. D. Forster jr. in irgendeiner Weise mit dem Selbstmord von Höskuldur Steingrímsson zu tun haben musste. Der Suizid stand am Anfang einer ganzen Ereigniskette, so viel stand für ihn fest. Es schien ihm sonnenklar, dass das Notizbuch aus der

Kriegszeit sowohl das Mordopfer als auch seinen Mörder nach Island geholt hatte. Aber warum?

Den Hauptkommissar wurmte es fürchterlich, dass keiner von seinen Gesprächspartnern dieses Tages auch nur das geringste Interesse an der Beantwortung seiner Fragen gezeigt hatte.

35 Freitag, 11. Mai

Die Forderung der Polizei nach Aushändigung des Tagebuchs traf Melkorka völlig unvorbereitet. Sie protestierte heftig, schließlich handelte es sich dabei um eine ganz private Angelegenheit. Aber als Guðjón jedes ihrer Argumente umgehend vom Tisch fegte, bat sie sich Bedenkzeit aus und wandte sich an ihren Rechtsanwalt.

»Der Kommissar behauptet, irgendwer hätte diesen Amerikaner nur deswegen ermordet, um von ihm unsere CD zu bekommen, die nach seiner Aussage verschwunden ist. Deswegen sei es unabdingbar für die Polizei, den Inhalt des Notizbuches genauestens zu untersuchen«, erklärte sie. »Was kann ich denn tun, um ihn zu stoppen?«

»Wenn du dieser Forderung nicht nachkommst, musst du damit rechnen, dass die oberste Polizeibehörde einen Antrag der Staatsanwaltschaft anregen wird, beim zuständigen Ermittlungsgericht einen Beschlagnahmebeschluss zu erlassen. Weil es dem Ermittlungszweck dienlich ist, wie es so schön heißt«, setzte Aðalsteinn Indriðason ihr auseinander. »Nach Rechtspraxis halte ich es für äußerst wahrscheinlich, dass dem Ersuchen der Polizei quasi automatisch nachgekommen wird.«

»Dann muss ich das Buch also hergeben?«

»Ja. Ich halte es für so gut wie sicher, dass es darauf hinausläuft. Im Klartext heißt das für dich, dass du ihnen das

Buch entweder früher überlässt oder eben später, sobald der Beschlagnahmebeschluss vorliegt.«

»Aber wird Opas Tagebuch dann nicht zu einem gefundenen Fressen für die Journalistenmeute?«

»Nicht unbedingt gleich, aber im Laufe der Ermittlungen bestimmt. Gar nicht zu reden davon, wenn erst mal Anklage erhoben wird.«

Melkorka fasste einen Entschluss: »Kampflos ergebe ich mich nicht.«

Der Rechtsanwalt nahm ihre Ankündigung als selbstverständlich hin.

»Dann musst du dem Kriminalhauptkommissar mitteilen, dass das Tagebuch sowohl Privatangelegenheit als auch vertraulich ist und dass du es der Polizei deshalb ohne gültigen Beschlagnahmebeschluss nicht überlässt.«

Abends suchte Melkorka im Internet nach Informationen über J. D. Forster jr. und das Unternehmen, das ihn nach Island geschickt hatte.

»Hier steht, dass Brownwater Zehntausende Mitarbeiter in vielen Ländern hat, in erster Linie Sicherheitsleute, Söldner und Spione, unter anderem im Irak und in Afghanistan, aber auch in Afrika, Südamerika und so weiter«, berichtete sie Kári. »Viele ihrer Mitarbeiter waren zuvor für offizielle Stellen in den USA tätig: bei der Polizei, Geheimdiensten und verschiedenen Abteilungen des US-Militärs. Das sind alles Fachleute auf ihrem Gebiet. Aber sie sind auch umstritten, weil man ihnen vorwirft, sie würden erst schießen und dann fragen.«

Kári dachte eine Weile darüber nach.

»Leider leben wir heute wieder in einer paradiesischen Ära für Söldner. Das römische Imperium begann auch von innen heraus zu verrotten«, bemerkte er.

»Seltsam«, meinte Melkorka nach längerem Schweigen.

»Was?«

»Die New York Times schreibt in einem Nachruf auf den Gründer von Brownwater, einen gewissen Randolph Vilnius Tritten, der 1991 gestorben ist, dass er bis weit in die sechziger Jahre für den amerikanischen Geheimdienst gearbeitet hat. Er hat zunächst ein Unternehmen gegründet, das der CIA zuarbeitete und das Waffen, Söldner und sonstige Spezialisten in Regionen der Erde brachte, in denen die US-Administration den Widerstand gegen linksgerichtete Regierungen unterstützen wollte«, erzählte Melkorka. »Ein Kanadier namens Melville war in diesem Unternehmen dabei und besitzt heute noch die Hälfte davon. Ansonsten liegt der Lebensweg dieses Tritten sehr im Dunkeln. Öffentlich zugänglichen Berichten zufolge wurde er 1919 in Österreich geboren, floh von dort und schloss sich der OSS an, eine Art Vorläufer der CIA in den fünfziger Jahren.«

»Das geheime Netz der amerikanischen Geheimdienste reicht unheimlich weit.«

»Na, ich finde es eher bemerkenswert, dass der Gründer des Unternehmens Österreicher war und dass man über seine Vita vor 1945 nichts weiß.«

»Ja schon, aber dafür kann es auch eine ganz natürliche Erklärung geben«, warf Kári ein.

»Der Name Tritten kann problemlos eine Abkürzung von Trittenheim sein«, rief Melkorka.

Kári lächelte über ihren Eifer.

»R-V-T!«, platzte sie heraus.

»Was?«

»Rudolf von Trittenheim. Randolph Vilnius Tritten.«

»Ist das nicht ein wenig arg weit hergeholt?«, zweifelte er.

Melkorkas Handy störte ihre Überlegungen.

»Ich muss sofort mit dir reden«, hörte sie Guðjóns ernste Stimme. »Soll ich dich mit einem Wagen abholen lassen?«

»Was brauchst du von mir?«

»Dich, sofort hier im Todesermittlungsdezernat«, beharrte der Hauptkommissar. »Wir können dich sofort abholen.«

»Nicht nötig«, entgegnete Melkorka kurz. »Ich komme selbst.«

Sie erklärte Kári knapp, was der Beamte von ihr wollte. Dann warf sie sich in ihre weiße Jacke und schlüpfte in die Lederstiefel, setzte sich ans Steuer ihres Range Rovers und brauste davon, zum Polizeipräsidium am Hlemmur-Platz.

Ein Beamter in Uniform wies sie in einen kleinen, fensterlosen Raum, der offenbar für Verhöre diente. Guðjón trat zeitgleich mit ihr ein, bot ihr an einem kleinen Tisch einen Platz an und setzte sich ihr gegenüber.

»Was gibt's denn so Dringendes?«, fragte sie ärgerlich.

»Das da«, knurrte der Kriminalhauptkommissar und warf ein Foto vor sie auf den Tisch.

Melkorka stockte der Atem.

Das Foto zeigte einen alten, weißhaarigen Mann mit weit aufgerissenen, ins Leere starrenden Augen. Er lag völlig untergetaucht in einer blassgrünen Badewanne. Dennoch war er in schwarze Socken, dunkle lange Hosen, ein helles Hemd und eine grüne Lederweste gekleidet.

Der Dichter von Hvíthöfði hatte seinen letzten Vers gesprochen.

36

Guðjón beobachtete Melkorkas Reaktion genau, als sie das Foto von Beinteinns Leiche erblickte. Ihr Schrecken und Entsetzen schienen nicht aufgesetzt. Trotzdem hielt er das für nicht ausreichend. Vielleicht war sie nur eine ausgezeichnete Schauspielerin?

Er selbst war weder erstaunt noch betroffen, als er am Morgen die Aufnahmen von dem toten Dichter in der Badewanne auf den Bildschirm bekommen hatte. Er hatte schon viele vermoderte Leichen zu Gesicht bekommen, Leichen von Menschen, die seit Wochen oder gar Monaten tot waren.

Beinteinns Körper wurde entdeckt, als zwei Polizeibeamte auf den Anruf eines seiner Nachbarn reagiert hatten. Der Nachbar hatte befürchtet, dass etwas passiert sei. Seit einer knappen Woche hatte Beinteinn weder auf die Türklingel reagiert noch sich am Telefon gemeldet. Als die Beamten daraufhin in die Wohnung eingebrochen waren, hatten sie den alten Mann angekleidet in der Badewanne gefunden. Es sah ganz danach aus, als habe er schon tagelang im kalten Wasser gelegen.

Anfangs war der Hauptkommissar von einem Unfall ausgegangen: Beinteinn, der die achtzig überschritten hatte, hatte sich vermutlich Wasser in die Wanne eingelassen, war dann hineingefallen, ohnmächtig geworden und ertrunken. Die Verwundung am Kopf des Verstorbenen und Blutflecken an der gekachelten Wand schienen diese Hypothese zu stützen.

Zudem ergab die Untersuchung auch keinerlei Hinweise auf einen Einbruch. Und auch für eine Auseinandersetzung fehlten Indizien. Dennoch wurde die Leiche zur Obduktion gebracht, um die Todesursache zweifelsfrei festzustellen.

Einer der Beamten, die in Beinteinns Wohnung eingedrungen waren, erfuhr von dem Nachbarn, dass der Dichter keine Nachkommen hatte und nur selten Besuch empfing.

»Der Nachbar wusste nur von der Sexbombe aus dem Fernsehen. Die vergisst man ja nicht so schnell«, grinste der junge Beamte.

Guðjón verstand nicht.

»Was für eine Sexbombe?«

»Na die Üppige, die abends manchmal die Zehnuhrnachrichten bringt.«

Als dem Hauptkommissar klar wurde, wer Beinteinn da so kurz vor dessen Tod besucht hatte, schrillten bei ihm die Alarmglocken. Höchstpersönlich rief er bei dem Zeugen an und erfuhr, dass Melkorka den Dichter von Hvíthöfði am Freitag der Woche zuvor abgeholt und gegen Abend wieder zurückgebracht hatte. Ab dem Tag danach hatte Beinteinn die Tür nicht mehr geöffnet und auch nicht das Telefon abgenommen.

Guðjón schöpfte Verdacht gegen die Fernsehjournalistin. Sie hatte nicht nur die Leiche des Amerikaners im Gästehaus an der Snorrabraut gefunden, sie war auch die Letzte gewesen, die Beinteinn lebend gesehen hatte. Was zum Teufel ging hier eigentlich ab?

Melkorka schob das Bild von Beinteinns Leiche von sich.

»Schrecklich«, sagte sie mit zitternder Stimme. »Wann ist er gestorben?«

»Um die Zeit, als du bei ihm warst«, versetzte Guðjón. »Alles weist darauf hin, dass du ihn als Letzte lebendig gesehen hast.«

»Ich habe in den vergangenen Tagen oft versucht, Beinteinn anzurufen, aber er ist nicht rangegangen«, erklärte Melkorka. »Ich wäre nie auf den Gedanken gekommen, dass er tot sein könnte.«

»Wir überprüfen das wie alles andere«, sagte der Hauptkommissar kühl. »Wie lange kennst du ihn schon?«

»Erst seit ein paar Tagen.«

»Nur ein paar Tage?«

»Ja.«

Guðjón schien dieser Aussage nicht zu glauben.

»Ich hatte mich an Beinteinn wegen des Runenbuches meines Großvaters gewandt«, fügte sie hinzu. »Man sagte mir, dass er von allen Isländern am meisten über die alten Runen wüsste.«

»Also wieder das Runenbuch«, rief der Hauptkommissar. »Wenn ich's nicht förmlich gerochen hätte!«

»Was meinst du damit?«

»Drei Todesfälle hängen mit dem Buch von Höskuldur Steingrímsson zusammen, oder etwa nicht? Zuerst er selbst, dann John Dulles Forster und jetzt noch Beinteinn Marteinsson.«

Melkorka sah den Beamten fragend an.

»Willst du allen Ernstes behaupten, Beinteinns Tod war kein Unfall?«

»Mir scheint das von Minute zu Minute unwahrscheinlicher. Konnte er den Runentext deines Großvaters denn lesen?«

Melkorka nickte.

»Wann gelang ihm das?«

»Letzten Freitag«, antwortete sie.

»Also an dem Tag bevor du John Dulles Forster gefunden hast?«

»Ja, das stimmt.«

Melkorka erschrak, als ihr plötzlich der ganze Umfang des Verdachts klar wurde: dass zwischen ihr, dem Mord an Forster und dem plötzlichen Ableben des Dichters von Hvíthöfði eine Verbindung bestehen könnte.

»Ich will eine genaue Auflistung von dir, wo du all die Tage gewesen bist, als du mit Beinteinn zusammengesessen hast«, sagte Guðjón.

»Von mir?«

»Ja, von dir.«

»Jetzt gleich?«

»Ja«, antwortete der Beamte und legte einige Bögen Papier vor sie auf den Tisch. »Versuch, nichts zu vergessen.«

Melkorka zögerte. Sie studierte die unbewegte Miene des Hauptkommissars. Er hielt sie für unaufrichtig, so viel stand für sie fest.

»Du hast mich aber nur als Zeugin hierher geladen, richtig?«

»Im Augenblick bist du noch in deiner Eigenschaft als Zeugin hier.«

»Noch?«

»Noch«, wiederholte der Beamte.

In Melkorka stieg Zorn auf: »Mir gefällt dieser anschuldigende Ton nicht.«

»Und mir gefallen Morde nicht«, konterte Guðjón.

»Du glaubst doch wohl nicht, dass ich mit diesen Morden etwas zu tun habe?«

»Wenn dein Alibi sauber ist, hast du nichts zu befürchten.«

»Alibi?«, rief Melkorka. »Ich war weder dabei, als Forster umgebracht wurde, noch als Beinteinn in seiner Badewanne ertrank.«

»Woher weißt du, dass er ertrunken ist?«

»Was soll denn das, Mann? Auf dem Bild, das du mir eben gezeigt hast, liegt er in seiner Badewanne im Wasser.«

Guðjón kniff die Lippen zusammen.

»Mir passt das ganz und gar nicht, wie du dich hier aufspielst«, fuhr Melkorka fort. »Ich werde jetzt meinen Rechtsanwalt einschalten.«

Guðjón erhob sich.

»Dann geh und richte ihm aus, dass ich gleich morgen früh dein Alibi schriftlich hier haben will«, sagte er barsch. »Und sag ihm auch, dass ich das Tagebuch von Höskuldur Steingrímsson lesen will, bevor noch mehr Leute, die mit diesen Runen deines Opas in Berührung kommen, das Zeitliche segnen.«

Der Hauptkommissar schüttete den übel schmeckenden Kaffee hinunter und sah nach, ob es von Interpol mittlerweile irgendwelche Informationen zu der Suche nach Greta Schneider gab. Er wunderte sich sehr, dass es dieser Frau monatelang gelungen war, die europäische und internationale Polizei an der Nase herumzuführen. Er hatte einige Schulungen bei Europol und Interpol besucht und wusste sehr gut Bescheid, was für technische Mittel eingesetzt wurden und wie ausgereift sie waren, um verdächtige Personen zu beobachten.

Wieso konnte diese Deutsche so tun, als sei sie unsichtbar?

37

Frühmorgens rief Melkorka den Rechtsanwalt ihres Großvaters an und legte ihm die neuesten Forderungen der Polizei dar.

»Hast du denn irgendetwas zu verbergen?«, fragte Aðalsteinn Indriðason.

»Nein, überhaupt nicht.«

»Dann schick mir eine E-Mail mit der Auflistung, wann du an dem bewussten Wochenende wo warst. Ich werde über deine Erklärung dann noch mal drübergehen und mich darum kümmern, dass die Informationen vor morgen Mittag dem Hauptkommissar vorliegen.«

»Ich danke dir.«

»Und wegen des Notizbuchs: Bleibst du bei deiner Entscheidung?«

»Auf alle Fälle«, sagte sie entschlossen. »Dieses grobe, rücksichtslose Verhalten finde ich schlicht und einfach völlig inakzeptabel.«

Die Klingel im Flur schrillte, als würde jemand lange den Knopf gedrückt halten.

»Wehe, das ist wieder so ein Heini, der uns Trockenfisch andrehen möchte oder uns den Mormonenglauben verkünden will«, murmelte Kári.

Melkorka stand auf, sauste die Treppe hinunter und öffnete die Tür.

»Was soll denn dieser Aufruhr?«, fragte sie schroff.

Der Besucher, ein Mann um die vierzig, nahm die unfreundliche Begrüßung gelassen hin. Er trug einen dunklen Anzug, ein helles Hemd und eine unauffällige Krawatte und glich auf diese Weise eher einem sorgfältig herausgeputzten Mormonen-Missionar als einem Fischverkäufer. Er war jedoch keins von beiden.

»Guten Tag«, grüßte er höflich auf Englisch. »Ich heiße Alan Sexton. Darf ich reinkommen?«

»Wozu?«

»Ich mache Ihnen ein Angebot, das Sie nicht ablehnen können.«

»Tatsächlich?«, antwortete Melkorka spöttisch. »Wahrscheinlich ›Himmelreich leichtgemacht in fünf Schritten‹?«

»John Dulles Forster jr. war mein Kollege.«

»Und ein Betrüger.«

»Er hat sich für jemand anderen ausgegeben, das ist richtig, aber ich mache das nicht.«

»Ach tatsächlich«, entgegnete Melkorka heftig. »Sind Sie dann bereit, mir auf der Stelle zu verraten, wer diesen Forster hergeschickt hat, um mich reinzulegen?«

»Forster war Angestellter eines Unternehmens, das Brownwater International Security heißt, für das auch ich arbeite.«

»Da sagen Sie mir nichts Neues.«

Alan Sexton hob die Brauen.

»Wie das?«

»Spielt keine Rolle«, erwiderte Melkorka kurz angebunden. »Sagen Sie mir lieber, wer ihn zu dieser Schweinerei angestiftet hat.«

»Im Augenblick arbeite ich für einen Mann, der Ihnen das Angebot macht, das ich schon erwähnte. Sollen wir diese Angelegenheit nicht drinnen näher besprechen?«

Melkorka zögerte noch immer, Alan Sexton in die Wohnung zu lassen.

»Ich versuche keineswegs, Sie zu hintergehen«, fuhr er unbeirrt fort. »Darauf können Sie sich verlassen.«

»Wer ist dieser Mann?«, fragte Kári hinter Melkorka.

»Er behauptet, ein Kollege von J. D. Forster zu sein.«

»Was wollen Sie von uns?«, ging ihn Kári scharf an.

»Ich überbringe Ihrer Frau ein Angebot meines Arbeitgebers.«

»Also gut«, entschied Melkorka. »Kommen Sie herein.«

Sexton war flink in seinen Bewegungen. Er blickte sich sorgfältig um, bevor er sich setzte.

»Ich werde die Karten offen auf den Tisch legen«, sagte er und strich sich über das schwarze, kurzgeschnittene Haar. »Mein Arbeitgeber hat erfahren, dass ein isländischer SS-Angehöriger öffentlich Selbstmord begangen und ein Tagebuch hinterlassen hat mit einem Foto von zwei Männern vor einem deutschen U-Boot. Nachdem er das Bild genauestens untersucht hatte, befahl er uns, dieses Tagebuch oder eine Kopie davon zu beschaffen. Forster entschied sich dafür, als der Historiker Robert M. Houston aufzutreten, da uns eine E-Mail des Professors vorlag, in der er sich nach den Soldaten auf dem Foto erkundigte. Uns war leider nicht klar, dass diese Herangehensweise gefährlich sein könnte. Sie erschien uns im Gegenteil sogar relativ einfach. Deshalb erwischte auch uns der Mord an Forster völlig kalt.«

»Wer ist Ihr Arbeitgeber?«

»Er heißt Melville und ist kanadischer Staatsbürger.«

»Melville?«, rief Melkorka. »Sie meinen den zweitwichtigsten Eigentümer von Brownwater?«

»Allerdings.«

»Wieso interessiert er sich für dieses Foto?«, fragte Kári.

»Ihre Frau kann ihn selbst danach fragen«, antwortete Sexton.

»Ihn selbst?«, verwunderte sich Melkorka. »Ist er denn hier?«

»Nein. Melville kann aus gesundheitlichen Gründen das Haus nicht verlassen. Er wünscht aber ausdrücklich, persönlich mit den Erben H. Steingrims zu sprechen, und bietet Ihnen deshalb einen Besuch in Kanada an.«

»Wann?«

»Unser Privatjet steht jederzeit startklar auf dem Flughafen Reykjavík, aber ich würde vorschlagen, dass wir besser morgen früh losfliegen.«

»Kommt ja überhaupt nicht in Frage, dass du so ein Angebot annimmst«, sagte Kári. »Nach den Tricksereien, die diese Kerle sich uns gegenüber schon geleistet haben.«

Melkorka hielt dem kühl beherrschten Blick des Amerikaners mit Gleichmut stand.

»Sie haben früher für die CIA gearbeitet, wie Forster, oder nicht?«, fragte sie.

»Es ist mir untersagt, eine solche Frage zu beantworten.«

»Ihr seid berüchtigt dafür, Unschuldige in Privatflugzeugen in Länder zu schaffen, wo Menschen tagtäglich gefoltert werden und ermordet.«

»Ich werde in jeder Hinsicht auf Ihre Sicherheit achten und dafür Sorge tragen, dass man Sie nach dem Besuch wieder nach Reykjavík zurückbringt«, erwiderte Sexton.

Melkorka stand auf, holte sich einen Schluck kaltes Wasser und überdachte die Sache.

»Fällt mir ja gar nicht ein, dass ich dich mit dem Typen in den Privatjet lasse«, stellte Kári entschlossen klar. »Das steht absolut fest.«

»Am besten, ich lasse Ihnen Zeit, die Sache zu bereden«, meinte Sexton und ging zur Tür. »Ich komme am Nachmittag noch mal wieder.«

38

Susan rief Melkorka kurz nach Mittag an. Sie hatte sich entschieden, noch ein paar Tage länger in Island zu bleiben. Daraufhin lud Melkorka sie mit ihrem Vater zu einer Fahrt nach Þingvellir ein. Der amerikanische Professor besuchte die weite Lavaebene östlich von Reykjavík zum ersten Mal. Er war hingerissen von den bizarren Lavaformationen und den festungsartigen Felsschluchten, in denen im Jahre 930 das isländische Althing als Versammlung aller freien Isländer gegründet worden war.

»Hier wurden Óðinn und Þór verehrt, bevor das Christentum eingeführt wurde«, sagte er. Andächtig ließ er den Blick über Lögberg, den »Gesetzesberg«, schweifen. Von diesem Hügel waren jedes Jahr ein Drittel der Gesetze auswendig vorgetragen worden; die ausgezeichnete Akustik der nahe gelegenen Felswand hatte die Stimme des Gesetzessprechers weithin hörbar werden lassen. Links davon plätscherte die Öxará friedlich unterhalb der alten Holzkirche in den Þingvallavatn.

Nachmittags saßen sie beim Kaffee in Káris und Melkorkas lichtdurchflutetem Wohnzimmer, als Alan Sexton erneut vor der Tür stand.

Melkorka war sich mittlerweile darüber klargeworden, dass sie kein Interesse daran hatte, mit Brownwater-Söldnern nach Kanada zu fliegen, um einen sonderbaren und einzelgängerischen Milliardär zu treffen, der sie schon einmal hatte grob täuschen wollen.

Alan Sexton stellte sich dem Professor und dessen Tochter vor. Als die ihm sofort ihr Befremden über das Täuschungsmanöver seines Kollegen vorhielten, gab er sich äußerst gelassen.

»Es ist nicht meine Aufgabe, die Aktionen meines Kollegen zu verteidigen«, antwortete er ruhig und setzte sich in einen Ledersessel. »Forster hielt es für am erfolgversprechendsten, sich auf diese Weise zu tarnen, und hat es leider mit dem Leben bezahlen müssen.«

»Hat er Ihnen die CD mit dem Tagebuch meines Großvaters zugeschickt?«

»Das kann Ihnen mein Arbeitgeber alles selbst sagen, wenn Sie ihn treffen.«

»Danke sehr, kein Interesse.«

Alan Sexton schien ihre Ablehnung nicht zu berühren.

»Mein Arbeitgeber wäre dankbar für alle Informationen, die Sie zu der Reise des U-Boots auf dem Foto haben«, fuhr er fort.

»Mein Großvater hat in erster Linie über die Aufgaben geschrieben, mit denen er sich auseinandersetzte.«

»Was für Aufgaben?«

»Heinrich Himmler hat ihn in der ganzen Welt herumgeschickt, um nach alten Runen zu suchen, die ihn zu Þórs Hammer und dem Brunnen des Lebens und der Weisheit führen sollten. Seine Fahrt mit dem U-Boot nach Island diente unmittelbar dem Zweck, diesen den Göttern geweihten Ort zu finden.«

»Ich habe von Þórs Hammer gehört, aber was ist der Brunnen des Lebens und der Weisheit?«

»Himmler hat die Erzählungen in den isländischen Eddaliedern offenbar wortwörtlich geglaubt. Darin ist von Mímirs Weisheitsbrunnen und dem Brunnen Urðarbrunnur die Rede, an dem über das Schicksal der Menschen entschieden wurde«, beantwortete Professor Houston die Frage.

»Das Schicksal der Menschen entschieden?«, fragte Alan Sexton zurück.

Der Professor lächelte.

»Es gibt eine Spruchsammlung, die Óðinn zugeschrieben wird und die man nach seinem Beinamen »Hoher« als »Die Reden des Hohen« bezeichnet, isländisch *Hávamál*. Darin gibt es das Runenlied, das berichtet, wie Óðinn von der altnordischen Totengöttin die Macht über Leben und Tod erlangt«, erklärte er. »Er konnte seine Gegner beispielsweise mit einem Runenzauber töten und seine eigenen Helden wieder zum Leben erwecken. Das ist aber nur ein Bruchteil der großen Kräfte, die in den Eddaliedern mit Óðinn und den beiden Brunnen in Verbindung gebracht werden.«

»Glaubte Himmler, dass sich diese Brunnen hier in Island befinden?«

»Scheint so.«

»Wie kam er darauf?«

»Aus den Notizen H. Steingrims alias Höskuldur Steingrímssons geht meines Erachtens hervor, dass es Himmlers vorrangiges Ziel war, Þórs Hammer zu finden. Diese berühmte Überwaffe der germanischen Götter, die mit Blitz und Donner alles tötete, was ihr in die Quere kam«, dozierte der Professor. »Es gibt zuverlässige schriftliche Quellen dafür, dass Himmler steif und fest daran glaubte, dass es sich dabei um eine wirkliche Elektrostrahlenwaffe gehandelt hat. H. Steingrim war einer der fähigsten Spezialisten Himmlers in Sachen germanische Runen. Er behauptete, einen uralten gotischen Runentext ausfindig gemacht zu haben, Gotatýrs Runenlied genannt. Darin sollen Hinweise auf den mythologischen Versammlungsplatz Iðavöllur, den Schicksalsbrunnen und den Weisheitsbrunnen versteckt sein. Himmler scheint diesem Text blind vertraut zu haben, sonst hätte er Steingrim wohl kaum heimlich mitten im Weltkrieg nach Island geschickt, um diese göttlichen Kostbarkeiten zu suchen.«

»Seltsam.«

»Ich habe nicht allzu viel über die nordische Mythologie als solche gelesen, aber trotzdem genug, um zu wissen, dass Iðavöllur nicht auf der Erde, sondern im Himmel angesiedelt gewesen sein soll«, warf Susan ein.

Houston sprang fast aus dem Sessel vor Eifer: »Da verweist du auf die Erzählungen in der jüngeren Edda, die dem Isländer Snorri Sturluson um das zwölfte Jahrhundert zugeschrieben werden. Snorri war Christ und glaubte, die Götter hätten im Himmel ihren Sitz, und zwar einfach deswegen, weil dort auch der christliche Gott war, wie die damalige Glaubensüberzeugung lautete. Alles andere kann man der Älteren Lieder-Edda entnehmen, die ihrerseits offenbar davon ausgeht, dass sich Iðavöllur und die beiden Brunnen unter der Erde befinden, also in den Undirheimar, der Unterwelt. Der schwedische Wissenschaftler Victor Rydberg hateine Abhandlung über die Mythologie der germanischen Völker geschrieben und legt überzeugende Argumente für eine derartige Interpretation der Eddalieder vor.«

»In Island? Unterirdisch?«, fragte Sexton.

»Dazu kann ich nichts sagen«, erwiderte der Professor. »Ich habe von dieser Annahme zum ersten Mal in der Übersetzung des Runentextes von Höskuldur Steingrímsson gelesen.«

»Ich weiß selbst auch nicht mehr über diese Vermutungen als das, was mein Großvater in sein Tagebuch geschrieben hat«, fügte Melkorka hinzu. »Er behauptet darin, dass Himmler diesen Runentext, also Gotatýrs Runenlied, als heilige Kostbarkeit angesehen und ihn an einem sicheren Ort zusammen mit geheimen Dokumenten zu der Reise der beiden SS-Leute mit dem U-Boot versteckt hat.«

Sexton sah Melkorka an. Seine Augen brannten.

»Von welchen Geheimdokumenten sprechen Sie?«

»Weiß ich nicht. Großvater hat nur eins dazu in sein Tagebuch geschrieben, dass nämlich Himmler das Runenlied und die Geheimdokumente an einen sicheren Ort zur Aufbewahrung gegeben hat, bevor sie sich mit dem U-Boot auf ihre Reise über den Atlantik machten.«

»An einen sicheren Ort? Wo?«, hakte Sexton nach.

»Das weiß ich nicht genau.«

»Sie wissen etwas darüber. Das steht fest.«

Angesichts des lodernden Interesses in Sextons Augen fürchtete Melkorka, ihm schon viel zu viel verraten zu haben.

DRITTER TEIL

ADLERHORST

Dann reden wir am schönsten,
wenn wir am schlechtesten denken:
das täuscht kluge Köpfchen.
Aus den Liedern des Hohen (Hávamál), Vers 91.

39 Montag, 14. Mai

Melkorka lehnte es weiterhin strikt ab, mit dem Brownwater-Privatjet nach Kanada zu fliegen. Nach längerem Sträuben stimmte sie jedoch Alan Sextons beharrlich vorgetragener Bitte zu, wenigstens eine Telefonkonferenz mit seinem Arbeitgeber abzuhalten.

Sie hatte keine Vorstellung davon, was sie sich von diesem Gespräch erwarten sollte. Sie bereitete sich darauf aber vor, indem sie Informationen aus dem Netz zusammensuchte. Dabei stellte sie fest, dass es in kanadischen Zeitungen zahlreiche und ausführliche Berichte über den kanadischen Milliardär John R. Melville und seine Familie gab. Die meisten davon behandelten zwar die finanziellen Aktivitäten des Unternehmens Melville Global Industries Group, darunter umstrittene Grubenbetriebe in Kanada, Südamerika und Afrika. Es hieß aber auch, dass Melville seit Jahren auf der Liste der hundert reichsten Männer Kanadas ganz oben rangierte.

»R?«, fragte Melkorka. »Wofür steht das R?«

»Ramstein«, antwortete Alan Sexton.

»Hat er denn deutsche Vorfahren?«

»Darüber ist mir nichts bekannt.«

Sexton hatte gegen die Anwesenheit Robert und Susan Houstons bei dem Gespräch nichts einzuwenden.

»Professor Houston verfügt über exzellente Kenntnisse zur Geschichte des Dritten Reiches und kann mich daher warnen, wenn Sie versuchen sollten, mir die Hucke vollzulügen«, warnte Melkorka.

Sie entnahm den Informationen aus dem Internet, dass John R. Melville schwerbehindert war, da er sich bei einem Hubschrauberabsturz in den kanadischen Rocky Mountains vor acht Jahren massive Verletzungen zugezogen hatte. Daher zeigte er sich nur mehr äußerst selten in der Öffentlichkeit. Er wohnte in einem Berghotel hoch oben am Rand einer steil abfallenden Felswand. Vor rund zwei Jahrzehnten hatte er dafür die Baugenehmigung erhalten. Es war ein prachtvoller Steinbau mit einem Obergeschoß, das rundum mit dicken Balken verkleidet war.

Melkorka hielt unwillkürlich den Atem an, als der Milliardär auf dem großen Flachbildschirm im Wohnzimmer erschien. John R. Melville schien vom Hals abwärts vollständig gelähmt zu sein.

Der Kanadier saß direkt vor der Kamera in einem großen, elektrisch betriebenen Rollstuhl mit hoher Rückenlehne. Quer über Schultern, Brust, Bauch und Oberschenkel waren breite Bänder gespannt, die ihn im Stuhl hielten. Seine Hände lagen auf einem weichen Kissen in seinem

Schoß. Zu beiden Seiten saßen zwei junge Frauen. Eine von ihnen führte einen schmalen, silberfarbenen Arm, der auf der Rückseite des Stuhles befestigt war, vor sein Gesicht.

»Sind wir drin?«, fragte Melville. Seine Stimme kam automatenhaft fremd aus einem Stimmgenerator.

Ein großes Unbehagen befiel Melkorka, wie immer, wenn sie einen Schwerbehinderten sah. Er erinnerte sie unangenehm an die Vergänglichkeit der Gesundheit, die für sie eine so große Rolle beim Erklimmen der Karriereleiter spielte.

»Wie Sie sehen, sind meine körperlichen Freuden begrenzt«, begann Melville. »Die einzigen Eindrücke, die mich gegenwärtig noch wirklich glücklich machen, sind Duft und Geschmack. Zwar sind die Augen noch in Ordnung, aber was bedeutet es schon zu sehen, ohne berühren zu können?«

»Sicherlich besser, als gar nichts zu sehen«, erwiderte Melkorka.

»Das will ich nicht abstreiten, aber mitunter kann es fast unerträglich sein, etwas Schönes zu sehen, ohne es berühren zu können. Das gilt insbesondere für schöne Frauen.«

Melkorka lächelte unwillkürlich.

»Ich habe viele wunderbare Stunden in den Armen von Frauen verbracht, aber selbst die wunderbarste Erinnerung wird in diesem Gefängnis aus Fleisch zur Qual und zu einer schmerzhaften Erinnerung an all das, was ich nie wieder werde tun können. Können Sie sich eine Vorstellung davon machen, was es heißt, in diesem gelähmten Körper gefangen zu sein?«

»Ja, ich glaube schon.«

»Nein. Keiner kann das, der es nicht selbst durchgemacht

hat. Dieselben Gedanken und Sehnsüchte, dasselbe Verlangen zu haben wie ein gesunder Mann, leidenschaftlich zu lieben und von Ängsten gequält zu werden, aber diesen Gefühlen nie ein normales Ventil gewähren zu können? Das ist die Hölle auf Erden.«

Melkorka wollte vor allem so schnell wie möglich zur Sache kommen.

»Was wollen Sie von mir?«

Melville lächelte schwach.

»Du bist eine Frau nach meinem Geschmack. Verschwendest keine Zeit auf unnützes Gerede«, erwiderte er. »So war ich auch, als die ganze Welt noch einer Bühne glich, auf der ich die Hauptrolle spielte.«

»Nun also?«

»Ein Sprichwort sagt: ›Kleine Ursache – große Wirkung‹, und damit meine ich dieses Foto, das Sie von Ihrem Großvater geerbt haben und übers Internet in die Welt hinausschickten.«

»Welche Verbindung haben Sie zu den SS-Leuten auf dem Bild?«, fragte Melkorka.

»Freiherr von Trittenheim interessiert mich nicht«, gab Melville mit heiserer Computerstimme zurück. »Aber ich gestehe bereitwillig die nahe Verwandtschaft mit Gerhard von Ramstein ein. Er war mein Vater.«

40

Susan erschrak sichtlich, als sie die lapidare Feststellung des kanadischen Milliardärs hörte, der Sohn des deutschen Kriegsverbrechers zu sein.

»Ich habe keine persönlichen Erinnerungen an meinen Vater, da ich erst drei Jahre alt war, als der Zweite Weltkrieg zu Ende ging«, fuhr John Ramstein Melville fort. »Meine Mutter erzählte mir erst dann über ihn, als ich sie als Zwölfjähriger fragte, woher der Name Ramstein in unserer Familie stammte. Da erfuhr ich, dass Andrew Melville mich adoptiert hatte, dass ›Papa‹ nicht mein leiblicher Vater war, sondern ein deutscher Soldat, der gegen Ende des Krieges umkam.«

»Wie kam es dazu, dass Melville Sie adoptierte?«, wollte Melkorka wissen.

»Andrew war ein kanadischer Lieutenant der amerikanischen Besatzungstruppen in München, wo er meine Mutter im Herbst 1945 kennenlernte. Sie heirateten Weihnachten 1946 und ließen sich hier drüben nieder, wo Andrew mich wie seinen eigenen Sohn aufzog. Er wurde ein erfolgreicher Finanzunternehmer und Industrieller. Ich habe die Leitung der Unternehmungen des Melville-Clans 1979 übernommen, als Andrew starb. Seither habe ich mich darauf konzentriert, den Familienbesitz zu vermehren.«

»Haben Sie nie einen Versuch unternommen, das Schicksal Ihres Vaters aufzuklären?«

»Doch, natürlich. Ich habe es während meiner Gymnasialzeit versucht und bin zu dem interessanten Ergebnis gekommen, dass niemand mit Sicherheit etwas über sein Schicksal weiß. Jahrelang hing ich Tagträumen nach, dass mein Vater noch lebte und sich irgendwo in einem fernen Land versteckt hielt. Ich habe mich dann eine Zeit mit der Gewissheit meiner Mutter zufriedengegeben, dass er im Krieg gefallen sei. Das Foto Ihres Großvaters hat mir dann aber die längst verdrängten Träume wieder zurückgeholt. Ich brenne darauf, so schnell wie möglich zu erfahren, ob das Tagebuch neues Licht auf das Schicksal meines Vaters wirft.«

»Finden Sie, dass das die Täuschungen und den Diebstahl Ihrer Auftragnehmer rechtfertigt?«, entgegnete Melkorka kühl.

»Ich habe der Leitung von Brownwater gegenüber keinen Hehl daraus gemacht, dass mir außerordentlich viel daran gelegen ist, Gewissheit zu bekommen. Das wusste auch Forster sehr gut. Wahrscheinlich war er davon ausgegangen, dass unter diesen Umständen der Zweck das Mittel heiligen würde, und hat deshalb zu dieser extremen Maßnahme gegriffen. Offen gestanden kann ich ihm das noch nicht einmal vorwerfen. So wie es um mich steht, ist der Erfolg das Einzige, auf das es mir im Leben noch ankommt.«

Melkorka spürte ihr Mitleid mit diesem ebenso schwerreichen wie arroganten Rollstuhlinsassen mit jeder Sekunde mehr dahinschwinden.

»Forster hat Ihnen einen Bericht über den Verlauf seiner Mission gegeben, bevor er ermordet wurde?«, fragte sie.

»Ja.«

»Dann ist Ihnen vermutlich bekannt, dass dem Bericht meines Großvaters zufolge Gerhard von Ramstein im September 1944 von Narvik in Norwegen mit dem U-Boot in See stach?«

»Ja, aber steht da wirklich nirgends, wohin sie fuhren?«

»Nein. Großvater wollte das Geheimnis mit ins Grab nehmen, wenn er überhaupt jemals gewusst hat, was ihr Ziel war.«

»Alan erwähnte verborgene Geheimdokumente über diese Fahrt des U-Bootes.«

»Ja«, bestätigte Melkorka. »Großvater schreibt, dass Himmler das Runenlied von Gotatýr an einem sicheren Ort mitsamt den Dokumenten zu der Mission der beiden SS-Männer versteckt hat.«

»Und wo?«, forschte der Kanadier.

»Das weiß ich nicht.«

Melville schien heftig von dem Gedanken ergriffen zu sein, dass irgendwo in Deutschland noch Informationen aus dem Herbst 1944 über die letzte Fahrt seines Vaters zu finden waren.

»Ich muss diese Dokumente finden, um jeden Preis«, stellte er fest. »Was schreibt Ihr Großvater noch zu dem Versteck der Geheimdokumente?«

»Er nennt den Ort im Tagebuch nirgends beim Namen«, sagte Melkorka.

»Sie sind sich da ganz sicher?«

»Ja, aber er hat die Wegbeschreibung festgehalten, wie er dort hinkam.«

»Wie lautet sie?«

Melkorka schwieg eine Weile.

»Wollen Sie Leute losschicken, um nach den Dokumenten zu suchen?«, fragte sie schließlich.

»Worauf Sie Gift nehmen können, wenn die Hinweise Ihres Großvaters genau genug sind, dass sich eine Suche lohnt.«

»Das Runenlied gehört mir, wenn es gefunden wird.«

»Einverstanden. Mich interessiert lediglich das Schicksal meines Vaters.«

Aber noch zögerte Melkorka. Sie war sich überhaupt nicht sicher, ob sie diesem John Ramstein Melville über den Weg trauen durfte, nach allem, was vorgefallen war.

Der Milliardär schien ihre Gedanken zu lesen.

»Ich stehe immer zu meinem Wort«, versetzte Melville. »Sie können sich bei jedem danach erkundigen, mit dem ich jemals Geschäfte gemacht habe.«

Für den Moment ließ sich Melkorka überzeugen. Sie zog ihre Übersetzung des Notizbuchs hervor und gab eine kurze englische Zusammenfassung:

Himmler hat mich für heute Abend zu sich bestellt, um mir die Befehle persönlich zu übergeben. Ich wurde mit dem Flugzeug nach München gebracht und dann in die Alpen gefahren. Als wir ankamen, war es überall dunkel. Das letzte Stück fuhren wir einen engen, steilen Weg entlang, der sich den schwindelerregend schroffen Berg in Kurven hinaufwand und in einen langen, künstlich angelegten Tunnel. Dort fuhren wir in einem Aufzug durch den Felsen und in ein großes Haus, das oben auf dem Berg stand.

»Ich habe aber leider keine Ahnung, welches Gebäude Großvater hier beschreibt.«

»Aber ich weiß es«, ließ sich Robert M. Houston selbstzufrieden vernehmen.

41

Melville schien von seinen Emotionen plötzlich überwältigt zu werden. Sein Gesicht zuckte, er verdrehte die Augen, und Schaum trat auf seine Lippen. Eines der Mädchen neben ihm stand sofort auf, zog sich einen weichen Fellhandschuh über die rechte Hand und begann dem Mann damit über die spiegelnde Glatze zu streicheln. Langsam und regelmäßig. So wie es Melkorka bei der alten Hauskatze ihrer Mutter auch immer getan hatte. Die andere hielt ihm ein Fläschchen unter die Nase und tupfte ihm mit einem Papiertuch den Speichel von den Lippen.

Die Massage dauerte einige Minuten. Dann öffnete Melville die Augen wieder.

»Wo?«, krächzte seine heisere Computerstimme. »Wo?«

»Die Nazis haben in Deutschland nur ein einziges Gebäude errichtet, auf das diese Beschreibung passt«, antwortete Houston lächelnd. »Es steht heute noch auf dem Gipfel des Kehlstein in den bayerischen Alpen, auf etwa 1800 Meter, wenn ich's recht weiß.«

»Aha!«, knurrte Melville. »Das Kehlsteinhaus. Ich habe davon gehört.«

»Während des Zweiten Weltkriegs nannten die Alliierten das Haus gerne den *Adlerhorst*, weil sie annahmen, dass er die letzte uneinnehmbare Alpenfestung der Naziführung war.«

»Ist mir bekannt.«

»Nach der Machtergreifung 1933 nahmen Hitler, Göring, Bormann und andere aus der Nazi-Führungsriege den ganzen Obersalzberg in Besitz. Es war einer der schönsten Orte in den süddeutschen Alpen«, fuhr Houston mit sonorer Stimme fort, als hielte er eine Vorlesung. »Sie kauften, oder besser gesagt, sie beschlagnahmten die prächtigsten Gebäude, vertrieben die Ortsansässigen und schufen einen abgesperrten Bezirk, den sie *Führersperrgebiet* nannten. Dann ließ Bormann dieses wahnwitzige Bauwerk auf den Kehlstein hinklotzen, als Geschenk der NSDAP für Hitler anlässlich seines 50. Geburtstags. Das war 1939, gut vier Monate vor dem Überfall der Deutschen auf Polen, womit die Nazis den Zweiten Weltkrieg anzettelten. Alle Versuche der alliierten Luftstreitkräfte, das Gebäude durch Bombardements zu zerstören, misslangen, und daher war der Kasten bei Kriegsende noch völlig intakt und unbeschädigt. Dort wird heute während des Sommers ein ziemlich gutes Restaurant betrieben. Bei schönem Wetter ist die Aussicht von dort oben einzigartig.«

»Waren Sie schon mal dort?«, fragte Melkorka.

»Ja, ja, ich habe das Kehlsteinhaus vor ein paar Jahren besucht und hatte an dem Tag besonderes Glück mit dem Wetter. Die Berggipfel dort sind einer schöner als der andere. Vom beeindruckenden Untersberg ganz zu schweigen. Von dem geht die Volkssage, dass Karl der Große mitsamt seinen fünftausend Soldaten darin schläft und nur darauf wartet, wieder zu erwachen und das deutsche Volk aus seinen Nöten zu befreien.«

»Besteht denn eine Möglichkeit, dass Himmlers Geheimdokumente noch in dem Gebäude versteckt sind, nach all den Jahren?«, fragte Melville.

»In den ersten Wochen nach der Eroberung des Kehlsteinhauses durch die Alliierten im Frühjahr 1945 verschwand die Einrichtung des Adlerhorstes fast vollständig«, erklärte Houston. »Alles, was nicht niet- und nagelfest war, wurde als Souvenir mitgenommen. Darunter auch Stücke des prachtvollen asiatischen Teppichs, den Hitler als Geburtstagsgeschenk vom japanischen Kaiser Hirohito erhalten hatte. Das Gebäude selbst blieb allerdings unangetastet. Nehmen wir mal an, ein Geheimversteck dieser Art wurde in den dicken Mauern des Gebäudes angelegt, dann ist es wohl denkbar, dass Himmlers Dokumente heute noch darin versteckt liegen.«

Melville wandte sich wieder an Melkorka:

»Wissen Sie, wo in dem Haus das Geheimfach verborgen ist? Gibt es dazu in den Notizen Ihres Großvaters nähere Angaben?«

Melkorka zögerte mit der Antwort.

»Hat es Ihnen die Sprache verschlagen?«, raunzte der Kanadier.

»Ich werde Ihnen erst vor Ort weitere Auskünfte zum Bericht meines Großvaters geben«, entschied sie.

»Vor Ort? Wie, vor Ort?«

»Ich will mir den Adlerhorst selbst ansehen, bevor Sie weitere Auskünfte von mir kriegen.«

»Sie trauen mir also noch immer nicht?«

»Vertrauen ist gut, Kontrolle ist besser«, erwiderte Melkorka.

»Also gut«, gab Melville nach. »Alan Sexton wird sich um die Planung kümmern.«

»Ich fahre aber nicht mit ihm allein.«

»Wie?«

»Ich hoffe, Susan wird mich auf der Fahrt begleiten und unterstützen«, erklärte Melkorka.

Die Tochter des amerikanischen Professors nickte zustimmend.

»Dann ist diese Konferenz hiermit beendet«, stellte Melville in befehlsgewohntem Ton fest.

42 Dienstag, 15. Mai

Am Nachmittag befand sich der Privatjet auf seinem Weg nach Deutschland bereits mitten über dem Atlantik. Alan Sexton schlief entspannt in der ersten Sitzreihe, während Melkorka und Susan nebeneinander zwei Sitzreihen hinter ihm saßen.

Seit Susan der Videokonferenz beigewohnt hatte, war sie ungewöhnlich schweigsam und nachdenklich gewesen. Schließlich hielt Melkorka es nicht länger aus:

»Was ist los?«

»Ich kann an nichts anderes mehr denken als an den Ausspruch von Horaz«, antwortete sie.

»Was für einen Ausspruch?«

»*Delicta maiorum immeritus lues.*«

Melkorka verstand nur Bahnhof.

»Unschuldig musst du für die Sünden deiner Vorfahren büßen.«

Melkorka sah sie fragend an, schwieg aber.

»Na, ich frage mich, ob es wirklich reiner Zufall ist, dass der Sohn eines Kriegsverbrechers gelähmt und hilflos dahockt. Oder auch, dass der Sohn von John Dulles Forster sen. ermordet wurde«, fuhr Susan fort. »Ist das wirklich nur Zufall, oder steckt da ein göttlicher Wille dahinter?«

»Hat der ältere Forster etwas verbrochen?«, fragte Melkorka.

»Er hat in Rom während der gesamten fünfziger Jahre für den US-Geheimdienst gearbeitet und Dutzenden, wenn nicht Hunderten von SS-Angehörigen geholfen, nach Südamerika zu fliehen«, erklärte Susan.

»Woher weißt du das?«

»Ich habe da so meine Quellen.«

Die Sünden der Vorfahren. Wieder einmal wurde Melkorka an das dunkle Erbe erinnert, das ihr Großvater ihr hinterlassen hatte.

Susan erzählte ihr von ihrer Doktorarbeit über Himmler und Ignatius von Loyola. Beide waren für sie besonders prominente Figuren von blutigem Fanatismus, der sich durch alle Epochen der Menschheitsgeschichte zog.

»Natürlich kann der Glaube Trost vermitteln. Aber wenn er zu Fanatismus und blindem Buchstabenglauben wird, dann erwachsen daraus immer die erpresserischen Methoden religiöser oder politischer Diktaturen«, meinte sie. »Ich sehe wenig prinzipiellen Unterschied zwischen den Schrecken der mittelalterlichen Inquisition der katholischen Kirche und der Gestapo im zwanzigsten Jahrhundert. Aber natürlich gibt es einen bedeutenden graduellen: Die Gestapo ging in ihren verbrecherischen Umtrieben ja viel weiter.«

Susan erzählte ihr auch von ihrer Jugend in New York, den Studienjahren an der Columbia University und den persönlichen Umständen, die dazu führten, dass sie sich intensiv mit der deutschen Geschichte der ersten Hälfte des zwanzigsten Jahrhunderts befasste.

»Als die Deutschen Polen überfielen, hatte meine Familie mütterlicherseits seit Generationen dort gelebt«, berichtete sie. »Oma und Opa und die meisten ihrer Verwandten waren unter den vielen Millionen Juden, die von den Nazis in den Konzentrationslagern ermordet wurden.«

»Wie wurde deine Mutter gerettet?«, erkundigte sich Melkorka.

»Meine Mutter war erst vier, als die Familie nach Treblinka verschleppt wurde, ihr Bruder war zehn, und er versuchte, im KZ auf seine kleine Schwester aufzupassen, so gut er konnte. Als die russischen Truppen auf Treblinka zumarschierten, wurde das Lager dem Erdboden gleichgemacht, und die noch lebenden Gefangenen verbrachte man in andere Lager. Meine Mutter und mein Onkel waren dann in Auschwitz mehr tot als lebendig, als dieses furchtbare Vernichtungslager aus der Gewalt der Nationalsozialisten befreit wurde. Zwei Jahre nach Kriegsende konnten sie zu entfernten Verwandten in Nordamerika auswandern. Dort hat sie dann viel später meinen Vater kennengelernt und ihn Ende der siebziger Jahre geheiratet.«

»Aber trotzdem wohnt jeder in seinem Land?«

»Ja. Vater konnte sich unmöglich dazu entschließen, das attraktive Angebot einer Professorenstelle in Heidelberg auszuschlagen, obwohl er wusste, dass es für Mutter niemals in Frage käme, dort hinzuziehen. Sie wollte mir auch nie von ihrer Zeit als Kind in Treblinka oder Auschwitz erzählen. Wie so viele andere, die den Holocaust überlebt haben, klaffen auch in ihr die Wunden, die ihr diese Schrecknisse auf Lebenszeit in ihren Geist und ihr Herz gerissen haben. Aber ihr Bruder hat mir die menschengemachte Hölle im Detail geschildert, bevor er starb. Ich verstehe sehr gut, dass sie vor dem Gedanken, in Deutschland zu wohnen, zurückschreckte. Sie sagte zu Vater, dass es ihr unerträglich wäre, ja tagtäglich eine Marter, wenn sie gezwungen wäre, die Leute um sich herum Deutsch sprechen hören zu müssen. So kam es, wie es jetzt ist, aber sie sind immer noch verheiratet.«

Melkorka schwieg. Sie war noch nie jemandem begegnet, der persönlich vom Holocaust betroffen war. Sie konnte sich die Unbarmherzigkeit und die Leiden nicht ausmalen, die Leben und Tod in den deutschen KZs ausgemacht haben mussten.

43 Mittwoch, 16. Mai

Bis weit in die Nacht saß Melkorka an einem der Fenster in der Stube des Sommerhäuschens, das Sexton in der Ortschaft Strub im Berchtesgadener Land gemietet hatte. Gedankenversunken betrachtete sie die steilen Berge, die wie schwarze Riesen in den bedeckten Nachthimmel ragten.

Sexton hatte ihnen am Vorabend am Steuer ihres Mietwagens auf dem Weg von München den Zeitplan ihrer Unternehmung erklärt.

»Das Restaurant auf dem Kehlstein wird um fünf Uhr nachmittags geschlossen. Das bedeutet, dass sich abends und nachts niemand in dem Haus aufhält. Wir werden den Adlerhorst zweimal aufsuchen. Das erste Mal Mittwochmittag, also morgen, und zwar als ganz normale Touristen, um uns mit den Umständen vertraut zu machen und die Suche vorzubereiten. Um Mitternacht machen wir uns dann auf zum zweiten Besuch. Die Suche selbst sollte möglichst innerhalb von drei Stunden abgeschlossen sein, damit wir vor Donnerstagmittag mit unserem Fund ins Flugzeug kommen. Die ganze Aktion, vom ersten Besuch dort oben bis zum Abflug aus München, darf nur vierundzwanzig Stunden dauern.«

Er befahl allen, ihre Handys auszuschalten.

»Wir dürfen keine nachverfolgbaren digitalen Spuren hinterlassen, falls etwas schiefgehen sollte. Ich habe ein nicht ortbares Mobiltelefon, das wir im Notfall verwenden können.«

Melkorka nutzte die Gelegenheit, um nach Hause zu telefonieren und ihrem Mann zu erklären, dass sie die nächsten sechsunddreißig Stunden nicht erreichbar sein würde: »Alle Anrufe bei mir werden in der Zwischenzeit automatisch an unser Festnetztelefon weitergeleitet. Schreib's einfach auf, wenn irgendwer was von mir will.«

Melkorka hatte sorgfältig darauf geachtet, den Bericht ihres Großvaters von dem Geheimversteck für sich zu behalten: *Wir waren anwesend, als Himmler drei verschlossene Umschläge in einem geheimen Fach verwahrte, das jenseits des Felsens Il Duce in Stein geformt wurde, wo Ritter Schätze bewachen.* Aber was meinte er mit *jenseits des Felsens Il Duce*?

Sie hatte im Internet nach Beschreibungen vom Inneren des Adlerhorstes gesucht, die den Sinn dieses rätselhaften Satzes erhellen könnten, doch ohne zufriedenstellendes Ergebnis. Zwar fand sie Hinweise auf den italienischen Diktator Benito Mussolini, der sich *Il Duce* nennen ließ und der Hitler einen prächtigen Kaminofen aus rotem italienischen Marmor im Kehlsteinhaus zum Geschenk machte. Aber das war auch schon alles.

Gegen Mittag strömten die Touristen in Scharen zum Adlerhorst. Sie bestiegen die Zubringerbusse, die das Monopol besaßen, die enge, gewundene Straße hinaufzufahren. Sie war aus dem harten Gestein herausgeschlagen worden. Manchmal hatte man sogar Felswände dafür gesprengt.

Melkorka saß neben Susan Houston im vordersten Bus. Sexton hingegen entschied sich dafür, zusammen mit seinem jungen und ebenso durchtrainierten wie wortkargen Assistenten, der sich ihnen als Jack vorgestellt hatte, den zweiten Bus zu nehmen.

»Jack ... und wie noch?«, hatte Melkorka nachgefragt.

»Jack Powell«, war Sextons knappe Antwort.

Susan fühlte sich sichtlich unwohl, als der Bus nahe am steil in die Tiefe abfallenden Wegsaum mühsam den Kehlstein hinaufkroch. An manchen Stellen war der felsige Untergrund von hochgewachsenen Bäumen bestanden, aber da und dort fiel der Blick in einen verschlingenden Abgrund hinunter.

»Kein Grund zur Besorgnis«, meinte Melkorka.

»Das sagst du so«, entgegnete Susan. »Da geht's so fürchterlich tief und steil runter, und wenn der Bus vom Weg abkommt, sind wir alle tot.«

»Das passiert schon nicht«, versuchte Melkorka ihr Mut zu machen. »Die Fahrer machen die Strecke mehrmals am Tag rauf und runter und kennen jede Kurve wie ihre Westentasche.«

Susan holte ihr Fläschchen aus der Tasche und verabreichte sich einige Sprühstöße von dem Medikament, um den beginnenden Asthmaanfall abzufangen.

Auf dem Parkplatz hoch oben in den steilen Felsen des Kehlsteins verließen sie den Bus und standen vor einem Tunnel, der direkt in die Felswand führte. Weit oben auf dem Felsgipfel erkannten sie das Haus, das aus großen grauen Steinziegeln erbaut war.

»Ursprünglich war der Adlerhorst als Repräsentationsgebäude für Hitler gedacht«, bemerkte Susan. »Bormann wollte, dass der Führer hier seine Gäste aus dem Ausland empfangen sollte. Angesichts der Genialität und der

Macht der Nationalsozialisten, die ihnen diese unbestreitbar große Bauleistung vor Augen führte, hätten sie dann andächtig in die Knie sinken sollen. Allerdings sagt uns die Geschichte, dass Hitler selten hier heraufkam, weil er Höhenangst hatte.«

Melkorka ging voraus in das Tunnelgewölbe, das mit grauen Steinplatten ausgekleidet war. Vor dem Lift stand eine lange Warteschlange.

»Von hier aus sind es 124 m in das Restaurant hinauf«, meinte Susan.

Sie ließen sich von der Menge in den Aufzug schieben, der innen mit Messingplatten und schön verzierten venezianischen Spiegeln ausgekleidet war. Melkorka setzte sich auf eine lange Bank, die mit grauem Leder bezogen war. Susan blieb vor ihr stehen.

»Hitler litt auch an Klaustrophobie«, fuhr Susan fort. »Deswegen die ganzen Spiegel hier.«

»Die sind schön, kann man nicht anders sagen«, kommentierte Melkorka.

»Wir dürfen aber nicht vergessen, dass die Nazis mit den Arbeitern, die diesen Aufzugschacht angelegt haben, ausgesprochen schlimm umgingen.«

»Inwiefern?«

»Zwölf von ihnen starben bei der Arbeit.«

Der geräumige Lift brauchte weniger als eine Minute, um durch den Berg zum Gipfel zu gelangen.

Melkorka hatte bereits im Internet einige Bilder des Restaurants gesehen und wusste daher ganz genau, was sie als Erstes unternehmen wollte.

Mit raschen Schritten ging sie in den Aufenthaltsraum, in dem sich Hitler und Bormann einstmals in den tiefen

Sesseln vor dem prasselnden Kaminfeuer entspannt hatten. Dort setzte sie sich an einen der mit Tüchern bedeckten Tische und betrachtete aufmerksam Mussolinis Geschenk: den großen Kamin aus rötlichem Carrara-Marmor, in dem ein großes Feuer brannte, so wie einst.

»*... jenseits des Felsens Il Duce ...*«

Sie vermutete, dass ihr Großvater diesen rötlichen Marmor meinte, als er von dem Felsen schrieb.

»Auf diesem Stockwerk sind die Gasträume und die Küche, im Kellergeschoß gibt es einige kleinere Räume, die heute hauptsächlich als Lagerräume benutzt werden«, sagte Susan. »Dort waren unter anderem Hitlers Büro und ein Zimmer, das nach Eva Braun benannt war.«

Sexton trat an ihren Tisch heran. Er tat so, als kennte er sie nicht.

»Ist hier noch frei?«, fragte er.

»Bitte sehr«, antwortete Melkorka und nahm ein Stück von ihrem Apfelkuchen.

Sexton legte eine kleine Fotokamera auf den Tisch und setzte sich.

»Wo ist Jack?«

»Bei seiner Pflicht«, gab der Amerikaner kurz angebunden zurück. Er bestellte Kaffee und blickte Melkorka prüfend an: »Haben Sie alles gesehen, was Sie sehen mussten?«

»Nein. Wissen Sie, wo die Toiletten sind?«

»Dort drüben.«

Melkorka stand vom Tisch auf und ging in den Toilettenraum, obwohl sie eigentlich nicht musste. Sie wollte ihre Vermutung vor dem Agenten von Brownwater so lange wie möglich zurückhalten.

Einige Minuten später schlenderte sie den Gang jenseits des weißgestrichenen Kaminschachtes entlang. Als sie außer Sichtweite war, lehnte sie sich an die Wand und betrachtete die Rückseite des Kaminofens.

Eine große Metallplatte mit der Jahreszahl 1938 war in die Steinmauer eingelassen, das Jahr der Fertigstellung des Adlerhorstes. Zu beiden Seiten der Jahreszahl waren abgegriffene Reliefs, die berittene Soldaten des Mittelalters darstellten. Sie waren in voller Kampfausrüstung und schwangen drohend ihre mächtigen Schwerter.

Melkorka brauchte eine Weile, um die Bedeutung der Reliefs auf der Metallplatte zu erkennen. Dann aber fiel es ihr wie Schuppen von den Augen: … *wo Ritter Schätze bewachen.*

Dort in der Wand musste Himmlers Geheimfach sein.

44

Kári Sigurvinssons Alptraum begann an diesem Tag gegen fünf Uhr nachmittags, als er bei der Tagesmutter im Stadtteil Kópavogur klingelte, um seinen Sohn Darri abzuholen.

Guðríður, eine gut gebaute Frau um die fünfzig, sah Kári erstaunt an, als er plötzlich vor ihr stand. Obwohl er drei Mal die Woche seinen Sohn bei ihr abholte.

»Na, Kári, habt ihr was vergessen?«, fragte sie müde.

Kári verstand nicht.

»Ist unser Kleiner fertig?«, fragte er wie immer, wenn er seinen Sohn abholte.

Guðríður lächelte gutmütig: »Da habt ihr zwei wohl heute was durcheinandergewürfelt.«

»Was meinst du?«

»Die Schwester deiner Frau hat ihn vor einer Stunde abgeholt. Hast du das nicht gewusst?«

»Melkorkas Schwester?«, wiederholte er verblüfft.

»Ja. Hat sie vielleicht vergessen, dir das zu sagen?«

Kári starrte wie vom Donner gerührt in Guðríðurs breites Gesicht: »Willst du mir damit sagen, dass vorhin jemand da war und Darri mitgenommen hat?«

»Ja. Deine Frau hat sie gebeten, den Kleinen abzuholen. Das stand so auf dem Zettel von Melkorka.«

Kári wusste nicht, wie ihm geschah. Verwirrt machte er den Mund auf und zu.

»Zeig mir mal den Zettel«, bat er schließlich.

»Ich hab nur gelesen, was Melkorka aufgeschrieben hat. Dann hab ich den Kleinen angezogen«, sagte Guðríður. Die Fragerei war ihr auf einmal sichtlich unangenehm. »Melkorkas Schwester hat den Zettel wieder eingesteckt.«

»Hat sie irgendeinen Ausweis vorgezeigt?«

»Nein. Sie hat nur gesagt, sie sei die Schwester deiner Frau, und hatte ...«

»Melkorka hat keine Schwester«, unterbrach Kári sie grob.

Guðríður schlug erschrocken die Hand vor den Mund: »Um Gottes willen!«

»Wie sah die Frau denn aus?«

»Jung und blond, und sie hatte blaue Augen. Sie hat so freundlich gelächelt.«

Guðríður taumelte einige Schritte rückwärts.

Kári rief Melkorka auf dem Handy an. Aber nur der Anrufbeantworter zu Hause meldete sich.

»Ruf sofort zurück!«, rief er, obwohl Melkorka ihn nicht hören konnte.

Guðríður kippte rücklings auf einen Stuhl neben dem Telefontischchen in der Diele.

Kári fackelte nicht lange.

»Diese Frau hat Darri entführt, kein Zweifel«, erklärte er ihr. »Ich muss die Polizei verständigen.«

Er zog sein Handy erneut hervor und wählte die Notrufnummer.

Während der nächsten Stunden wurde der Alptraum nur noch schlimmer. Die Polizei vernahm Kári und Guðríður, bekam eine genauere Beschreibung von der blonden Frau und gab die Meldung an alle Polizeidienststellen des Landes weiter.

Kári kam fast um vor Sorge um seinen Darri. Sicher musste er Angst und Schrecken in den Händen der Unbekannten durchmachen. Als Erna ihn abends nach Hause brachte, versuchte sie Kári aufzumuntern, so gut es eben ging.

»Kindesentführungen sind hierzulande äußerst selten und haben in der Regel mit Streitereien über die Vormundschaft zu tun«, sagte sie. »In den paar Malen, wo es eine verwirrte Frau fertiggebracht hat, ein fremdes Kind an sich zu nehmen, ist es uns immer gelungen, das Kind innerhalb von ein paar Stunden wieder aufzuspüren.«

»Glaubst du, dass eine verwirrte Frau Darri entführt hat?«

»Im Augenblick gehen wir davon aus, dass es sich wahrscheinlich um eine Mutter handelt, die kürzlich ihr eigenes Kind verloren hat und diesen Schock nicht verarbeiten konnte«, erklärte Erna. »Wir überprüfen alle Fälle von Kindstod der letzten sechs Monate und hoffen dadurch auf eine Personenbeschreibung zu stoßen, die zu der Beschreibung der Tagesmutter passt.«

Kári konnte seine Zweifel hinsichtlich des Ansatzes, den die Polizei verfolgte, nicht lange zurückhalten.

»Das trifft meinetwegen zu, wenn eine geistesgestörte Frau einen Kinderwagen vor einem Laden in der Fußgängerzone sieht und ihn mitnimmt«, widersprach er. »Aber mir scheint eher, dass diese Entführung sorgfältig vorbereitet wurde. Immerhin hatte diese Frau einen gefälschten Brief von Melkorka bei sich. Die Entführerin wollte offensichtlich nicht irgendein Kind rauben, sondern sie hatte es glasklar auf unseren Sohn abgesehen.«

Als sie die Diele betraten, klingelte das Festnetztelefon. Kári hob eilig den Hörer ab.

»Grüße von Frau Schneider«, krächzte eine verzerrte Stimme auf Englisch.

»Wer spricht da?«, fragte Kári.

»Sie sind nicht Melkorka Steingrímsdóttir.«

»Natürlich nicht. Ihr Handy ist ausgeschaltet.«

»Ich muss mit ihr persönlich sprechen.«

»Das geht nicht. Aber ich kann ihr etwas ausrichten.«

»Wer sind Sie?«

»Kári, ihr Mann.«

Eine Weile herrschte Schweigen im Telefon.

»Hallo?«, fragte Kári.

»Ich habe eine Nachricht von Frau Schneider an Melkorka.«

»Was für eine Nachricht?«

»Zuallererst soll ich ihr sagen, dass es ihrem Jungen gutgeht«, schnarrte die Stimme.

Kári lief es kalt den Rücken hinunter. Er zog Erna zu sich, damit sie das Gespräch mithören konnte.

»Heißt das, Greta Schneider hat unseren Sohn entführt?«, fragte er.

»Wir lassen ihn nur frei, wenn Melkorka genau das tut, was wir verlangen. Ist das klar genug ausgedrückt?«

»Ja.«

»Wir wissen, was Melkorka im Adlerhorst tut.«

»Wo ist unser Kind?«, rief Kári heftig.

»Wir wissen, dass Melkorka nach Geheimdokumenten sucht, die 1944 in dem Haus versteckt wurden. Der Junge kommt frei, sobald wir alle Dokumente in Händen halten.«

»Mit Kindesentführung kommt ihr in Island nicht durch.«

»Wenn Sie nicht ganz exakt unseren Vorgaben folgen, wird Ihr Sohn genau so spurlos verschwinden wie Madeleine McCann, das verspreche ich Ihnen«, drohte die verzerrte Stimme.

»Sie sind ein Monster, Sie ...«

»Ich lasse Sie wissen, wo und wann Melkorka uns die Dokumente zu übergeben hat.«

Ohne Vorwarnung wurde aufgelegt.

»Hallo?«, rief Kári mehrmals.

Doch da war niemand mehr in der Leitung.

45

Guðjón Andreas Baldvinsson raste nach Grafarholt, um Erna und Kári zu dem anonymen Telefonanruf zu befragen.

»Wir wissen bereits, dass Melkorkas Handy von einer nicht registrierten Teilnehmernummer aus angerufen wurde«, legte er los, ohne sich mit Begrüßungen aufzuhalten. »Und dass der Anrufer in Deutschland war.«

Kári hatte Mühe, die verfremdete Stimme zu beschreiben. Er konnte noch nicht einmal mit Gewissheit sagen, ob er mit einer Frau oder mit einem Mann gesprochen hatte.

»Du bist Greta Schneider schon mal begegnet«, stellte der Kriminalhauptkommissar fest. »War sie am Telefon?«

»Weiß ich nicht«, antwortete Kári. »Der Anrufer oder die Anruferin behauptete, eine Nachricht von der Schneider zu haben, und ich habe das so verstanden, dass sie demnach nicht selbst am Telefon war.«

»Die Stimme war eindeutig digital verzerrt«, fügte Erna hinzu.

»Wir haben Beweise dafür, dass die Deutsche am Morgen nach dem Mord an John Dulles Forster jr. das Land verlassen hat«, sagte Guðjón. »Wenn sie an der Entführung von Darri beteiligt ist, dann wurde sie von Isländern unterstützt.«

»Das erscheint einleuchtend«, antwortete Kári.

»Wir konzentrieren uns auf die Fahndung nach der

blonden jungen Frau, die den Jungen bei der Tagesmutter abgeholt hat. Das ist für uns am aussichtsreichsten.«

»Habt ihr sonst noch Hinweise erhalten?«

»Noch nicht.«

»Was, wenn sie versucht, das Kind außer Landes zu schaffen?«

»Die Flughafenpolizei in Keflavík ist auf alles vorbereitet, seit die Meldung von der Entführung durchgegeben wurde.«

Der Hauptkommissar blickte Kári prüfend an.

»Was sind das für Dokumente, die Greta Schneider im Austausch für euren Sohn haben will?«

Guðjón versuchte sich Káris etwas verworrene Darstellung vom Inhalt des Tagebuchs zu vergegenwärtigen. Da ging es wohl um die Suche nach alten Runenzaubersprüchen, um eine geheime Mission hochgestellter SS-Leute in einem deutschen U-Boot im Nordatlantik gegen Ende des Krieges und um Dokumente diesbezüglich, die im Adlerhorst offenbar noch versteckt waren. Außerdem beteiligte sich Melkorka an der Suche eines kanadischen Milliardärs danach in Deutschland.

»Ihr habt die CD mit der Kopie des Tagebuchs nicht mehr gefunden, und der kanadische Krösus weiß nichts davon, dass er sie jemals zu Gesicht bekommen hätte«, fügte Kári hinzu. »Meiner Meinung nach ist das ein eindeutiger Hinweis darauf, dass die Schneider J. D. Forster ermordet hat, um ihm die CD abzunehmen und außer Landes zu schaffen.«

Der Hauptkommissar dachte einen Moment über Káris Ausführungen nach.

»Es muss einen triftigen Grund geben, weswegen an der

letzten Fahrt des U-Boots ein so hohes Interesse besteht«, meinte er.

»Himmlers Gesandte hatten eine kostbare Fracht mit an Bord.«

»Was für eine Fracht?«

»Viele große Kisten.«

»Was war darin?«

»Wahrscheinlich Gold.«

Kári setzte dem Hauptkommissar die Vermutung des amerikanischen Historikers auseinander, dass Rudolf Freiherr von Trittenheim als der Schwarze Bankier einen Teil des auf grauenhafte Weise angeeigneten Goldes von der Deutschen Reichsbank hatte außer Landes schaffen lassen wollen, bevor die Alliierten das Deutsche Reich besiegen konnten.

»Tatsache ist erstens, dass Gold aus der Deutschen Reichsbank verschwunden ist und dass zweitens dieser Trittenheim viele schwere Kisten mit an Bord des U-Bootes genommen hat. Ich glaube, Greta Schneider sucht nach dem verschwundenen Gold und schreckt weder vor Menschenraub noch Mord zurück, um an den Schatz zu kommen.«

»Hast du eine Ahnung, was aus dem U-Boot geworden ist?«

»Nein, leider nicht«, bekannte Kári. »Ich habe am allermeisten Angst davor, dass die Deutsche annimmt, Großvater Höskuldur habe etwas vom letzten Versteck des U-Bootes gewusst. Was, glaubst du, wird mit unserem Kind passieren, wenn sie merkt, dass wir nichts über das Schicksal des U-Bootes wissen? Ich will mir das gar nicht ausmalen.«

In seiner Verzweiflung war Kári zu allem bereit, um die Polizei bei der Suche nach seinem Sohn zu unterstützen. Er legte alle Karten auf den Tisch und gab dem Hauptkommissar eine CD mit Kopien des Notizbuches und der Übertragung des Runentextes von Melkorka und Beinteinn.

Die Reykjavíker Polizei konzentrierte sich darauf, die blonde Entführerin zu finden, die von der Tagesmutter einigermaßen brauchbar beschrieben worden war. An die Medien wurde eine Meldung zu dem verschwundenen Jungen mit einem Bild herausgegeben sowie eine Beschreibung der jungen Frau, die ihn in Kópavogur abgeholt hatte.

Gleichzeitig nahm eine Ermittlungskommission Aufnahmen der Überwachungskameras aus dem Stadtzentrum Reykjavíks von den Tagen unter die Lupe, an denen sich Greta Schneider in der Hauptstadt aufgehalten hatte. Darauf, so hofften sie, würden sie die Deutsche mit ihren Komplizen auftauchen sehen.

In seinem Büro ging der Kriminalhauptkommissar noch einmal die Aufzeichnungen Höskuldur Steingrímssons durch. Er stieß dabei aber auf nichts, was ihm bei den Ermittlungen zum Mord an J. D. Forster jr. oder der Entführung des kleinen Darri weiterhelfen konnte. Er sah auch keine Verbindung zwischen den beiden Verbrechen und dem Tod von Beinteinn Marteinsson außer der Tatsache, dass der Dichter den Geheimcode des Runentextes geknackt hatte.

Kurz vor Mitternacht nahm Guðjón seinen hellen Mantel vom Haken hinter der Tür seines Büros, fuhr mit dem Aufzug in den Keller des Polizeigebäudes, trat auf den Parkplatz hinaus und genoss in der Abendstille nach dem langen Arbeitstag die kühle Brise im Gesicht. Er blieb bei der Aussichtsplattform Perlan auf dem Hügel Öskjuhlíð eine Weile stehen und blickte versonnen durch das offene Autofenster auf das funkelnde Meer von Lichtern der Hauptstadt. Sie zogen sich desto weiter die Küste hinaus und ins Land hinein, je mehr sich das Siedlungsgebiet ausbreitete.

Guðjón spürte Mitleid mit dem kleinen, verängstigten Jungen, der diese Nacht irgendwo weit weg von seinen Eltern verbringen musste.

»Ich finde dich«, sagte er laut. »Ich finde dich.«

46 Donnerstag, 17. Mai

Die Nacht war finster und bedrückend.

Melkorka zog einen schwarzen, robusten Overall an, der dicht an ihrem durchtrainierten Körper anlag, schnallte sich den Rucksack um und setzte den Schutzhelm auf, den ihr Alan Sexton reichte.

Der Amerikaner hatte ihren nächtlichen Ausflug auf den Kehlstein bis ins Kleinste vorbereitet und die gesamte technische Ausrüstung beschafft, die sie für das Aufspüren des Geheimfaches im Adlerhorst brauchten.

»Sie sind sicher, dass Sie genau wissen, wo im Haus wir suchen müssen?«, fragte er zum dritten Mal.

»Ja«, gab Melkorka zur Antwort.

Sexton musste sich wohl oder übel mit dieser knappen Replik zufriedengeben. Melkorka wollte unter allen Umständen die Angaben ihres Großvaters für sich behalten, bis sie oben auf dem Berg angekommen und ins Haus eingedrungen waren.

Kurz nach Mitternacht verabschiedete sie sich von Susan Houston und folgte dem Amerikaner aus dem Sommerhaus zu dem kiesbestreuten Parkplatz, auf dem ein PS-starkes schwarzes Motorrad auf sie wartete. Sexton ließ den Motor an, und Melkorka setzte sich hinter ihn und hielt sich um seinen Bauch fest.

Melkorka hätte erwartet, die Maschine würde mit einem Höllenlärm die Nachtruhe zerreißen. Aber der Motor schnurrte erstaunlich leise, obwohl Sexton kräftig Gas gab, sobald sie das Feriendorf von Strub hinter sich gelassen hatten und die Asphaltstraße zum Fuß des Kehlsteins entlangfuhren.

Dann verringerte er die Fahrt und bog in die Kehlsteinstraße ein, die gefährlich steile Zufahrt, die Susan Houston so überaus tückisch erschienen war.

Trotz der Dunkelheit am Berg gab Sexton auf dem unbeleuchteten Weg wieder kräftig Gas, als sähe er bestens mit der seltsamen Brille, die an seinem Helm befestigt war. Das Motorrad legte sich in den scharfen Kurven gefährlich schräg, aber Melkorka ließ sich davon nicht beirren. Sie hielt sich noch mehr fest und fühlte das Adrenalin durch ihren Körper strömen.

Vor dem Tunnel zum Aufzug drehte Sexton einige Runden auf dem Parkplatz. Der Tunnel war versperrt, so wie sie es vermutet hatten.

»Jetzt halten Sie sich fest«, forderte er sie auf, verließ in geringem Tempo den Parkplatz und bog nach links auf einen Bergpfad ein, der sich in engen Windungen die steile Bergflanke bis zum Kehlsteinhaus hinaufwand. Steinchen spritzten unter den Rädern hervor, als er erneut kräftig Gas gab.

Melkorka klammerte sich krampfhaft an Alan fest. Sie musste höllisch aufpassen, dass sie in den engsten Kurven nicht vom Sitz geschleudert wurde.

Sexton wusste offenbar ganz genau, was er tat. Das Motorrad und er wurden eins. Offenbar war er ein sehr erfahrener Geländefahrer.

In für Melkorka erstaunlich kurzer Zeit waren sie vor

dem Adlerhorst angekommen. Sexton stellte den Motor aus und stieg ab.

»Keine üble Rennstrecke«, bemerkte er.

»Phantastisch«, meinte Melkorka, der das Herz bis zum Hals schlug.

»Warten Sie nur, bis wir da wieder runterfahren«, fügte Sexton hinzu und verzog spöttisch einen Mundwinkel. »Das wird erst richtig lustig.«

Tief unten konnten sie die Lichterpracht der Ortschaften im Tal sehen: von Salzburg in der Ferne bis hinüber zum Königssee. Zwischen den nächtlich dunklen Wolken über den mächtigen Bergmassiven, die den Kehlstein umgaben, funkelten die Sterne.

Sexton gab durch sein Handy einen kurzen Befehl, während sie sich der massiven Tür an der Nordostseite des Adlerhorstes näherten. Sie war verschlossen.

Jemand öffnete von innen und ließ sie ein.

Es war Jack Powell, Sextons junger, unauffälliger Assistent. Er hatte sich am Abend vor der Schließung des Restaurants in einem der Lagerräume verborgen gehalten.

»Schließ wieder ab«, raunte ihm Alan zu, als sie eingetreten waren. Er schaltete eine Taschenlampe ein und wandte sich an Melkorka:

»Wohin jetzt?«

Sie ging den beiden voran in den Speiseraum, den Schutzhelm in Händen.

»Und jetzt?«

Melkorka lächelte über die Ungeduld des Agenten, stieg zielstrebig die sechs Stufen zum Geschenk des *Duce* hinauf, blieb hinter dem Kamin stehen und deutete auf die beiden Ritter.

»Großvater schreibt, dass die Ritter Himmlers Schatz bewachen«, flüsterte sie. »Das bedeutet, das Geheimfach liegt entweder hinter oder neben dieser Metallplatte.«

»Geben Sie Jack den Rucksack«, sagte Alan.

Melkorka nahm das Ding vom Rücken. Jack Powell ging in die Knie und öffnete ihn am Boden. Er nahm einen kleinen Laptop heraus und ein längliches, schwarzes Gerät, das sie nicht kannte. Dann schaltete er den Laptop ein.

»Ich bin bereit«, sagte er.

Sexton richtete das längliche Gerät auf eines der beiden Reliefs mit den Rittermotiven.

Auf dem Bildschirm sah Melkorka ein dreidimensionales Graustufenbild von der Wand hinter der Metallplatte. Das schwarze Ding war offenbar eine Art Georadar, der dicke Steinmauern durchdringen konnte.

»Hier ist nichts«, ließ sich Powell vernehmen.

»Ich bin mir aber ganz sicher«, widersprach Melkorka.

Alan hielt das Radar an den anderen Ritter. Auf dem Bildschirm erschien dasselbe Bild einer massiven Mauer.

»Nichts«, flüsterte Jack Powell.

Sie untersuchten die Wand zu allen Seiten der Metallplatte, bis sich das Bild auf dem Bildschirm plötzlich veränderte.

»Etwas weiter rauf!«

Melkorka atmete erleichtert auf, als endlich das Geheimfach vor ihren Augen erschien.

47

Das Fach in der Steinmauer lag rechts von den zwei Rittern, die Himmlers Schätze im Kehlsteinhaus bewachten.

»Überprüf mal das Schloss«, sagte Sexton mit gedämpfter Stimme.

Jack Powell vergrößerte den Ausschnitt des schwarzweißen Bildes, das das Schloss des Faches zeigte.

»Ich glaube, dass diese Stange hier das Fach öffnet, wir müssen sie nur in die Mauer schieben.«

»Wo?«

»Zieh den Scanner ein wenig über das obere Ende der Platte. So, ja, dort hört die Stange auf.«

»Wo?«, wiederholte Sexton.

Sein junger Kollege lächelte plötzlich.

»Dort, unter dem Schweif des Pferdes, genau im After.«

»Wie humorvoll«, bemerkte Melkorka.

»Ich brauche den schmalsten Dietrich, den du in der Werkzeugtasche findest«, sagte Powell.

Er tastete mit der Eisenspitze einen kleinen Bereich unter dem Pferdeschweif ab, bis er auf eine winzige, sorgfältig verborgene Öffnung stieß.

»Hier ist das Loch«, murmelte er, zog ein robustes Messer aus seinem Gürtel und klopfte mit dem Handgriff auf den Dietrich.

Aus dem Mauerinneren drangen ein gedämpfter Laut,

dann ein hohles Kratzen, als sich einer der Steine neben der Metallplatte herausschob.

Sexton ließ sich vor der Mauer auf die Knie nieder. Als er den Stein vorsichtig zu sich zog, erschien das Fach.

Er griff nach den drei braunen Umschlägen, die hier mehr als sechs Jahrzehnte lang verborgen gewesen waren, und steckte sie ungeöffnet in den schwarzen Rucksack.

Sein junger Mitarbeiter fuhr den Laptop herunter und verstaute ihn mitsamt dem Röntgengerät ebenfalls im Rucksack.

»Den nehme ich«, sagte Melkorka entschieden.

Jack Powell zögerte, ihn freizugeben.

»Das ist schon in Ordnung«, sagte Sexton. »Sie begleitet mich in die Unterkunft hinunter.«

Melkorka nahm den Rucksack schnell an sich, warf ihn sich über die Schulter und befestigte ihn sorgfältig mit dem Bauchriemen.

»Wir teilen unsere Beute im Sommerhaus auf«, fügte Sexton hinzu.

Er brachte das Geheimfach sorgfältig wieder in den Zustand, in dem sie es vorgefunden hatten, und begab sich eilends zum Ausgang.

»Zeit zu verschwinden«, sagte er.

Vor den mächtigen Steinmauern des Kehlsteinhauses trennten sich ihre Wege.

Jack Powell joggte leichten Schrittes den Fußweg entlang nach Süden hinter das Haus, an einem hohen Kreuz vorbei, das zur Erinnerung an die beim Bau der Festung ums Leben Gekommenen errichtet worden war, und von da den Berg hinunter. Melkorka und Sexton beeilten sich, zu ihrem Motorrad zu gelangen, das vor dem Haus auf sie wartete.

Eine sternenklare Nacht lag über den bayerischen Alpen. Nur der Mond trug einen dicken Wolkenschleier.

Als der Amerikaner den Motor angelassen hatte, setzte sich Melkorka hinter ihn und hielt sich an ihm fest wie zuvor.

»Kann losgehen«, sagte sie.

Langsam fuhr Sexton den schmalen, gewundenen Fußweg hinunter, beschleunigte aber desto mehr, je weiter sie nach unten kamen.

Melkorka hegte keinerlei Argwohn, als das Unglück passierte.

48

Gelassen und sicher steuerte Sexton das Motorrad den steilen Bergpfad hinunter. Bis er plötzlich ohne Vorwarnung vom Sitz gerissen wurde, als hätte ihn ein heftiger Schlag getroffen. Melkorka blieb buchstäblich die Luft weg, als sie beide durch eine rohe Gewalt vom Motorrad gefegt wurden. Im Sturz sah sie, wie sich das PS-starke Fahrzeug mit dem noch rotierenden Rad hoch in die Luft katapultierte, bevor es über die Felskante flog, sich mehrmals überschlug und in den Abgrund stürzte.

»Um Gottes willen!«

Melkorka zog vor Schreck die Hände schützend an sich, um den heftigen Aufprall abzumildern. Dabei ließ sie Sexton los.

Sie prallte mit dem Rücken gegen die raue Felswand, stürzte dann kopfüber einige Meter in die Tiefe und landete höchst unsanft auf einem Haufen Geröll. Der robuste Schutzhelm rettete ihr das Leben.

Eine ganze Weile lag Melkorka verwirrt und benommen auf den Felsen. Sie versuchte sich darüber klarzuwerden, was eigentlich passiert war. Zwischen mächtigen Wolkentürmen funkelten Sterne in unendlichen Weiten. Der Mond hielt sich verborgen, so dass sein bleiches Licht die finster aufragenden Berggipfel um den Adlerhorst nicht mehr beschien.

Sie drehte sich auf den Bauch und sah Sexton weiter unten bewegungslos an der äußersten Kante des Bergpfades liegen. »Alan?«, rief sie. Ihre Stimme zitterte.

Da er ihr nicht antwortete, kroch Melkorka auf allen vieren den Pfad hinunter. Sie ergriff Sexton an den Schultern, drehte ihn um und sprach ihn erneut an. Doch nur dumpfes Stöhnen kam als Antwort.

Für einen Moment brach helles Mondlicht zwischen den Wolken hindurch. Es tauchte den Kehlstein in ein gespenstisches Licht, in dem das steingraue Stahlseil schwach aufglänzte, das etwa einen Meter über dem Boden quer über den Pfad gespannt worden war.

Voll Entsetzen erkannte Melkorka, dass ihre Hände über und über blutig waren.

Allmählich ging ihr ein Licht auf: Jemand hatte ihnen eine Falle gestellt.

Sie versuchte aufzustehen. Dann aber zögerte sie. Ein kleingewachsener Mann in Kapuze näherte sich ihr im fahlen Mondlicht.

Die Angst vor dem Attentäter verlieh ihr neue Kräfte. Sie konnte sich hochziehen und taumelte zurück.

Der Attentäter stieg über Sexton hinweg, als läge da nur ein toter Baumstamm. Er sprang in raschen Schritten auf Melkorka zu. Sie beschleunigte ihre Schritte, obwohl sie sich nur äußerst unsicher bewegen konnte.

Dann stand sie an der äußersten Felskante über dem Abgrund. Unversehens befiel sie Schwindel. Nur für einen kurzen Moment. Aber genug, um das Gleichgewicht zu verlieren. Sie stürzte rücklings in die Tiefe. Immer wieder schlug sie an der rauen Felswand auf und prallte in weiten Bögen ab.

49

Frühmorgens brachte Guðjón das Ermittlungsgericht dazu, einen Beschluss auf Durchsuchung für ein Zweizimmerappartement im ersten Stock eines neuen Mehrfamilienhauses auszustellen. Es stand im Lavafeld von Hafnarfjörður, dem hübschen Ort, der südlich an Reykjavík grenzte. Nicht weit davon ragten bei Straumsvík an der Südwestküste die rot-weiß gestrichenen Türme der Aluminiumhütte des kanadischen Konzerns Rio Tinto Alcan auf.

Eine dreiundzwanzigjährige Studentin der Politikwissenschaften der Universität Islands, Sigríður Jóhanna Angantýsdóttir, war seit anderthalb Jahren als Mieterin der kleinen Wohnung verzeichnet.

Die Überprüfung der in Frage kommenden Aufzeichnungen aus den zahlreichen Überwachungskameras, die rund um die Uhr alle Bewegungen in der Innenstadt von Reykjavík registrierten, zogen sich bis weit in die Nacht hinein. Schließlich wurde Sigríður als Begleiterin von Greta Schneider erkannt. Die fragliche Aufnahme stammte von dem Tag, bevor die Deutsche das Land verlassen hatte.

Guðjón und Erna hatten spät in der Nacht noch an Sigríðurs Tür geklingelt, aber trotz Sturmläutens hatte ihnen niemand geöffnet. Einer der Nachbarn, vom Besuch der Polizei aufgeweckt, erinnerte sich daran, dass er Sigríður kurz vor Mitternacht im Treppenhaus gesehen hatte. Sie war im Begriff wegzugehen. Sie hatte eine Plastiktüte bei sich, die offenbar prallvoll mit Kleidung war.

Dem Hauptkommissar lag nur ihre Personenbeschreibung vor. Sie hatte langes blondes Haar, blaue Augen und ein längliches Gesicht. Dieses Aussehen stimmte in etwa mit dem überein, das die Tagesmutter in Kópavogur beschrieben hatte. Der Anrufer, der für Greta Schneider gesprochen hatte, hatte Kári gegenüber bestätigt, dass sich Darri in ihrem Gewahrsam befand. Dies sowie die auf Sigríður passende Beschreibung und die Tatsache, dass sie mit Greta Schneider gesehen worden war, überzeugten den Bezirksrichter, dass ein hinreichender Verdacht gegeben war, Sigríður könne an der Kindesentführung beteiligt sein.

Eine Spezialeinheit der Polizei befand sich in der Nähe des Mehrfamilienhauses in Spezialfahrzeugen bereits in Einsatzbereitschaft, als Erna und Guðjón mit dem Durchsuchungsbeschluss erschienen. Der Hauptkommissar gab dem Einsatzleiter des Durchsuchungstrupps den Befehl zum Beginn der Aktion. Einige schwer bewaffnete, ganz in Schwarz gekleidete und maskierte Einsatzkräfte stürmten die Treppe hinauf, brachen die Eingangstür zu Sigríðurs Wohnung auf und schwärmten aus in Wohnzimmer, Küche, Schlafzimmer und Bad.

»Hier ist niemand«, verkündete der Einsatzleiter nach kurzer Zeit. Gleich darauf kamen Guðjón, Erna und die weißgekleideten Spurensicherungsbeamten die Treppe hinauf.

»Sucht nach allem, was darauf hinweisen könnte, dass sie sich hier in der Wohnung mit einem kleinen Kind aufgehalten hat«, befahl der Hauptkommissar.

Er selbst sah sich im Wohnzimmer um, das ihn am ehesten an eine der Ausstellungsparzellen eines Ikea-Marktes erinnerte, und verfolgte aufmerksam die Arbeit der Spurensicherung. Sie öffneten Schränke und Kommoden, begutachteten saubere und gebrauchte Wäsche und durchsuchten Papiere, Lehrbücher und CDs.

»Hier gibt es keinen Computer«, stellte Erna fest.

»Eine Universitätsstudentin muss einen Laptop haben«, entgegnete Guðjón.

»Dann hat sie ihn wohl mitgenommen.«

Einer der Spurensicherungsleute kam mit einem Stück Kinderbekleidung in der Hand ins Wohnzimmer. Guðjón nahm einen deutlichen Uringeruch an der hellblauen, flauschigen Latzhose wahr.

»Das habe ich im Badezimmer gefunden«, sagte der Mann.

»Die Hose passt genau zu der Beschreibung, die uns die Tagesmutter von der Überbekleidung des Kleinen gegeben hat«, erklärte Guðjón. »In einen Beutel damit und weitersuchen.«

Kurz darauf rasten Erna und der Hauptkommissar mit einem Affenzahn über die Reykjanesbraut in den Stadtteil Grafarholt, um Kári die Hose zu zeigen.

»Ja, Darri hatte genau so eine Hose an, als ich ihn gestern früh zur Tagesmutter gebracht hatte«, bestätigte Kári.

»Dann sind wir sicher auf einer heißen Spur«, stellte Guðjón fest. »In den nächsten Stunden werden wir alle verhören, die Sigríður kennen: Eltern, Geschwister und Studienkollegen. Irgendwer kann uns sicher Hinweise geben, damit wir rasch ihr Versteck aufspüren.«

»Es dauert bestimmt nicht mehr lange, dann haben wir

den Kleinen wieder«, pflichtete Erna bei. »Darauf kannst du dich verlassen.«

An diesem Morgen veröffentlichten alle Tageszeitungen ein Bild von Darri auf der ersten Seite. Alle Radiosender berichteten ausführlich von der Kindesentführung. Die beiden wichtigsten isländischen Fernsehsender schlugen sich darum, Melkorka und Kári vor die Kamera zu Interviews zu bekommen, um sie als *breaking news* in die Abendnachrichten zu hieven. Guðjón riet Kári allerdings, alle derartigen Ansinnen zunächst abzulehnen. Schon auch deswegen, da es der Polizei bisher trotz der Hilfe von Interpol nicht gelungen war, Kontakt mit Melkorka aufzunehmen.

Als Kári die Bilder seines Sohnes auf den Titelseiten der Tageszeiten sah, überwältigten ihn die Gefühle erneut. Obwohl seine Schwiegermutter abends zuvor noch eilends nach Reykjavík gekommen war, fühlte er sich völlig alleingelassen. Den erbarmungslosen Launen eines wahnsinnigen Schicksals machtlos ausgeliefert.

50

Sigríðurs Eltern wohnten in Ísafjörður in Nordwestisland. Angantýr betrieb dort eine kleine Reederei für Fischkutter, seine Frau Katrín arbeitete im Büro des Familienunternehmens.

Frühmorgens trafen sie im Büro des Bezirksamtmanns ein, zornig und beleidigt wegen des Verdachts, den die Polizei gegen ihre Tochter hatte.

»Schlicht und einfach völliger Unsinn zu behaupten, dass unsere Sigga ein kleines Kind entführt haben soll«, empörte sich Angantýr. »Sie ist ein hochintelligentes Mädchen, warmherzig und kinderlieb und hat noch nie etwas verbrochen.«

Erna führte die Vernehmung über eine Konferenzschaltung von Reykjavík aus. Sie war bestrebt, möglichst detaillierte Angaben zu Sigríðurs Freundeskreis herauszubekommen. Ihr wurde aber schnell klar, dass Sigríðurs Eltern ihr dabei nicht sehr viel weiterhelfen konnten. Weder Angantýr noch Katrín konnten ihr auch nur einen Namen von Studienkollegen ihrer Tochter nennen. Sie wussten noch nicht einmal, ob sie in Reykjavík überhaupt einen festen Freund hatte oder sonstige nähere Bekanntschaften unterhielt.

»Wenn die jungen Leute ausziehen, wollen sie auf eigenen Füßen stehen«, entschuldigte sich Katrín. »Sigga ist da nicht anders als andere in ihrem Alter. Sie ruft mich gewöhnlich sonntagabends an.«

»Lag ihr denn irgendetwas ganz besonders am Herzen, als ihr das letzte Mal miteinander telefoniert habt?«

»Nein, das glaub ich nicht.«

»Worüber habt ihr gesprochen?«

»Über dies und das halt, wie immer«, antwortete Katrín. »Ich erzähle ihr, was hier im Ort so passiert bei Verwandten und Freunden, also bei Bekannten, meine ich. Sie will immer gerne wissen, was sich hier in den Westfjorden tut.«

»Und was sie selbst beschäftigt, davon hat sie nichts erzählt?«

»Nur dass alles so weit in Ordnung ist und dass sie furchtbar viel zu tun hat im Studium, weil sich gerade die Prüfungen zum Abschluss des Wintersemesters drängen.«

»Nichts Persönlicheres? Nichts von irgendeiner Beziehung oder so etwas?«

»Nein.«

»Du weißt also nicht, ob sie in einer festen Beziehung lebt?«

»Sie hat nie was in der Richtung angedeutet.«

»Könnte sie denn hier in Reykjavík einen Freund haben, ohne dass sie dir was davon sagt?«

»Ja, ich glaub schon. Sigga breitet ihr Privatleben normalerweise nie vor anderen aus.«

»Auch nicht vor ihrer Mutter?«

»Nein. Sie ist da immer sehr zugeknöpft.«

Auch von den Professoren und Dozenten der Universität Islands war nicht mehr zu erfahren, obwohl sie Sigríður bereits seit einigen Semestern unterrichtet hatten. Sie konnten ihren Aufzeichnungen zwar entnehmen, dass sie immer durchschnittlich gute Noten hatte. Von ihren persönlichen Angelegenheiten oder einem Freundeskreis wussten aber auch sie nichts zu berichten.

Guðjón hatte zwei Beamte angewiesen, die nicht wenigen Studenten der Politikwissenschaften anzurufen, die zusammen mit Sigríður dieselben Kurse besucht hatten. Diese Aktion hatte bislang aber noch nichts Handfestes ergeben. Sigríður hatte wohl zurückgezogen gelebt und am gesellschaftlichen Leben der Studenten wenig teilgenommen.

Die Polizei fand weder ihren Laptop noch ihr Handy. Sigríður schien außerdem ausschließlich Prepaid-Telefonkarten verwendet zu haben, was es den Spezialisten letztlich unmöglich machte, ihre Telefongespräche rückzuverfolgen.

Als Kári frühmorgens Erna anrief, musste sie ihm eingestehen, dass die Ermittlungen langsam vorankamen, obwohl sie rund um die Uhr daran saßen.

»Ich bin aber davon überzeugt, dass diese Sigríður der Schlüssel zur Lösung des Falles ist«, sagte sie. »Wir haben bereits mit gut dreißig Leuten gesprochen, um die ihr nahestehenden Freunde ausfindig zu machen. Wir bleiben dran.«

51

Es war bereits Morgen, als Melkorka endlich aus ihrer Bewusstlosigkeit erwachte. Minutenlang wusste sie weder, wo sie sich befand, noch, was ihr zugestoßen war. Zusammengekrümmt lag sie auf der Seite zwischen Bäumen in steil abfallendem Gelände. Büsche und Fichten hatten ihren Sturz von der Felswand vor dem endgültigen Aufprall abgemildert. Durch das völlig verstaubte Sichtfenster des Helms erkannte sie ein Stückchen blauen Himmel.

Dann aber stürzten die Erinnerungen nacheinander wie ein Wasserfall über sie herein: das Stahlseil quer über dem Bergpfad. Der gewaltige Schlag, als Sexton das Motorrad ungebremst ins Stahlseil gejagt hatte. Ihre blutigen Hände. Der unbekannte Angreifer mit Kapuze, der unerwartet im Mondlicht aufgetaucht war. Ihre Verzweiflung, als ihr auf der Felskante plötzlich schwindlig geworden war, und der Sturz rücklings in die Tiefe, den steilen Kehlstein hinunter.

Bei der geringsten Bewegung loderte ihr ganzer Körper vor Schmerzen.

Nacheinander bewegte sie Finger, Zehen und Glieder, um sich zu vergewissern, dass nichts gebrochen war. Es erschien ihr wie ein Wunder, dass sie überhaupt noch lebte, und das auch noch mit heilen Knochen.

Schließlich zog sie sich hoch und lehnte sich an einen

der Bäume. Sie trug noch immer den Schutzhelm und den Rucksack umgeschnallt. Ihr Overall war völlig zerfetzt, besonders an den Knien. Dort hatte sie geblutet, während sie ohnmächtig im Schutz der Bäume gelegen hatte. Die Blutungen hatten aber von selbst aufgehört, und die Wunden waren schon fast eingetrocknet.

Sexton fiel ihr ein, den sie, ohne es zu wollen, in seinem Blut liegend oben auf dem Bergpfad zurückgelassen hatte. Lebte er überhaupt noch?

Melkorka war absolut davon überzeugt, dass Greta Schneider hinter dieser heimtückischen Falle steckte. Sie hatte aber für ihren gefühlten Verdacht natürlich keinerlei Beweise. Wenn der Amerikaner auch ums Leben gekommen war, wäre das bereits der zweite Mord, den die Deutsche verübt hatte, um an das Geheimnis des deutschen U-Bootes zu kommen.

Aber solche Überlegungen mussten warten. Jetzt musste sie ein Lebenszeichen senden und Hilfe holen, um in bewohntes Gebiet zu kommen.

Das Erste war, Susan Houston anzurufen, die hoffentlich noch immer in dem Sommerhaus wartete.

Melkorka erschrak bis ins Mark. Trotz ausgiebiger Suche in den zerrissenen Taschen ihres Overalls konnte sie ihr Handy nirgends finden.

Das Telefon musste ihr beim Sturz aus der Tasche gefallen sein.

Sie suchte ihre Umgebung sorgfältig ab, fand aber nirgends eine Spur ihres Telefons. Schließlich musste sie sich mit der unangenehmen Tatsache abfinden, dass ihr Handy unwiederbringlich verloren war. Sie war von der Umwelt komplett abgeschnitten.

Langsam wurde Melkorka klar, dass ihr in dieser Felsenwüste in den Hängen des Kehlsteins niemand zu Hilfe kommen konnte.

Sie musste sich selbst in bewohntes Gebiet retten.

52

Gegen zehn Uhr an diesem Morgen betrat Erna das Büro des Hauptkommissars und schwenkte einen vollgekritzelten Notizzettel in der Luft.

»Wir haben einen zweiten vielversprechenden Namen«, verkündete sie eifrig.

»Was für einen Namen?«, fragte Guðjón und richtete sich im Stuhl auf.

»Ein Bekannter von Sigríður hat ausgesagt, dass sie in den letzten Wochen überwiegend mit einer gewissen Ragna Ámundadóttir zusammen war. Das ist die einzige Tochter des Oberstaatsanwaltes Ámundi Hreinsson und seiner Frau Herdís Sigurjónsdóttir. Ragna ist 31, unverheiratet und kinderlos und wohnt noch zu Hause bei ihren Eltern in Garðabær. Also nur ein paar Kilometer südlich von Reykjavík. Sie ist aber im Moment nicht zu Hause.«

»Hast du Informationen über ihr Handy?«

»Wir haben bislang noch keine Mobiltelefonnummer auf ihren Namen gefunden.«

»Was sagen die Eltern?«

»Ámundi hat nicht abgenommen, da er im Augenblick ein Plädoyer vor dem Obersten Gerichtshof hält und dort noch den ganzen Tag bleiben wird. Ich habe aber mit Herdís gesprochen. Sie ist Pflegefachkraft und hat erst nachmittags Schicht.«

»Wir werden ihr einen Besuch abstatten. Kündige uns mal an bei ihr«, wies sie der Hauptkommissar an und stand abrupt auf.

Zwanzig Minuten später fuhren Erna und Guðjón vor einem großen Einfamilienhaus in Arnarnes vor, einem Nobelviertel von Garðabær. Es lag an der Küste, und jenseits der ruhigen Bucht war Bessastaðir zu erkennen, der Sitz des isländischen Staatsoberhauptes.

Herdís Sigurjónsdóttir war um die fünfzig, großgewachsen und ausgesprochen schlank. Sie hatte rötlichbraunes Haar und braune Augen. Sie gürtete den rosaroten Bademantel enger um sich und musterte unfreundlich die Polizeibeamten vor sich.

»Ich habe euch doch schon gesagt, dass Ragna nicht zu Hause ist«, murrte sie.

»Dürfen wir reinkommen?«, fragte der Hauptkommissar.

»Meinetwegen.«

Sie wies sie in das Wohnzimmer und bot ihnen einen Platz in mächtigen Ledersesseln an. An den Wänden hingen einige große Landschaftsgemälde in vergoldeten Rahmen.

»Wir müssen unbedingt mit deiner Tochter sprechen«, sagte Guðjón. »Weißt du, wo sie sich aufhält?«

»Nein«, antwortete Herdís. »Warum?«

»Wir suchen ihre Freundin, Sigríður Jóhanna Angantýsdóttir. Kennst du sie?«

»Doch, schon«, sagte Herdís. »Sie war mit Ragna ein paar Mal hier.«

»Könnten sie sich im Augenblick irgendwo zusammen aufhalten?«

»Keine Ahnung.«

»Geht Ragna oft fort, ohne dass du weißt, wohin?«

»Natürlich. Sie ist eine erwachsene Frau und lebt ihr eigenes Leben.«

»Aber sie wohnt trotzdem hier?«

»Ja. Formal gesehen zumindest schon. Sie schläft oft auch im Atelier.«

»Was für ein Atelier?«

»Wie du vielleicht weißt, ist Ragna Künstlerin«, antwortete Herdís. »Sie hat in Hafnarfjörður ein großes Atelier.«

»Hat sie dort ein Telefon?«

»Nein, aber Ragna hat manchmal ein Handy dabei.«

»Hast du die Nummer?«

»Natürlich, sie ist meine Tochter«, schnappte Herdís.

»Würdest du sie bitte für uns anrufen?«

Herdís zögerte.

»Ich glaube, ich sollte zuerst mit Ámundi reden«, sagte sie.

»Soweit mir bekannt ist, hat Ragna nichts verbrochen«, sagte Guðjón. »Aber sie könnte wissen, wo sich Sigríður aufhält, und es ist für die Ermittlungen in einem dringenden Fall von äußerster Wichtigkeit, Sigríður so schnell wie möglich zu finden.«

»Also gut.«

Herdís stand auf, ging in den Flur hinaus, kam mit dem Handy zurück und setzte sich in einen Sessel. Sie wählte und wartete eine Weile mit dem Telefon am Ohr.

»Ragna antwortet nicht«, sagte sie schließlich und ließ das Telefon sinken.

»Was ist das für eine Beziehung zwischen Ragna und Sigríður?«, fragte Erna.

»Sie sind Freundinnen. Ganz normal.«

»Weißt du, wie sie sich kennengelernt haben?«

»Nein.«

»Wo ist Ragna politisch angesiedelt?«

»Was hat das denn mit der Sache zu tun?«

»Weißt du es nicht?«, beharrte der Hauptkommissar.

»Nirgends, glaube ich«, sagte Herdís.

»Fällt dir irgendein Ort ein, wo die beiden Frauen gerade sein könnten?«

Herdís zuckte mit den Schultern.

»Dürfen wir uns dann mal ihr Atelier ansehen?«, fragte Guðjón.

Herdís stand auf: »Ich rufe jetzt doch Ámundi an.«

Der Oberstaatsanwalt nahm sofort ab.

Als sie ihm von dem Besuch der Polizeibeamten berichtet hatte, gab sie das Telefon an den Hauptkommissar weiter: »Er will dich sprechen.«

»Was zum Teufel ist los?«, fragte Oberstaatsanwalt Ámundi in tiefem Bass.

In wenigen Worten erklärte ihm Guðjón, weswegen es der Polizei so wichtig war, mit Ragna zu sprechen.

»Meine Frau und ich wissen nichts von dieser Sigríður. Nur dass sie eine der vielen Freundinnen unserer Tochter ist«, erklärte der Jurist.

»Niemand wirft deiner Tochter irgendetwas vor«, sagte Guðjón. »Aber wir versuchen, ein kleines Kind zu retten, bevor es zu spät ist.«

»Ein Kind?«, fragte Herdís. »Hat Sigríður was mit dem Kind zu tun, das da in Kópavogur entführt wurde?«

»Möglicherweise«, bestätigte Erna.

»Absoluter Blödsinn, daran zu denken, dass unsere

Tochter an so einer Angelegenheit beteiligt sein könnte«, knurrte Ámundi. »Wie seid ihr denn auf diese dumme Idee gekommen?«

Guðjón wählte seine Worte sorgfältig, damit der Oberstaatsanwalt nicht in Zorn geriet: »Ist deine Tochter im eigenen Auto unterwegs?«

»Nein«, gab Ámundi kurz angebunden zurück. »Sie hat keinen Führerschein.«

»Über dreißig und keinen Führerschein?«

»Ragna hat ihn für kurze Zeit abgeben müssen«, erklärte Herdís.

Guðjón ging aufs Ganze: »Gibst du uns die Erlaubnis, dass wir uns ihr Zimmer hier und das Atelier in Hafnarfjörður ansehen?«

»Dazu brauchst du eine richterliche Erlaubnis, mein Bester«, entgegnete Ámundi.

»Aber es könnte uns kostbare Zeit sparen, wenn wir diese Erlaubnis von dir bekämen.«

»Hör mal, ich bin hier bei einer Verhandlung am Obersten Gericht und kann mich nicht mehr länger mit eurem Problemchen herumschlagen ... Ich verlasse mich also darauf, dass hiermit euer Besuch beendet ist.«

Der Hauptkommissar gab Herdís das Handy zurück.

»Ich bitte dich eindringlich darum, uns zu benachrichtigen, wenn du etwas von Ragna hörst«, sagte er und ging zur Haustür. »Es ist äußerst wichtig.«

53

Melkorka klammerte sich an die raue Rinde einer mächtigen Fichte in diesem abschüssigen Gelände und zog sich mühsam hoch. Es tat höllisch weh. Ihr kam es vor, als hätte man sie mit tausend Knüppeln durchgeprügelt. Dennoch konnte sie sich einigermaßen aufrecht halten.

Und jetzt?

Vorsichtig tastete sie sich von einem Baum zum nächsten vor, bis sie schließlich den Waldrand erreichte.

Die asphaltierte Kehlsteinstraße lag direkt unter ihr, aber bis dahin waren es mindestens dreihundert Meter durch überwiegend gefährlich steiles Felsgelände. Immerhin war es teilweise bewaldet.

Allein und ohne Hilfe da runterzuklettern traute sie sich kaum zu. Doch sie hatte keine Wahl. Sie musste es versuchen.

Melkorka nahm den Helm ab, legte ihn beiseite und band sich das Haar im Nacken zu einem Knoten. Dann begann sie, sich Schritt für Schritt den Abhang hinunterzubewegen. Sie hielt sich, so gut es ging, an Büschen und Felsen fest. Jetzt kam ihr die Übung im Felsklettern zugute, die sie sich während der zwei Sommer auf Heimaey bei ihrem Großvater erworben hatte. »Denk immer daran: ein Schritt nach dem anderen«, hatte er jedes Mal zu ihr gesagt, wenn sie über ihre eigene Ungeduld gestolpert war.

Höskuldur hatte sich in den Felsen ein langsames Vorwärtskommen angewöhnt, was sie immer höchst ungeduldig gemacht hatte. »Es ist besser, hundert kleine Schrittchen zu machen, um ein paar Meter vorwärtszukommen, und tausend kleine Schrittchen, um ans Ziel zu gelangen, als wenige, aber große und dann abzustürzen oder auf halbem Weg aufzugeben.«

Und drei Stunden später, es ging schon auf Mittag zu, stand sie tatsächlich endlich wieder auf Asphalt. Nachdem sie sich Staub und Erde abgeklopft hatte, schritt sie auf den Parkplatz zu und trat in das mittlerweile schon wieder gehörig angewachsene Touristengedränge vor dem Laden- und Informationsgebäude, das dicht an die Felswand gebaut war. Sie huschte in die Damentoilette und nahm den Rucksack ab. Er war vom Absturz schmutzig und zerrissen. Sie wusch sich, ordnete ihr Haar und rieb die schlimmsten Schmutzflecken vom schwarzen Overall.

Als sie sich, so gut es eben ging, wiederhergestellt hatte, nahm sie den Rucksack behutsam wieder auf die schmerzenden Schultern. Im Kiosk erstand sie eine Zweiliterflasche Wasser und ein Kopftuch, unter dem sie ihr rotes Haar verbarg. Am meisten machte sie sich darüber Sorgen, dass die Verbrecher, die ihnen in der Nacht die Falle gestellt hatten, möglicherweise immer noch jeden ihrer Schritte beobachteten.

Als Melkorka aus dem Laden trat, blickte sie sich mehrmals um und schlenderte dann so unauffällig wie möglich auf den Parkplatz. Dort stieg sie in den vordersten Bus, der in zehn Minuten talwärts fahren sollte. Sie nahm einen Gangplatz, behielt den Rucksack fest umfasst auf dem Schoß und trank das kühle Wasser in langen Zügen. Sie konnte es kaum erwarten, wieder in die Zivilisation zu kommen.

Noch lagen die aufschlussreichen Dokumente über die letzte Mission der U-703 und das Runenlied, das ihr Großvater nach schwieriger Suche in drei Ländern gefunden hatte, im Rucksack. Sie wagte es während der gesamten Busfahrt nicht ein Mal, ihn loszulassen.

54

Der Busfahrer nahm geschickt die scharfen Kurven und Tunnel der steilen Kehlsteinstraße. Als der rote Bus endlich an der Talstation zum Stehen kam, ging Melkorka sofort in eine Telefonzelle an der Bushaltestelle und rief zu Hause in Island an.

»Na Gott sei Dank!«, rief Kári höchst erregt. »Wo steckst du denn?«

Melkorka merkte sofort, dass etwas nicht stimmte.

»Was ist los?«, fragte sie besorgt.

»Es ist schrecklich«, antwortete er. »Einfach schrecklich.«

»Was ist denn passiert, sag schon!«, drängte sie ängstlich.

»Darri ist verschwunden.«

»Was?«

Kári musste die Nachricht mehrmals wiederholen, bis Melkorka überhaupt kapierte, was er ihr da Unglaubliches begreiflich zu machen versuchte.

Ihr kleiner Sohn war weg. Spurlos verschwunden.

Der Boden unter ihren Füßen schien nachzugeben, so sehr wühlte der Schrecken in ihr. Heftige Selbstvorwürfe mischten sich in ihre Angst. Darri war entführt worden, während sie in der ganzen Welt den närrischen Hirngespinsten ihres Großvaters nachjagte.

»Diese Deutsche da, diese Greta Schneider, die hat ihn entführen lassen, um an die Dokumente aus diesem verfluchten Adlerhorst zu kommen«, sagte Kári. »Sie verlangt sie im Austausch für Darri. Hast du sie?«

»Ja, ich habe sie gefunden.«

»Endlich mal eine gute Nachricht.« Kári atmete auf. »Du musst dein Handy einschalten. Sie wollen dich noch mal anrufen und dir sagen, wo du die Dokumente übergeben sollst.«

Melkorka beschloss, mit dem Bericht von ihren nächtlichen Strapazen noch zu warten.

»Ich habe mein Handy verloren«, sagte sie müde.

»Dann kauf dir ein neues und gib mir die Nummer.«

»Sucht denn niemand nach Darri?«, fragte Melkorka verzweifelt vor Sorge.

»Doch, natürlich. Fast ganz Island ist auf den Beinen. Erna hat mir versichert, dass sie den Entführern auf die Spur gekommen sind.«

»Gott sei Dank.«

»Wann kommst du heim?«

»Mit dem ersten Flieger, den ich kriege.«

Wie gelähmt hängte Melkorka den Telefonhörer ein. Sie versuchte, einen klaren Gedanken zu fassen. Wenn sie Darri aus den Fängen dieser Verbrecher zurückbekommen wollte, musste sie die richtigen Entscheidungen treffen.

Im Moment hatte für sie eine Sache oberste Priorität: die Dokumente aus dem Adlerhorst schleunigst in Sicherheit zu bringen. Nur so konnte sie sich ihre Verhandlungsposition den Entführern gegenüber sichern.

Melkorka ging in die Damentoilette, schloss sich in einer Kabine ein und ließ sich auf den Toilettendeckel sinken.

Sie öffnete den Rucksack. Die drei Umschläge, die mehr als sechs Jahrzehnte im Adlerhorst verborgen gelegen hatten, waren versiegelt und in deutscher Sprache als STRENG VERTRAULICH gekennzeichnet. Sie brach ein Siegel nach dem anderen auf und sah den Inhalt flüchtig durch.

Im ersten Umschlag lag ein kleines Heft aus Pergament mit Runen verziert. Daneben stand in gotischen Lettern auf Isländisch und Deutsch: Rúnagaldur Gotatýs – Gotatýrs Runenlied.

Melkorka überflog die isländischen Erläuterungen. Dann wandte sie sich den beiden anderen Umschlägen zu. In beiden waren mehrseitige maschinengeschriebene Berichte enthalten. Sie waren auf Briefpapier aus Himmlers Privatbüro geschrieben: *Persönlicher Stab Reichsführer-SS*.

Deutsch hatte nie zu Melkorkas Lieblingsfächern auf dem Gymnasium gezählt. Deswegen konnte sie sich nur mit Mühe durch die Dokumente buchstabieren. Langsam, aber sicher bekam sie jedoch eine Vorstellung von ihrem Inhalt. Aus dem, was sie zu verstehen glaubte, schloss sie, dass Robert M. Houston in gewisser Weise recht gehabt hatte. Himmlers Gesandte hatten an Bord des U-Bootes viele Kisten voll Gold mitgenommen, das in den Tiegeln der Deutschen Reichsbank eingeschmolzen und in Barren gegossen worden war. Der amerikanische Professor hatte jedoch keine präzise Vermutung geäußert, wofür die SS-Leute den mittlerweile verschollenen Goldschatz hätten verwenden sollen – wenn und falls sie überhaupt über den Nordatlantik bis nach Amerika gelangt waren.

Melkorka zerbrach sich den Kopf darüber, wie sie es am besten anstellen sollte, die Geheimdokumente bis zum Austausch gegen Darri sicherzustellen.

Sie musste damit rechnen, dass Greta Schneiders Helfershelfer die Busbewegungen am Kehlstein beobachteten. Vielleicht waren sie bereits ganz in der Nähe und suchten nach ihr?

Sollte sie den Rucksack in einem Schließfach auf dem Busbahnhof verwahren? Aber was tat sie dann mit dem Schlüssel?

Nach längerem Hin- und Her-Überlegen schlich sie sich ins Postamt, legte das Runenlied und Himmlers Dokumente in eine Pappschachtel, die sie per Einschreiben an Aðalsteinn Indriðason, Rechtsanwalt in Reykjavík, sandte.

Den gelben Abschnitt mit der Paketnummer rollte sie eine Zeitlang unschlüssig zwischen den Fingern hin und her. Dann faltete sie ihn zusammen und steckte ihn kurzerhand tief in ihren Büstenhalter. Dann kaufte sie sich ein Handy mit Prepaidkarte und rief Kári an, um ihm die Nummer weiterzugeben, und berichtete ihm auch von der Postsendung.

Als Nächstes musste sie nach München und von da zurück nach Island, nach Hause. Sie beschloss, umgehend mit Susan Houston Kontakt aufzunehmen, um zu erfahren, ob sie sich weiterhin im Sommerhaus in Strub aufhielt. Melkorka hatte Susans Handynummer auf dem USB-Stick gespeichert, den sie immer bei sich trug. Sie öffnete den Rucksack und schaltete den Laptop ein, den Jack Powell bei der Suche im Adlerhorst verwendet hatte. Das Gerät funktionierte, obwohl das Gehäuse Schaden genommen hatte. Der USB-Stick wurde erkannt, und sie fand die Nummer.

Nach längerem Klingeln ging Susan endlich ans Telefon. Sie schien von vielen Leuten umgeben zu sein; zumindest klangen die Hintergrundgeräusche wie unverständliches Gemurmel.

»Wo bist du?«, fragte Melkorka.

Susan schien von Melkorkas Anruf völlig überrascht: »Melkorka? Bist du das wirklich?«

»Ja. Wo steckst du gerade?«

»Ich bin gerade einkaufen.«

»Hast du Alan gesehen?«

»Er liegt im Krankenhaus. Was ist euch denn passiert?«

»Alan lebt also?«

»Ja, ja. Jack sagt, dass er viel Blut verloren hat, aber schon wieder auf den Beinen ist und noch vor heute Abend entlassen werden will.«

»Hast du den Leihwagen?«

»Ja.«

»Dann komm und hol mich ab«, bat Melkorka und erklärte Susan, wohin sie kommen sollte.

Einige Minuten später setzte sie sich nahe des Busbahnhofes in ein kleines Café. Sie bestellte ein Sandwich und schwarzen Kaffee und versuchte, so unauffällig wie möglich zu wirken, während sie auf ihre Freundin wartete. Sie hatte keinen Appetit, zwang sich aber dennoch, etwas zu essen.

Angst und Schrecken lähmten sie. Sie ignorierte die heftigen Schmerzen, die nach dem Absturz im Kehlstein noch immer in ihrem Körper tobten. Ihre Gedanken drehten sich allein darum, wie sie Darri aus den Klauen dieser skrupellosen Menschenräuber befreien konnte. Sie würde alles tun, könnte sie dafür nur ihr Kind wieder in den Armen halten.

55

Susan Houston fuhr den Ford-Geländewagen, den Alan Sexton am Flughafen München gemietet hatte, auf den Gehweg vor dem Busbahnhof.

Melkorka setzte sich neben ihre Freundin, ließ den Rucksack zwischen ihre Füße auf den Wagenboden fallen, schnallte sich an, legte den Kopf zurück und atmete auf.

»Du siehst echt schlimm aus«, bemerkte Susan und fuhr los. »Fast so, als wärst du unter einen Zug geraten.«

Melkorka schloss die Augen. Sie brauchte jetzt erst mal eins: Ruhe.

»Ich brauche jetzt vor allem ein heißes Bad und will die nächsten Stunden keinen Finger rühren«, stöhnte sie nach längerem Schweigen.

»Das überrascht mich nicht.«

Irgendetwas in Susans Stimme brachte Melkorka dazu, die Augen wieder zu öffnen. Sie sah die junge Amerikanerin an. Susan konzentrierte sich auf den Verkehr und hielt den Blick starr geradeaus gerichtet.

»Gib mir den Rucksack«, hörte Melkorka eine junge Männerstimme hinter sich.

Melkorka wandte den Kopf und sah direkt in die Öffnung eines Pistolenlaufs.

»Was ...?«

»Ganz ruhig bleiben«, sagte das schmächtige Bürschchen in der Mitte der Rückbank. Es war schwarz gekleidet, trug eine dunkle Haube über dem Kopf und richtete eine massive Pistole auf Melkorka.

»Er hat auf mich im Wagen gewartet, als ich aus dem Einkaufszentrum kam«, sagte Susan. »Ich musste ihm gehorchen.«

Melkorka seufzte schwer auf, nahm den schwarzen Rucksack mit beiden Händen hoch und reichte ihn nach hinten, wo ihn der junge Kerl entgegennahm.

»Besten Dank«, sagte er.

Bei jeder Straßenkreuzung gab er Susan Anweisung, wie sie zu fahren hatte, bis sie die Ortschaft verlassen hatten und in ein dichtes Waldgebiet kamen.

»Wohin bringst du uns?«, fragte Melkorka.

»Alles zu seiner Zeit.«

Der holprige Waldweg endete schließlich vor einer alten Holzhütte, die von allen Seiten von Bäumen umgeben war. Sie schien verlassen zu sein.

Aber das war sie nicht. Als Melkorka und Susan mit der Pistole im Rücken eintraten, empfing sie ein zweiter Maskierter. Er führte sie in einen kleinen, fensterlosen Raum, schaltete die Deckenlampe ein und schloss die Tür ab.

Melkorka rutschte an der Wand herab zu Boden.

»Wer sind diese Männer?«, fragte sie erschöpft.

»Das weiß ich nicht«, kam es von Susan.

»Wusste er, dass du mich abholen wolltest?«

»Ja.«

»Hast du es ihm gesagt?«

»Nein.«

»Wer dann?«

»Ich verstehe das nicht«, antwortete Susan kopfschüttelnd. »Sie müssen uns schon die ganze Zeit beobachtet haben.«

»Hast du eine Stimme erkannt?«

»Nein, keine.«

Die Tür wurde aufgerissen. Das schmächtige Bürschchen stand mit Pistole im Türrahmen.

»Wo sind die Dokumente?«

»Was für Dokumente?«

»Du weißt genau, welche Dokumente ich meine.«

»Ich habe sie nicht.«

»Sie waren heute Nacht aber im Rucksack«, sagte der Schmächtige.

»Woher willst du das wissen?«

»Was hast du damit gemacht?«

Melkorka zuckte die Schultern.

Der Mann mit der Pistole trat zur Seite, um seinem Kompagnon Platz zu machen, der mit einem Stuhl in der einen Hand und einer Plastikschnur in der anderen den engen Raum betrat. Er knallte den Stuhl auf den Boden und stellte sich dahinter auf.

»Setz dich!«, fauchte er.

Melkorka blieb bewegungslos am Boden sitzen.

»Denk nur nicht, dass ich davor zurückschrecke, auf dich zu schießen«, sagte der mit der Pistole. »Zuerst auf die Hände, dann auf die Füße, und immer so weiter, bis nur noch dein Kopf übrig ist.«

»Du musst tun, was er sagt«, hörte sie Susan sagen.

Widerwillig erhob sich Melkorka und nahm auf dem Stuhl Platz. Der Maskierte band ihre Arme fest an die Lehne.

»Du hast genau zwei Möglichkeiten«, sagte der mit der

Waffe und hielt ihr den Pistolenlauf vor die Augen. »Die eine tut dir nicht weh, die andere schon. Beide führen am Ende zum selben Ergebnis. Uns ist es deshalb scheißegal, welche du wählst.«

Melkorka starrte mit angstweiten Augen in den Pistolenlauf.

»Sag ihnen, wo die Dokumente sind«, bat Susan.

Melkorka schüttelte den Kopf: »Ich brauche sie als Lösegeld für mein Kind.«

Der Schmächtige nickte dem anderen zu. Der verschwand, kam aber gleich darauf mit einer Spritze und einem Arzneifläschchen zurück.

»Was ist das?«, fragte Melkorka entsetzt.

Der Bewaffnete sah zu, wie der andere die Spritze mit einer klaren Flüssigkeit aufzog, und erklärte heiter:

»Ein Zaubermittel, das bringt dich dazu, uns die Wahrheit zu sagen. Die reine Wahrheit und nichts als die Wahrheit.«

56

Melkorka glaubte ohne Halt in unendlich tiefem Treibsand zu versinken, der sich von allen Seiten dicht an ihren Körper schmiegte. Ihre Sinne waren wie von einem unbekannten Fluidum durchströmt. Verzweifelt strampelte sie und warf den Kopf hin und her und versuchte sich aus diesem seltsamen Sog zu befreien. Aber er blieb unfassbar wie Himmelsäther.

»Nur ruhig, ganz ruhig«, hörte sie ein Flüstern von weit her.

Sie wälzte sich auf die Seite und versuchte weiter, sich der unsichtbaren Fesseln zu entledigen.

»Trink das.«

Sie machte eine heftige Bewegung, worauf ihr ein Schwall warmer Flüssigkeit auf Gesicht und Brust spritzte.

»Bleib ruhig. Alles wird gut«, wiederholte die Stimme, jetzt viel näher.

Melkorka nahm sanfte Hände wahr, die auf ihr ruhten, während sie allmählich wieder zu sich kam und in die Wirklichkeit zurückfand.

Ihr Kopf lag in Susans Schoß, die in dem kleinen fensterlosen Raum auf dem Boden kniete, wo die Maskierten ihr das Serum verabreicht hatten.

Bruchstückhafte Erinnerungen an das Verhör zogen durch ihren Geist wie dunkle Hügel in undurchdringlichem Nebel. Da waren beharrlich wiederholte Fragen. Sie hatte krampfhaft versucht, die Fragen zu beantworten, ohne die Wahrheit zu sagen. Ihr Gehirn wollte aber kein Geheimnis mehr bewahren.

»Wo sind die Schweine?«, fragte sie schwach.

»Weg«, kam es von Susan.

Melkorka suchte nach Hinweisen, ob sie den beiden Männern am Ende verraten hatte, was sie mit den Dokumenten gemacht hatte. Aber sie konnte sich beim besten Willen nicht erinnern.

Sie richtete sich auf. Unwillkürlich dachte sie an die Risse und Löcher im schwarzen Overall, als Susan ihr auf die Füße half. Melkorka musste sich an ihre Freundin klammern, um nicht wieder umzusinken.

»Was habe ich denen verraten?«

»Du konntest gar nicht anders, als ihnen die Wahrheit zu sagen. Aber du kannst nichts dafür. Es war das Mittel.«

Melkorka stützte sich auf Susan, bis ihr nicht mehr schwindelte. Dann lehnte sie sich an die Wand und ließ tieftraurig den Kopf hängen.

Sie hatte ihren kleinen Sohn verraten.

»Ich konnte niemanden anrufen«, seufzte Susan. »Sie haben mir das Handy abgenommen.«

»Ist die Tür verschlossen?«, fragte Melkorka.

»Ja.«

Melkorka versuchte, ihre Kräfte zusammenzunehmen.

»Weißt du, wie spät es ist?«

»Ungefähr acht.«

»Abends?«

»Ja. Du hast ein paar Stunden geschlafen.«

Melkorka spürte den Zorn in sich wachsen.

Sie taumelte zur Tür und versuchte, sie zu öffnen. Vergeblich.

»Gib mir den Stuhl«, bat sie.

Susan reichte ihn schon zu ihr rüber, und sie hob ihn hoch und schlug ihn mit der ganzen Kraft ihrer Wut gegen die Tür. Schon beim ersten Hieb begann das Holz nachzugeben.

Melkorka hörte erst auf, als der Stuhl zwar völlig zertrümmert war, sie aber ein Loch in die Tür geschlagen hatte. Susan konnte hindurchfassen und sie von außen öffnen.

Verschwitzt und keuchend stand Melkorka im Raum und hielt noch ein Stück von der Stuhllehne in der Hand.

Susan kam schnell zurück: »Hier gibt's kein Telefon.«

Melkorka ging in den versifften Toilettenraum. Dort beugte sie sich über das Waschbecken und wusch sich mit zitternden Händen das Gesicht. Dann trank sie Wasser aus der hohlen Hand, um ihren brennenden Durst zu löschen.

Als sie sich im Spiegel sah, erschrak sie. Ihr Gesicht war leichenblass. Ihr langes rotes Haar war feucht vom Schweiß, zerwühlt und wirr.

»Ich habe meine Handtasche in der Stube draußen gefunden«, sagte Susan und reichte ihr eine Bürste und ein Taschentuch.

»Hast du eine Ahnung, wer diese Unmenschen waren?«, fragte Melkorka.

»Nein. Glaubst du, die haben im Auftrag dieser deutschen Mörderin gehandelt?«

»Warum hätten sie das tun sollen?«, fragte Melkorka sich ebenso wie Susan. »Greta wusste genau, dass ich ihr die Dokumente als Lösegeld für Darri überlassen wollte.«

»Aber wer kommt denn sonst in Frage?«

»Aus demselben Grund hatte sie auch keine Veranlassung, uns auf dem Kehlstein oben in einen Hinterhalt zu locken«, fügte Melkorka hinzu.

»Aber wer dann?«

Melkorka gab ihr seufzend die Bürste zurück.

»Ich habe keinen Schimmer mehr, was eigentlich los ist«, seufzte sie müde. »Ich weiß nur das: Wenn diesen Verbrechern mein Paket in die Hände fällt, habe ich nichts mehr, um meinen Sohn zu retten.«

»Du hast doch die Tagebücher noch, oder?«

»Das schon. Die Ganoven von vorhin waren aber offenbar nur noch an den Geheimdokumenten zur Mission der SS-Leute interessiert.«

»Moment mal«, sagte sie und sah Susan an. »Wann sind diese maskierten Ungeheuer eigentlich abgehauen?«

»Zwischen drei und vier Uhr.«

»Dann ist es nicht sicher, ob sie noch genug Zeit hatten, an das Expresspaket nach Island zu kommen, bevor es ins Flugzeug verladen wurde.«

Susan zuckte die Schultern.

»Haben sie vielleicht den Leihwagen dagelassen?«

Susan blickte durch das kleine Fensterchen in der Tür der alten Hütte.

»Tatsächlich, da steht er noch«, meinte sie. »Aber wir haben keine Schlüssel.«

»Die könnten noch im Auto sein.«

Ohne zu zögern, trat Melkorka in die Abenddämmerung hinaus, die das alte Holzhaus mittlerweile umgab. Schwere Wolken verdeckten die Sterne, der Mond war nirgends zu sehen. Sie öffnete die Tür des Geländewagens und suchte überall nach dem Schlüssel.

»Mist, sie sind nicht im Wagen«, berichtete sie, als sie wieder in die Hütte kam. »Hast du sie hier irgendwo gefunden?«

»Nein«, kam es von Susan aus dem Toilettenraum. »Ich habe überall gesucht, außer in den Küchenschränken.«

Melkorka öffnete Schubladen und Schränke, fand aber nichts. Die Maskierten hatten sie und die Handys mitgenommen.

In einem der Unterschränke stieß sie allerdings auf den schwarzen Rucksack. Laptop und Georadar waren noch da. Eilig fuhr sie den Computer hoch, doch in keiner Ecke der Hütte fand sie eine auch nur annähernd ausreichende Verbindung.

Susan war noch auf der Toilette, als Melkorka hörte, dass sich ihre Atmung plötzlich anders anhörte. Ihr wurde klar, dass ihre Freundin kurz vor einem Asthmaanfall stand. Sie sprang auf, eilte zu ihr und fand sie dort nach Luft ringend.

»Wo ist dein Spray?«

»In m-einer Jacken-tasche ...«, keuchte Susan angestrengt.

Melkorka eilte in den Vorraum, wo Susans helle Jacke an einem Haken hing. Sie suchte in beiden Taschen gleichzeitig. Dann zog sie langsam die Hände heraus.

Ungläubig starrte sie auf den Schlüsselbund in ihrer Hand und wollte ihren Augen nicht trauen.

Das Ford-Emblem ließ keinen Zweifel zu: die Schlüssel das Geländewagens.

Die Schlüssel, die Susan angeblich nicht hatte finden können.

57

Susans mühsame, heisere Atemzüge drangen bis in den Vorraum, in dem Melkorka stand. Verständnislos blickte sie auf die Schlüssel des Leihwagens in ihrer Hand. Sie hatten beide in allen Räumen und in jedem Winkel der Holzhütte danach gesucht.

Wie konnte Susan übersehen, dass der Schlüsselbund in ihrer eigenen Jackentasche lag?

Melkorka eilte zurück in den Toilettenraum. Susan umklammerte mit beiden Händen ihre Brust und rang nach Luft.

»Hier«, sagte Melkorka und reichte ihr das Fläschchen.

Susan sprühte sich das Asthmaspray in mehreren kleinen Dosen in den Rachen, bis ihr Atem wieder ruhiger ging. Dann stand sie auf, beugte sich über das Waschbecken und wusch sich den Schweiß von Stirn und Wangen.

»Ich habe die Schlüssel gefunden«, sagte Melkorka.

Susan schaute vom Waschbecken auf und sah Melkorka fragend an.

»Sie waren in deiner Jacke«, fuhr Melkorka fort und hielt den Schlüsselbund hoch.

Susan schien völlig überrascht: »Daran habe ich gar nicht gedacht. Sie hatten mir die Schlüssel abgenommen, als wir hier ankamen.«

Melkorka schloss die Augen und versuchte, die Erinnerung daran aus ihrem Gedächtnis hervorzukramen. Was war passiert, als Susan und sie in die abgelegene Hütte gebracht wurden? Der Kerl mit der Pistole hatte Susan angewiesen, die Jacke auszuziehen und – ihm Handtasche und Schlüsselbund zu geben.

»Ja das stimmt, sie haben dir die Schlüssel abgenommen«, bestätigte sie nach einer Weile Schweigen.

»Die müssen mir die Schlüssel in die Tasche gesteckt haben, als sie sich davongemacht haben«, überlegte Susan. »Das ist die einzig mögliche Erklärung.«

Melkorka nickte zögernd. Sie wusste nicht so recht, was sie noch glauben sollte.

»Wir müssen uns beeilen«, sagte sie schließlich. »Ich muss nach Island telefonieren.«

Sie nahm die kalte Brise nicht wahr, die in der Abenddämmerung von den Berggipfeln herabkam. Sie setzte sich auf den Beifahrersitz und überließ es Susan, einen Weg aus dem Wald zu finden.

Später hielten sie an einer Autobahnraststätte. Melkorka trank kaltes Wasser und aß einen Schokoriegel, um wieder zu Kräften zu kommen. Dann kaufte sie sich ein Mobiltelefon und eine Prepaidkarte, setzte sich wieder in den Leihwagen und rief Kári an. Er konnte nur berichten, dass die Suche nach ihrem Sohn leider noch immer keinen Erfolg gebracht hatte.

»Wann kommst du heim?«, fragte er.

»Morgen, hoffentlich mit dem Privatflugzeug von Brownwater.«

Melkorka bat Kári, sich sofort mit dem Rechtsanwalt Aðalsteinn Indriðason in Verbindung zu setzen: »Die versuchen die Dokumente zu stehlen, die ich heimgeschickt habe.«

»Wer sind ›die‹?«

»Zwei Maskierte, die Susan und mich heute morgen entführt und mich mit einem Wahrheitsserum traktiert haben«, seufzte Melkorka.

»Was bitte?«, fragte Kári verdattert.

»Du, lass gut sein, bis ich zu Hause bin«, bat Melkorka. »Du musst Aðalsteinn verständigen. Wir dürfen keine Zeit verlieren.«

»Und was soll er tun?«

»Er soll unbedingt den Postweg eines Expresspakets überwachen lassen, das ich heute an seine Kanzlei geschickt habe.«

»Ich werde ihn gleich anrufen. Hast du denn eine Paketnummer bekommen?«

Melkorka hatte den gelben Paketschein völlig vergessen. Sie fand ihn zusammengefaltet in ihrem Büstenhalter und gab Kári die Nummer durch.

Dann legte sie auf und schaute ihre Freundin nachdenklich an.

»Weißt du, ob ich denen etwas von dieser Nummer gesagt habe?«

»Ich glaube nicht«, antwortete Susan.

»Wie weit ist es von hier noch bis zu dem Sommerhaus in Strub?«

»Schätzungsweise zehn Minuten. Hat man deinen Sohn gefunden?«

»Nein.«

»Hoffen wir mal das Beste. Diese Deutsche hat nichts davon, wenn sie Darri was antut.«

Melkorka hatte sich selbst schon damit zu beruhigen versucht, indem sie sich die logische Überlegung vor Augen hielt, dass die Entführer zumindest so lange gut auf ihn aufpassen würden, bis sie die Dokumente in Händen hatten. Aber was würden sie ihrem Kind antun, wenn Melkorka ihnen das Gewünschte nicht aushändigen konnte?

»Ist das Paket schon bei dir zu Hause angekommen?«, fragte Susan unvermittelt.

»Wie, bei mir zu Hause?«

»Ja, bei dir. Du hast die Dokumente doch dahin geschickt, oder nicht?«

Melkorka starrte ihre Freundin an.

»Habe ich das beim Verhör gesagt?«

»Ja«, sagte Susan und sah rasch zur Seite. »Oder stimmt das nicht?«

Melkorka lehnte sich zurück und schloss die Augen.

58

Jack Powell öffnete die Tür des Sommerhauses in Strub und funkelte die beiden Frauen abwechselnd zornig an, sagte aber keinen Ton.

»Ist Alan hier?«, fragte Melkorka.

Der junge Mann trat zur Seite und ließ sie ins Haus.

Im Wohnzimmer waren zwei junge Männer, die Melkorka nicht kannte. Der eine lief nervös herum, wobei er erregt telefonierte. Der andere bearbeitete einen schwarzen Laptop.

»Wo ist er denn?«, wiederholte Melkorka.

Powell öffnete die Tür eines der beiden Schlafzimmer und deutete mit dem Kopf hinein.

Alan Sexton lag auf der Bettdecke und hielt ein Handy in der Hand. Er trug einen Kopfverband und eine Halskrause. Seine dicht behaarte Brust war ebenfalls verbunden.

»Sind Sie schwer verletzt?«, erkundigte sich Melkorka.

»Habe schon Schlimmeres erlebt«, antwortete der Amerikaner kurz angebunden. »Was ist Ihnen passiert?«

Melkorka setzte sich zu seinen Füßen auf die Bettkante und berichtete ihm in groben Zügen von ihren Erlebnissen, seit Sextons Motorrad gegen das Stahlseil geknallt war.

Schweigend hörte Sexton ihr zu. Dann fragte er sie fast eine Dreiviertelstunde lang aus. Er wollte eine Schwachstelle in ihrem Bericht finden, irgendeinen Widerspruch, der anzeigte, dass sie ihn anlog. Melkorka antwortete ehrlich und gewissenhaft.

Dann rief er Susan zu sich und befragte sie nicht minder scharf. Er ließ sich auch von ihr die Ereignisse in allen Details schildern und fragte sie auch wiederholt nach dem Schlüsselbund, den Melkorka in ihrer Jackentasche gefunden hatte.

»So umsichtige Entführer hab ich ja noch nie erlebt«, bemerkte er spöttisch. »Bei der Ankunft nehmen sie Ihnen den Schlüsselbund ab, nur um ihn zum Abschied wieder in die Tasche zu stecken. Haben Sie eine Ahnung, wer die Männer waren?«

»Nein, gar nicht.«

»Ich glaube aber, dass sie Sie gekannt haben.«

Doch so hart Alan Sexton Susan auch mit seinem Verdacht konfrontierte, es gelang ihm nicht, sie zu verunsichern.

»Meine Leute sind absolut zuverlässig«, sagte er schließlich müde. »Außer ihnen wussten nur Sie allein, wann wir oben auf dem Berg sein würden.«

»Aber ich habe niemandem etwas davon gesagt«, beharrte Susan.

»Der Gegner schien auch gewusst zu haben, wo wir wohnen. Sonst hätten sie Sie nicht schon von hier aus verfolgen können. Wer hat ihnen diese Informationen gegeben?«

»Ich war's nicht.«

»Sie hatten Gelegenheit dazu, so viel steht fest.«

»Das war nicht meine Schuld, das müssen Sie mir glauben.«

»Wir haben nach allen Seiten äußerste Geheimhaltung befolgt. An Zufälle glaube ich nicht«, fuhr Sexton fort.

»Diese Mistkerle konnten uns nur deswegen eine Falle stellen, da ihnen irgendjemand erzählt hat, was wir vorhaben. Nur deswegen konnten sie auch Melkorka und Sie entführen. Irgendjemand hat uns verraten.«

»Aber ich war das nicht«, entgegnete Susan im Brustton der Überzeugung.

»Das finde ich raus, früher oder später, verlassen Sie sich drauf. Und dann werde ich entsprechend Maßnahmen ergreifen«, drohte Sexton.

Er wandte sich wieder an Melkorka: »Sind die Dokumente mittlerweile denn in Island angekommen?«

»Ich hoffe, dass die Sendung mit der Abendmaschine abgegangen ist.«

Sexton rief nach Powell, der umgehend in der Tür erschien.

»Mach den Jet fertig für den Abflug morgen früh um zehn«, befahl er. »Und schick einen der Jungs ein paar Hamburger und Pizza holen. Ich muss dringend etwas zwischen die Zähne kriegen.«

59

Guðjón schlief nicht gut in dieser Nacht. Erst gegen zwei kam er ins Bett und versuchte, den Stress des Tages für ein paar Stunden zu verdrängen. Es gelang ihm kaum.

Eine vielköpfige Polizeimannschaft hatte von gestern früh bis Mitternacht nach dem kleinen Jungen gesucht. Einige Dutzend Hinweise waren aus der Bevölkerung eingegangen, die alle Nachrichten über die Kindesentführung aufmerksam verfolgte. Dennoch hatte die Polizei noch nicht einmal einen Verdacht, wo der Junge versteckt sein könnte. Ganz zu schweigen davon, ob er überhaupt noch am Leben war oder nicht.

Der Kriminalhauptkommissar hatte alle Informationen, die über Sigríður Jóhanna Angantýsdóttir und Ragna Ámundadóttir zusammengetragen worden waren, genauestens überprüft. Beide standen sie auf der Schwarzen Liste der *Greiningardeild Ríkislögreglustjóra*, einer Art isländischem Geheimdienst. Die beiden Frauen hatten an Versammlungen einer Vereinigung teilgenommen, die aus einer Handvoll Leute bestand und die Hetzereien und gelegentlich sogar direkte Angriffe auf in Island ansässige Ausländer verübte. Der Geheimdienst hatte einen verdeckten Ermittler in die Führungsriege dieser Vereinigung einschleusen können. Dabei war bestätigt worden, dass zwei Tage bevor Melkorka die Leiche von J. D. Forster jr. in dem

Gästehaus gefunden hatte, auch eine Deutsche an einer solchen Versammlung teilgenommen hatte. Man stellte ihre Tätigkeit in den Führungsgremien europäischer Neonazivereinigungen vor. Die isländische Vereinigung hatte Interesse an der Zusammenarbeit mit anderen europäischen Gruppen signalisiert. Der Ermittler bestätigte außerdem, dass Ragna Ámundadóttir dem Treffen ebenfalls beigewohnt hatte. Sie zählte auch zur Führungsriege der isländischen Vereinigung.

Eigentlich hegte der Kriminalhauptkommissar also keinen Zweifel daran, dass Greta Schneider hinter der Entführung des kleinen Darri steckte. Der anonyme Anruf bei Kári schien diese Annahme zu bestätigen. Dennoch fragte er sich verwundert, wie es möglich gewesen war, dass die Deutsche die europäische und internationale Polizei jahrelang an der Nase herumgeführt hatte. Er hatte einige Fortbildungsseminare bei Europol und Interpol besucht, wo es über Beobachtungsmethodiken von Neonazis und anderen vergleichbaren fanatischen Vereinigungen in Europa ging. Dabei war ihm klargeworden, dass der Polizei die bedeutendsten Personen aus den Führungsriegen der Neonazis stets bekannt waren und sie diese eigentlich immer ohne großen Vorlauf festnehmen konnten, sobald es einen Grund dafür gab.

Für diese Deutsche galt das offenbar nicht. Warum?

Gegen halb sechs Uhr morgens gönnte sich Guðjón eine Dusche. Dann nahm er einen kräftigen Schluck Kohlfisch-Lebertran direkt aus der Flasche und neutralisierte den öligen Geschmack mit starkem Kaffee. Anschließend rief er Pierre Lejeune zu Hause an. Es war der einzige persönliche Bekannte, den Guðjón während seiner Seminare bei der europäischen Polizei näher kennengelernt hatte. Pierre hatte jahrelang bei der Kripo in Brüssel gearbeitet und war dann zum Abteilungsleiter von Europol aufgestiegen. Guðjón legte Pierre die Situation klar und offen dar. Pierre kannte aber weder den Namen Greta Schneider noch Richthoven. Er versprach jedoch, der Sache nachzugehen und so bald wie möglich wieder von sich hören zu lassen.

Bei Guðjóns Morgenbesprechung gingen sie die Hinweise zu Ragna und Sigríður noch einmal durch.

»Sigríður hat vor vier Tagen einen Jeep gemietet«, berichtete Erna. »Sollten wir nicht danach fahnden lassen?«

»Auf jeden Fall«, antwortete Guðjón. »Aber es darf nirgends durchsickern, dass das mit der Suche nach dem Kleinen zu tun hat, ist das klar?«

»Ja, natürlich.«

Sie beschlossen, mit allen verfügbaren Kräften nach dem Jeep zu fahnden und gleichzeitig die Bank- und Kreditkartentransaktionen der beiden Frauen intensiv zu prüfen. Guðjón wollte noch weiter gehen und beantragte eine förmliche Abhörerlaubnis für die elterlichen Telefonleitungen. Doch als seinem Chef, dem Kriminalgruppenleiter, klar wurde, dass davon auch der Oberstaatsanwalt Ámundi Hreinsson betroffen sein würde, machte er ein bedenkliches Gesicht.

»Wir können nicht mit einer Hand auf den Rücken gefesselt nach dem Jungen suchen«, stöhnte der Hauptkommissar. »Wenn eine der beide Frauen nach Hause telefoniert, können wir ihren Standort ermitteln und damit möglicherweise auch den Aufenthaltsort des Jungen.«

Nach einigem Hin und Her einigte man sich auf die

salomonische Lösung, eine Abhörerlaubnis für das Telefon der Eltern Sigríðurs zu beantragen.

»Nach unseren Informationen ist es sowieso wahrscheinlicher, dass sie ihre Mutter anruft, als dass Ragna das tut«, stellte der Kriminalgruppenleiter fest, während er den Eilantrag an das Gericht unterschrieb.

60

Melkorkas Schlaf war bis in den Morgen hinein unruhig. Fast ununterbrochen wälzte sie sich von einer Seite auf die andere und schreckte immer wieder aus einem unruhigen Schlummer hoch, wenn sich die Erlebnisse des Vortags in ihre Träume drängten.

Gegen sechs erwachte sie schweißgebadet, stand mühsam auf und nahm eine ausgiebige heiße Dusche. Ihr war noch immer komisch und etwas wirr zumute; sicher Nachwirkungen des Serums, das man ihr in der Holzhütte verabreicht hatte. Aber sie biss die Zähne zusammen.

Gegen zehn Uhr vormittags hob der Privatjet vom Münchner Flughafen Franz Josef Strauß ab. Melkorka saß neben Susan. Sie unterhielten sich leise.

»Hast du dir die Dokumente aus dem Adlerhorst schon mal ansehen können?«, fragte Susan.

»Ich hatte gerade mal Zeit, mir die Interpretation meines Großvaters zum Runenlied durchzulesen.«

»Und zu welchen Schlüssen ist er gekommen?«

»Dass diese Götterschätze in den beiden mythologischen Brunnen in Island versteckt sein sollen.«

»In Island?«

Melkorka nickte bestätigend: »Aufgrund dieses Ergebnisses schickte Himmler meinen Großvater nach Island. Höskuldur sollte die Brunnen ausfindig machen. Himmler nahm an, dass darin der Ursprung der übernatürlichen Kräfte lag, durch die Óðinn und Þór zu unbesiegbaren Göttern geworden waren. Außerdem sollen sich darin alte Weisheit und Waffen wie Mjöllnir, Þórs Hammer, befinden.«

»Hat dein Großvater diesen Brunnen gesucht?«

»Soweit ich weiß, ja, aber ohne Erfolg.«

»Für Himmler war Þórs Hammer so etwas wie der heilige Gral der Germanen«, erklärte Susan. »Er hat auch noch andere Wissenschaftler losgeschickt, diese angeblich so mächtige Waffe zu finden. Sie sollte die Kraft der Blitze beinhalten. Heute gehen die Forscher davon aus, dass es sich dabei nur um eine mythologische Erzählung handelt. Während meiner Doktorarbeit bin ich in Himmlers Briefen aber sogar auf diesbezügliche Befehle an die Leitung von Ahnenerbe gestoßen.«

»Aus dem Notizbuch geht ganz klar hervor, dass auch Opa daran geglaubt hat.«

»Und die anderen Dokumente?«, fragte Susan. »Hast du da nicht wenigstens mal reingeschaut?«

»Nur flüchtig.«

»Und?«

»Rudolf von Trittenheim und Gerhard von Ramstein wurden mit jeder Menge Gold nach Amerika geschickt, so viel steht fest«, erzählte ihr Melkorka. »Ihre U-Boot-Fahrt war Teil der Operation *Einsatz Rheingold* mit dem Ziel, Auflösung und Verwirrung in den USA zu stiften.«

»*Einsatz Rheingold*?«

»Ja. Hast du davon schon mal gehört?«

»Nein«, antwortete Susan nachdenklich. »Nicht, dass ich wüsste.«

Als der Privatjet von Brownwater auf dem innerstädtischen Flughafen von Reykjavík gelandet war, wurde Melkorka von Kári in Empfang genommen. Er umarmte sie mit feuchten Augen und wollte sie gar nicht mehr loslassen.

»Wer koordiniert die Fahndung?«, fragte Melkorka, als sie schließlich in ihrem Wagen saßen.

»Guðjón.«

»Ich muss sofort mit ihm sprechen.«

Kári gab Gas.

61

Erna verfolgte aufmerksam alle Informationen, die von anderen Polizeistationen und aus der Bevölkerung hereinkamen. Entschlossen schob sie die Weiterverfolgung derjenigen Hinweise an, von denen sie sich Erfolg versprach.

Das galt besonders für zwei Beobachtungen des Leihwagens, nach dem in allen Medien gefahndet wurde. Die erste kam von einem Passanten in der kleinen Ortschaft Hveragerði östlich von Reykjavík. Er glaubte, den Wagen zwei Tage zuvor vor dem Geschäft GRÆÐUS gesehen zu haben. Bei der zweiten war sich ein Tankwart aus dem weiter östlich gelegenen Selfoss sicher, dass er den gesuchten Wagen befüllt hatte. Obwohl keiner der Zeugen sich zweifelsfrei an die Nummer des Wagens erinnerte, hatte Erna Beamte losgeschickt, um die Daten der Überwachungskameras beider Orte zu überprüfen.

Sie selbst kümmerte sich um einen Anrufer aus Südisland, der sich vor etwas mehr als zwei Stunden bei der Polizei in Selfoss gemeldet hatte. Er hieß Hallgrímur Hjálmarsson und war mit seiner Frau und seinen zwei halbwüchsigen Kindern in einem Sommerhaus in der Region Biskupstungur gewesen. In diesem touristisch stark frequentierten Gebiet lag der sogenannte »Golden Circle« mit den heißen Quellen des Geysirgebietes und dem Wasserfall Gullfoss.

»Wann hast du den Wagen gesehen?«, fragte Erna.

»Das war heute Morgen gegen neun Uhr«, antwortete Hallgrímur. »Meine Frau und ich sind in der Gegend hier ein wenig spazieren gegangen, und da habe ich den Wagen gesehen.«

»Wo?«

»Er war vor einem Sommerhaus geparkt, das etwa sechs- oder siebenhundert Meter von unserem entfernt steht.«

»Bist du dir ganz sicher, dass das der Geländewagen ist, den wir suchen?«

»Ja, weil ich das Kennzeichen in den Radionachrichten mitbekommen habe. Deswegen fiel es mir dann auch wieder ein, als ich den Wagen sah.«

»Hast du irgendwelche Personen in dem Sommerhaus bemerkt?«

»Nein, da hat sich nichts gerührt, aber die Vorhänge waren ja auch zugezogen.«

»Weißt du, ob der Wagen da noch steht?«

»Nein. Ich habe vor etwa zwei Stunden bei der Polizei angerufen.«

»Ich verstehe.«

»Aber wenn es wichtig ist, laufe ich noch mal rauf und sehe nach.«

»Das wäre toll, aber sei vorsichtig.«

Die Warnung überraschte Hallgrímur offenbar: »Warum das? Sind das gefährliche Verbrecher?«

»Ich meine nur, dass es sehr wichtig ist, bei den Bewohnern des Sommerhauses keinen Verdacht zu erregen, wenn es der richtige Wagen ist«, erklärte Erna.

»Also gut«, erwiderte Hallgrímur. »Ich seh mal nach und rufe dich dann gleich wieder an. Ich passe schon auf mich auf.«

Melkorka hatte gerade vom Ende ihres abenteuerlichen Ausflugs nach Deutschland erzählt, als Erna in das Büro des Hauptkommissars gerannt kam und ihnen von Hallgrímurs Hinweis berichtete.

»Schick auf der Stelle die Sondereinsatztruppe rüber nach Biskupstungur. Sie sollen dort auf weitere Befehle warten«, ordnete Guðjón an.

»Sondereinsatztruppe?«, fragte Melkorka misstrauisch. »Du willst doch wohl nicht auf die Entführer schießen lassen, wenn mein Kind da in dem Sommerhaus ist?«

»Ich will, dass alles einsatzbereit ist, wenn wir in das Haus eindringen müssen«, versetzte der Hauptkommissar kurz angebunden und holte sich die topographische Karte des Gebietes auf den Bildschirm. Das bewusste Haus stand in der Sommerhaussiedlung Úthlíð in Biskupstungur, die in den letzten Jahren stark angewachsen war.

Erna kam wieder herein: »Dieser Hallgrímur hatte recht. Es ist der Jeep, den Sigríður gemietet hat.«

»Hat er sich die Nummer des Wagens notiert?«

»Mehr als das«, erwiderte Erna und reichte Guðjón ihr Handy. Er nahm es und blickte auf den kleinen Bildschirm. Ein Foto vom Heck des Wagens war zu sehen, auf dem das Nummernschild leuchtete.

»Ausgezeichnet!«, rief er. »Jetzt brauchen wir unverzüglich einen Helikopter, um so schnell wie möglich da rüberzukommen.«

»Ich komme mit«, erklärte Melkorka entschieden.

»Das ist nicht ratsam«, widersprach Guðjón.

»Aber ich komme ganz sicher mit«, wiederholte Melkorka trotzig. »Und wenn ich mich an die Kufen des Helis ketten muss.«

62

Der Helikopter der Küstenwache setzte zwischen zwei Streifenwagen auf der asphaltierten Straße auf, die für den gesamten Verkehr in der Nähe des Sommerhausgebiets bei Úthlíð gesperrt worden war. Die hübschen Häuser der Urlaubssiedlung lagen in einer von niedrigem Birkenbuschwerk bestandenen reizvollen Landschaft.

Als Guðjón, Erna und Melkorka in einen Streifenwagen eingestiegen waren, meldete sich der Hauptkommissar wieder beim Einsatzleiter der Spezialeinheiten an: »Wo seid ihr jetzt?«

»Wir nähern uns dem See Laugarvatn.«

»Nach den Informationen unseres Gewährsmannes in Úthlíð sind die verdächtigen Personen in einem Leihwagen unterwegs«, erklärte Guðjón. »Sie haben vor etwa zehn Minuten das Sommerhaus verlassen und fahren in Richtung Geysir und Gullfoss.«

»Verstanden.«

»Ihr fahrt zum Hotel am Geysir und wartet dort auf weitere Befehle.«

Der Hauptkommissar rammte dem Fahrer des Streifenwagens die Faust in die Schulter: »Los, Junge, Tempo!«

Erna war in ständigem Telefonkontakt mit Hallgrímur Hjálmarsson, der auf eigene Initiative in seinen Wagen gesprungen war und den Geländewagen verfolgte. Er hatte bereits bestätigt, dass darin zwei Frauen und ein Kind saßen.

»Der Jeep biegt gerade nach links zum Geysir ab«, berichtete er.

»Wir sind in fünf Minuten da«, erwiderte Erna.

Als der Streifenwagen auf die breite asphaltierte Straße zum Geysir einfuhr, sah Melkorka nahe dem Hotel und der Tankstelle eine Dampfsäule in die Höhe schießen. Die Springquelle Strokkur war gerade wieder ausgebrochen.

»Sie überqueren mit einem Kinderwagen die Straße und gehen ins Heißquellengebiet«, hörte sie Hallgrímur per Telefon berichten.

»Du darfst ihnen auf keinen Fall weiter folgen als bis zu den Parkplätzen«, bremste ihn Erna.

»Na gut«, grummelte Hallgrímur.

»Er soll an eine der Zapfsäulen fahren und so tun, als müsse er tanken«, mischte sich Guðjón ein. »Wir treffen ihn dort.«

Hallgrímur erwartete sie vor der Tankstelle. Er trug leichte Sommerkleidung, die zu dem schönen Wetter passte, und eine Basecap.

»Sie sind dort oben auf dem gepflasterten Weg«, sagte er und deutete in Richtung der großen dampfenden Quellbecken. Das ganze Gelände war sorgfältig umzäunt.

Melkorka wollte losrennen. Erna sprang ihr nach und hielt sie fest.

»Sollen wir nicht lieber auf das Sondereinsatzkommando warten?«, fragte sie Melkorka.

»Wozu das denn?«, zischte Melkorka. »Das sind doch nur zwei Mädchen.«

Der Hauptkommissar überlegte.

»Also gut«, entschied er schließlich. »Wir versuchen, sie in der Menschenmenge dort oben zu überraschen und ihnen den Jungen ohne großes Aufsehen wegzunehmen.«

Er sah Melkorka streng an: »Aber du hältst dich stets hinter uns, kapiert?«

Melkorka nickte.

Eilig verließen sie den Parkplatz bei der Tankstelle, überquerten die Straße und betraten durch ein offenstehendes Gatter die Geysirzone. Sie folgten dem gepflasterten Weg zu den großen heißen Becken, die auf halber Höhe eines relativ breit gezogenen Hügels lagen. Kinder und Erwachsene, Frauen und Männer bestaunten und fotografierten die ersten heißen Quellen, die links des gepflasterten Wegs dampften. Wasser oder Schlamm brodelte hier in vielen Quelltöpfen unterschiedlicher Größe. Die Schlammsprudel erinnerten Guðjón einmal mehr an die Kessel der Teufel aus den phantasievollen Schilderungen religiöser Schriftsteller früherer Jahrhunderte. Viele in- und ausländische Touristen schlenderten weiter hinauf zu den großen Quellbecken oder kamen eben von dort zurück. Sie hatten das Schauspiel des Strokkur dort oben genossen. Strokkur, das »Butterfass«, war mittlerweile der einzige regelmäßig aktive Geysir dieses Gebiets. Seit einigen Jahrzehnten erfolgten die Heißwassereruptionen im Abstand weniger Minuten; genauer gesagt, seit isländische Bohringenieure der Natur zu Hilfe gekommen waren und Strokkurs Quellschacht um etwa vierzig Meter vertieft hatten. Wenn er ausbrach, schoss eine kochendheiße Wasser- und Dampfsäule zwanzig Meter hoch in den Himmel.

Eine dichtgedrängte Touristenschar stand um die niedrige und dürftige Absperrung, die man um Strokkurs fast kreisrunde Öffnung gezogen hatte. Sie hielten ihre Kameras bereit und warteten. Sigríður und Ragna hatten sich auf der dem gepflasterten Pfad gegenüberliegenden Seite in den Ring um Strokkur gestellt. Das Kind, das sie aus dem Wagen nahmen, war zu weit weg, als dass Melkorka hätte sagen können, ob es tatsächlich ihr Sohn war. Außerdem hatte es eine Kapuze auf. Trotzdem war sie sicher: Es musste Darri sein.

Ragna nahm den Kleinen auf den Arm. Sie stand nur einige Meter vom gähnenden Schlund der Quelle entfernt, in dem das kochendheiße Wasser unruhig hin und her schwappte. Dann wölbte es sich plötzlich in einer beeindruckenden blauen Blase auf und wurde schließlich emporgeschleudert. Die in sich zusammenstürzende Wassersäule verwandelte sich in weißen Dampf, der im hellen Sonnenlicht glitzerte.

Guðjón und Erna hatten nur noch wenige Meter bis zum Strokkur zurückzulegen, als einige Touristen unruhig wurden. Sie wandten sich gen Osten, wo der berühmte Namensgeber aller heißen Springquellen, der Große Geysir, schon seit langem in tiefem Schlummer lag.

Der Kriminalhauptkommissar fluchte leise, als er die zwölfköpfige Gruppe schwarzgekleideter Männer mit Sturmgewehren im Anschlag über einen gepflasterten Pfad direkt auf sie zurennen sah.

Ragna und Sigríður hatten das Sondereinsatzkommando natürlich auch bemerkt. Sie blickten einander erschrocken an.

Als Guðjón und Erna über die gefährlich glatten und rutschigen Sinterterrassen rund um Strokkurs Öffnung sprangen, um Darri zu befreien, ergriff Sigríður die Flucht.

Sie rannte und sprang hakenschlagend zwischen den dampfenden Becken hindurch und verschwand in einem kleinen Wäldchen auf dem oberen Teil des Hügels.

Ragna dagegen dachte nicht an Flucht. Vielmehr stieg sie mit dem Kleinen im Arm über die niedrige Strokkur-Absperrung. Etwa fünfzig Zentimeter vor dem dampfenden Schlund, in dem das kochende Wasser schon wieder unruhig schwappte, blieb sie stehen.

Voll Entsetzen registrierte Melkorka, dass Ragna den Jungen mit beiden Händen hochhielt und wie von Sinnen kreischte: »Wenn ihr mich anrührt, schmeiß ich ihn rein!«

63

»Nein!«, schrie Melkorka entsetzt.

Sie wollte losrennen, um Darri zu retten, doch Guðjón hielt sie mit beiden Händen fest.

»Warte«, sagte er ruhig. »Überlass das uns!«

Auf dem von Dampfschwaden durchzogenen Geysirareal brach heillose Verwirrung aus, als die bewaffneten Männer der Spezialeinheit auftauchten. Verängstigte Touristen rannten mit ihren Kindern in alle Richtungen davon. Einige drängten sich in der Aufregung gegenseitig von den markierten Wegen in die geothermalen Zonen ab, wo auf Schritt und Tritt unter ihren Füßen Lebensgefahr lauerte. Andere liefen direkt zu den Parkplätzen.

Der Einsatzleiter befahl dem Anführer der Spezialeinheit, sich einige Meter von Strokkur zu entfernen. Er befürchtete, Ragna könnte sonst ihre Drohung wahr machen.

»Bleib ruhig!«, rief er Ragna zu. Der Schlund der Quelle war erst wieder halb vollgelaufen, unmittelbar drohte kein neuer Heißwasserausbruch.

»Bleib ruhig!«

Melkorka sah, wie Wut und Angst im Ausdruck der Frau einander ablösten. Sie hielt das schreiende Kind mit beiden Händen hoch.

»Ich spring rein, wenn die nicht abziehen!«, schrie sie. »Ich spring mit dem Jungen rein!«

Erna beobachtete, dass die drei Männer der Spezialeinheit Sigríður nach der Verfolgung zwischen den Bäumen erwischt und zu Boden geworfen hatten. Einer lag über dem Mädchen und hielt Handschellen hoch.

»Zieht euch weiter zurück«, wiederholte der Einsatzleiter. »Zehn Meter!«

Die Männer zögerten, seinem Befehl zu gehorchen, befolgten dann jedoch die Ansage. Gleichzeitig sperrten sie die Wege über das Heißquellenfeld von beiden Seiten.

»Die sollen Sigga auch loslassen!«, rief Ragna hysterisch.

Der Einsatzleiter wusste, dass ihnen die Zeit davonrannte. Der mittlerweile unruhig überschwappende Wasserspiegel in Strokkurs Öffnung verwies deutlich darauf, dass die nächste Eruption in ein, allerhöchstens zwei Minuten erfolgen würde. Wenn Darri von dem kochenden Wasser getroffen würde, waren ihm lebensgefährliche Verbrühungen sicher.

»Strokkur bricht in den nächsten Sekunden aus«, rief er. »Geh weg mit dem Jungen, sonst werdet ihr gekocht.«

»Dann lasst Sigga sofort laufen!«

»In Ordnung!«

Drei Schwerbewaffnete zogen gerade die protestierende Sigríður aus dem Wäldchen. Guðjón gab den Befehl, sie loszulassen. Sie drehten sie um und nahmen ihr die Handschellen ab. Sigríður rannte zum Strokkur hinunter. Die drei Beamten blieben ihr auf den Fersen.

Ragna verfolgte gespannt die Freilassung ihrer Freundin. Da ergriff Erna die Gelegenheit. In weiten Sätzen sprang sie an der Quelle vorbei, warf sich mit ihrem ganzen Gewicht gegen Ragna und entriss ihr das Kind. Mit voller Wucht stürzte die Polizistin auf das raue, von heißem Wasser überströmte Gestein des Sinterbeckens. Stechender Schmerz durchfuhr ihr Knie, die linke Schulter und den Arm. Sie biss die Zähne zusammen. Dann kam die Eruption. Strokkur schleuderte sein kochendes Wasser hoch in die Luft. Erna beugte sich schützend über den Jungen. Brennend heiß prasselte es ihr über Kopf und Rücken.

Guðjón war Erna sofort hinterhergerannt, hatte die nach dem Überfall am Boden liegende Ragna grob an den Händen gepackt, sie umgedreht und ließ nun die Handschellen klicken.

Jetzt sprang Melkorka ihm nach, beugte sich über Erna, die auf dem weinenden Jungen lag, drehte sie auf den Rücken und nahm den Kleinen hoch.

»Mein Kindchen!«, rief sie ein ums andere Mal und presste den Jungen fest an sich. »Mama ist ja da. Mama ist jetzt bei dir.«

Darri weinte herzergreifend.

»Ist der Junge so weit in Ordnung?«, fragte Guðjón.

»Ich glaube schon«, antwortete Melkorka. Sie befühlte Hände und Füße ihres Kleinen.

Die drei Männer, die Sigríður eben hatten laufen lassen müssen, waren jetzt wieder dabei, die junge Frau in Gewahrsam zu nehmen.

»Abführen die beiden!«, rief Guðjón dem Leiter der Spezialeinheit zu und wandte sich dann an Erna. Er sah sofort, dass sie unverzüglich ärztliche Hilfe brauchte.

»Sie hat sich übel verbrüht«, sagte einer der Männer.

Guðjón kontaktierte den Helikopterpiloten, der noch immer an der Ringstraße bei Úthlíð bereitstand, und beorderte ihn zum Geysir.

»Lass den oberen Parkplatz räumen«, wies er den Chef

der Spezialeinheit an. »Wir müssen die beiden sofort in die Notaufnahme in Fossvogur bringen lassen.«

Als der Helikopter schon eine gute Strecke in die Hauptstadt zurückgelegt hatte, konnte Erna das Stöhnen nicht mehr unterdrücken. Noch hatte sie kein Betäubungsmittel gegen die Schmerzen bekommen, die jetzt von Minute zu Minute beißender wurden.

»Du hast die wahnsinnige Tapferkeit einer Närrin bewiesen«, meinte Guðjón in väterlich vorwurfsvollem Ton. »Heldenhaft, erfolgreich, aber närrisch.«

»Nächstes Mal bin ich vernünftiger«, murmelte sie.

Kári begrüßte Melkorka und Darri höchst erleichtert in der Notaufnahme. Ein Arzt untersuchte den Kleinen gründlich. Außer einigen harmlosen Kratzern war glücklicherweise nichts festzustellen.

Nach der Untersuchung trafen sie im Flur auf Guðjón.

»Wie geht es Erna?«, fragte Melkorka.

»Sie hat einen zweifachen Unterarmbruch davongetragen. Außerdem Verbrühungen an Nacken, Hals, Rücken und den Beinen«, erwiderte der Einsatzleiter zerknirscht. »Ihr habt ihr sehr viel zu verdanken.«

Melkorka drückte Darri fest an sich und küsste ihn immer und immer wieder ab. Wie nie zuvor im Leben fühlte sie jetzt, dass nichts im Leben kostbarer sein konnte als ihr kleiner Junge, den sie beinahe für immer verloren hätte.

64

Guðjón bekam die übliche Mischung aus Lobhudelei und missgelaunter Kritik für seine Leitung der Fahndung zu hören. Seine Vorgesetzten äußerten sich zwar zufrieden damit, dass der Junge gesund und unverletzt gefunden worden war und die Entführer hinter Schloss und Riegel saßen. Der Polizeipräsident schob dann allerdings noch nach, dass der Hauptkommissar vorher ja wohl um seine Einwilligung für den Einsatz des Helikopters hätte nachsuchen sollen. Er hatte der öffentlichen Hand enorme Kosten beschert. Und das auch noch in Zeiten des Rotstifts und knapper Kassen.

Zum ersten Mal seit langer Zeit kam Guðjón wieder zur Abendessenszeit nach Hause. Eine Flasche Rotwein in der Hand, verfolgte er mit unbewegter Miene ein Fernsehinterview mit dem Polizeipräsidenten über den erfolgreichen Einsatz am Strokkur. Als er aber Melkorka und Kári fröhlich mit Darri spielen sah, hellte sich seine Miene auf. Das zu sehen freute ihn zutiefst. In seinem Polizeidienst gab es solche Szenen leider viel zu selten.

Während einer seiner zahlreichen Sommerurlaube in Italien war Guðjón dem *Brunello di Montalcino* verfallen. Er hatte es genossen, mit dem Fahrrad die grünen toskanischen Hügel zu bereisen, hatte Weinberge besucht und in den alten Hotels der Dörfer rings um Siena übernachtet.

Am Ende eines anstrengenden Arbeitstages brauchte er in der Regel drei Gläser des tiefroten Weins, um sich vor dem Schlafengehen einigermaßen müde zu fühlen.

Als die Abendnachrichten vorbei waren, schaltete er den Fernseher aus, setzte sich mit dem Laptop auf dem Schoß in seinen rotbraunen Sessel und sah die Mails des Tages durch. Eine davon kam von Pierre Lejeune, dem Abteilungsleiter bei Europol in Brüssel:

Es ist kaum zu glauben, wie gründlich es Greta Richthoven bisher immer gelungen ist, ihre Spur zu verwischen. Sie hat das schon öfter getan, das heißt, sie ist unter falschem Namen gereist, welchen auch immer sie benutzt hat. Danach konnte sie sich buchstäblich vom Erdboden verschwinden lassen. Du kannst das in dem beigefügten Bericht aus unserem Archiv genauer nachlesen. Ob die Schlussfolgerungen darin richtig sind, dazu kann ich nichts sagen. Ich war selbst nie mit der Untersuchung zu ihrer Person befasst. Es erscheint mir aber sehr plausibel, dass sie finanzkräftige Leute hinter sich hat, vermutlich sogar politische Unterstützung. Hoffentlich nützt dir dieser Bericht etwas.

Guðjón schenkte sich ein weiteres Glas ein und las den vierseitigen Bericht zwei Mal durch, um nichts zu übersehen. Als wesentliche Schlussfolgerung, die hauptsächlich auf Ergebnissen von V-Leuten aus der Neonaziszene basierte, hatten die Verfasser angegeben, dass Greta Richthoven zweifellos eine wichtige Rolle bei der Unterstützung von Neonazis und ihrer Vernetzung untereinander in der EU spielte. Europol hatte sie bei Reisen in Deutschland, Österreich, Polen, Tschechien und Italien registriert. Dort hatte sie die Struktur der Organisationen umgestaltet und ein zielstrebigeres Vorgehen eingeführt. Außerdem sorgte sie sich um die Vernetzung der Führungskader benachbarter Länder und stattete diese mit finanziellen Mitteln aus. Dabei hatte sie mehrere unterschiedliche, deutsch klingende Familiennamen verwendet, aber immer denselben Vornamen beibehalten. Für gewöhnlich tauchte sie nach drei bis vier Monaten ab, meist nach irgendeinem abscheulichen Attentat. Darunter war Brandstiftung in Asylbewerberheimen oder auch in größeren Mietshäusern mit hohem Migrantenanteil. Bei einigen dieser barbarischen Akte waren auch Frauen und Kinder ums Leben gekommen.

Das Schlusskapitel des Berichts versuchte Licht auf Richthovens Verbindungen zu Banken und Finanzinstituten zu werfen und so ihre Spur durch Europa zu verfolgen. Das hatte sich als ein äußerst schwieriges und langwieriges Unterfangen herausgestellt, eben weil sie unter verschiedenen Namen operierte. Es galt aber als gesichert, dass Greta Richthoven in den letzten vier Jahren etwa anderthalb Millionen Euro von europäischen Banken abgehoben hatte.

Guðjón nahm einen Schluck Wein. Dabei übertrug er die Summe im Kopf von Euro in isländische Kronen und spekulierte, woher all das Geld kommen mochte.

Auf diese Schlüsselfrage hatten die Verfasser keine Antwort. Greta Richthoven hatte jedes Konto immer nur ein einziges Mal benutzt. Die Einzahlungen auf all ihren Konten landeten über komplizierte Umwege bei obskuren Briefkastenfirmen, die auf Inseln unter der karibischen Sonne registriert waren. Niemand schien davon aber Genaueres wissen zu wollen. Die Spuren waren immer penibel verwischt worden.

Europol hatte keine lebenden Verwandten ausfindig machen können, die Näheres zu Greta hätten berichten können. Ihre Eltern, Reinhard und Elise Richthoven, waren vor mehr als einem Jahrzehnt bei einem Autounfall ums Leben gekommen. Nach dem Geburtsregister war Greta ihr einziges Kind gewesen. Über den Lebenslauf der Eltern war wenig bekannt. Reinhard Richthoven war bis zum Mauerfall beim Bundesnachrichtendienst tätig gewesen. 1991 hatte er zum BIS Deutschland gewechselt. Zwischen Greta und diesem Unternehmen oder der Mutterfirma in den USA konnten keine Verbindungen nachgewiesen werden.

BIS Deutschland?

Guðjón gab den Namen kurzerhand in eine Suchmaschine ein und fand heraus, dass es eine Tochterfirma von BIS in Houston, Texas, war: Brownwater International Security.

Eine Weile starrte er auf den Firmennamen. Dann stand er auf, ergriff sein Weinglas und nahm einen großen Schluck von dem kräftigen Wein. Er trat ans Fenster und blickte auf die menschenleere Straße vor dem Mehrfamilienhaus.

Brownwater. Immer wieder Brownwater.

John Dulles Forster jr., der Ermordete aus dem Gästehaus an der Snorrabraut, war im Auftrag von Brownwater nach Island gekommen. Auch diese arroganten Schnösel, die ihn in der amerikanischen Botschaft verhört hatten, kamen von da. Und Melkorka Steingrímsdóttir war sogar mit Vertretern dieses Unternehmens nach Deutschland gereist, als man ihren Sohn entführt hatte.

Der Hauptkommissar schnupperte an seinem Weinglas. Blutrotes Abendlicht fiel auf ihn und warf einen riesigen

Schatten an die Wand. Wie ein Puzzlespiel bewegte er alle Fakten hin und her, ohne zu einem passenden Bild zu kommen. Woran sollte er festmachen, ob hier nur eine Reihe eigenwilliger Zufälle am Werk war oder ob sich die Fäden eines internationalen Spinnennetzes abzeichneten?

65

Gegen neun Uhr sollte die Postsendung aus Deutschland im Büro von Aðalsteinn Indriðason eintreffen. Aðalsteinn hatte auf Melkorkas Nachricht schnell reagiert. Wie immer war es ihm selbstverständlich, seine seit langer Zeit gewachsenen politischen Verbindungen und freundschaftlichen Beziehungen zu den Oberen bei Polizei und Zoll spielen zu lassen. Er rief direkt beim Polizeipräsidenten und beim obersten Zollchef Islands an. Deren Untergebene bekamen umgehend die Anweisung, die Sendung im Auge zu behalten.

Es stellte sich als einfache Aufgabe heraus, den Weg der Sendung durch das internationale Postsystem zu verfolgen. Sie brauchte aber länger nach Island, als Melkorka angenommen hatte.

Der Rechtsanwalt unterhielt sich gerade in seinem Büro mit Alan Sexton, als Melkorka und Kári mit Darri eintrafen.

»Die Polizei hat die Postsendung auf dem Schirm, seit die Maschine heute Nachmittag in Island gelandet ist«, sagte Aðalsteinn. »Auf isländischem Boden konnte sie keiner klauen, das steht fest.«

Ein uniformierter Polizeibeamter begleitete den Fahrer des Postautos in Aðalsteinns Kanzlei, wo dieser die Aushändigung der Sendung quittierte.

»Besten Dank«, sagte er und reichte das Päckchen an

Melkorka weiter. Sie hatte es mit eigener Hand adressiert. Sie schauderte bei dem Gedanken, wie knapp sie am Kehlstein mit dem Leben davongekommen war.

Nachdenklich musterte sie das Päckchen von allen Seiten.

Alan Sexton sprang auf.

»Was ist?«, fragte er scharf.

»Jemand muss es geöffnet und mit einem anderen Klebeband wieder verschlossen haben«, erklärte Melkorka.

»Das kann beim Zoll passiert sein«, warf Aðalsteinn ein.

Der Amerikaner riss Melkorka das Päckchen aus den Händen und öffnete es mit zwei raschen Bewegungen.

»Die Umschläge sind noch drin«, stellte er fest und ließ den Inhalt des dicksten Briefumschlages auf Aðalsteinns Schreibtisch fallen. Es waren einige bedruckte Seiten. Sie stammten aus einer deutschen Zeitung.

»*Münchner Merkur*«, las Alan Sexton.

Er überprüfte den Inhalt der anderen Kuverts, fand aber nichts anderes als Seiten derselben Zeitung. Feindselig funkelte er Melkorka an: »Was wird hier gespielt?«

»Ich spiele hier gar nichts«, verteidigte sie sich sofort. »Die Dokumente waren in diesen Umschlägen, als ich sie auf die Post gebracht habe. Das kann ich beschwören.«

»Welches Datum steht auf den Zeitungsseiten?«, erkundigte sich Aðalsteinn.

Alan Sexton schaute auf der Frontseite des *Münchner Merkurs* nach.

»Die Zeitung ist vom Mittwoch.«

»Es liegt also klar auf der Hand, dass jemand an das Päckchen gekommen ist, als es noch bei der deutschen Post war«, meinte Aðalsteinn ruhig.

»Wenn sie die Dokumente nicht selbst unterschlagen hat«, hielt Alan Sexton dagegen und sah Melkorka kalt an. »Mich zu täuschen und hinters Licht zu führen, damit kommen Sie mir nicht davon.«

»Ich bin darüber genau so erstaunt wie Sie«, erwiderte Melkorka.

»Die Fakten sprechen eine klare Sprache. Wenn diese Dokumente jemals überhaupt in diesem Päckchen im Postamt abgegeben wurden, dann müssen Sie den Leuten, die Sie verhört haben, alle Informationen über die Postsendung gegeben haben, obwohl Sie mir gegenüber bis jetzt immer etwas anderes behauptet haben.«

»Susan hat mir beteuert, dass ich ihnen die Paketnummer aber nicht verraten habe.«

»Dann lügen entweder Sie oder Susan«, versetzte Sexton zornig.

Melkorka schüttelte den Kopf.

»Ich verstehe einfach nicht, wie das passieren konnte«, murmelte sie.

»Melville wird ausrasten, wenn er erfährt, dass die Dokumente verschwunden sind«, fuhr Sexton fort. »Er hat viel zu viel investiert, um das so einfach stillschweigend hinzunehmen.«

In den nächsten Minuten befragte er Melkorka noch einmal in allen Einzelheiten über den Inhalt der Dokumente. Dann steckte er die drei Umschläge wieder in den kleinen Karton und stand auf.

»Melville will diesen Plunder zweifellos mit eigenen Augen sehen«, verkündete er. »Aber rechnen Sie nicht damit, dass die Sache für ihn erledigt wäre. Fehler, die man ihm antut, vergisst er nie.«

»Drohungen sind hier vollkommen überflüssig«, mischte sich Aðalsteinn ein.

»Die Fakten darzustellen stellt keine Drohung dar.«

Als Sexton gegangen war, begleitete Aðalsteinn die drei anderen zur Tür.

»Ihr dürft euch seine Drohungen nicht zu Herzen nehmen«, meinte er und tätschelte Darri die Wange. »Genießt es lieber, euren Sohn wieder heil und wohlbehalten bei euch zu haben. Das ist doch die Hauptsache.«

Melkorka setzte sich auf die Rückbank ihres Range Rovers neben den Kindersitz. Sie war unendlich erleichtert, dass sie nicht auf die Dokumente aus dem Adlerhorst angewiesen war, um ihren Sohn zu retten. »Lass uns im Krankenhaus vorbeischauen«, schlug sie Kári vor.

Der diensthabende Oberarzt der Unfallabteilung aber wollte zuerst keine Besucher zu Erna vorlassen. Sie erholte sich gerade nach einer langen und schwierigen Operation. Schließlich ließ er sich aber doch überreden, sie selbst zu fragen, ob sie sich den Besuch von Melkorka und Kári zutraute. Nach einer Weile kam er zurück und wandte sich an Melkorka: »Fünf Minuten hast du. Aber das Kind darf nicht in den Bereich hinein.«

Kári nahm den Kleinen auf den Arm: »Dann warten wir draußen im Auto.«

An diesem Abend war in der Notaufnahme einiges los. Mehr Patienten als sonst waren auf engem Raum untergebracht. Zwischen den Betten hatte man Sichtschutzwände aus hellem Kunststoff aufgestellt.

Erna lag mit geschlossenen Augen auf der Seite. An Kopf, Hals und Rücken trug sie Wundverbände. Ihr linker Arm war in Gips gelegt.

Melkorka setzte sich auf einen weißen Hocker vor das Bett und legte ihre Rechte behutsam in die linke Hand der Kranken. Erna öffnete die Augen.

»Hallo«, flüsterte Melkorka. »Wie geht es dir?«

»Komplett zugedröhnt. Ich penn gleich weg«, murmelte die frisch Operierte.

»Ich musste kommen, um dir für die Rettung von Darri zu danken. Mit deinem raschen Eingreifen hast du sein Leben gerettet.«

»Geht's dem Kleinen gut?«

»Ja, ja. Darri ist unverletzt.«

»Schön«, hauchte Erna, der die Augen wieder zufielen.

»Ja, schlaf jetzt«, sagte Melkorka. »Ich besuche dich morgen noch mal, und dann können wir besser reden.«

Sie drückte Ernas Hand leicht zum Abschied und stand auf.

VIERTER TEIL
DIE SCHÄTZE DER GÖTTER

Geborsten war der Balken Wall
der Burg der Asen.
Aus »Der Seherin Gesicht« (Völuspá), Vers 24.

66 Mittwoch, 11. Juli

Der Südoststurm trieb schwere Regenschauer über das Meer. Ohne Unterlass peitschten sie gegen Fenster und Dach des kleinen Flughafengebäudes auf der Insel Heimaey, in dem Melkorka ungeduldig auf ein Taxi wartete.

Sie betrachtete die grobe, moosbewachsene Lava am Rand des Parkplatzes. Sie dachte daran, wie sie sich während der zwei Sommer hier ganz allmählich an Regen und Nebel auf diesem windumtosten Eiland gewöhnt hatte. Höskuldur Steingrímsson hatte sich von Wind und Wetter niemals schrecken lassen: »*Unfug, sich drinnen zu verkriechen, wenn es draußen regnet und stürmt*«, hatte er einmal zu seiner Enkelin gesagt. »*Nie darfst du den Naturgewalten erlauben, über dein Leben zu bestimmen. Ganz im Gegenteil sollst du immer das tun, wozu du gerade Lust hast. Ob es stürmt oder schneit oder die Sonne lacht.*«

Sieben Wochen waren vergangen, seit Melkorka ihren

Sohn zurückbekommen hatte. Seither hatte sie alles darangesetzt, ihr Leben wieder in geordnete Bahnen zu lenken. Sie hatte für Darri eine neue Tagesmutter gefunden und rief außerdem mehrmals täglich bei ihr an, um sich zu vergewissern, dass es dem Kleinen gutging. Im Übrigen konzentrierte sie sich ganz auf ihre Arbeit in der Nachrichtenredaktion. Die meisten hatten dort die Gerüchte über Melkorka und ihren Großvater schon zur Genüge ausgeschlachtet.

Auch zu Erna hielt sie regelmäßigen Kontakt, deren Verletzungen bereits gut verheilt waren. Sie trafen sich gelegentlich morgens im Fitnessstudio, in dem sich die Kommissarin fit zu halten versuchte, während sie ungeduldig darauf wartete, wieder arbeiten zu können.

Trotz ihres Krankenstandes verfolgte Erna aufmerksam die Bearbeitung des Entführungsfalls durch die Kripo. Als der Fall an die Staatsanwaltschaft weitergeleitet wurde, erzählte sie es Melkorka. Sigríður und Ragna hatten auf alle Fragen der Polizei bisher beharrlich geschwiegen.

»Die Beweise gegen sie sind natürlich erdrückend. Immerhin hat man sie mit dem Kind im Arm gestellt«, meinte Erna. »Den Gang der Gerechtigkeit wird das natürlich nicht ändern, wenn sie sich weiterhin nicht zu dem Fall äußern. Das ist unbestreitbar ein merkwürdiges Verhalten. Aber es scheint mir unwahrscheinlich, dass sie ihr Kartell des Schweigens aufrechterhalten können, wenn der Fall erst einmal vor Gericht gekommen ist.«

»Und warum?«

»Ich habe gehört, dass Ámundi Hreinsson, der Oberstaatsanwalt, seine Tochter massiv dazu drängt, Sigríður alle Schuld zuzuschieben.«

»Aber es war doch Ragna, die gedroht hat, den Kleinen in die heiße Quelle zu werfen.«

»Ámundi hat sich kürzlich Guðjón gegenüber dahin gehend geäußert, dass Ragna einen kurzfristigen vorübergehenden Anfall von Geistesverwirrung erlitten hat. Aufgrund der schweren Verängstigung, die sie wegen des plötzlichen Auftauchens des Spezialkommandos ergriffen hatte. Ich vermute, Ámundi hat schon irgendeinen Psychologen an der Hand, der ihm das schriftlich bestätigt. So hofft er, dass Ragna wegen ihres psychischen Zustands als nicht schuldfähig erklärt wird.«

»Sie muss die Verantwortung für ihr Tun übernehmen und Sigríður auch«, sagte Melkorka. »Alles andere wäre eine Verhöhnung unseres Rechtssystems.«

»Ámundi ist ein äußerst kluger und gerissener Jurist«, entgegnete Erna. »Es fällt ihm unglaublich leicht, selbst an den stärksten Beweisen Zweifel aufkommen zu lassen.«

Robert M. Houston hatte Melkorka zudem zwei E-Mails geschickt. Zusammen mit Susan betrieb er weitere Forschungen zum *Einsatz Rheingold*, der geheimen Mission von Rudolf von Trittenheim und Gruppenführer Gerhard von Ramstein mit der U-703 in Nordamerika zu Beginn des Winters 1944.

»*Wir suchen nach weiteren Informationen zur letzten Fahrt dieses U-Bootes*«, schrieb der Professor. Er fügte hinzu, dass seine Arbeit für das Simon-Wiesenthal-Zentrum in Jerusalem und seine Verbindungen zu ehemaligen Geheimdienstleuten ihm jetzt sehr von Nutzen seien.

»*Ich bezweifle, dass das U-Boot nach Kanada gelangt sein kann, ohne dass dies irgendwo in geheimen Berichten aus dieser Zeit vermerkt wäre. Natürlich ist es denkbar, dass das U-Boot auf seinem Weg über den Ozean versenkt wurde. Aber wenn es sein Ziel erreicht hat, was ist dann aus v. Trittenheim und v. Ramstein geworden, geschweige denn aus all dem Gold, das sich den Dokumenten aus dem Adlerhorst nach an Bord des U-Bootes befunden hat? Das sind die Fragen, auf die wir eine klare Antwort haben wollen. Übrigens nicht nur wir, sondern noch einige andere auch.*«

Seit der Beerdigung ihres Großvaters war Melkorka nicht mehr nach Heimaey geflogen. Jetzt aber hatte sie hierherkommen müssen, um einige unerledigte Dinge im Nachlass ihres Großvaters zu regeln. Sie zog die triefnasse Regenbekleidung aus und machte sich einen Kaffee, um etwas belebende Wärme in den Körper zu bekommen. Dann setzte sie sich mit der Tasse ans Küchenfenster und sah eine Weile dem Regen zu, wie er auf die Straße prasselte.

Danach trug sie ihre Reisetasche die knarzende Holztreppe hinauf und öffnete die Tür zum Schlafzimmer ihres Großvaters. Mitten auf der Schwelle blieb sie wie angewurzelt stehen. Ihr bot sich ein Anblick der Verwüstung. Irgendjemand war wie ein isländischer Wintersturm durch Kleiderschrank, Kommode und Nachttisch gefegt. Die Schubladen waren auf dem Bett geleert worden. Anzug, Hosen, Hemden, Unterwäsche, Socken und Krawatten lagen in wildem Durcheinander auf dem Boden.

Melkorka setzte die Reisetasche ab und eilte über den Flur zum Bücherzimmer. Auf dem Weg bückte sie sich unwillkürlich, um einige Bücher aufzuheben, und legte sie auf den alten Sekretär, Höskuldurs ehemaligen Schreibtisch und Archiv. Der Einbrecher hatte auch hier alle Schubladen herausgerissen und ihren Inhalt auf dem Boden verstreut.

In den Bücherregalen an den Wänden war kaum mehr ein Buch. In wilden Haufen lagen sie auf dem Parkett.

Sie zog den Schreibtischstuhl heran, setzte sich und rief Kári an. Er riet ihr, sofort die Polizei einzuschalten.

»Ich verstehe das nicht«, meinte Melkorka. »Im ganzen Haus ist nichts besonders Wertvolles, weswegen sich ein Einbruch lohnte.«

»Vielleicht hat der Dieb ja auch nach etwas Besonderem gesucht?«, überlegte Kári. »Erinnerst du dich noch an die Zahlen, die dein Opa dir hinterlassen hat?«

»Was für Zahlen?«

»Na, der Zettel, den dir Aðalsteinn Indriðason gegeben hat. *Zur Lösung aus Læðingur.*«

»Ach so, der.«

»Der Geschichtsprofessor Njáll hat mir erzählt, dass der Ausdruck *Aus Læðingur lösen* aus der alten nordischen Mythologie stammt«, fuhr Kári fort. »*Læðingur* war wohl eine der drei Zauberfesseln, die Óðinn verwendete, um den mythologischen Wolf Fenrir zu binden. Der konnte sich trotzdem aus der Fessel befreien. Er zerriss sie einfach und lief davon. Dein Opa muss dir diesen Ausdruck und die Zahlen dazu absichtlich aufgeschrieben haben. Vielleicht wollte er dir einen Hinweis geben, dass du irgendein Geheimfach mit einem Code öffnen musst.«

»Wahrscheinlich«, stimmte Melkorka zu.

»Zum Beispiel einen Tresor mit Zahlenkombinationsschloss. Hat dein Opa so einen Tresor besessen?«

»Keine Ahnung.«

»Sieh überall gründlich nach, damit du sichergehst.«

»Ja, das ist wohl das Vernünftigste.«

67

Eine halbe Stunde später traf ein Polizeibeamter ein. Er fotografierte Arbeitszimmer und Schlafzimmer und untersuchte die Fenster und Türen im Erdgeschoss.

»Ich finde keine Spuren eines Einbruchs«, stellte er fest, nachdem er die Aufnahme des Tatorts abgeschlossen hatte. »Alle Fenster sind verschlossen, keine Scheibe ist zerbrochen. Dasselbe gilt für beide Eingangstüren.«

»Wie ist er denn dann hereingekommen?«, fragte Melkorka.

»Entweder hatte er einen Schlüssel zum Haus oder einen Dietrich, um durch die Hintertür zu gelangen. Es ist eigentlich ein Kinderspiel, das Schloss da hinten aufzukriegen.«

»Und was nun?«

»Wir brauchen von dir eine schriftliche Liste über alles, was aus dem Haus verschwunden ist«, antwortete der Beamte. »Dann sehen wir nach, was wir davon bei unserer Stammkundschaft wiederfinden, die für die meisten Einbrüche hier auf Heimaey verantwortlich sind.«

»Meinst du Drogenabhängige?«

»Ja. Es würde mich nicht wundern, wenn sich hier nicht einer von ihnen zu schaffen gemacht hätte.«

Melkorka fiel es schwer, gegen diesen Verdacht Argumente zu finden. Drogenabhängige waren dafür bekannt, dass sie in zeitweilig verlassene Wohnungen einbrachen, um

Elektrogeräte und andere Wertgegenstände zu stehlen. So beschafften sie sich das Geld für ihre Sucht. Das wusste Melkorka. Trotzdem schien das Durcheinander eher darauf hinzudeuten, als hätte der Eindringling gezielt nach etwas gesucht. Sie stimmte Kári darin durchaus zu. Aber wonach? Und hatte er gefunden, worauf er aus gewesen war?

Melkorka räumte im Schlafzimmer auf und bezog das Bett neu. Dabei versuchte sie sich vorzustellen, wo im Haus ihr Großvater einen Tresor oder ein Schließfach hätte verbergen können. Sie beschloss, die systematische Suche danach im Schlafzimmer zu beginnen. Sie schaute hinter Möbel und Bilder, suchte unter dem Bett und klopfte die Wände ab in der Hoffnung, Anzeichen für einen Hohlraum oder ein Geheimfach zu finden. Eine Dreiviertelstunde später setzte sie die Suche in der Bibliothek fort. Obwohl sie dort weitaus länger suchen musste, war das Ergebnis dasselbe: kein Hinweis auf einen Tresor, auch nicht verborgen in die Wand eingelassen.

Als Melkorka alles abgesucht hatte und ihr nichts mehr einfiel, wo sie im oberen Stock noch nachsehen könnte, zog sie ihre rote Regenbekleidung an, schlüpfte in die gleichfarbigen Stiefel und lief in die Vestmannabraut, um sich etwas zu essen zu holen. Dann suchte sie gründlich im Erdgeschoss, unter anderem in den Schränken und Schubläden der Küche, in der Waschküche und schließlich im Dienstmädchenzimmer. Überall ohne Erfolg.

Nach einiger Zeit musste sie Kári eingestehen, dass sie trotz intensiver Suche nichts Neues im Haus ihres Großvaters gefunden hatte.

»Der Einbrecher kann dir natürlich zuvorgekommen sein«, meinte er nachdenklich.

»Ich muss nur noch auf dem Dachboden nachsehen.«

Sie hatte ihren Großvater einmal in den Speicher begleitet, wie er den Dachboden zu nennen pflegte, und wusste daher, wie sie vorgehen musste.

Melkorka nahm einen massiven Stab mit einem Haken am oberen Ende, der an der Wand gegenüber der Treppe hing. Sie hängte ihn in einen Eisenring ein, der auf halber Höhe der Treppe in die Decke eingelassen war, und zog eine Falltür herunter. Daran waren Treppenstufen befestigt.

Das trübe Licht der Straßenlampen drang durch das kleine dreieckige Fenster am Giebel des Hauses herein. Melkorka streckte sich nach dem Lichtschalter und ließ die Lampen aufflackern, die von der Decke herunterhingen.

Der mit groben Holzbrettern ausgekleidete Speicher war nahezu leer. Sie sah nur einige verschlossene Pappkartons, die gegenüber der Falltür fein säuberlich aufgereiht dastanden.

Melkorka rutschte auf Knien über den staubigen Holzboden und öffnete eine Pappschachtel nach der anderen. Sie fand zumeist nur alte Kinderbekleidung und Spielzeug. Daneben gab es auch einiges an Büroutensilien: ein Hefter, ein Locher, ein Schreibmäppchen, eine Rechenmaschine und eine Lupe. Sie befühlte die kleinen Hosen, Pullover und Schuhe, die Spielzeugautos und Malbücher, die Spielzeugeisenbahn. Plötzlich wich sie unwillkürlich zurück. Ihr Vater musste als Kind diese Kleidung getragen und mit den Autos und dem Zug gespielt haben.

Sie riss sich zusammen, verschloss die Pappschachteln wieder und untersuchte den gesamten Dachboden, ohne den geringsten Hinweis dafür zu finden, dass Höskuldur hier irgendwo ein geheimes Fach angelegt haben könnte.

68

Melkorka konnte im Bett ihres Großvaters schlecht einschlafen. Unruhige Gedanken und Grübeleien jagten einander und hielten sie lange wach. Alte Erinnerungen waren darunter, und immer wieder schob sich das Geheimnis dazwischen, das Höskuldur Steingrímsson hinterlassen hatte.

Im Halbschlaf trieben Bilder vor ihrem inneren Auge vorüber. Sie stammten aus der Zeit, als sie in diesem alten Haus gewohnt hatte. Es waren verschiedene unbedeutende Vorkommnisse und Fetzen von Unterhaltungen, die sie längst vergessen zu haben glaubte. Beispielsweise als Opa sie zum ersten Mal aufgefordert hatte, das traditionelle isländische Mittwinteressen, *Þorramatur*, zu versuchen: fermentierten Haifisch, molkegesäuerte Widderhoden und die Augen aus einem rußig schwarz gesengten Schafskopf. Sie war seiner Aufforderung gefolgt, nur um ihm zu beweisen, wie tapfer sie war. Es schmeckte noch entsetzlicher, als es aussah. Aber sie hatte das abscheuliche Zeug hinuntergewürgt.

Sie hatte ihm auch bei kleineren Tätigkeiten geholfen. Unter anderem hatte sie ihm in den beiden Sommern seine Buchhaltung geführt. An dem alten Sekretär in der Bibliothek waren sie gemeinsam Rechnungen, Quittungen und verschiedene Belege durchgegangen. Höskuldur war flink im Kopfrechnen. Melkorka dagegen wollte lieber die große Rechenmaschine zu Rate ziehen, die Höskuldur auf einem Regal über dem Sekretär aufbewahrte.

»Das gute Stück ist für normale Berechnungen nicht zu gebrauchen«, hatte ihr Großvater geheimnisvoll gesagt. »Man muss ein kluges Köpfchen sein, um ihr Wissen zu entfesseln. Bist du ein kluges Köpfchen?«

Mit einem Schlag war Melkorka hellwach. Mit weit aufgerissenen Augen starrte sie die weißgetünchte Schlafzimmerdecke an. Die tiefe Stimme ihres Großvaters hallte durch ihren Geist: »Ihr Wissen zu entfesseln.«

Entfesseln! Aus der Fessel lösen! Aus – *Læðingur* lösen!

Jetzt war an Schlaf überhaupt nicht mehr zu denken. Sie sah die Miene ihres Großvaters deutlich und lebendig vor sich und hörte seine Worte noch einmal, als stünde er mitten im Raum: »Man muss ein kluges Köpfchen sein, um ihr Wissen zu entfesseln. Bist du ein kluges Köpfchen?«

Diese Erinnerung war ganz gewiss keine Einbildung. Da war sie sich felsenfest sicher. Sie lief in die Bibliothek hinüber. Aber zu ihrer bitteren Enttäuschung stand die Rechenmaschine nicht mehr auf dem Regal.

Sie überlegte. Dann fiel ihr etwas ein. »Wie doof kann man eigentlich sein«, rief sie. »Ich habe die Maschine ja selbst noch gestern Abend in einem Karton auf dem Speicher gesehen.«

Wieder zog Melkorka die Treppe mit dem Haken herunter, schaltete die Glühbirnen unter dem Dach ein, kroch auf Knien zu den Pappkartons mit den Büroutensilien ihres Großvaters, fand die Rechenmaschine und trug sie hinunter in die Bibliothek.

Sie war etwa so groß wie eine dicke ledergebundene Bibel und sah schrecklich altmodisch aus.

»Wie soll man in diesem Schrottding irgendetwas verstecken können«, murmelte Melkorka. Sie schüttelte das Monstrum heftig.

Sie versuchte sich an die Zahlen auf dem Zettel zu erinnern, den ihr Aðalsteinn Indriðason an jenem Tag überreicht hatte, an dem die Vergangenheit ihres Großvaters wie ein pechschwarzes Monster aus den Tiefen der Geschichte aufgetaucht war. Sie konnte sie sich aber beim besten Willen nicht mehr vergegenwärtigen.

Melkorka blickte auf ihre feingearbeitete goldene Armbanduhr und sah, dass sie kurz nach ein Uhr morgens anzeigte. Trotzdem rief sie Kári an.

»Warst du noch wach?«, fragte sie.

»Jetzt bin ich's jedenfalls«, gähnte er.

»Ich brauche die Zahlen auf dem Zettel.«

»Hast du was gefunden?«

»Ich glaub schon, aber ich bin mir nicht ganz sicher.«

Kári ging in Melkorkas Arbeitszimmer, fand den Umschlag mit dem Zettel und las ihr die Zahlen vor.

»Was ist es denn?«

»Mir fiel vorhin wieder ein, dass Opa mal den Ausdruck ›entfesseln‹ in Bezug auf seine alte Rechenmaschine verwendet hatte, die ihm viel bedeutete. Aber vielleicht ist das ja auch nur völliger Unsinn.«

Sie nahm das Handy in die linke Hand, steckte die alte Rechenmaschine ein und tippte nacheinander die Zahlen ein:

3 2 4 1 3 6.

Nichts geschah.

Melkorka drückte auf die Plustaste, aber nichts rührte sich.

»Ich werde es noch mal versuchen«, sagte sie enttäuscht.

Sie tippte die Zahlen noch einmal in derselben Reihenfolge ein. Nach einigem Zögern betätigte sie diesmal die Minustaste.

Sie hörte ein leises Klicken.

Vorne hatte sich der Deckel gelöst.

Als Melkorka das Gehäuse abnahm, lag vor ihr ein brauner Umschlag. Darin war ein kleines, gebundenes Notizbuch.

»Und? Was hast du gefunden?«, hörte sie Kári aus dem Handy.

Sie blätterte das Notizbuch durch.

»Scheint mir ein zweites handgeschriebenes Notizbuch zu sein«, antwortete sie. »Es ist zumindest ebenso eng mit Runen beschriftet wie das erste.«

»Du bist spitze, mein Schatz!«, rief Kári.

Melkorka ging wieder ins Schlafzimmer zurück, legte die Kladde unter das weiche Kopfkissen, zog die Decke bis ans Kinn hoch, löschte das Licht auf dem Nachttisch und lächelte zufrieden ins Dunkel.

Sie fühlte sich unglaublich wohl. Wie immer, wenn sie einen Sieg davongetragen hatte.

69 Freitag, 13. Juli

Am nächsten Morgen machte sich Melkorka sofort daran, den Runentext zu entziffern, den Höskuldur in das Notizbuch eingetragen hatte.

Darin schilderte er ausführlich seine Interpretation von Gotatýrs Runenlied:

Der älteste Runenstein, den ich gefunden habe, befand sich im Tempel von Mangup Kale. Im dritten Jahrhundert hieß der Ort Doros und war die Hauptstadt der Goten. Er war mit Runen in gotischer Sprache beschriftet. Der Runenmeister erzählt darin von den Schätzen Óðinns und Þórs:

»hails sa izei mêlida: rûnôsaggws: at brunnin: gotatiws: mîmrs haubiþ: þrûþhamar: wôþandis augô: hails sa izei kann«

In unsere Sprache übersetzt, heißt dieser Spruch:

»Wohl dem, der (die Runen) ritzte: Runenzauberlied: am Brunnen: Gotatýrs: Mímirs Kopf: der mächtige Hammer: Óðinns Auge: Wohl dem, der (dies) kann«

Der mittlere Stein, den ich beim Tempel bei den Externsteinen in Sachsen entdeckte, wurde einige Jahrhunderte später mit einer Runeninschrift in Altnordisch versehen, wahrscheinlich im fünften oder sechsten Jahrhundert. Der Zusammenhang mit dem gotischen Runenstein in Doros ist klar und direkt:

»hailR sa waraita: alu ginarunoR: fimawulatiwaz: a(t)

iþavili: wabarloka: augo brunas: mimijas hawubiþ: þaruþhamaR: hailR s(a) k(ann)«

In heutiger Sprache:

»Wohl dem, der (die Runen) ritzte: Zauberrunen: von Fimbultýr (einer der Beinamen Óðinns): beim Versammlungsplatz der Götter (Iðavöllur): der Waberlohe: Auge des Brunnens: Mímirs Kopf: der mächtige Hammer: Wohl dem, der (dies) kann«

Der jüngste Runenstein wurde in Jelling auf Jütland beschriftet, vermutlich in den ersten Jahrzehnten des zehnten Jahrhunderts. Darin geht es um den Sendboten der Götter, der zu dieser Zeit das Geheimnis der Kostbarkeiten der Götter hütete:

»goða gœtir: galdrastafa: handan hafs: geitscór: at fossbaci: biargi undir: vafrloga: heill siá er risti: heill siá er cann: heill siá er finnr«

Die Sprache dieses Textes ist unserem heutigen Isländisch sehr nahe, wenn auch dichterisch stark verfremdet. Übertragen bedeutet er etwa:

»Ziegenschuh (Grímur) bewacht die Zauberrunen der Götter jenseits des Meeres (also hier in Island), hinter dem Wasserfall unter den Felsen die Waberlohe (wohl eine lohende Flamme): Wohl dem, der (die Runen) ritzte: Wohl dem, der (dies lesen) kann: Wohl dem, der (dies) findet«

Zusammen bilden diese drei Runeninschriften Gotatýrs Runenlied, in dem die Runenmeister uns die Geheimnisse Óðinns und die magischen Dinge weisen, über die er einst verfügte.

Die älteste Runeninschrift erwähnt drei Kostbarkeiten in dem Brunnen: Mímirs Kopf und Óðinns Auge sowie Þórs Hammer, die mächtigste Waffe der nordischen Asen.

Auf dem Opferstein bei den Externsteinen wird erklärt, dass die Zauberrunen Fimbultýrs – das ist ein anderer Name für Óðinn – und seine drei Kostbarkeiten auf der Ebene »Iðavöllur von der Waberlohe« zu finden seien. Das bedeutet, eine Ebene, die von gewaltigem Feuer geformt wurde. Was kann das anderes sein als ein gigantisches Lavafeld?

Die jüngste Inschrift gibt eine genauere Position dieser Kostbarkeiten an. Dem Runenstein zufolge, den ich im Grabhügel von König Gormur dem Alten in Jelling fand, ist dieses Iðavöllur jenseits des Ozeans zu finden. Und zwar dort, wo ein Ziegenhuf hinter dem Wasserfall unter dem Felsgebirge der Waberlohe die Zauberrunen bewacht. Damit ist zweifellos Grímur Geitskór gemeint, genannt Ziegenhuf-Grímur, der zu Beginn des zehnten Jahrhunderts Island durchstreifte, um einen heiligen Ort für das Althing des neuen Freistaats der Nordmänner zu finden. Es war kein Zufall, dass er jenen heiligen Felsen erwählte, wo die Götter in ihrer Glückseligkeit spielten, um dort künftig das Althing abzuhalten.

Zum Beleg seiner Auslegung zitierte er die Interpretation des schwedischen Universalgelehrten Victor Rydberg zum Weltbild der Eddalieder. Rydberg glaubte, dass der Autor der Jüngeren Edda, Snorri Sturluson, sich bei der Niederschrift durch den Einfluss seiner christlichen Weltsicht in einem fundamentalen Irrtum befand:

Den Eddaliedern zufolge war die Jörmungrund genannte Unterwelt die älteste Welt der nordischen Götter. In deren unterirdischen Räumen befanden sich an den Wurzeln der Weltenesche Yggdrasill die drei Brunnen: Hvergelmir – der Brunnen der Kälte, Urðarbrunnur – der Brunnen des Schicksals und Mímirsbrunnur – der Brunnen der Weisheit. Diese Welt war zu Urzeiten existent, noch bevor die Götter die beiden anderen Welten Miðgarður und Ásgarður erschufen. Dort, in der ältesten Welt, ist Anfang und Ende von allem zu finden. Gotatýrs Runenlied übermittelt uns die Botschaft der Vorfahren: die Geheimnisse der Götter sind immer noch unter der Lava und dem See auf der Ebene Þingvellir zu finden. In jenem heiligen Felspalast, wo Ziegenhuf-Grímur die uralten magischen Waffen Óðinns und Þórs bewahrte.

Höskuldur notierte in den folgenden Sommern zahlreiche Besuche im Nationalpark Þingvellir in sein Tagebuch. Während der ersten Jahre zeltete er zwei bis drei Wochen am Stück dort, danach wurden es kürzere Aufenthalte. Er wollte alle größeren Felsspalten und Klüfte zwischen der Schlucht Almannagjá im Westen und Gjábakki im Osten der Ebene untersuchen. Viele davon waren sehr tief. Glasklares, eiskaltes Grundwasser strömte aus tieferen Gesteinsschichten durch die Spalten ins Þingvallavatn. Er hatte allerdings keine Taucherausrüstung, um ihnen auf den Grund zu gehen.

Das änderte sich im Sommer des Jahres 1952, als er auf dem Flughafen Keflavík eine Arbeit annahm. Das US-amerikanische Militär errichtete dort eine umfangreiche Militärbasis, die länger als ein halbes Jahrhundert betrieben werden sollte:

Traf unerwartet einen alten Reisekameraden auf dem Flughafengelände. Der Freiherr betreibt dort für Dulles und Gehlen eine Fluglinie und bekämpft die Bolschewiken immer noch leidenschaftlich. Er glaubt an die Wiedererstehung des Deutschen Reiches auf den Ruinen des Weltkommunismus. Konnte mir eine neue Froschmannausrüstung beschaffen.

Der Freiherr? Was für ein Freiherr? Freiherr von Trittenheim?

Melkorka überlegte, ob sich in diesem Satz ihres Großvaters der Beweis verbarg, dass der SS-Angehörige Freiherr von Trittenheim heil nach Amerika gelangt war.

In den folgenden Jahren unternahm Höskuldur in den wassergefüllten Spalten des Nationalparks zahlreiche Tauchgänge. Aber wie tief er auch in die Klüfte hinuntergelangte, überall stieß er auf nichts anderes als raue Lavafelsen.

Schließlich musste sich der isländische SS-Mann geschlagen geben. In den letzten Zeilen seines Tagebuches, die er 1959 notierte, besiegelte er seine Kapitulation:

Der Weg zu den altehrwürdigen Brunnen der Götter wird mir auf ewig verschlossen bleiben.

70 Montag, 16. Juli

»An diesem sonnigen Sommertag erstrahlt Þingvellir in seiner ganzen Schönheit. Auch hier am Ufer des Þingvallavatn. Eine der tiefsten Felsspalten des Nationalparks taucht genau hier in den See ab«, berichtete Melkorka Steingrímsdóttir und blickte in das dunkle Auge der Fernsehkamera. »Ich stehe exakt auf der geologischen Grenze zwischen Europa und Amerika. Der Abstand zwischen den beiden Kontinenten vergrößert sich hier pro Jahr um einige Zentimeter. Entlang der Plattengrenze zwischen den beiden Kontinenten östlich und westlich von uns ziehen sich die mit eiskaltem Wasser gefüllten Felsklüfte hin, die jeder in Island kennt. Hier oberhalb des Weges liegen die Spalten Flosagjá und Nikulásargjá. Letztere ist den meisten wohl eher als Peningargjá bekannt, als ›Münzenspalte‹, wegen der unzähligen Münzen, die durch das Blau des Wassers vom Grund heraufschimmern. Vor mir liegt die Spalte Silfra. Sie ist die größte und tiefste Felsenkluft im Wassereinzugsgebiet des Þingvellirgebietes. Hobbytaucher aus aller Welt kennen sie, und sie kommen in Scharen nach Island, einzig und allein, um in Silfra zu tauchen. Wir werden uns gleich mit ein paar von ihnen unterhalten und dann in das klarste Wasser der ganzen Welt steigen, das hier in Silfra nach seiner jahrhundertelangen Reise durch die unterirdischen Gesteinsschichten ans Tageslicht kommt.«

»Super«, lobte der Kameramann.

Einige der ausländischen Taucher, die wie jeden Sommer nach Þingvellir gekommen waren, um im klaren Quellwasser zwischen den Kontinenten zu tauchen, waren bereits in die Spalte gesprungen. Andere überprüften noch ihre Ausrüstung. Melkorka sprach mit dreien von ihnen vor der Kamera auf einer Plattform aus Lochblechen, die mitten in der Felsspalte errichtet worden war. Dann folgte sie ihnen die Treppenstufen hinunter, die in das eiskalte Wasser führten. Man konnte weit in die Tiefe sehen.

Sie hatte schon einmal mit ihrem Großvater zusammen einen Tauchgang in Silfra unternommen. Im ersten Sommer, den sie bei ihm verbrachte, hatte Höskuldur ihr das Tauchen beigebracht. Eines Abends zu Frühlingsbeginn war er nach Reykjavík gekommen und hatte die Ausrüstung im Kofferraum seines Wagens mitgebracht. Er nahm sie kurzerhand mit hinaus nach Þingvellir und zeigte ihr eine ganz neue Seite des Nationalparks.

»Silfra ist, wenn man es genau betrachtet, ein gigantisch großer Brunnen oder eine Quelle«, hatte er ihr erklärt. »Die Spalte ist im Durchschnitt zwischen dreißig und vierzig Meter tief. Aber eine der Höhlen, die ich untersucht habe, geht bis in fast sechzig Meter Tiefe. Da unten sind zweifellos viele abgeschlossene Hohlräume, die noch viel weiter in die Tiefe führen. Eigentlich sind es Lavatunnel, die leergelaufen sind, als der Vulkan seine Tätigkeit einstellte. Die ganze Ebene von Þingvellir besteht aus übereinanderliegenden gewaltigen Lavaschichten. Und weißt du, dass das Quellwasser, das jetzt in sechs bis acht Kilometern Tiefe fließt, in Silfra aufsteigt und nach Jahrhunderten im See endet? Man hat mir gesagt, dass jetzt in einigen Spalten auf Þingvellir Wasser ausfließt, das vor 1550 auf die Isländer herabgeregnet ist, als wir noch ein katholisches Volk waren. Stell dir das mal vor!«

Höskuldur und Melkorka hatten sich auch die acht Meter in die beeindruckende Lavahöhle Gjábakkahellir abgeseilt. Er hatte ihr die Sage vom Bauernmädchen vom Hof Gjábakki erzählt. Sie war in die Höhle hinabgestiegen und tagelang in Lavahöhlen tief unter der Erde umhergeirrt, bis sie endlich mehr als hundert Kilometer entfernt im Westteil der Halbinsel Reykjanes wieder unter freiem Himmel gestanden hatte.

Als der Kameramann Melkorka signalisierte, dass er mit der Auswahl der Aufnahmen zufrieden sei, schwamm sie wieder zu der Treppe, kletterte auf die Plattform, nahm den Lungenautomaten ab und trug die Sauerstoffflasche über den Trampelpfad zum Rand der Spalte, wo sie sich umzog.

»Jetzt könnte ich eine heiße Suppe vertragen«, sagte sie, als sie wieder in trockenen Klamotten vor ihm stand, und warf ihr langes rotes Haar in den Nacken. »Lass uns in den Touristenshop gehen.«

Der Kameramann sah auf seine Armbanduhr.

»Dazu sollte uns noch Zeit bleiben«, stimmte er zu. Er trug die Filmausrüstung vom Lavahügel an den Wegrand.

Im Speisesaal saßen viele Touristen beim Essen. Melkorka nahm sich von der isländischen Fleischsuppe, *kjötsúpa,* die in einem großen Topf an der Theke vor sich hin köchelte.

»Wir müssen noch tanken«, stellte der Kameramann fest und steckte sich die letzte Ladung Pommes in den Mund, die von Hamburgersauce nur so trieften.

»Na dann komm«, antwortete Melkorka und stand auf.

Vor der Tankstelle des Touristenshops auf Þingvellir hatte sich eine ziemliche Warteschlange gebildet. An der vordersten Zapfsäule stand ein neuer Geländewagen Marke Toyota Hilux. Auf seiner Ladefläche standen fünf zusammengebundene große Kunststofftonnen. Ein junger Mann in schwarzem Overall und ebenso schwarzer Baseballkappe stand auf der Ladefläche. Er ließ Treibstoff in eine der Tonnen laufen.

Dann warf er einen flüchtigen Blick auf den Stand des Zählers an der Säule.

Melkorka stockte der Atem.

Was zum Teufel tat Jack Powell hier auf Þingvellir?

71

Melkorka rutschte auf den Fahrersitz, während der Kameramann den Wagen auftankte.

»Willst du etwa fahren?«, fragte er irritiert.

»Beeil dich, Mann«, entgegnete sie.

Sie ließ den Motor an und jagte dem Hilux-Pick-up hinterher. Der Amerikaner drohte ihnen zu entwischen. Er hatte mit seinen fünf Tonnen voll Treibstoff bereits den Anstieg am westlichen Rand des Nationalparks bei der Schlucht Almannagjá erreicht.

Als Melkorka auf dem weitläufigen Gelände oberhalb von Þingvellir angekommen war, achtete sie sorgfältig darauf, gebührenden Abstand zu dem Jeep zu halten. Wenn sie dahinterkommen wollte, wohin Jack Powell fuhr, durfte sie sich nicht schon hier verraten.

Bei Kárastaðir bog der Pick-up nach links in eine asphaltierte Straße ein und fuhr in die Richtung des geothermalen Kraftwerks Nesjavellir, das am Südende des Þingvallavatn am Fuße des Vulkans Hengill dampfte.

Melkorka nahm denselben Weg.

»Wo fährst du denn hin?«, grummelte der Kameramann.

»Ich will wissen, wo der da mit seinem Wagen hinfährt«, erwiderte Melkorka.

»Kennst du den Fahrer?«

»Allerdings.«

»Und wenn du ihn einfach fragst? Das ginge doch schneller.«

»Das wird jetzt nicht mehr lang dauern.«

Jack Powell fuhr an der kleinen Ansiedlung Heiðarbæir vorbei nach Süden nach Grafningur. Dann durchquerte er die Schlucht Jórukleif, in der das berüchtigte Trollweib Jóra früher ihr Unwesen getrieben haben soll. Und schließlich bog er auf eine Schotterpiste ein, die zu der kleinen Bucht Hestvík am südwestlichen Ende des Sees führte.

Melkorka blieb auf dem Weg stehen und beobachtete den Pick-up, bis er hinter Hügeln verschwand, die von den ortstypischen niedrigen Birken bewachsen waren.

»Jetzt weißt du ja hoffentlich, wo er hinwollte«, murrte der Kameramann. Er versuchte erst gar nicht, seine schlechte Laune zu verbergen.

Melkorka gab entschlossen Gas. Sie folgte dem Grafningur-Weg weiter nach Süden, bis sie auf der steilen Flanke des Hengill-Vulkans nahe beim Kraftwerk angekommen war. Zwischen den alten Kratern des Lavafeldes Hagavíkurhraun schlängelte sich die asphaltierte Straße hindurch. Mächtige Dampfsäulen zeigten an, welch enorme Wärmeenergie da im Bauch der Erde schlummerte. Von dort fuhren sie weiter über die Lavafelder von Mosfell bis zum Rundfunkgebäude in Reykjavík.

Melkorka machte sich sofort an die Fertigstellung ihres Berichts für die Abendsendung über die Taucher in Silfra. Dennoch spukte Jack Powell hartnäckig durch ihre Gedanken. Was trieb er hier in Island? War er im Auftrag von Brownwater gekommen und arbeitete für Alan Sexton? Und wenn ja, was hatten sie am Þingvallavatn zu schaffen?

Als sie spät abends nach Hause kam und Kári von Powells Anwesenheit auf Þingvellir berichtete, zeigte sich ihr Ehemann besorgt: »Du willst diese Burschen doch hoffentlich nicht noch einmal verfolgen?«

Melkorka stellte die Gegenfrage: »Findest du es nicht seltsam, wenn sich Brownwater mit einer Gruppe von Leuten in Island herumtreibt?«

»Du hast ja nur ihn gesehen. Er könnte ja auch einfach nur Urlaub machen.«

»Mit fünf Tonnen randvoll mit Treibstoff?«

»Naja, in Hestvík gibt es nicht nur Sommerhäuser für Touristen, sondern auch Bootshäuser. Wenn der Bursche im Þingvallavatn beispielsweise angeln möchte, dann braucht er den für sein Boot.«

»Du hast wohl auf alles eine logische Antwort«, entgegnete Melkorka. »Aber ich kauf dir das nicht ab. Ich finde es verdächtig, dass die Brownwater-Leute wieder hier auftauchen. Eigentlich sogar mehr als verdächtig. Spooky ist das, wie Erna sagen würde.«

»*Ein* Agent«, verbesserte Kári sie.

»Wenn Jack Powell schon hier ist, dann ist auch Alan Sexton nicht weit, da bin ich mir ganz sicher.«

Melkorka nahm den Laptop und ihr Handy ins Wohnzimmer mit, setzte sich in ihren Lieblingssessel, öffnete das Telefonverzeichnis und rief Bekannte an, die einen guten Draht in die Tourismusbranche hatten. Der dritte Anruf war erfolgreich.

»Ja, ja, du meinst den Typen, der alle Sommerhäuser in Hestvík für einen Monat gemietet hat«, sagte Marta Pálsdóttir. Sie hatte lange in der Südwestecke des Landes als Reiseführerin für Touristengruppen vornehmlich von Kreuzfahrtschiffen gearbeitet. »Der hat an jedem Finger einen Bediensteten. Auf dem Flughafen Reykjavík steht sein Privatjet. Ein waschechter Milliardär.«

»Weißt du, wie er heißt?«

»Nein. Nur dass er Amerikaner ist und schrecklich reich.«

»Was tut der denn hier?«

»Wahrscheinlich sein Geld zählen«, lachte Marta.

Nach zwei weiteren Telefonaten hatte Melkorka auf informellem Wege die Bestätigung erhalten, dass von den sechs Privatjets, die zur Zeit auf dem Stadtflughafen standen, einer Brownwater International Security gehörte.

Es passte alles zusammen. Die Agenten von Brownwater waren nach Island zurückgekehrt. Wozu?

Kári sah, wie es in Melkorkas Kopf arbeitete.

»Ich will nicht, dass du allein nach Þingvellir rausfährst«, sagte er bestimmt. »Du nimmst bitte wenigstens jemanden zur Unterstützung mit, dem du vertraust.«

»Erna?«

Kári nickte zögernd.

72 Dienstag, 17. Juli

Erna bedurfte keiner Überredung, um Melkorka in dieser hellen Sommernacht nach Þingvellir zu begleiten.

Sie nahmen wieder den Weg zum Kraftwerk Nesjavellir. Massive Stahlrohre glänzten in der tiefstehenden Sonne. Sie leiteten das heiße Wasser aus dem Inneren des Hengill in die Hauptstadt.

Melkorka klärte Erna auf: »Ich muss einfach herausfinden, was die Brownwater-Leute am Þingvallavatn zu schaffen haben.«

»Glaubst du, es hat etwas mit dem Runenlied deines Großvaters zu tun?«

»Das würde mich nicht wundern.«

»Mir ist das egal«, meinte Erna. »Ich möchte nur den Ausflug bei diesem wunderbaren Wetter genießen.«

Die untergehende Sonne warf einen roten Schein über die Anhöhen der Mosfellsheiði und brachte die Flanken des Vulkans Hengill zum Erglühen. Dahinter lag der Þingvallavatn in völliger Stille unter den geheimnisvollen Schatten der aufsteigenden Dämmerung. Unter den grobstolligen Reifen des Jeeps knirschte der rote Lavasplitt des Parkplatzes vor den Sommerhäusern in Hestvík. Die fünf Tonnen Treibstoff standen ordentlich nebeneinander am Seeufer. Direkt daneben waren zwei große Motorschlauchboote für die Nacht an Land hochgezogen.

Der Pick-up und drei schwarze Landcruiser parkten vor dem größten Sommerhaus. Es war einstöckig und wirkte sehr einladend. Alle Fenster waren hell erleuchtet.

»Da ist jemand zu Hause, so viel ist sicher«, bemerkte Melkorka mit einem Lächeln.

Ohne zu zögern, ging sie Erna voraus, zwischen den Fahrzeugen hindurch zur Eingangstür. Sie läutete einige Male.

Jack Powell öffnete. Er riss die Augen vor Verwunderung weit auf.

»*Takk fyrir síðast* – Danke für neulich«, begrüßte ihn Melkorka nach isländischer Landessitte. »Ich dachte, ich komm mal bei euch zum Mitternachtskaffee vorbei.«

»Der Boss hat jeden Besuch untersagt«, kam es von Powell.

Melkorka lächelte.

»Ich kann natürlich morgen früh wiederkommen und meine Kamera mitbringen, wenn er gratis eine Werbung für sein Unternehmen im Fernsehen haben möchte«, konterte sie kühl.

»Warten Sie.«

Powell schloss die Tür. Nach einer Minute etwa öffnete er sie wieder und ließ sie eintreten.

»Er sitzt da«, wies er sie mit einer knappen Kopfbewegung an.

»Komm«, forderte Melkorka Erna auf und durchquerte das geräumige Zimmer.

In seiner Mitte stand ein Tisch. Darauf waren Laptops, Landkarten, Bücher und Getränke. Drei Männer saßen nebeneinander vor einem großen Flachbildschirm.

Einer davon war Alan Sexton.

»Ihr Besuch ist zwar unerwartet, aber nicht unbedingt unwillkommen«, knarrte eine Computerstimme vom anderen Ende des Raumes.

Melkorka erkannte die digital verfremdete Stimme sofort. Sie drehte sich augenblicklich um und sah direkt in die raubvogelhaften Augen des Kanadiers im Rollstuhl. Er war sorgfältig an Sitzfläche und Rückenlehne angeschnallt. Seine beiden jungen, blonden Assistentinnen standen zu beiden Seiten neben ihm.

Der Kanadier hatte ganz deutlich gegen seine Überzeugung so gesprochen. Sein feindseliger Blick sprach Bände davon, dass er alles andere als glücklich darüber war, Melkorka und Erna in sein Sommerhaus am Þingvallavatn hereinplatzen zu sehen.

Alan Sexton stand mit unbewegter Miene auf. Wie nebenbei nestelte er am Knoten seiner grauen Fliege.

»Wie haben Sie uns gefunden?«

»Es ist schwer, sich in Island versteckt zu halten«, antwortete Melkorka immer noch lächelnd.

»Was wollen Sie?«

Die Computerstimme ließ nichts von der heftigen Erregung durchscheinen, die in dem gelähmten Milliardär toben musste.

Erna konnte die Augen nicht von dem Rollstuhlfahrer abwenden, den sie bisher noch nicht zu Gesicht bekommen hatte. Melkorka interessierte sich dagegen mehr für das Bild auf dem großen Flachbildschirm.

»Was ist das?«, fragte sie.

»Das geht Sie nichts an«, versetzte Alan Sexton.

Melkorka trat an den Tisch heran, an dem die beiden jungen Mitarbeiter trotz des Besuches weiterarbeiteten.

Einer von ihnen versuchte, das Bild auf dem großen Flatscreen mit einem Luftbild von der großen geologischen Einsenkung von Þingvellir zur Deckung zu bringen. Unter anderem war darauf das südliche Ende des Sees im Gebiet von Nesjavellir zu sehen.

»Sie haben offensichtlich irgendwelche Vermessungen auf dem Gebiet von Þingvellir ausgeführt«, sagte sie und deutete auf den Flatscreen. Darauf waren zahlreiche rote Streifen zu sehen, die in Nord-Süd-Richtung verliefen. Die meisten waren lang und schmal. Einer der rotmarkierten Streifen war um die Mitte jedoch deutlich breiter und erinnerte an einen Kegel mit Bauch.

»Die Jungs vertreiben sich die Zeit mit Computerspielchen«, entgegnete Sexton trocken.

»Na schön. Wie Sie wollen«, sagte Melkorka und wandte sich wieder Melville zu. »Dann komme ich morgen früh wieder mit einem Kameramann und mache eine nette kleine Nachrichtenmeldung über den geheimen Stützpunkt der kanadischen Familie Melville und der Leute von Brownwater auf Þingvellir. Es dürfte ein Leichtes sein, die Nachricht dann an CNN weiterzuverkaufen.«

»Du spielst mit dem Feuer«, krächzte Melville.

»Mit welchem Feuer?«

»Mit mir.«

»Sind Sie ein Feuer?«

»Das heißeste, das du dir vorstellen kannst.«

»Jetzt verstehe ich gar nichts mehr.«

»Reiche können sich selbst das Leben erleichtern, es anderen aber gleichzeitig sauer machen«, antwortete Melville. »Aber ich bin nicht nur einfach reich. Ich bin schwerreich. Schwerreiche wie ich können das Leben anderer komplett verändern, zum Guten oder zum Bösen. Wir machen eine Lüge zur Wahrheit oder eine Wahrheit zur Lüge. Wir lassen eine Einbildung zur Tatsache werden oder eine Tatsache zu einem lächerlichen Hirngespinst verkümmern. Viele Leute auf der ganzen Welt verbrennen Tag für Tag in so einem Feuer.«

»Soll das eine Drohung sein?«

»Es ist lediglich die Darstellung der Wahrheit menschlicher Existenz. Gold ist Gott. Und ich bin Gold.«

73

Melkorka hielt dem Blick des kanadischen Milliardärs entschlossen stand: »Das Komische an Drohungen ist, dass sie meist genau andersherum auf mich wirken. Sie bringen mich in Rage.«

Beide fixierten sich eine gute Weile mit unbewegten Mienen.

»Aber weswegen sollten wir uns denn streiten, da wir ja eigentlich gemeinsame Interessen zu verteidigen haben«, brach John Ramstein Melville das Schweigen schließlich mit einem missglückten Lächeln.

»Was für Interessen?«

»Für die weitere Unterhaltung ist absolute Verschwiegenheit die unbedingte Voraussetzung.«

»Das kann ich ohne weiteres zusichern.«

»Und Ihre Freundin?«

»Ich bin gar nicht hier«, erwiderte Erna.

Melville fuhr seinen Rollstuhl näher an den großen Flatscreen auf dem Wohnzimmertisch heran.

»Ihr Bericht über die jahrelange Suche Ihres Großvaters nach dem Brunnen des Lebens und der Weisheit der germanischen Götter hat mich sofort fasziniert«, begann Melville. »Ich kann zu den Gründen dafür nicht mehr sagen. Mir erscheint es nicht unwahrscheinlich, dass mein körperlicher Zustand mit dazu beigetragen hat. Ich kann

Ihnen versichern, dass eine Querschnittslähmung ein ausreichender Grund ist, an Wunder glauben zu wollen.«

Melkorka nickte.

»Dass Ihr Großvater die einstigen Gefilde der germanischen Götter in unterirdischen Räumen unter Þingvellir vermutete, hielt ich zuerst für blanken Unsinn. Aber dann entschloss ich mich dennoch, der Sache buchstäblich auf den Grund zu gehen. Meine Verbündeten südlich der kanadischen Grenze haben einen Satelliten zur Verfügung, der weit in die Erdkruste hineinsehen kann. Sie haben diese Technik unter anderem dafür verwendet, um die Höhlen in den Bergen von Tora Bora in Afghanistan ausfindig zu machen, als sie vor einiger Zeit nach Osama Bin Laden suchten. Dann richteten sie in meinem Auftrag die Kameras der Satelliten schließlich auf die Unterwelt von Þingvellir, und hier sehen Sie das Ergebnis.«

Melkorka blickte wieder auf den großen, länglichen Flachbildschirm.

»Was bedeuten diese roten Streifen?«

»Das sind Lavahöhlen unter Þingvellir.«

»Und dieser dicke rote Klecks da?«

»Das bedeutet, so sagen meine Experten, dass sich dort eine enorme unterirdische Höhlung befindet.«

»Ja, diese Höhlung zieht sich ein ganzes Stück unter Þingvellir hin«, fügte Alan Sexton hinzu. »Die Messungen haben ergeben, dass sie etwa einen Quadratkilometer ausmacht.«

»Was, einen Quadratkilometer?«, fragte Melkorka überrascht.

»Ja. Da unten gibt es hübsch ausgedehnte Weiten unter der Erdoberfläche.«

Am Nordende der rotmarkierten Fläche war ein kreisförmiger grüner Fleck eingezeichnet.

Melkorka zeigte darauf: »Was ist das?«

»Anzeichen von unterirdischem Wärmefluss«, erklärte Sexton. »Könnte ein Geysir sein oder sonst eine heiße Quelle.«

»Wir haben auch ein besonderes Interesse an einer Lavahöhle, die sich nach Süden in den Untergrund hinzieht«, nahm Melville den Faden wieder auf.

»Wieso das?«

»Diese Höhle, oder genauer, der Lavatunnel reicht bis unter den See. Er beginnt unweit dieser Insel hier.« Sexton deutete auf die Karte.

»Sie heißt Sandey, ein alter Vulkan, der vor ungefähr dreitausend Jahren ausgebrochen ist«, sagte Melkorka.

»Hat euer komisches Land eigentlich mehr zu bieten als verschieden alte Vulkankrater an allen Ecken und Enden?«, fragte Sexton, ohne eine Antwort zu erwarten.

»Was ist mit dieser Höhle?«, lenkte Melkorka die Aufmerksamkeit wieder auf die rotmarkierte Fläche. »Kommt man da irgendwo rein?«

»Jetzt ist die Höhle offen«, erklärte Melville.

»Wie ›jetzt‹?«

»Wir haben die letzten Tage schön langsam und geräuschlos die Sedimentschichten abgesaugt, die sich im Laufe der Jahrhunderte, wenn nicht gar Jahrtausende vor dem Höhleneingang angesammelt haben. Dieser Arbeitsschritt ist heute am frühen Abend abgeschlossen worden«, erklärte Sexton.

Melkorka sah Melville gespannt an.

»Sie glauben also, dass das *Undirheimar*, die mythologischen Unterwelten sind, von denen Gotatýrs Runenlied berichtet und die mein Großvater gesucht hat?«

»Das hoffe ich.«

»Wann wollen Sie einen Tauchgang in den Tunnel unternehmen?«

»Meine Jungs werden morgen früh hinuntertauchen und nachsehen, ob die Höhle wirklich so unberührt ist, wie es auf dem Bildschirm aussieht.«

»Ich werde euch in die Höhle begleiten«, sagte Melkorka eifrig. »Etwas anderes kommt gar nicht in Frage.«

Sie war so von dem Gedanken begeistert, in die verborgene Unterwelt von Þingvellir einzutauchen, dass es ihr gar nicht seltsam vorkam, dass Melville ihr sofort und ohne zu widersprechen zustimmte.

74

Hellgraue Nebelschleier verhüllten die hügelige Landschaft bei Þingvellir in der Morgenstille. Nebel lag auch über dem See, als Melkorka mit ihrem Geländewagen die steile Bergstraße am Kraftwerk Nesjavallavirkjun hinunterfuhr und sich der Bucht Hestvík näherte.

Alan Sexton, Jack Powell und zwei weitere junge Assistenten, die Sexton als Bill und Jake vorstellte, hatten bereits ihre Taucheranzüge angelegt. Sie hatten auch die Schlauchboote schon aufs Wasser geschoben und sie mit Sauerstoffflaschen, Unterwasserscheinwerfern und weiterer Ausrüstung beladen.

Melkorka schlüpfte in aller Eile in ihren Trockentauchanzug und schleppte ihre Ausrüstung vom Kofferraum ihres Wagens in eines der Boote. Sie hatte auch eine zweite Taucherflasche zum Wechseln mitgebracht.

»Sind Sie sicher, dass Sie in dem Nebel die richtige Stelle draußen auf dem Wasser finden?«, fragte sie.

»Ganz sicher«, kam es von Sexton gelassen. »Wir orientieren uns auf dem Wasser immer mit Differential GPS. Da interessiert uns die Sichtweite überhaupt nicht.«

»Na klar!«, erwiderte Melkorka mit kaum unterdrückter Ironie.

Sie nahm im Bug des Schlauchboots Platz, schnallte den Tiefenmesser und den Kompass an je einen Arm, prüfte noch einmal beide Flaschen, die Schläuche und das Mundstück. Dann legte sie Flossen, Bleigürtel, Stirnlampe und Taucherbrille griffbereit.

Nach einer Viertelstunde Fahrt blieben die Boote mitten im Nebel stehen. Nach Melkorkas Einschätzung waren sie nach Norden gefahren. Dort ließ Alan Sexton ein langes Kunststoffseil mit einem schweren Bleigewicht am Ende ins Wasser gleiten. Er zog das Seil straff und befestigte es als Anker an den beiden Booten, die nah beieinander auf der ruhigen Wasseroberfläche lagen. Dann versenkten die vier Leute von Brownwater zwei Stahlgestelle mit einigen daran befestigten Taucherflaschen, Scheinwerfern und verschiedenen anderen Geräten, die Melkorka nicht kannte.

»Als Erstes gehen Jake und Bill runter, um den Höhleneingang noch einmal genau zu überprüfen und starke Scheinwerfer dort anzubringen«, sagte Sexton.

»Ich verstehe.«

»Sie können sie begleiten, wenn Sie wollen.«

»Wann gehen Sie runter?«

»Wenn die beiden mit ihrer Aufgabe fertig und wieder zurück sind.«

Melkorka entschied schnell: »Ich will mit Ihnen runtergehen. Dann kann ich wahrscheinlich weiter in die Höhle hinein, als die beiden das tun.«

Jake und Bill sprangen also allein ins Wasser und versanken in der Tiefe.

Der Nebel über dem Wasser war noch genau so dicht wie am frühen Morgen. Gelegentlich erahnte Melkorka die Tufffelsen von Sandey. Die Vulkaninsel ragte weniger als hundert Meter von ihnen entfernt aus dem Þingvallavatn auf. Sonst war ringsumher wegen des dichten Nebels nichts zu sehen. Die Schlauchboote waren wie winzige Inseln im Nirgendwo.

Melkorka wandte sich an Sexton: »Haben Sie sich von dem Unfall eigentlich wieder ganz erholt?«

Er rümpfte die Nase: »Unfall? Das war kein Unfall.«

»Ich weiß«, sagte Melkorka beschwichtigend. »Ich verstehe nur nicht, weswegen die Polizei dieses deutsche Mordweib nicht schon längst am Schlafittchen gepackt hat.«

»Hat sie das nicht?«

»Nein. Seltsam bei all der Spionagetechnik, die den Behörden heute zur Verfügung steht. Sie verfügen über Millionen Überwachungskameras und raffinierte Technik zur digitalen Spionage aller Art.«

Sexton betrachtete sie eine Weile nachdenklich.

»Was ist am schwierigsten zu finden?«, fragte er schließlich.

»Was meinen Sie?«

»Was kann man niemals finden? Noch nicht einmal mit einer so ausgefuchsten modernen Suchtechnik wie der, über die wir von Brownwater verfügen?«

Melkorka wollte diese vermeintlich dumme Frage patzig beantworten, als ihr klar wurde, dass es dem Amerikaner mit dieser Frage voller Ernst war.

»Was soll ich dazu sagen«, überlegte sie. »Wahrscheinlich ist es am schwierigsten, jemanden zu finden, der ganz natürlich in seine Umgebung hineinpasst, so wie ein Fisch im Wasser.«

»Wir ziehen immer unsere Netze durchs Wasser.«

»Was denn dann?«

Jack Powell gab Alan Sexton ein merkwürdiges Zeichen mit den Augen, als wollte er seinem Chef begreiflich machen, dass er ohnehin schon zu viel verraten habe.

»Was dann?«, wiederholte Melkorka.

Sexton zögerte einen Augenblick, dann sagte er genussvoll: »Nach meiner Erfahrung ist immer das am schwierigsten zu finden, was es überhaupt nicht gibt.«

Er verzog den Mund zu einem schiefen Grinsen.

Melkorka sah Sexton verblüfft an.

»Aber Greta Schneider oder Richthoven existiert doch wohl«, sagte sie bestimmt. »Sie wurde von den Überwachungskameras in Keflavík aufgezeichnet. Sie hat mich besucht. Sie ist mit Ihrem Kollegen Forster ins Gästehaus an der Snorrabraut gegangen, und sie steht auf den Fahndungslisten von Europol und Interpol.«

»Dann lassen Sie uns diese Behauptungen mal etwas genauer betrachten«, erwiderte Sexton ruhig. »Sie haben Besuch von einer Frau bekommen, die sich Greta von Trittenheim-Schneider nannte. Natürlich gibt es Bilder von ihr in der Datenbank des Schengensystems. Forster gegenüber behauptete sie, von dem deutschen Bankier Rudolf von Trittenheim abzustammen, der gegen Ende des Zweiten Weltkriegs verschwand. Wir wissen aber heute, dass der Mann keine Kinder hatte. Viele Frauen in Europa und Amerika und sonstwo heißen Greta Schneider, aber keine von ihnen sieht so aus wie die Frau, die Sie besucht hat. Auch das haben wir überprüft. Der Name ist bei Interpol und Europol als einer von vielen Decknamen einer gewissen Greta Richthoven registriert, der Tochter eines Ehepaares, das nachweislich vor etwa zehn Jahren in Leipzig bei einem Verkehrsunfall ums Leben kam. Diese Greta aber ist ungefähr zwei Jahre später bei einem Lawinenunglück in den österreichischen Alpen verstorben. Greta Richthoven existiert schlicht und einfach nicht, und deswegen hat sie die Polizei auch bisher nicht gefunden, und wir von Brownwater auch nicht. Dabei sind wir für solche Dinge doch viel besser ausgerüstet als die gesetzestreuen Behörden.«

Eine Weile saß Melkorka wortlos da. Sie starrte in den Nebel und versuchte sich an ihre kurze Bekanntschaft mit der geheimnisvollen Unbekannten zu erinnern, die sie alle so grob an der Nase herumgeführt hatte.

»Dann ist diese Frau eine Art Spionin oder Agentin wie Sie«, stellte sie nach einigem Schweigen fest. »Eine Berufsbetrügerin und Taschenspielerin.«

»Wir von Brownwater haben sicherlich auch schon Personen geschaffen, die es in Wirklichkeit gar nicht gab. Aber in diesem Fall sind wir es nicht gewesen. So etwas können genauso gut die Geheimdienste vieler anderer Länder tun. Und sie tun es auch«, versetzte Sexton.

»Haben Sie die Spur dieser Frau bis ganz zu ihrem Ursprung verfolgen können?«

»Nein. Die Spur ist eiskalt.«

»Also wird es niemals möglich sein, die Mörderin zu finden?«

»Das Wort ›niemals‹ existiert in meinem Wortschatz nicht«, erwiderte Sexton finster.

75

Kári war alles andere als begeistert davon, dass Melkorka es sich in den Kopf gesetzt hatte, mit den Brownwater-Leuten im Þingvallavatn zu tauchen. Er hatte versucht, ihr vor Augen zu führen, dass sie nicht den mindesten Anlass dazu hatte, ihnen zu vertrauen. Nach allem, was passiert war.

Zudem hatte der Historiker Njáll Gunnarsson wiederholt, dass die Hinweise in Gotatýrs Runenlied auf eine unterirdische Position der mythologischen Brunnen unter Þingvellir auf einen Irrweg führten. Es gäbe keine wissenschaftlichen Anhaltspunkte dafür, die Erzählungen in den Liedern der Edda für etwas anderes anzusehen als Dichtung über die heidnischen Mythologien Nordeuropas aus vergangenen Jahrhunderten. Wer etwas anderes behauptete, baute seine Ansichten ausschließlich auf Mutmaßungen und pseudoreligiösen Argumenten auf.

»Ich weiß schon, es heißt seit jeher, dass der Glaube Berge versetzen kann«, sagte Kári zu seiner Frau, bevor sie zu dem Tauchgang aufbrach. »Aber solche ›Mirakel‹ passieren nur in Gedanken von Leuten, die von fanatischer Überzeugung geleitet werden. Und ich weiß doch, dass du an diese seltsamen Theorien nicht glaubst, die deinen Opa gefangen genommen hatten.«

Melkorka war trotzdem bei ihrem Entschluss geblieben: »Ich gebe ja zu, dass das wahrscheinlich nur eine fixe Idee von mir ist. Aber so wie die Dinge jetzt stehen, muss ich den Weg einfach zu Ende gehen.«

Aus Erfahrung wusste Kári genau, wann Widerspruch gegen den eisernen Willen seiner Frau zwecklos war. Deshalb verzichtete er auf weitere Einwände gegen ihren Plan. Aber er machte sich große Sorgen um Melkorka und rief sie an diesem Morgen in kurzen Abständen auf dem Handy an, auch wenn er jedes Mal nur die Mailbox vorgeschaltet bekam.

Schließlich setzte er sich an den Rechner und scrollte durch ausländische Nachrichtenseiten. Eine kleine Meldung aus der *New York Times* erregte seine Aufmerksamkeit:

KRIEGSVERBRECHER ENTTARNT?

Heute Morgen stießen Frühaufsteher unter den Passanten in der Stadt Edmonton in Kanada auf die Leiche eines alten Mannes, der in einem Stadtpark an eine Eiche gebunden war. Über dem Kopf des Mannes war ein Schild mit folgender Aufschrift befestigt:

Gerhard von Ramstein
Deutscher Kriegsverbrecher
1918–2007
Endlich Gerechtigkeit

Um den Hals des Mannes hing eine verschlossene Mappe aus Kunststoff. Darin waren Dokumente, über deren Inhalt sich die Polizei in Edmonton gegenwärtig den Medien gegenüber noch ausschweigt. Von Passanten mit Handys aufgenommene Bilder der Leiche haben sich dagegen schon auf YouTube und anderen Internetseiten im Netz schnell verbreitet.

Einer Auskunft des Simon-Wiesenthal-Zentrums zufolge war ein deutscher Generalfeldmarschall dieses Namens, Gruppenführer Gerhard von Ramstein, von den Alliierten im Herbst 1945 auf die Liste der gesuchten Kriegsverbrecher gesetzt worden. Er war am Einsatz Reinhard beteiligt gewesen, bei dem zwei Millionen Juden den Tod fanden. Von Ramstein konnte aber bisher nie aufgespürt werden. Man ging davon aus, dass er gegen Ende des Zweiten Weltkrieges umgekommen war.

Sofort suchte Kári auf YouTube nach Bildern des Leichenfundes. Sie zeigten einen alten Mann, der mit einem Seil um den Hals an einem massiven Baumstamm festgebunden war. Auf dem Schild über seinem grauen, zerzausten Haarschopf waren die Anschuldigungen mit großen schwarzen Buchstaben aufgeschrieben.

Kári erschrak bis ins Mark über diese Nachricht. Wenn das alles stimmte, dann war Gerhard von Ramstein tatsächlich im Winter 1944/45 mit der U-703 nach Amerika gelangt und hatte sich seither in Kanada verborgen gehalten, wo sein Sohn ein mächtiger und einflussreicher Finanzmagnat geworden war. Kein Wunder, dass der Milliardär ein so brennendes Interesse an Höskuldur Steingrímssons Tagebüchern und den Dokumenten im Kehlsteinhaus gezeigt hatte. Er hatte allen Grund zu befürchten, dass brandneue Enthüllungen zur letzten Seereise der U-703 das Geheimnis um seinen Vater aufdecken würden. Des deutschen Kriegsverbrechers, der sich dieser Meldung zufolge jenseits des Ozeans mehr als sechs Jahrzehnte hatte verbergen können. Wahrscheinlich unter dem Schutz der Familie Melville.

Kári schwante, dass sich Melkorka in großer Gefahr befand. Er rief sie immer wieder an. Doch auch jetzt hörte er jedes Mal nur die Computerstimme antworten. Seine Nachricht an sie war kurz und bündig:

»Ruf sofort zurück! Um Himmels willen, ruf sofort zurück!«

76

Die beiden Taucher streckten die Köpfe neben den Schlauchbooten aus dem Wasser. Sie reichten Alan Sexton und Jack Powell die Taucherflaschen und die Gewichte hoch und hievten sich dann selbst in die Boote.

»Unten ist alles klar für eine Erkundung der Höhle«, beschied Jake und wischte sich erschöpft die Stirn. »Die Reserveflaschen liegen vom Höhleneingang aus gesehen fünfzig Meter höhleneinwärts.«

Melkorka schnallte sich eilends ihre eigene Reserveflasche an, legte das Atemgerät an, steckte sich das Mundstück zwischen die Lippen und regelte den Sauerstoffzufluss. Dann schlüpfte sie in die Taucherflossen, band sich den Bleigürtel um, setzte die Taucherbrille und die Stirnlampe auf und ließ sich rückwärts ins Wasser fallen. Sie schwamm unter das Boot, ergriff dort die Leine und wartete, bis Sexton und Powell ihr voraus in die Tiefe abtauchten.

Behutsam ließ sie sich auf den Grund des Sees sinken. Dabei achtete sie penibel auf den Druckausgleich, der sie immer wieder zu kurzen Zwischenstopps zwang. Als die Sicht im Wasser abnahm, ließ sie sich von den Lichtkegeln aus den Stirnlampen der beiden Amerikaner leiten. Sie strebten direkt auf ein tiefes Loch zu, das schräg abfiel. Es war durch die schlammigen Sedimente auf dem Seeboden bis auf den felsigen Untergrund hinuntergegraben worden. Als Melkorka dem Felsengrund näher kam, konnte sie im kräftigen Licht der Strahler, die Jake und Bill zuunterst in dem Loch angebracht hatten, deutlich eine Höhlenöffnung erkennen. Sie war von den Sedimentlagen tausend Jahre lang verborgen gehalten worden. Die Öffnung war breit und voll Scharten. Sie wirkte wie der Totenschädel eines ausgestorbenen Urzeitmonsters.

Ohne zu zögern, schwamm Jack Powell als Erster in den Höhleneingang hinein.

Alan Sexton bedeutete Melkorka mit Handbewegungen, dass sie vor ihm bleiben sollte. Er wollte die Nachhut bilden.

Mitten im Höhleneingang verharrte sie für eine Weile. Sie starrte in die pechschwarze Dunkelheit vor ihr, die jeden Lichtschein verschluckte. Melkorka überlegte, ob in diesem finsteren Schlund irgendetwas Anderes und Bedeutsameres zu finden sein mochte als Lavagestein, Wasser und lichtscheue, bleiche Unterwasserwesen.

Lag hier wirklich der unauffindbare Weg vor ihr, den ihr Großvater jahrelang vergeblich gesucht hatte? Der Weg zu den verschollenen mythischen Geheimnissen der altnordischen Götter? Der Weg zu Mímirsbrunnur und Urðarbrunnur? Der Weg zu den Quellen des Lebens und der Weisheit?

Melkorka stieß sich mit den Flossen vorwärts und schwamm entschlossen an den Unterwasserscheinwerfern vorbei in den Schlund hinein. Es war eine Lavahöhle mit niedriger Decke.

Sie machte sich keine Gedanken darüber, ob sie sich in Gefahr befand. Ganz im Gegenteil hätte sie jetzt laut aufjubeln wollen vor Freude. Sie war auch mit ihrem Großvater in Meereshöhlen im Felssockel von Heimaey gewesen. Sie hatte keine Angst vor der Dunkelheit vor sich, zumal sie sich nur umzusehen brauchte, um den grellen Schein der Unterwasserstrahler zu sehen, der ihr den Weg zurück in den Þingvallavatn wies.

Bill und Jake hatten einen weiteren starken Scheinwerfer etwa fünfzig Meter weiter in der Höhle angebracht, wo auch einige Taucherflaschen bereitlagen. Gleich dahinter gabelte sich die Höhle in zwei getrennte Gänge.

Melkorka blickte auf den selbstleuchtenden Kompass an ihrem Arm. Sie stellte fest, dass ein Gang nach Nordosten verlief, der andere nach Nordwesten.

Powell bedeutete ihnen, dass er den nordöstlichen Gang erkunden wollte. Sexton befahl Melkorka mit beiden Händen, dass sie seinem Assistenten nachfolgen sollte. Er selbst schwamm in den nordwestlichen Gang.

Melkorka und Powell waren nur sieben oder acht Meter in den Gang vorgedrungen, als er sich stark verengte. Der weitere Weg bestand aus einem Schlauch von etwa einem Meter Durchmesser. Ohne haltzumachen, schob Powell sich durch die Engstelle.

Melkorka wartete, bis er sich hindurchgezwängt hatte und in dem dahinterliegenden Höhlenraum angekommen war, der bedeutend größer schien. Von da gab er ihr ein Zeichen zu folgen.

Die Engstelle war etwa vier Meter lang. Dahinter lag ein ausgedehnter Hohlraum. Melkorka glitt an rauem, grobem Gestein entlang, aber der Lichtstrahl ihres Kopfscheinwerfers konnte weder eine Decke noch einen Boden finden, geschweige denn eine gegenüberliegende Wand. Ihr wurde sofort klar, dass sie viel stärkere Scheinwerfer benötigten, um Größe und Form dieser Höhle zu erfassen. Besonders wenn sie das weitaus Wichtigere erforschen wollten: ob sie einen oder mehrere Ausgänge hatte.

Als Melkorka sich umwandte, durchfuhr sie ein jäher Schreck. Der Lichtschein ihres Mittauchers war nirgends zu sehen. Wo konnte Powell hingeschwommen sein?

Sie schob sich mit dem Rücken gegen die Höhlenwand und schaute nach oben und unten, ob der Amerikaner etwa auf der Suche nach der Höhlendecke oder dem Grund war. Aber sie konnte ihn nirgends sehen. War er durch die Engstelle zurückgeschwommen, um stärkere Scheinwerfer zu holen?

Sie tastete sich am Gestein entlang zu dem Durchschlupf und sah hinein. Zu ihrer Erleichterung sah sie Powell auf der anderen Seite. Er bedeutete ihr mit der rechten Hand, in der großen Höhle zu warten.

Sie richtete sich senkrecht auf und begann, die Felswand oberhalb der Öffnung zu der Engstelle zu erkunden, bis sie mit den Händen gegen die Höhlendecke stieß. Sie lag mindestens fünf Meter über der Öffnung. Da wurde ihr klar, dass diese Höhle völlig mit Wasser gefüllt war. Es gab nicht den geringsten Luftraum.

Als Melkorka sich langsam wieder nach unten sinken ließ, hörte sie plötzlich dumpfes Donnergrollen. Dem Lärm folgte eine starke Bewegung des Wassers. Wie in starker Brandung warf es sie hin und her.

Was war das? Ein Erdbeben?

Instinktiv drückte sie sich dicht gegen die Felswand, um nicht von einem Wasserwirbel mitgerissen zu werden. Dort wartete sie ab, bis sich das Wasser beruhigt hatte.

Als die Unruhe nachließ, sah sie im Lichtkegel des Scheinwerfers, dass das Wasser bedeutend trüber geworden war. Es passte alles zusammen: Die wahrscheinlichste Erklärung für den heftigen Stoß, der das Gestein um sie herum erschüttert hatte, war ein Erdbeben.

Melkorka ließ sich bis zur Öffnung des Engpasses hinabsinken. Dort blieb sie horizontal im Wasser liegen.

Da lähmte sie ein neuer Schrecken.

77

Erna verließ das Fitnesscenter im Laugardalur nahe beim großen Zeltplatz in Reykjavík und schaltete ihr Handy ein. Acht SMS hatte sie in der letzten Stunde erhalten. Drei davon kamen von Kári Sigurvinsson.

»Ich habe Angst, dass Melkorka etwas zugestoßen ist«, rief er aufgeregt.

»Warum das?«

»Sie hat seit Stunden keinen Anruf mehr entgegengenommen.«

»Ist sie heute Morgen mit nach Þingvellir raus?«

»Ja, ganz in der Früh. Aber sie sollte den Tauchgang mit diesen Verbrechern längst schon beendet haben.«

»Was für Verbrecher?«

»Hast du die Nachrichten über Gerhard von Ramstein nicht mitbekommen?«

»Nein.«

Kári schilderte ihr knapp den Leichenfund in Edmonton.

»Ich werde das im Internet nachlesen«, sagte Erna. »Versuch du unbedingt weiter, Melkorka zu erreichen.«

Eine halbe Stunde später platzte Erna in eine Besprechung hinein, die Guðjón gerade mit einigen seiner Mitarbeiter führte.

»Sag mal, siehst du nicht, dass ich gerade beschäftigt bin?«, fragte er barsch.

»Aber das hier willst du bestimmt wissen«, erwiderte Erna und legte einen Ausdruck der Nachricht über den Leichenfund auf den Tisch.

Guðjón überflog die Meldung und betrachtete die beigefügten Bilder.

»Nach meinen letzten Informationen hat sich der Sohn dieses deutschen Kriegsverbrechers, ein gewisser John Ramstein Melville, hier im Land aufgehalten«, fügte Erna hinzu.

»Was tut er denn hier?«

»Soweit ich weiß, tauchen seine Männer gerade im Þingvallavatn, und Melkorka ist mit von der Partie.«

»Tauchen wonach?«

»Träumereien«, erwiderte Erna und verließ den Raum.

Kári rief weiter im Fünfminutentakt die Mailbox seiner Frau an, die er nach wie vor nicht ans Telefon bekam.

Als Erna sich bei ihm meldete, hatte er bereits Vorkehrungen getroffen, dass Darri bis zum Abend in sicherer Betreuung bei der neuen Tagesmutter blieb. Er wollte gerade die Wohnung verlassen.

»Ich fahre nach Hestvík hinüber«, verkündete er entschlossen.

»Hol mich auf der Polizeistation ab«, erwiderte Erna. »Ich komme mit.«

Auf der Ausfallstraße aus Reykjavík erzählte Erna von ihrem Disput mit Guðjón. Er war von ihrer Idee, das von J. R. Melville gemietete Sommerhaus stürmen zu lassen, alles andere als begeistert gewesen. Er sah keine Veranlassung dazu, den schwerreichen Kanadier in seinem Domizil auf Þingvellir zu belästigen. Auch nicht, als Erna ihm von Káris Sorgen um seine Frau berichtete.

»Wenn Melkorka sich einbildet, mit diesen Leuten im Þingvallavatn tauchen zu müssen, dann ist das ihr Problem«, hatte Guðjón mit gerunzelten Brauen geknurrt. »Soweit ich weiß, ist das Sporttauchen im See nicht strafbar.«

»Aber brauchen sie dazu denn keine Erlaubnis?«, war Ernas Einwand gewesen.

»Brownwater hat alle dazu erforderlichen Genehmigungen von der Verwaltung des Nationalparks eingeholt«, hatte Guðjón geantwortet.

Erna war misstrauisch geblieben: »Das hast du bereits überprüft?«

»Meine Nachforschungen haben klipp und klar ergeben, dass wir keinen Grund haben, uns mit dem Kanadier zu befassen. Es sei denn, es käme eine ausdrückliche Bitte darum von den kanadischen Behörden. Das halte ich aber für äußerst unwahrscheinlich.«

Damit war für Guðjón die Angelegenheit abgehakt gewesen.

»Kriegst du denn keine Schwierigkeiten, wenn du jetzt mit mir da rausfährst?«, erkundigte sich Kári, während sie über die Mosfellsheiði rasten.

»Ich bin ja noch krankgeschrieben. Deshalb kann ich tun und lassen, was ich will«, erklärte Erna.

Als sie den Weg zum Kraftwerk erreicht hatten, gab Kári erst richtig Gas und jagte seinen dunkelblauen Kombi ohne Rücksicht über die staubige Schotterpiste nach Hestvík. Nach rekordverdächtigen achtzehn Minuten waren sie am Ziel.

Der Pick-up, den Melkorka von der Tankstelle auf Þingvellir vor einigen Tagen bis hierher verfolgt hatte, war am

Bootsschuppen am Ufer geparkt. Die Jeeps aber, die Erna vor dem großen Sommerhaus bei ihrem und Melkorkas sommernächtlichem Besuch bei J. R. Melville gesehen hatte, waren alle weg.

Kári eilte im Laufschritt zu dem Haus und läutete Sturm. Doch niemand öffnete. Er trommelte heftig gegen die Tür. Immer noch ließ sich niemand blicken. Da riss er an der Tür. Sie war unverschlossen und ließ sich öffnen.

»Ich gehe rein«, verkündete er.

Erna folgte ihm in den großen, hellen Raum. Hier hatte sie Sexton und seine Assistenten über ihre Laptops und die Karte auf dem großen Flachbildschirm gebeugt gesehen. Jetzt war der Raum leer. Auch die ganze Technik war verschwunden.

Kári sprang in großen Sätzen die Treppe hinauf in den oberen Stock. Erna rief über ihr Handy bei der Flugsicherung auf dem Flughafen Reykjavík an. Dort bestätigte man ihr, was sie befürchtet hatte: Der Privatjet von Brownwater International, der die letzten Tage auf dem Inlandsflughafen gestanden hatte, hatte das Land verlassen.

Als Kári atemlos vom Laufen die Treppe herunterkam, berichtete sie ihm ohne Umschweife von den Neuigkeiten: »Melville ist mit seinem ganzen Hofstaat abgeflogen.«

78

Melkorka versuchte, sich nicht von dem heftigen Schrecken überwältigen zu lassen, der ihr bei diesem Anblick in die Glieder gefahren war. Ihr war der Ausweg aus dem natürlichen Wasserspeicher versperrt: Der enge Schlauch zwischen beiden Höhlen war bei dem Beben verschüttet worden.

Am Eingang zu dem Engpass lagen ein paar lose Blöcke auf ihrer Seite. Die konnte sie zu sich heranziehen und wegwälzen. Sie rollten rasch in die Tiefe des finsteren Raumes. Dahinter aber hatte sich eine massive Platte aus schwerem Lavagestein hoffnungslos zwischen den Felswänden des engen Gangs verkantet. Die Platte rührte sich nicht einen Millimeter, egal, wie heftig Melkorka auch daran zog und zerrte.

Sie befand sich in äußerster Lebensgefahr, so viel stand fest. Sie zwang sich, weiterhin ruhig zu atmen. Was immer passierte, sie durfte jetzt nicht kopflos handeln.

Schließlich musste sie die Tatsache anerkennen. Der Rückweg aus diesem unterirdischen Gefängnis war und blieb ihr völlig verschlossen. Sie lehnte sich an die raue Felswand und analysierte ihre Lage so ruhig und kühl, wie sie konnte.

Das Resultat dieser Überlegungen war allerdings höchst simpel: Wenn sie nicht innerhalb einer Stunde einen zweiten Ausgang aus dieser Höhle fand, war der Sauerstoffvorrat in der Taucherflasche aufgebraucht und der Tod unausweichlich.

Sie unternahm einen letzten Versuch, die schwere Lavaplatte aus der Engstelle zu entfernen. Doch obwohl sie kleinere Bruchstücke und Steine um die massive Platte herum wegnehmen konnte, reichten ihre Kräfte nicht aus, um den Lavastein zu bewegen.

Es hatte keinen Sinn mehr, noch weiter daran herumzuzerren.

Erschöpft schob sie sich von der Öffnung weg. Dabei fiel der Lichtstrahl ihrer Stirnlampe auf einen metallischen Gegenstand. Er lag auf einem Haufen Lavasplitt auf der anderen Seite der Lavaplatte.

Melkorka gelang es, den länglichen Metallgegenstand zu erreichen, und hielt ihn in den Lichtkegel. Was war das?

Sie brauchte eine Weile, um zu erkennen, dass das Ding in ihrer Hand eine nicht explodierte Sprengkapsel war.

Wie kam Sprengstoff hierher?

Und jetzt endlich sah Melkorka das vermeintliche Erdbeben in einem ganz anderen, noch viel schrecklicheren Licht: Der Felssturz, der ihr den Rückweg versperrte, hatte keine natürliche Ursache gehabt.

Es war das Werk von Menschenhand.

Aber wieso sollte Jack Powell sie umbringen wollen? Oder steckte Sexton dahinter? Oder am Ende gar der kanadische Milliardär, der Auftraggeber der beiden?

Sie wusste nur eines: Irgendeiner von ihnen hatte sie zum Tod in der Dunkelheit dieser Unterwasserhöhle verurteilt. Möglicherweise steckten sie sogar alle drei dahinter.

Melkorka spürte, wie der Zorn ihr das Adrenalin durch den Körper jagte.

Üblicherweise warf sie bei unerwarteten Schwierigkeiten nicht gleich die Flinte ins Korn. Es hätte im krassen Widerspruch zu allem gestanden, was sie von ihrem Vater gelernt hatte: niemals aufzugeben. Immer wieder aufzustehen und unbeirrt weiter den Erfolg anzustreben.

Sie verwahrte die Sprengkapsel in einer kleinen Tasche an ihrem Tauchergürtel. Dabei bemerkte sie, dass sich auf dem feinen Lavasplitt in der Engstelle kleine Rippeln gebildet hatten. Das wies eindeutig darauf hin, dass das Wasser zwischen den beiden Höhlen in Bewegung war.

Sie spürte neue Hoffnung in sich aufsteigen. Wenn das Wasser aus dieser Höhle abfloss, dann musste es auch irgendwo in die Höhle hinein fließen.

Aber wo?

Melkorka tauchte an der Felswand entlang nach unten. Kurz über dem Grund spürte sie eine deutliche Strömung. Sie versuchte herauszufinden, woher die Strömung kam, und schwamm ihr entgegen. Ihr selbstleuchtender Kompass zeigte an, dass sie genau nach Norden schwamm.

Nachdem sie einige hundert Meter zurückgelegt hatte, tauchte im schwachen Schein der Stirnlampe eine von vielen Rissen durchzogene massive Felswand auf. Melkorka hielt an, richtete sich im Wasser auf und begann sie zu untersuchen. Vor der Wand gab es einige lange Felsnadeln, die meisten davon umgestürzt. Zwei standen noch aufrecht, und zwischen ihnen gab es eine hohe, schmale Öffnung in der Wand.

Melkorka schwamm an die Felsnadeln heran und spürte, dass zwischen ihnen Wasser in die Höhle einströmte. Sie paddelte ein wenig zurück und richtete den Lichtstrahl nach oben, um zu sehen, wie hoch die Felsnadeln waren. Der Lichtkegel streifte tiefe, grobe Kratzspuren auf der Vorderseite einer der beiden Felsnadeln. Kratzspuren, bei denen Melkorka deutlich fühlte, dass sie ihr bekannt sein sollten.

Sie führte den Lichtkegel entlang einer breiten, geraden Linie senkrecht nach oben und nach unten. Am oberen Ende kamen zwei weitere kurze Linien zum Vorschein. Sie waren links und rechts an der senkrechten Linie angebracht und wiesen schräg nach unten. Diese merkwürdige Laune der Natur kam ihr vor wie die Kinderzeichnung eines Pfeils. Oder wie eine Art Hinweis auf die Richtung nach oben, himmelwärts.

Melkorka schwamm an der Öffnung in der Felswand vorbei, um die andere Felsnadel zu untersuchen, die ebenfalls aufrecht vor der geborstenen Wand stand. Dort erkannte sie deutlich ein anderes Zeichen auf der Vorderseite des Steins: ebenfalls eine senkrechte Linie mit zwei parallelen kurzen Schrägstrichen am oberen Ende, die nach rechts unten wiesen.

Plötzlich erkannte sie, was sie da sah. Sie glaubte für einen Augenblick noch, dass ihre Phantasie mit ihr durchging. Je länger sie aber auf die Kratzspuren in den Felsen starrte, desto mehr wuchs in ihr die Überzeugung, dass ihr Schluss richtig war. Sie hatte diese Zeichen schon oft in den Tagebüchern ihres Großvaters gesehen.

Diese Ritzspuren im Fels waren alles andere als kindlich anmutende, natürlich entstandene geologische Strukturen im Fels. Es waren vielmehr zwei Runenzeichen, die in das grobe Lavagestein geritzt worden waren.

Das linke Zeichen war *Ansuz* ᚨ, die mächtige Rune der Asen. Rechts von der engen Öffnung in der Felswand prangte *Tiwaz* ᛏ, das Symbol des germanischen Kriegsgottes Týr.

Die Zauberrunen der uralten heidnischen Götter.

19

Melkorka hielt sich nicht mehr damit auf, sich über den merkwürdigen Anblick auf den beiden Felsnadeln vor der Öffnung weiter den Kopf zu zerbrechen.
Sie war sich absolut sicher, dass dies die beiden Runenzeichen *Ansuz* und *Tiwaz* waren und nichts anderes. Irgendjemand musste die Runen der nordischen Götter in grauer Vorzeit in die Felsnadeln eingeritzt haben, bevor sich die Höhle mit Wasser gefüllt hatte.

Die Fragen danach, wer es war und wie, wann und weshalb, mussten dagegen auf einen geeigneteren Augenblick verschoben werden: Ihr Sauerstoffvorrat reichte nur noch für fünfunddreißig Minuten.

Der Spalt zwischen den beiden Nadeln war schmal, schien aber unendlich tief in den Fels hineinzuführen. Der Lichtschein wurde von dem dunklen Wasser völlig verschluckt, ob Melkorka nun nach oben oder nach unten blickte.

Das einzig Vernünftige schien, der schwachen Strömung auf Sicht entgegenzuschwimmen.

Sie stieß sich mit den Flossen vorwärts, griff aber zusätzlich nach Vorsprüngen und Unebenheiten im Fels zu beiden Seiten, um schneller voranzukommen. Manchmal wurde die Spalte so eng, dass Melkorka gerade noch zwischen den Felswänden hindurchkam. Dann wieder erweiterte sie sich so weit, dass das Licht der Lampe die gegenüberliegende Wand nicht mehr erreichte.

Am meisten fürchtete Melkorka, dass ihr die Zeit davonlief und der Sauerstoff knapp wurde. So arbeitete sie sich wie ein Berserker an der Wand entlang vorwärts.

Endlich erkannte sie unter sich den Boden der Kluft. Mit aller noch verbliebenen Kraft ihres ausgelaugten Körpers stieß sie sich vorwärts. Als die Tiefe nur mehr einen Meter betrug, konnte sie endlich den Kopf aus dem Wasser heben. Sie ließ sich mit geschlossenen Augen auf die Knie sinken, nahm das Mundstück heraus und versuchte zu atmen. Die Luft in der Felsspalte war kalt und feucht, aber das war ihr egal. Diese Luft konnte sie vor dem sicheren Tod retten. Zumindest fürs Erste.

Melkorka schraubte das Ventil der Sauerstoffflasche zu, stand vorsichtig auf und watete auf ihren Taucherflossen über den rauen und dennoch teilweise rutschigen Boden der Kluft so weit aus dem Wasser, bis es ihr nur mehr bis an die Fersen reichte. Dann zog sie die Taucherflossen von den Füßen, nahm die Flaschen und das Atemgerät ab, legte sich rücklings auf den nassen Boden und atmete durch.

Sie war wie ausgewrungen.

Während sie so neue Kraft zu schöpfen versuchte, wirbelten Fragen durch ihren Kopf.

Waren das wirklich Runenzeichen gewesen, was sie am Eingang in die eben durchtauchte Kluft gesehen hatte? Oder hatte sie sich nicht doch selbst etwas vorgemacht?

Wenn es tatsächlich Runen waren, war es dann wirklich ein Hinweis darauf, dass ihr Großvater recht gehabt hatte mit seiner Interpretation von Gotatýrs Runenlied? War Óðinns und Þórs Iðavöllur tatsächlich in der Unterwelt Islands zu finden? Wirklich und wahrhaftig unter dem weihevollen Boden, den Ziegenschuh-Grímur als Versammlungsplatz für das Althing, die Versammlung aller freien nordischen Landnehmer, im Jahre 930 ausgewählt hatte?

Melkorka trank das kalte Wasser aus der hohlen Hand, um den brennenden Durst zu löschen. Es war klar und erfrischte sie.

Der felsige Untergrund der Gebirgskluft bildete eine schräg ansteigende Ebene vor ihr. Melkorka konnte aber in der Dunkelheit nicht feststellen, wie weit sich dieser Anstieg erstreckte und wo er endete. Das Wasser sprudelte ihr in zwei Bächen entgegen. Sie flossen in zwei Rinnen, die das Wasser im Laufe der Zeit in das Gestein gegraben hatte. Es gab nur einen Weg, um das Ende der Kluft zu finden: dem Anstieg zu folgen, in die vor ihr liegende Dunkelheit hinein.

Melkorka schätzte den verbliebenen Sauerstoffvorrat in ihrer Flasche als noch ausreichend für eine etwa zehnminütige Tauchstrecke. Sie einfach zurückzulassen, erschien ihr als zu riskant. Daher schnallte sie sich ihre Ausrüstung wieder um, nahm die Flossen und ihr Atemgerät in je eine Hand und stapfte zwischen den beiden Bächen los.

Immer wieder rutschte sie auf glitschigen Felspartien aus, rappelte sich wieder auf und ging unverdrossen weiter, bis sie die Höhlendecke erkennen konnte, die ihr mit jedem Schritt näher kam.

Schließlich musste sie sich tief bücken und fast verrenken, um sich den Kopf nicht an dem scharfkantigen Lavagestein zu stoßen. Am oberen Ende des Anstiegs in der Kluft betrug der Abstand zwischen der Decke und dem Boden höchstens einen Meter. Dort fiel das Wasser, das sich mittlerweile zu einem breiten Höhlenbach vereinigt hatte, gemächlich über eine niedrige Felskante.

Auf allen vieren kroch Melkorka durch das sprudelnde Wasser, bis sie den Kopf aus der Kluft strecken konnte. Sie blickte in eine weite, von dämmrigem Licht erfüllte Höhle. Sie schien sehr lang, breit und hoch zu sein. Das Licht kam von einem hellen Schein in der Ferne. Eine sonderbare Helligkeit lag über der stillen Höhlenwelt.

80

Auf allen vieren kroch Melkorka durch den munter plätschernden Wasserfall, richtete sich auf und machte ein paar Schritte in die weitläufige Lavahöhle hinein.

Der Widerschein des hellen Lichts, das am Nordende des hallengleichen Raums strahlte, brachte lange Schatten an den Dutzenden, wenn nicht Hunderten von Lavastalaktiten hervor, die von der Höhlendecke herabhingen. Einige von ihnen waren mehrere Meter lang.

Kein Zweifel. Sie hatte die enorme Höhle gefunden, die das alles durchdringende Auge des amerikanischen Satelliten unter der Oberfläche von Þingvellir ausgemacht hatte. Vor ihr wölbte sich der vor Nässe glitzernde Höhlenboden zu einem weiten, steilen Buckel auf. Jenseits davon gleißte das eigenartige Licht. Zweifellos war es auf den Satellitenbildern als die Wärmequelle detektiert worden.

Das einzige Geräusch, das sie in dem unheimlichen Gewölbe vernahm, war das Plätschern fließenden Wassers, das über den gesamten Höhlenboden rann. An der westlichen Wand sammelte es sich in einer tiefen Rinne, die es sich im Laufe endloser Zeiträume geschaffen hatte. Dort floss es als Höhlenbach nach Süden ab und wurde schließlich von der breiten Kluft verschluckt, durch die Melkorka heraufgekommen war.

Sie wartete einen Moment ab, um ihre innere Ruhe wiederzuerlangen. Sie überlegte, wie Alan Sexton wohl reagiert haben mochte, als Jack Powell allein zurückgekehrt war. Hatte er versucht, den schmalen Höhleneingang zu öffnen, den sein Kollege durch die Sprengung verschüttet hatte? Oder wusste er, was los war, und hatte sie ganz bewusst in ihrem Unterwassergefängnis eingeschlossen zurückgelassen?

Sie erwog, wieder die westliche Route zurückzutauchen, obwohl es alles andere als sicher war, dass der Sauerstoff in der Flasche für diese Strecke reichte.

Aber zuvor musste sie sich das Licht am nördlichen Ende der Halle genauer ansehen.

Die ersten drei- bis vierhundert Meter waren äußerst steil. Der sonst lavaraue Untergrund war hier stellenweise glitschig und schwierig zu begehen. Melkorka wagte es außerdem nicht, Taucherflasche, Atemgerät oder Flossen zurückzulassen; das machte das Hinaufklettern nicht gerade einfacher. Deshalb kam sie nur sehr langsam vorwärts. Schließlich aber erreichte sie die obere Kante, wo sie sich einen Moment erholen konnte.

Das gleißende Licht mochte sich noch in etwa zweihundert Metern Entfernung befinden. Es kam ganz deutlich aus dem felsigen Boden. Dort war eine Art Loch. Oder – ein Brunnen.

Sie wusste keine Erklärung für diesen überhellen Glanz. Angst kroch sie an, dass es womöglich der Widerschein weißglühender Lava aus den Tiefen der Erde sein könnte.

Dann bemerkte Melkorka zwei Schatten vor dem Licht. Sie erkannte sie sofort.

Alan Sexton und Jack Powell.

Sie zögerte, sich ihnen zu nähern. Die Tatsache, dass

sie dort beieinanderstanden, war ein deutliches Zeichen dafür, dass Powell nur den Befehl seines Chefs ausgeführt hatte, den Höhleneingang zu sprengen. War dieser Schluss richtig, dann wollten beide Männer sie tot sehen.

Melkorka nahm die Taucherflasche von den Schultern und lehnte sie gegen einen Stein, der etwa einen halben Meter über dem Höhlenboden aufragte. Das Atemgerät und die Flossen befestigte sie an der Flasche. Dann schaute sie wieder zu dem grellen Lichtschein hinüber und nahm allen Mut zusammen. Davonlaufen war das Letzte, was sie wollte. Auch vor einer offensichtlichen Übermacht nicht.

Die beiden Amerikaner standen einige Meter vom Rand des Brunnens entfernt und schienen in eine lebhafte Diskussion vertieft. Zu ihrem Erstaunen sah Melkorka nirgends Wasser aus der kreisrunden Öffnung zutage treten, deren Durchmesser sie auf drei bis vier Meter schätzte. Das Wasser, das über den Höhlenboden rann, kam wohl aus anderen dunklen Winkeln der Höhle.

Jack Powell näherte sich dem Brunnen mit langsamen Schritten. Er kniete sich zwei oder drei Meter vor dessen Rand nieder und blickte zu Alan Sexton zurück, der ihm zunickte. Daraufhin kroch er das letzte Stück auf allen vieren, legte sich flach auf rauen Lavaboden und spähte vorsichtig in den von gleißendem Strahlen erhellten Schacht.

Melkorka blieb unmittelbar hinter Alan Sexton stehen.

»Sie werden erstaunt sein, mich zu sehen«, sagte sie kühl.

Der Amerikaner drehte sich blitzschnell um. Die Verwunderung in seinen dunklen Augen war offenkundig.

»Sind Sie doch zurückgekommen?«, sagte er.

»Zurückgekommen?«

»Ja. Jack sagte mir, Sie hätten den Tauchgang in die Höhle abgebrochen und seien wieder rauf zum Boot.«

»Hat er das gesagt?«

Sexton kniff die Augen zusammen: »Ja. Stimmt das nicht?«

Melkorka zog die nicht detonierte Sprengkapsel aus der kleinen Tasche ihres Trockentauchanzugs und hielt sie dem Amerikaner zwischen zwei Fingern vor das Gesicht.

»Das hier hat Jack zurückgelassen, als er mich umzubringen versuchte«, sagte sie.

»Umzubringen versuchte?«, wiederholte Sexton.

»Die andere Sprengkapsel ging los und hat mir den Rückweg aus der Höhle versperrt, die wir gerade untersucht hatten. Eigentlich sollte ich jetzt mausetot sein, wenn es nach Jack Powell gegangen wäre.«

Sie steckte die Sprengkapsel wieder ein.

»Aber ich habe neun Leben, wie die Katzen, und deshalb noch einige in Reserve«, fügte sie hinzu.

Alan Sexton drehte sich um.

»Jack«, rief er.

Sein Kollege schien den Ruf nicht zu hören. Er hatte sich weiter über den Brunnenrand hinweggeschoben und starrte wie hypnotisiert in den blendenden Glanz.

»Jack!«

Sexton machte einige Schritte auf seinen Kollegen zu, trat gegen dessen dicke Sohlen und rief seinen Namen ein drittes Mal.

Da endlich kam Powell zu sich. Er schob sich hoch auf die Knie auf und blickte sie an.

Melkorka durchfuhr ein Schreck, als sie sein Gesicht sah. Die Haut war feuerrot geworden und hatte auf Wangen und Stirn Runzeln bekommen, als hätte sie eine enorme Strahlendosis abbekommen. In seinen Augen schimmerte ein unnatürlicher Glanz.

»Ist alles in Ordnung mit dir?«, fragte Sexton.

»Brennendes Auge«, krächzte Powell. »Brennendes Feuerauge.«

Melkorka ging jetzt auch einige Schritte auf Powell zu, der sie verblüfft anstarrte, als könne er seinen Augen nicht trauen.

»Ja, ich bin quicklebendig«, versetzte sie. »Aber du siehst aus wie ein zu lange gegrillter Schweinekopf.«

Unwillkürlich führte Powell die Hände ans Gesicht. Fetzen von verbrannter Haut blieben an seinen Fingern kleben, die tiefe Wunden in seinem blutenden Fleisch hinterließen.

Erst jetzt schien er den Schmerz zu spüren. Er brüllte laut auf, wie ein tödlich verwundetes Tier. Er wirbelte beide Hände durch die Luft, um die blutigen Hautfetzen von den Fingerspitzen abzuschütteln.

Alan Sexton wollte seinem Kollegen helfen, aber Jack Powell wich vor ihm zurück und kippte rücklings in den Brunnen.

Seine panischen Verzweiflungsschreie hallten noch durch die Höhle, als er ihren Blicken schon entschwunden war.

81

Das schreckliche Ende des jungen Amerikaners ließ Melkorka vor Grauen erschaudern. Alan Sexton dagegen verzog keine Miene. Er trat lediglich einige Schritte vom Rand des Brunnens zurück.

»Wir kehren um«, befahl er.

»Ist das glühende Lava in dem Schacht da unten?«, fragte Melkorka.

»Ich glaube nicht, dass das ein gewöhnlicher Vulkan ist«, entgegnete Sexton nachdenklich. »Hat Jack nicht vorhin was von einem brennenden Auge gefaselt?«

»Doch. Er sprach vom Auge des Feuers oder so.«

»Was könnte er damit gemeint haben?«, überlegte Sexton.

»Wenn ich mich recht an den Inhalt der Eddalieder erinnere, dann musste Óðinn ein Auge im Mímirsbrunnur zurücklassen. Dafür, dass er daraus trinken durfte«, antwortete Melkorka.

»Óðinns Auge?«

»Ja. Er hat doch eines seiner Augen geopfert, um ewige Weisheit zu erlangen, oder nicht?«

Sexton grinste kühl: »Was würde Ihr Opa wohl dazu sagen? Dass hier auf dem Grund des Brunnens ein Auge versteckt sein soll, oder wie? Also eine der gesuchten übernatürlichen Waffen Óðinns oder Þórs. Glauben Sie das?«

»Ich spreche nicht für Höskuldur Steingrímsson«, wehrte Melkorka ab.

»Was auch immer dort sein mag, wir brauchen spezielle Schutzkleidung und jede Menge anderer Ausrüstung, um diesen Brunnen zu erkunden«, versetzte Sexton.

»Wie lange brauchen wir für den Weg zurück, den Sie genommen hatten?«

»Das sollte kaum länger als eine Viertelstunde, höchstens zwanzig Minuten dauern.«

»Mein Sauerstoff reicht allenfalls für zehn.«

»Aber Jack braucht seine Sauerstoffflasche jetzt wohl kaum mehr«, erwiderte Sexton gelassen. »Wir haben unsere Ausrüstung am Ufer des Bachs da unten zurückgelassen.«

Sie gingen zusammen zu dem Wasserlauf an der Westseite der Höhle. Melkorka bemerkte, dass das Wasser direkt der Felswand jenseits des Brunnens entsprang. Von dort plätscherte es als munterer Bach nach Süden und fiel in die Kluft weit unter ihnen.

Plötzlich spürte sie ein unangenehmes Zittern unter den Füßen. Das Lavagestein, das sie gerade überquerten, bebte. Unwillkürlich blieb Melkorka stehen.

»Was ist jetzt los?«, fragte sie beunruhigt.

»Scheint ein Erdbeben zu sein.«

»Das habe ich auch mitgekriegt, dass die Erde bebt«, schnappte sie. »Aber aus welchem Grund?«

Im selben Augenblick hörten sie hinter sich ohrenbetäubendes Krachen. Sie drehten sich um. Aus dem Brunnenschacht stob wilder Funkenflug. Versteinert starrten sie die Erscheinung an: wie Blitze, denen heftige Donnerschläge folgten.

Þórs Hammer?, fragte sich Melkorka unwillkürlich.

»Die Unruhe scheint ausschließlich in dem Brunnenschacht stattzufinden«, stellte Alan Sexton sachlich fest.

Unter ihren Füßen hob und senkte sich die Erde wellenartig, so als schwämme der Höhlenboden in der Brandung eines Ozeans. Das Getöse steigerte sich immer mehr, bis schließlich eine gewaltige, scheinbar brennende Wasserfontäne mit Urgewalt aus dem Schacht brach. Ein schwerer, unkenntlicher Klumpen klatschte ihnen vor die Füße.

Entsetzt sprang Melkorka zurück.

Sie schlug die Hände vors Gesicht und wagte es nur, voll Schauder zwischen den Fingern auf den zerfetzten Körper zu blinzeln. Das war einmal ein junger Amerikaner gewesen: Jack Powell.

82

Kári stand auf dem Vorplatz des verlassenen Sommerhauses bei Hestvík und schaute nach Osten über die Weiten der Ebene von Þingvellir, ohne die zauberhafte Schönheit der Landschaft auch nur zu bemerken.

Er weigerte sich schlicht, daran zu glauben, dass Melkorka Island im Privatjet mit J. R. Melville und den Brownwater-Leuten verlassen haben sollte.

»Sie wäre niemals freiwillig mit diesen Leuten gegangen, ohne mir vorher Bescheid zu sagen«, sagte er überzeugt.

»Der Pick-up steht hier noch«, stellte Erna fest.

Sie lief zu dem offenen Bootsschuppen und schaute hinein. Da waren aber weder Boote noch die dazugehörige Besatzung zu sehen. Kári folgte ihr.

»Wo sind die Schlauchboote hin, die du hier gesehen hattest?«, fragte er. »Die werden sie ja wohl nicht mitgenommen haben.«

»Melkorka könnte natürlich noch auf Tauchstation sein, obwohl Melville das Land verlassen hat«, überlegte Erna.

Sie ging zu dem grasbewachsenen Seeufer hinunter und kniff die Augen zusammen, um auf dem Wasser draußen etwas zu erkennen. Eine östliche Brise löste die Morgennebel allmählich auf.

»Ist das da westlich von Sandey nicht ein Schlauchboot?«, fragte Erna.

Kári fand im Schuppen eine Aluminiumleiter, lehnte sie an die Hauswand und stieg hinauf. Von dort hatte er eine bessere Aussicht über die Bucht und den See.

»Doch. Da sind zwei Schlauchboote dort draußen, und ich sehe in einem davon Leute sitzen«, rief er und sprang von der Leiter herunter. »Wir brauchen ein Boot. Wo kriegen wir jetzt ein Boot her?«

Erna zückte ihr Handy, und in kürzester Zeit hatte sie ein Boot aufgetrieben, mit dem sie auf den See hinausfahren konnten. Ein guter Bekannter von ihr, Biggi Dóra, hatte ein Sommerhaus im nahe gelegenen Heiðarbeir. Er besaß ein Boot mit Außenborder, mit dem er regelmäßig zum Angeln hinausfuhr. Er brachte Kári und Erna zu den beiden Schlauchbooten.

Als Erna den beiden Männern ihre Polizeimarke zeigte und sie nach Melkorka fragte, verschlossen sich die Mienen der beiden spürbar.

»Sie tauchen noch«, antwortete der eine.

»Wer ›sie‹?«, kam es von Kári zurück.

»Alan, Jack und die Isländerin«, erwiderte Jake.

»Haben Sie irgendwas von ihnen gehört?«

»Alan hat uns vor achtundsechzig Minuten das letzte Signal geschickt.«

»Und wo waren sie da?«

»In der Höhle.«

»Haben sie genügend Sauerstoff mit?«

»Ja, ich glaube schon. In der Höhle sind auch Reserveflaschen.«

»Einer von Ihnen beiden muss auf der Stelle hinuntertauchen und nachsehen, was los ist«, befahl Erna.

»Oder Sie beide«, fügte Kári hinzu.

»Alan Sexton hat uns aber aufgetragen, im Boot zu warten«, entgegnete der andere.

»Und wir benachrichtigen die Bergwacht, falls Sie es nicht tun. Dann wimmelt es hier bald nur so vor Publikum«, erklärte Erna. »Glauben Sie, dass das Ihrem Chef lieber wäre?«

Die beiden Männer sahen einander an.

»Okay«, gab der eine nach und stand auf.

Kári und Erna standen gerade aufrecht in dem kleinen Boot, als das Erdbeben kam. Die Dünung, die den Þingvallavatn aufwühlte, hob das kleine Boot so unvermittelt an, dass Kári das Gleichgewicht verlor und auf die Ruderbank fiel. Erna konnte sich gerade noch halten.

»Was war das denn jetzt?«, fragte Kári und stand auf.

»Ein Erdbeben«, klärte ihn Biggi Dóra auf. »Hier gibt es immer wieder kleinere Erdstöße. Aber der hier war schon ganz ordentlich.«

Dem einen Amerikaner gefiel das ganz und gar nicht.

»Es ist doch heller Wahnsinn, bei Erdbeben in einer Höhle zu tauchen«, meinte er.

»Das Beben ist im Gegenteil noch ein Grund mehr für Sie, sofort runterzugehen und nach Melkorka zu sehen«, entgegnete Kári.

»Alan Sexton und Jack Powell könnten Ihre Hilfe auch gut brauchen«, ergänzte Erna.

Der zweite Mann fuhr mit seinen Vorbereitungen für den Tauchgang fort, als sei nichts passiert.

»Mach hier nicht auf Weichei«, wandte er sich an seinen Kollegen. »Es kann sein, dass Alan und Jack da unten tatsächlich in Schwierigkeiten sind.«

Erna rief die geophysikalische Abteilung des isländischen Wetterdienstes an, um sich nach dem Erdbeben zu erkundigen. Sie erfuhr, dass es die Stärke 3,6 auf der Richterskala erreicht hatte. Der Herd wurde unter dem Berg Ármansfell lokalisiert, knapp nördlich des Þingvallavatn.

Kári schaute zu, wie sich die beiden Männer rücklings in die Fluten fallen ließen und in der Tiefe verschwanden. Er versuchte sich auszumalen, wie es seiner Frau wohl gehen mochte, da unten in der bebenerschütterten Unterwelt.

83

Obwohl der Brunnen sein zerfetztes Opfer Melkorka und Sexton direkt vor die Füße gespuckt hatte, ließ das Toben und Wüten nicht nach.

Eine gleißende Wasserfontäne nach der anderen stieg unter Blitz und Donner aus der Öffnung auf, klatschte mit voller Wucht gegen die Höhlendecke und überspülte Melkorka und Sexton wie die wütende Brandung eines sturmgepeitschten Meeres.

Sexton floh zuerst vor dem Wasser. Melkorka folgte ihm. In der Rinne des Höhlenbaches liefen sie weiter, der im Nu über die Ränder schwappte.

Melkorka sah sich noch einmal um. Sie sah helle Säulen von Wasser und Dampf aus dem Brunnen aufsteigen. Das Wasser rauschte immer schneller über den Höhlenboden.

Alan Sexton erreichte vor ihr die Kluft, wo Powell und er ihre Taucherausrüstung zurückgelassen hatten. Mit geübten Handgriffen schnallte sich Melkorka sofort die Sauerstoffflasche von Powell um, nahm das Mundstück zwischen die Lippen und setzte Taucherbrille und Stirnlampe auf. Dann kniete sie nieder, um sich die Flossen anzuziehen.

»Beeilen Sie sich«, forderte Sexton sie auf und watete in die dunkle Kluft hinein.

Eine Flutwelle von etwa einem Meter Höhe rauschte

jetzt ohne Vorwarnung über den Höhlenboden und riss Melkorka in die Felsspalte hinein. Auf diese Überrumpelung war sie nicht vorbereitet. Dennoch gelang es ihr, die Arme vorzustrecken, bevor das reißende Wasser sie gegen die Felswand schlug. Dabei wurde ihr das Mundstück aus dem Mund gerissen. Es verschwand in den strudelnden Wassermassen. Melkorka war durch den Aufprall benommen. Sie kam erst wieder zu sich, als sie versuchte, Wasser statt Luft einzuatmen. Sie tastete nach dem Mundstück, fand es und schob es sich wieder zwischen die Lippen. Gleichzeitig wurde sie von der wirbelnden Strömung immer weiter durch die Finsternis der Kluft mitgerissen.

Ihr war klar: Je länger sie unkontrolliert fortgespült wurde, desto größer war die Gefahr, erneut irgendwo gegenzuschlagen. Womöglich mit weitaus übleren Folgen.

Gerade noch rechtzeitig gelang es ihr, sich mit den Füßen voraus zusammenzukrümmen, bevor sie erneut gegen eine Felswand geworfen wurde. Dieses Mal konnte sie sich an einem Felsen festkrallen. Mit beiden Händen klammerte sie sich krampfhaft an das Gestein und versuchte sich über ihre Lage klarzuwerden.

Im schwachen Schein ihrer Stirnlampe erkannte sie, dass sich die Höhle nach links wandte. Vorsichtig versuchte sie sich an der Wand entlangzuhangeln. Nach ein paar Metern glitt sie jedoch ab und wurde wieder von der Strömung durch die dunkle Spalte getragen.

Obwohl sie im Klammergriff der Naturkräfte Todesängste ausstand, dachte sie nicht im Mindesten daran aufzugeben. Sie setzte alles daran, die Füße vorn zu behalten, und hielt das Mundstück mit beiden Händen fest. Dennoch fiel ihr das Atmen zunehmend schwerer.

Ein schlimmer Verdacht stieg in ihr auf.

Sie hatte keine Zeit gehabt zu überprüfen, wie viel Sauerstoff tatsächlich noch in der Flasche gewesen war, bevor sie die Flutwelle in die Felsspalte gespült hatte.

Ging ihr jetzt wirklich buchstäblich die Luft aus?

Einfach so?

Die heftige Strömung schlug Melkorka gegen das raue Lavagestein. Schneidender Schmerz glühte in ihrem linken Arm und der Schulter. Trotzdem konnte sie sich an einem Felsvorsprung festhalten. Eine Weile hing sie da und versuchte, wieder einen klaren Kopf zu bekommen.

Sie erschrak heftig. Im Schein der Stirnlampe sah sie, dass ihr Tauchanzug durch den Aufprall auf der linken Seite aufgerissen war. Blut sickerte aus einer tiefen Wunde am Arm und strudelte in dem trüben Wasser davon.

Aber nicht nur ihres.

Melkorkas Herz setzte für einige Schläge aus, als sie sich in der Strömung umwandte und direkt in die brechenden Augen von Alan Sexton blickte. Er hatte sein Mundstück verloren. Der Amerikaner war mit solcher Gewalt gegen einen länglichen, messerscharfen Lavastalagmiten geschleudert worden, dass der ihm wie ein Speer mitten aus dem Körper ragte.

Melkorka schauderte beim Anblick seines grauenhaften Todeskampfes.

Angst stieg in ihr auf, dass ihr weiter vorne in der Kluft möglicherweise dasselbe Schicksal bevorstehen könnte. Mehr Sorgen bereitete ihr aber der noch verbleibende Sauerstoffrest in ihrer Flasche.

Zum Glück für sie hatte Sexton nun keine Verwendung mehr für seine Taucherflasche.

Mit ihrem Tauchergürtel machte sich Melkorka an seiner Leiche fest. Dann löste sie die Flasche von seinem Rücken, schnallte sie sich selbst um und tauschte das Mundstück aus.

Das Atmen fiel ihr nun wieder bedeutend leichter.

Noch immer trat Blut aus Sextons Brust aus. Sein Taucheranzug war durch den Aufschlag völlig zerfetzt worden. Ein länglicher Anhänger, den er an einer Kette um den Hals trug, pendelte wie ein Angelköder wild im Wasserstrom hin und her.

Melkorka löste ihren Gürtel von der Leiche und hangelte sich am Felsen entlang zum Grund der Kluft. Dort gelang es ihr viel besser, der Strömung zu widerstehen und kontrolliert zu schwimmen, indem sie sich an Unebenheiten und Lavastalagmiten vorwärts arbeitete. Sie kam langsam, aber zielsicher in die richtige Richtung voran. Genau so hatte sie einmal auf den Westmännerinseln mit ihrem Großvater zusammen eine steile Felswand hoch über dem Meer hinabklettern müssen, um dort Vogeleier zu sammeln, während ein isländischer Sturm sie umtost hatte.

Dann wurde ein schwacher Lichtschein in der Dunkelheit der Höhle sichtbar.

Melkorka starrte angestrengt in das trübe Wasser vor sich, bis ihr klar wurde, dass sie eben aus dem nordwestlichen Gang an der Gabelung herausgeschwommen war. Sie war jetzt wieder in der vorderen Höhle, in der Jake und Bill vor der eigentlichen Erkundung der Unterwelt von Þingvellir starke Unterwasserscheinwerfer installiert hatten. Von hier waren es nur mehr fünfzig Meter bis zu der freigegrabenen Öffnung im See.

Sie ließ los und ließ sich mit der Strömung zum Ausgang der Höhle tragen. Dort sah sie mehrere Lichter. Zwei davon bewegten sich langsam.

War sie wirklich gerettet?

FÜNFTER TEIL
ENDLICH GERECHTIGKEIT?

Die Wahrheit ist kaum jemals rein
und niemals einfach.
– Oscar Wilde

84 Donnerstag, 19. Juli

Guðjón saß an den Vorbereitungen eines weiteren Verhörs von Ragna Ámundadóttir, als Erna an seine Tür klopfte. Er blätterte gerade in den Berichten zur Entführung von Darri, notierte sich Fragen, die er der Künstlerin stellen wollte.

»Die letzten Tage war Ámundi Hreinsson andauernd im Gefängnis von Litla-Hraun und hat versucht, Ragna zur Zusammenarbeit zu überreden«, sagte der Kriminalhauptkommissar, ohne eine Begrüßung voranzuschicken. »Heute Morgen hat er mich angerufen und mir berichtet, dass sie aussagen will.«

Unter den Dokumenten auf seinem Schreibtisch befand sich eine Mappe mit Ausdrucken von Fotos der Überwachungskameras aus der Hauptstadt. Das waren die Bilder, die sie auf die heiße Spur bei der Fahndung nach dem Kleinen gebracht hatten.

Erna setzte sich vor Guðjóns Tisch und begann, die Schwarzweißbilder durchzusehen. Sie zeigten Ragna, Sigríður und die Deutsche, die sich Greta Schneider nannte, in der Fußgängerzone von Reykjavík. Sie waren von vielen anderen Passanten umgeben, die über eine der beliebten Einkaufsstraßen Laugavegur, Lækjargata, Hafnarstræti oder den Ingólfstorg flanierten.

»Darf ich mit dabei sein?«, fragte sie.

»Wenn du dich nicht in unsere Unterhaltung einmischst.«

Ragna hatte seit ihrer Festnahme in Untersuchungshaft gesessen. Sie machte nicht den Eindruck, dass sie aus freiem Willen und bereitwillig zu dem Verhör erschienen war. Ihr Gesicht war voll zornigem Trotz, als sie ihnen vorgeführt wurde, und sie warf Erna feindselige Blicke zu.

»Du hast mich am Geysir angesprungen, oder?«, fragte sie schnippisch und fuhr sich mit beiden Händen durchs Haar.

»Ganz richtig«, antwortete Erna.

»Und hast dir den Arm dabei gebrochen?«

»Leider ja.«

»Geschieht dir recht.«

Ámundi Hreinsson, der Oberstaatsanwalt, kam in den Verhörraum und setzte sich neben seine Tochter. Er war großgewachsen und strahlte eine raumfüllende Präsenz aus. Ganz offensichtlich war er es gewöhnt, den Ton anzugeben, wo immer er sich befand.

»Ihr habt doch wohl nicht ohne mich angefangen?«, fragte er.

»Natürlich nicht«, beschied Guðjón.

Er gab seinem Assistenten einen Wink, das Aufnahmegerät einzuschalten. Er nannte Ort und Zeit und benannte alle Anwesenden.

Sogleich fiel ihm der Oberstaatsanwalt ins Wort: »Ich möchte gleich zu Beginn klarstellen, dass diese Vernehmung auf Initiative meiner Mandantin zustande gekommen ist. Sie erwartet, dass ihre Bereitschaft zur Kooperation bei der Aufklärung dieser unangenehmen Angelegenheit sowie ihre Aussage positiv angerechnet werden.«

»Du kennst die Gesetze und Bestimmungen«, entgegnete Guðjón.

»Aber es hat doch zur Folge, dass ich viel weniger hart bestraft werde. Oder etwa nicht?«, fragte Ragna.

»Die Polizei hat mit der Urteilsfindung nichts zu tun«, erwiderte Guðjón. »Das liegt allein im Ermessen des Richters, sobald der Fall vor Gericht verhandelt wird.«

»Du hast gesagt, dass das sicher so sein wird«, zischte Ragna ihrem Vater zornig zu.

»Du kannst dich da ganz auf mich verlassen«, kam es von ihm als Antwort.

»Das hat sich von dem da aber gerade ganz anders angehört.«

»Ragna, ich kann dir versichern, deine Kooperation mit der Polizei wird strafmildernd angerechnet. Wir müssen darüber nicht jetzt reden.«

»Ach nicht, was? Ich soll dir das also einfach glauben«, fauchte Ragna.

»Natürlich. Das ist deine einzige Chance, Ragna.«

Ragna wich dem kritischen Blick ihres Vaters aus, starrte eine Weile vor sich hin und schaute dann auf Guðjón.

»Was willst du wissen?«, fragte sie mürrisch.

»Woher stammte die Idee, Darri zu entführen?«

»Das war keine echte Entführung, weißt du, so wie in Kinofilmen und so«, antwortete Ragna. »Es war nur ein Joke. Da gings anfangs eigentlich nur um so ’ne Wette.«

»Eine Wette?«

»Ja. Sigga und ich haben mit dieser Ausländerin gequatscht ...«

»Mit Sigga meinst du Sigríður Jóhanna Angantýsdóttir?«, unterbrach sie Guðjón.

»Ja, wen denn sonst. Also, diese Ausländerin da, die war auf Urlaub in Portugal und ist irgendwie in Trouble geraten wegen der Entführung dieses englischen Kindes, dieser Madeleine, und sie hat dann gesagt, dass es in Island unmöglich sei, jemanden zu entführen, weil hier so wenig Leute sind und so, und dass alles nach ein paar Stunden auffliegen würde. Dann haben wir halt so hin und her gestritten, weil ich gesagt habe, dass das kein Problem ist und nur eine Frage der Organisation und von Geld, aber sie hat sich nur über mich lustig gemacht. Ich hab mich tierisch drüber aufgeregt, und dann hat sie uns aufgefordert, dass wir das doch mal vorführen sollten, und dann hat sie uns Geld als Belohnung angeboten, wenn wir ein Kind entführen würden und eine ganze Woche wo verstecken.«

»Wie hoch war die ausgesetzte Summe?«

»Fünfzigtausend Euro.«

Der Hauptkommissar überschlug die Summe im Kopf.

»Und ihr seid auf dieses Angebot eingegangen?«

»Sigga wollte das Geld gerne haben, aber ich hab gesagt, dass ich das als Künstlerin betrachte. Sozusagen als einzigartige Gelegenheit für ein künstlerisches Event und so.«

»Kindesentführung als Kunst?«

»In den Händen von ernsthaften Künstlern wird alles zur Kunst.«

Guðjón schwieg eine Weile und ließ den Blick über seine Notizen schweifen, bevor er das Verhör fortsetzte.

»Wieso habt ihr genau dieses Kind zur Entführung ausgesucht?«

»Die Ausländerin wusste von eben dem Jungen, dass er wochentags bei der Tagesmutter in Kópavogur war. Ich glaube, sie hat seine Eltern sogar auch bisschen gekannt. Sigga hat sich dann um den Leihwagen gekümmert und um das Sommerhaus und so, und dann hat sie den Jungen geholt, und dann sind wir mit dem Jeep in der Nacht rüber nach Úthlíð gefahren, und keinem ist was aufgefallen.«

»Hat euch Frau Schneider das Geld im Voraus gegeben?«

Ragna ging augenblicklich in die Luft: »Greta? Warum ziehst du Greta da mit rein?«

Der Hauptkommissar konnte seine Verwunderung nicht zurückhalten.

»Zu Greta sag ich kein einziges Wort«, fuhr Ragna fort und blitzte ihren Vater zornig an. »Sie hat mit dieser Sache nichts zu tun.«

»Und ich spreche ausschließlich von dieser ausländischen Frau, von der du selbst eben gesagt hast, dass sie dich und Sigríður dazu angestiftet hat, Darri zu entführen.«

»Aber das war Ursula«, motzte Ragna.

Guðjón griff nach der Mappe auf Ernas Knien und legte sie geöffnet vor Ragna hin.

»Ist sie das etwa nicht?«

Ragna starrte wütend auf das Bild. Dann blätterte sie die Mappe durch, bis sie alle Bilder aus den Überwachungskameras gesehen hatte.

»Warum haben uns die Bullen überallhin verfolgt?«, fragte sie heftig. »Das ist politische Verfolgung, nichts anderes.«

»Wir haben nicht speziell euch verfolgt«, antwortete Guðjón. »Die Kameras im Stadtzentrum sind Tag und Nacht in Betrieb.«

Er legte den Finger auf ein Bild, auf dem Greta Schneider sehr deutlich zu erkennen war.

»Wer ist das?«

»Sag ich nicht.«

»Ist das nicht die ausländische Frau, von der du sagst, dass sie dich und Sigríður zur Entführung angestiftet hat?«

»Nein, natürlich nicht.«

»Da bist du dir ganz sicher?«

»Du Riesenrindvieh«, verkündete Ragna.

Sie blätterte rasch die Bilder in der Mappe durch und blieb beim vorletzten stehen. Darauf war sie mit Sigríður zu sehen, wie sie sich durch eine Menschentraube vor einer beliebten Kneipe in der Hafnarstræti drängte.

»Das da ist Ursula«, sagte sie und deutete auf das Gesicht einer Frau, die offenbar gerade aus der Tür der Kneipe trat. Obwohl der Ausdruck von schlechter Qualität war, waren ihre Gesichtszüge doch deutlich erkennbar.

Erna hielt es nicht länger auf ihrem Stuhl. Sie stand auf, beugte sich vor und blickte dem Hauptkommissar über die Schulter in das grobgepixelte Gesicht der Frau.

Sie war verwundert und erschrocken zugleich.

Die Frau, die da aus der Tür trat, war Susan Houston.

85

Nachdem Ragna Ámundadóttir die Aussage durch ihre Unterschrift bestätigt hatte, schritt Kriminalhauptkommissar Guðjón rasch zur Tat.

Er ließ Sigríður Jóhanna Angantýsdóttir aus der Untersuchungshaft holen, beantragte bei der Abteilung für Internationale Zusammenarbeit der isländischen Polizei die sofortige Einholung von Informationen beim FBI über Susan Houston wegen des Verdachtes auf Beteiligung an einer Kindesentführung. Dann setzte er eine Untersuchung zum Aufenthalt der Amerikanerin in Island an.

Sigríður war anzusehen, dass sie mit der Isolation der Untersuchungshaft weniger gut klarkam als ihre Freundin. Sie hatte schlecht geschlafen und saß zusammengekauert neben ihrem blutjungen Rechtsanwalt, als Guðjón und Erna und ein Dritter den Verhörraum betraten.

»Also, Sigga«, redete Guðjón sie kumpelhaft an und ließ sich ihr gegenüber nieder. »Du sitzt ganz schön in der Tinte, scheint mir.«

Sigríður sah ängstlich zu ihrem Rechtsanwalt.

»Deine Freundin hat uns alles verraten.«

»Das ist nicht wahr.«

»Ich habe hier ihr unterschriebenes Geständnis«, entgegnete der Hauptkommissar und wedelte mit dem Schriftstück vor ihrer Nase.

»Ragna und ich sind politische Gefangene, und wir sagen der Polizei nichts. Dazu haben wir das Recht.«

»Das hat deine Freundin während der Haft wohl vergessen. Sie hat behauptet, dass du Darri wegen des Wetteinsatzes entführen wolltest.«

»Das würde sie niemals tun.«

»Sie sagte sogar, dass du das Ganze organisiert hast«, fuhr Guðjón fort und tat, als würde er aus dem Geständnis zitieren. »Demnach hast du den Geländewagen gemietet, und du bist für das Sommerhaus in Úthlíð als Mieterin eingetragen, du bist auch zu der Tagesmutter in Kópavogur gefahren, und du hast den Kleinen entführt. Das ist alles hier drin aktenkundig.«

»Könnte ich bitte eine Kopie dieses Geständnisses haben?«, fragte der Rechtsanwalt höflich.

»Ich rate dir also, Sigga, uns deine Sicht der Dinge zu schildern, bevor es zu spät ist«, fuhr der Hauptkommissar fort, ohne dem Rechtsanwalt die geringste Beachtung zu schenken. »Andernfalls wird die Anklage das Geständnis deiner Freundin berücksichtigen. Und darin sieht sie deinen Anteil an dem Verbrechen als den weitaus größeren an.«

Sigríður brach in Tränen aus.

Nach einer kurzen Erholungspause beantwortete sie die Fragen der Polizei zögernd und meist mit Ja oder Nein oder in sehr knappen Sätzen. Dennoch war ihre Aussage in allen wesentlichen Dingen deckungsgleich mit der von Ragna.

»Aber ich wollte Ursulas Geld auf keinen Fall für mich selbst«, verteidigte sich Sigríður und blickte den Beamten mit verweinten Augen an. »Ich habe allem nur zugestimmt, um den Kampf für ein reines Island zu unterstützen.«

86 Donnerstag, 2. August

Melkorka bereitete alles für den Familienausflug zum großen Sommerfest auf den Westmännerinseln vor, als sich Robert M. Houston erneut bei ihnen einlud.

»Ich bin auf dem Weg nach Heidelberg«, entschuldigte er sich. »Es erschien mir notwendig, bei Ihnen vorbeizuschauen und die Angelegenheit zu besprechen.«

»Welche Angelegenheit?«, entgegnete Melkorka kühl.

Sie hatte sich fest vorgenommen, das schwarze Erbe vollkommen aus ihrem Gedächtnis zu tilgen, das ihr Großvater ihr durch seinen Selbstmord auf dem Friedhof von Fossvogur so ganz ohne Vorwarnung vor die Füße geworfen hatte. Eine Zeitlang hatte sie sich sogar selbst von dem Wahnsinn von Höskuldurs Suche anstecken lassen. Die schrecklichen Erlebnisse in der Unterwelt von Þingvellir aber hatten sie davon auf Lebenszeit kuriert.

Melkorka hatte der Polizei einen Bericht von ihrem Tauchgang gegeben und dabei den plötzlichen und schrecklichen Tod der beiden Amerikaner in den Unterwasserhöhlen nicht ausgelassen. Die Behörden ließen jedoch Zweifel an ihrer Aussage erkennen, als Taucher der Küstenwache bei Sandey nirgends einen Eingang in die Höhle fanden. Auch dass Bill und Jake still und heimlich aus Island verschwanden, bevor die Polizei mit ihnen Kontakt aufnehmen konnte, machte die Sache nicht besser.

Die Sprecher von Brownwater International Security gaben zu Protokoll, ihre Leute hätten sich lediglich zum Angeln am Þingvallavatn aufgehalten.

Professor Houston zeigte ihr eine Meldung, die tags zuvor in der Zeitung *Edmonton Journal* im kanadischen Alberta erschienen war:

VERSCHWÖRUNG GEGEN ROOSEVELT?

Zwei enge Mitarbeiter des deutschen Naziobersten Heinrich Himmler, der die Mordbanden der SS befehligte, wurden im Spätherbst 1944 nach Amerika geschickt, um ein Attentat auf Präsident Franklin D. Roosevelt und seine engsten Berater auszuführen. Das geht aus deutschsprachigen Dokumenten hervor, die Mitte Juli an der Leiche eines alten Mannes im Park des Wohngebietes Argyll in Edmonton aufgefunden wurden, wie verlässliche Quellen berichteten.
Seit dem Leichenfund unterlag die Angelegenheit einer ungewöhnlichen Geheimhaltung. Bilder, die Passanten von dem Verstorbenen machten, sind auf YouTube und anderen Webseiten zugänglich. Es soll sich um die Leiche des deutschen SS-Angehörigen Gerhard von Ramstein handeln, der wegen Kriegsverbrechen im Zweiten Weltkrieg auf die Fahndungsliste gesetzt wurde. Unseren Informationen zufolge erlag der Mann einem Herzanfall. Genauere Informationen zu der Todesursache oder den Umständen waren jedoch nicht zu bekommen. Im Gespräch mit der Zeitung wollte der Polizeipräsident von Edmonton die kursierenden Behauptungen zum Namen des Mannes

und seiner Todesursache weder bestätigen noch dementieren. Er verwies darauf, dass die Untersuchung des Falles ganz bei der Zentrale der Royal Canadian Mounted Police in Ottawa liege. Trotz mehrmaliger Nachfragen unsererseits hatte sie ein Interview ebenfalls abgelehnt.

Auf einigen Internetseiten kursiert die Behauptung, die abgebildete Leiche ähnele einem gewissen Gerry R. Stoner, einem über achtzigjährigen kanadischen Staatsbürger österreichischer Abstammung. Angeblich hatte er seit den fünfziger Jahren in Edmonton gelebt. Bestätigt wurde jedoch, dass Gerry R. Stoner jahrelang als Chef der Sicherheitsabteilung für Melville Global Industries tätig war. Nachbarn, die ihn seit einigen Wochen nicht mehr zu Hause gesehen haben wollen, beschreiben ihn als Einzelgänger, der seine Zeit in den letzten Jahren hauptsächlich mit Golfspielen zugebracht hat. Versuche unsererseits, mit Gerry R. Stoner Kontakt aufzunehmen oder sichere Informationen zu seinem Leben und zu Angehörigen zu erhalten, blieben bisher erfolglos.

Unter den Dokumenten, die bei der Leiche gefunden wurden, soll ein schriftlicher Befehl an die SS-Leute Gerhard von Ramstein und Rudolf von Trittenheim gewesen sein, der in deutscher Sprache auf Briefpapier mit Himmlers Insignien abgefasst ist. Darauf sei auch der Plan von »Einsatz Rheingold« beschrieben, dessen Ziel es war, Roosevelt und einige seiner engsten Mitarbeiter zu beseitigen. Auf diese Weise, so hoffte man, würden sich die neuen Machthaber in Washington auf einseitige Friedensverhandlungen mit Deutschland einlassen, bevor die sowjetischen Truppen in deutsche Gebiete eindringen konnten. Einer der beiden SS-Angehörigen, der Banker Rudolf von Trittenheim, sollte das Attentat mit einer halben Tonne Gold finanzieren, die er mit sich führte. Von Ramsteins Aufgabe war die Organisation und Ausführung in Zusammenarbeit mit einflussreichen amerikanischen Verschwörern, die schon lange Roosevelts Sturz planten. Außerdem sollten italienische Killer der Cosa Nostra beteiligt werden, die seit dem Sturz Benito Mussolinis schwer unter der Demütigung ihrer Landsleute litten. Professor Robert M. Houston, der ein bekanntes Buch über Himmler verfasst hat, gab der Zeitung gegenüber an, vor kurzem Dokumente gesehen zu haben, die beweisen, dass der Reichsführer-SS diese beiden Stabsangehörigen mit dem deutschen U-Boot U-703 im Herbst des Jahres 1944 nach Amerika geschickt hat. Das U-Boot verschwand spurlos.

»In der letzten Zeit habe ich im Licht dieser neuen Informationen und auf verschiedene andere Weisen versucht zu ergründen, was die damalige amerikanische Administration über die Reise dieser Männer wusste. Ich werde meine Untersuchung die nächsten Wochen und Monate weiterführen«, gab der Professor an. Er betonte, er habe noch keine Beweise dafür gesehen, dass die in Edmonton gefundene Leiche tatsächlich Gerhard von Ramstein ist. Der Leichenfund deute dagegen unabweisbar darauf hin, dass die U-703 ihre Fracht in Kanada an Land gebracht hat. Sollte das zutreffen, dann sind so schnell wie möglich drei bedeutsame Fragen zu beantworten. Was wurde aus Freiherr von Trittenheim? Was geschah mit dem deutschen Gold? Und schließlich: Was wurde aus dem U-Boot und der Besatzung?

Melkorka blickte von der Zeitung auf und sagte rundheraus: »Ich glaube, dass Großvater 1952 von Trittenheim auf dem Flughafen Keflavík begegnet ist.«

Houston sah sie mit leuchtenden Augen an.

»Wieso glauben Sie das?«

»In seinem letzten Tagebuch schreibt er, dass er 1952 auf dem amerikanischen Luftwaffenstützpunkt in Keflavík einen alten Reisegefährten getroffen habe. Er nennt ihn nur den Freiherrn. Er schreibt weiter, dass der Freiherr für Dulles und Gehlen eine Fluglinie betrieben hat.«

»Soso«, sagte Houston. »Damit meint Höskuldur natürlich den US-amerikanischen und westdeutschen Geheimdienst.«

»Was mich sofort auf den Gründer von Brownwater brachte: Randolph Vilnius Tritten.«

»Ich verstehe, was Sie meinen«, erwiderte der Professor. »Ich brauche also eine Kopie von diesem Tagebucheintrag Ihres Großvaters, bevor ich abreise.«

Melkorka wandte sich wieder der Meldung der kanadischen Zeitung zu:

Die Untersuchungen der Polizei in Edmonton hatten noch nicht klären können, wer die Leiche in den Park von Argyll gebracht hatte, als die Zentrale in Ottawa die Angelegenheit vollständig in die Hand nahm. Ins Visier geriet dabei insbesondere eine Organisation junger Juden in New York. Sie hatten scharfe Kritik daran geäußert, dass die Administration vermeintlich nichts dazu beitragen wollte, deutsche Kriegsverbrecher zu enttarnen, die nach dem Zweiten Weltkrieg in den USA untergetaucht waren. In einigen Fällen war dies durch Vermittlung des US-Geheimdienstes geschehen. In vielen Fällen wurden die Kriegsverbrecher mit neuen Namen und einer neuen Vergangenheit ausgestattet. Das Motto, unter dem der Kampf dieser Vereinigung steht, lautet »Endlich Gerechtigkeit«. Das stand auch auf dem Schild bei der Leiche im Argyll-Park.

»Was wissen Sie über diesen Geheimbund?«, fragte Kári.

»Ich habe ein gewisses Verständnis dafür, dass die junge Generation sich nicht ewig damit zufriedengibt, abseits zu stehen, wenn es der Vätergeneration so eklatant misslungen ist, der Gerechtigkeit Geltung zu verschaffen«, antwortete Houston orakelhaft.

»Was meinen Sie damit?«

»Es ist uns nicht gelungen, diese Verbrecher aufzuspüren und zu erwischen und sie dann vor ein ordentliches Gericht zu stellen. Das hat dazu geführt, dass die junge Generation zur Tat schritt. Ich kann das nicht missbilligen.«

Plötzlich verstand Melkorka, was der Professor ihr zu sagen versuchte.

»Sie meinen doch wohl nicht etwa Susan?«, fragte sie atemlos.

»Ich habe das Gefühl, dass ich sie betrogen habe«, meinte Houston betrübt.

»Ist sie Mitglied in dieser geheimen Racheorganisation?«

»Es gibt natürlich einen Unterschied zwischen Rache und Gerechtigkeit.«

Melkorka blieb fast die Spucke weg: »Wollen Sie mir damit vielleicht schonend beibringen, dass die ganze Zeit, da Ihre Tochter mir Stütze und Hilfe war, sie in Wirklichkeit nur hinter den Dokumenten im Adlerhorst her war?«

»Im Nachhinein deutet manches darauf hin.«

»Und dass Susan mit den Verbrechern unter einer Decke gesteckt hat, die uns auf dem Kehlstein eine Falle stellten und die mich anschließend mit Gift vollgepumpt haben?«

»Das tut mir leid«, antwortete Houston. »Manche sind der Ansicht, der Zweck heilige die Mittel. Es ist aber nicht mein Standpunkt und wird es hoffentlich auch nie sein.«

»Ich glaub das alles einfach nicht«, flüsterte Melkorka schwach.

87 Freitag, 3. August

Der Polizeipräsident von Reykjavík hatte vom Justizministerium die strenge Anweisung bekommen, für den Rest des Jahres die Kosten für die Polizeiarbeit zu senken. Er war neidisch darauf, wie viel Zeit und Geld in die Ermittlungen zum Mord an J. D. Forster jr. gesteckt worden waren.

»Du scheinst manchmal zu vergessen, dass wir sparen müssen«, wandte er sich an Guðjón Andreas Baldvínsson, der in das Büro des Polizeipräsidenten zu Gespräch und Beratungen gebeten worden war, wie man sich auszudrücken beliebte. »Wenn die Ermittlungen in einem Fall erfolglos bleiben, müssen wir uns nach den Umständen richten und uns anderen und dringenderen Fällen zuwenden, die auf ihre Bearbeitung warten.«

»Ich bin nicht der Ansicht, dass die Ermittlungen erfolglos geblieben sind«, widersprach der Hauptkommissar.

»Ich will hier nicht über die Wortwahl diskutieren. Aber in deinen eigenen Berichten steht, dass nur diese Deutsche, Greta Schneider-Richthoven, des Mordes verdächtig ist und jetzt von Interpol in der ganzen Welt gesucht wird. Ist das nicht so?«

»Doch, schon.«

»Wenn die Gesuchte sich also im Schengen-Gebiet noch einmal blicken lässt, dann wird sie unverzüglich festgenommen«, fuhr der oberste Dienstherr fort. »Bis dahin kann der Fall hier in Island zunächst beiseitegelegt werden, scheint mir.«

»Ich glaube, wir sollten die Ermittlungen trotzdem selbst fortführen.«

»Was gibt es denn da noch zu ermitteln, wenn die Verdächtige ausgereist und nicht aufzufinden ist?«

»Wir könnten beispielsweise alle Informationen noch einmal durchgehen«, schlug Guðjón vor. »Vielleicht haben wir etwas Entscheidendes übersehen.«

»Das wäre eine weitere Zeitverschwendung, und noch mehr Geld würde zum Fenster hinausgeworfen werden«, entgegnete der Polizeipräsident. »Ich will, dass du alle relevanten Daten des Falles archivierst und dich dann anderen Fällen widmest.«

Guðjón zuckte die Achseln: »Die Entscheidung liegt bei dir.«

»Ja, das tut sie.« Der Polizeipräsident versuchte ein freundliches Lächeln: »Es freut mich im Übrigen zu hören, dass beide Verdächtigen im Fall der Kindesentführung gestanden haben. Wir können ihn in den nächsten Tagen also an die Staatsanwaltschaft weiterleiten, nicht wahr?«

»Aber die Frage nach der dritten Tatbeteiligten ist noch offen.«

Er warf einen Blick in die Akte auf seinem Schreibtisch.

»Meinst du diese Amerikanerin? Diese Susan Houston?«

»Ja.«

»Steckt denn da etwas dahinter?«

»Wie meinst du das?«

»Handelt es sich denn hier nicht um eine Absprache der beiden Frauen, die Aufmerksamkeit von dieser Deutschen abzulenken?«

»Das wage ich zu bezweifeln.«

»Nach meinen Informationen ist es so gut wie ausgeschlossen, dass sich das FBI veranlasst sieht, Zeit auf diese Angelegenheit zu verwenden.«

»Sagt wer?«

»Außerdem halte ich es für unnötig, Dinge zu verkomplizieren, für die schon eine schöne Lösung gefunden wurde«, fuhr der Polizeipräsident unbeirrt fort. »Es ist also Zeit, die Ermittlungen zu dem Fall abzuschließen und ihn an den Staatsanwalt weiterzuleiten.«

»Ich habe aber ein großes Interesse daran, Susan Houston über Ragnas und Sigríðurs Beschuldigungen selbst zu befragen.«

Da hob der Polizeipräsident den Kopf. Seine Miene versteinerte.

»Ich betrachte die Ermittlungen als abgeschlossen. Der Fall ist durch die Geständnisse der beiden Täterinnen endgültig aufgeklärt«, blaffte er.

»Die Entscheidung liegt bei dir.«

»Das tut sie, in der Tat. Mir scheint, dass du wegen der Belastung durch die Arbeit an den beiden Fällen deinen Sommerurlaub noch nicht nehmen konntest.«

»Stimmt.«

»Willst du ins Ausland verreisen?«

»Ich fahre normalerweise nach Italien.«

»Du kannst deinen Sommerurlaub gleich nach dem Bankfeiertag nehmen«, beschied der Polizeipräsident. »Da hast du genügend Zeit, die Fälle, die bei der Polizeibehörde liegen, abzuschließen, bevor du wegfährst.«

»Die Entscheidung liegt bei dir«, wiederholte Guðjón mit gerunzelter Stirn.

88 Montag, 6. August

Melkorka fuhr zum großen Sommervolksfest auf den Westmännerinseln mit der festen Absicht, die Vergangenheit ihres Großvaters endgültig zu begraben.

Zuerst fiel es ihr außerordentlich schwer, den Behauptungen Ragnas und Sigríðurs Glauben zu schenken, dass Susan Houston sie zu der Entführung angestiftet haben sollte. Aber ihre unerwarteten Aussagen und darüber hinaus auch der Besuch Professor Houstons weckten nagende Zweifel und eine stille Traurigkeit in ihr.

Konnte es wirklich sein, dass Susan Houston, die sie als ihre treue Freundin angesehen hatte, die ganze Zeit nichts als Verrat im Sinn gehabt hatte?

Vor ihrer Abreise auf die Westmännerinseln schickte sie Susan eine E-Mail mit Ragnas und Sigríðurs Aussagen. Am Schluss fragte sie auf Lateinisch, der ewigen Sprache, die Susan gelegentlich verwendet hatte:

»*Et tu, Brute? – Auch du, Brutus?*«

Im Steuerhaus des Fischerbootes *Freyja* schlief Darri fest und tief, als Melkorka südöstlich von Heimaey einige Felsschären in der Bucht Stakkabót passierte. Sie näherten sich den steilen Klippen des südlichsten Zipfels der Insel,

Stórhöfði. Wenn sie von dort losführe, würde sie auf ihrer Fahrt nach Süden über den endlosen Atlantik und über den halben Erdball erst wieder im Frost und Schnee der Antarktis auf Land treffen. Sie wendete das Boot in der sanften östlichen Brise und verringerte die Geschwindigkeit so weit, dass es gerade so gegen die Naturkräfte ankam, und überließ Kári das Steuer.

Im Heck des Bootes zog sie eine Plastikhülle von einem viereckigen Holzkasten, den Kári aus Spanplatten zusammengezimmert hatte. Sie hatte alle Gegenstände hineingelegt, die sie unangenehm an das geheime Leben des Höskuldur Steingrímsson erinnerten: die schwarze Uniform, den Totenkopfring, die Notizbücher mit den Runenzeichen von Ahnenerbe auf der Vorderseite und – zerbrochen – die CDs mit den Kopien und Übersetzungen der Texte.

Melkorka beugte sich nach der Urne, die zu ihren Füßen stand. Sie öffnete sie und verstreute die Asche ihres Großvaters über seine Hinterlassenschaft. Dann warf sie die Urne selbst ins Meer und sah ihr nach, wie sie in der Tiefe versank.

Kári verriegelte das Steuer und ging hinter ins Heck zu seiner Frau. Er hob die Holzkiste hoch und legte sie neben dem Boot auf das Wasser. Dann nahm er einen Dreiliterkanister und goss Benzin über die Asche, die Kleidung und den gesamten Inhalt der Kiste.

Melkorka zündete ein Sturmstreichholz an und warf es in den selbstgebauten Sarg des schwarzen Erbes. Als das Feuer sich in die benzindurchtränkten Kleider gefressen hatte, schob Kári das einfache, in hellen Flammen lodernde Totenschiffchen mit einem Bootshaken so weit weg von dem Fischerboot, wie er nur konnte.

Lange standen sie beide so über die Reling gebeugt, bis die blauen Tiefen des Meeres die wenigen Überreste der dunklen Vergangenheit Höskuldur Steingrímssons aufgenommen hatten, die das Feuer den Wellen zum Spiel überlassen hatte.

Am Abend erhielt Melkorka eine Antwort von Susan, die nicht anders aufzufassen war als ein indirektes Eingeständnis:

»*Endlich Gerechtigkeit. Acta non verba.*«

Taten statt Worte also. Melkorka löschte die E-Mail, so wie sie auch alle anderen Mails, Artikel und Bilder gelöscht hatte, die mit der Sache um ihren Großvater zu tun hatten. Sie glaubte, so das schwarze Erbe nun endlich auf jede erdenkliche Weise in die unendlichen Tiefen ewigen Vergessens versenkt zu haben.

89 Donnerstag, 18. Oktober

In der Nacht zu dem Wochentag, der heute noch in vielen Ländern dem Donnergott Þór (Donar) gewidmet ist, fuhren fünf schwarzgekleidete Männer vom Bootsschuppen in Hestvík in einem robusten Schlauchboot auf den Þingvallavatn hinaus.

Die fünf Männer ließen sich nicht von dem unfreundlich herbstlichen Nordwind beirren, der dunkle Wolken wie eine scheue Herde über die weite Ebene von Þingvellir jagte. Sie steuerten auf direktem Wege Sandey an und warfen den Anker bei einer fast unsichtbaren eiförmigen Boje, die dort unter Wasser dümpelte. Der Kleinste aus der Gruppe zwängte sich in die enge, mit Technik vollgestopfte Kajüte und übernahm die Steuerung des Mini-U-Bootes. Zwei seiner Kollegen bereiteten sich mit Unterwasserscheinwerfern, Sendegeräten und einer Unterwasserkamera auf einen Tauchgang vor.

Erdgeschoss und oberes Stockwerk des Sommerhauses in Hestvík waren hell erleuchtet. Auf einem großen Flachbildschirm im Aufenthaltsraum erschienen in Echtzeit übertragene Aufnahmen des kleinen U-Bootes. Langsam näherte es sich der Grotte am Grund des Þingvallavatn. Eine Frau in den Dreißigern mit bräunlich-rotem Haar, braunen Augen und vollen Lippen beobachtete die Fahrt. Dann nahm sie ihr Handy und wählte eine Nummer.

»Sie sind auf dem Weg«, sagte sie auf Englisch. »In ein paar Minuten solltest du per Satellit die ersten Bilder empfangen.«

»Danke schön, Gretchen.«

John Ramstein Melville hatte die einzigartige Fähigkeit seiner Halbschwester immer schon bewundert, sich neu zu erschaffen. Er selbst hatte sich von ihrem völlig veränderten Aussehen öfter als ein Mal täuschen lassen. Gretchen R. Stoner verfügte über die außerordentlich seltene natürliche Begabung, sich in genau die Person verwandeln zu können, in deren Haut sie jeweils zu schlüpfen vorhatte.

Überdies war sie bei dem Besten ihres Fachs in die Lehre gegangen: bei ihrem gemeinsamen Vater, dem selbstgekrönten Meister der Lüge. Schon in jungen Jahren hatte er ihr die drei goldenen Regeln aller gut gelungenen Mimikry eingebleut. Zum Ersten muss eine Lüge immer plausibel sein. Zum Zweiten muss die Lüge der Wahrheit so nahe kommen wie nur möglich. Zum Dritten aber musste der Meister der Täuschung jede Gelegenheit ausnutzen, um die Lüge den kaum verborgenen Erwartungen derer, die er zu täuschen beabsichtigte, anzupassen.

Der kanadische Milliardär wartete ungeduldig darauf, bis die Übertragung in seiner computergesteuerten Zentrale in den kanadischen Rocky Mountains ankam. Geduld hatte er nie als erstrebenswerte Tugend betrachtet. Am allerwenigsten seit dem Helikopterunfall, als er dem Tod ins Auge geblickt hatte. Er nahm sich vor, der erbarmungslosen Präzision der Schicksalsparzen mit allen Mitteln die Stirn zu bieten. Jetzt erst recht, da die lang ersehnten Geheimnisse der germanischen Vorväter endlich, endlich in Reichweite waren.

Ein kurzer Einblick in die Runenkunde
Von Richard Kölbl

Runen und raunen – nicht zufällig liegen diese Worte lautlich nahe beieinander. Runen, diese geheimnisvollen Schriftzeichen aus grauer Vorzeit, raunen uns von uralten bemoosten Felsen, von Lanzenschäften, Goldbrakteaten und Silberspangen ihre Botschaft aus längst vergangenen Zeiten zu. In fast ganz Nord- und Mitteleuropa, in Island und sogar auf Grönland, hauptsächlich aber im skandinavischen Raum sind Runentexte bekannt, die meist nur aus kurzen Inschriften und Textfragmenten bestehen. Längere Texte sind die Ausnahme. Selbst wenn man sie entziffern kann – der vielfach schlechte Erhaltungszustand lässt oft nicht einmal das ganz zu –, so bleibt in den meisten Fällen der Sinn der Texte im Dunkeln. Was sind das für Texte? Wer hat sie wann geschrieben und warum? Die Runologen von heute versuchen, diese Fragen mit verschiedenen Methoden seriös zu beantworten. Dabei arbeiten Archäologie und Sprachwissenschaft Hand in Hand. Was weiß man heute über Runen?

Die frühesten Runentexte datieren aus dem 1. bis 2. Jahrhundert unserer Zeitrechnung. Runen wurden vor allem in Skandinavien bis etwa ins 16. Jahrhundert geschrieben. Danach nimmt ihr Gebrauch zugunsten der Lateinschrift rapide ab, selbst wenn sie bis ins 19. Jahrhundert vereinzelt noch verwendet wurden. So beispielsweise auf Gotland, wo Runenkalender noch lange in Gebrauch waren, oder in der schwedischen Region Dalarna als eine Art volkstümliches Alphabet. In dieser fast zwei Jahrtausende umfassenden Zeit haben sich im nördlichen und mittleren Europa, wo Runenartefakte vorzugsweise zu finden sind, die gesprochenen Sprachen erheblich verändert. Dies spiegelt sich in den Runentexten deutlich wider: Man kann darin je nach Alter mehrere Entwicklungsstufen der nordwest- und ostgermanischen Sprachen unterscheiden. Darunter ist beispielsweise das Altnordische vertreten, mit dem das heutige Isländisch oder Färöisch eine engere Verwandtschaft aufweisen als beispielsweise Dänisch oder Norwegisch, die sich davon erheblich wegentwickelt haben. Aber auch gotische Sprachstufen sind zu finden oder, besonders im 12. bis 16. Jahrhundert, sogar Latein als nichtgermanische Sprache.

Nicht nur die Sprachen, die mit den Runen notiert wurden, haben sich verändert, sondern auch die Runenzeichen selbst. Man unterscheidet im Wesentlichen zwei Runenalphabete, die nach den ersten sechs Buchstaben als *Älteres* und *Jüngeres Futhark* bezeichnet werden. Das Ältere Futhark – manchmal auch mit dem isländischen Buchstaben þ für das stimmlose th als Fuþark geschrieben – lautet so:

ᚠ ᚢ ᚦ ᚨ ᚱ ᚲ ᚷ ᚹ ᚺ ᚾ ᛁ ᛃ ᛇ ᛈ ᛉ ᛊ ᛏ ᛒ ᛖ ᛗ ᛚ ᛜ ᛟ ᛞ

f u þ a r k g w h n i j ï p z s t b e m l ng o d
th (R)

Die Rune für ï wurde nur in sehr früher Zeit anders ausgesprochen als die für i, sie sind sehr bald lautlich zusammengefallen, aber man hat den Unterschied noch einige Jahrhunderte schriftlich beibehalten (so wie wir unser f und v). Um das 7. Jahrhundert n. Chr. haben sich vor allem die westnordischen Sprachen erheblich verändert, so dass das Runenalphabet zum Jüngeren Futhark verkürzt und angepasst wurde:

f u th (þ) o r k h n i a s t b m l R

Es ist leicht zu erkennen, dass Isländisch mit seinem þ eine Rune in sein Alphabet aufgenommen hat. Die Rune für R (z) war in sehr alten Sprachstufen ein stimmhaftes s wie in Rose, die bald zu r wurde und vor allem grammatikalische Bedeutung hat. Deswegen schreiben die Runologen es je nachdem als z oder R, um es von dem anderen s bzw. r zu unterscheiden. Neben diesen zwei Runenreihen gibt es noch eine ganze Menge schriftlicher Variationen einzelner Zeichen, die bei der Datierung und örtlichen Einordnung des Textes dienlich sein können.

In der vorliegenden Romanübersetzung habe ich dem unterschiedlichen Alter und der Lokalität der Teiltexte von Gotatýrs Runenlied dadurch Rechnung getragen, dass ich sie in drei unterschiedliche Sprachstufen übertragen habe. Der älteste ist (in etwa) Gotisch (ca. 300 n. Chr.), der zweite soll einer sehr alten Form des Westnordischen ähneln, die man früher Urnordisch nannte (vor 500 n. Chr.), und der dritte kommt in etwa dem mittelalterlichen Isländisch (um 1100 n. Chr.) nahe.

Bei diesem hohen Alter der Texte ist es verständlich,

dass allein ihre Entzifferung auf den oft verwitterten und beschädigten Steinen, Schmuckstücken und sonstigen Artefakten schwierig ist. Die Schreibrichtung verläuft zwar meist von links nach rechts, doch gibt es auch Inschriften in umgekehrter Richtung – die dann konsequent die Runen auch umdrehen (Ähnliches kennt man von den Hieroglyphen, die dem Leser ebenfalls immer entgegenblicken). Wenn die Runen bestimmt worden sind, fängt die richtige Deutung erst an. Zwar gelingt es, durch die relativ nahe Verwandtschaft der Sprachen untereinander die Bedeutung vieler Wörter zu enträtseln. So kann man mit etwas Phantasie in dem Fragment *»ek worahto«* die Bedeutung *»ich wirkte«* erkennen – die Runen nämlich (die Runenmeister bezeichneten ihre Tätigkeit oft als »Runen ritzen, schreiben« oder eben »wirken«). Die Sprachforscher kennen die Regeln ziemlich gut, nach denen sich die einzelnen Laute und Wörter im Laufe der Jahrhunderte entwickelt haben. Wenn es denn immer Wörter wären. Da gibt es zwar Widmungstexte wie *»Hahvar wünscht Gutes und Liebes der Ida«*, Bezeichnungen des Urhebers wie *»Mich stellte Merila her«* oder Formeln wie *»Der Schmuck ist Schutz vor Toten«*. Viel häufiger aber sind nur einzelne Buchstaben oder gar die ganze Futhark-Reihe selbst. Und hier haben Runologen wirklich ein Problem. Es ist zwar bekannt, dass die Runen nicht nur einen Lautwert hatten, sondern darüber hinaus kraft ihres Namens auch einen bestimmten Begriffswert. Im Roman findet Melkorka die Runen *Ansuz* und *Tiwaz* in Felsen eingeritzt: *Ansuz* bedeutet das nordische Göttergeschlecht der Asen (das n vor s ging im Laufe der Zeit verloren), und *Tiwaz* veränderte sich z. B. im Isländischen zu *Týr*, dem nordischen Himmelsgott – der im Tuesday und unserem Dienstag noch heute sein Dasein fristet. Das aber ist fast schon alles. Es ist nicht überliefert und wir wissen demnach nicht genau, welche tatsächliche Bedeutung es für den Runenschreiber oder -träger hatte, die *Ansuz*-Rune mit sich herumzutragen. Es ist anzunehmen, dass die Menschen damaliger Zeit ebenso wie heute eine gewisse Schutzbedürftigkeit gegenüber den Unvorhersehbarkeiten des Lebens empfanden. Von daher liegt die Annahme nahe, dass bestimmte Runen vor spezifischen Gefahren beschützen sollten – wie wahrscheinlich erst recht die gesamte Runenreihe den umfassendsten Schutz beinhaltete, eine Art Rundum-Sorglos-Versicherung. Hierin zeigt sich ein weiterer, offenkundig bedeutsamer Aspekt der Runeninschriften, der heute noch am bekanntesten sein dürfte: die magische Wirkung. Nicht nur einzelnen Buchstaben, sondern auch Wörtern wurde magische Wirkung zugeschrieben – freilich ohne dass wir heute immer genau wüssten, welche Vorstellung sich damit verband. So kennt man beispielsweise die Runeninschrift *»þmkiiissstttiiilll«*, die allgemein anerkannt als *»þistil – mistil – kistil«* aufgelöst wird – ein wohllautender, magischer Spruch mit der Bedeutung »Distel – Mistel – Kistchen«. Leider ist nicht überliefert, wofür oder wogegen dieser Spruch half (fällt uns hier nicht der gute alte Catweazle mit seinem wunderbar lautmalerischen *Salmay – Dalmay – Adonay* ein?). Eines der häufigsten magischen Wörtchen ist *alu*, das ich im mittleren Vers von Gotatýrs Runenlied versteckt habe; auch dessen Herkunft und Bedeutung ist völlig unklar. Anders verhält es sich mit *»linalaukaR«*, das »Lein und Lauch« bedeutet und oft auch nur als *»ll«* oder *»lr«* abgekürzt wird. Dahinter scheint ein Fruchtbarkeitszauber zu stecken, da in der Saga von Olaf dem Heiligen ein heidnischer Ritus mit einem in Leinen und Lauch präparierten Pferdephallus erwähnt wird. Es ist demnach klar, dass viele der Inschriften schon von vornherein aus Platzgründen und auch schlicht wegen des Aufwands (versuchen Sie doch mal, auch nur eine Rune sauber in glatten Granit zu ritzen!) als »Abk.« angelegt sind. Auch wir verstehen heute unsere zeitgenössischen Abkürzungen wie GmbH, GdL usw. ohne Probleme. Doch ist uns eben vieles der damaligen Vorstellungswelt nicht überliefert. Nahezu ausschließlich in der alten isländischen Literatur, den Sagas und den Eddas beispielsweise, eröffnet sich uns noch ein mehr oder weniger ungefilterter Blick auf das vorchristliche Weltbild – was uns diese Literatur heute so wertvoll und einzigartig macht. Und gerade in der Sagaliteratur findet sich so mancher detaillierte Hinweis, wie die Runen mit welchem Spruch zu ritzen seien und zu welchem Zweck. Nur um zwei eindrucksvolle Beispiele zu nennen: In der Grettis saga wirkt eine zauberkundige Frau namens Þuriður eine (wirksame) Todesrune gegen Grettir, wohingegen der ebenso kenntnisreiche Egill mit seinem eigenen Blut geschriebene Runen erfolgreich zur Neutralisierung von Gift in seinem Trinkhorn anwendet (Egils saga) – dem Protest moderner Chemiker zum Trotz.

Nicht nur der genaue Sinn vieler Runentexte liegt für uns heute also zumindest teilweise im Dunkeln. In seriösen Werken werden daher immer nur Deutungsversuche mit entsprechender Begründung angegeben. Auch die Herkunft der Runenzeichen selbst und ihre eigenartige Anordnung ist nicht mit letzter Sicherheit geklärt, obgleich es einige Hypothesen gibt, die sie aus dem etruskischen, griechischen oder lateinischen Alphabet herleiten wollen. Doch auch hier gibt ein alter isländischer Text genaue Auskunft: In der Älteren Liederedda, einer Sammlung von verschiedenen, in Versen gefassten Texten (»Liedern«) von enormer und eigenartiger Sprachschönheit, berichtet ein Lied u. a. davon, wie Odin sich durch Selbstaufopferung an der Weltenesche Yggdrasill der Runen bemächtigte (Runenlied, Vers 140). Odin – isländisch Óðinn – war unter anderem der Gott der Dichtkunst, und einer seiner zahlreichen Beinamen ist Hár – *der Hohe*, weswegen dieses Lied Hávamál – *Das Lied des Hohen* genannt wird.

Mittelalterliche Texte sind, verglichen mit den älteren Inschriften, für uns heute viel verständlicher, da sie in lateinischer Sprache sogar christliche Gebetsformeln, wiederum Zauberformeln (wie Catweazles *»SATOR AREPO TENET OPERA ROTAS«*) und literarische Textfragmente etwa aus den Carmina Burana wiedergeben. Zu dieser Zeit existierten die lateinische Schrift als Buchschrift und der Gebrauch der Runen als Epigraphik nebeneinanderher, bis auch für Letzteres, also für plakative Aufschriften, die Lateinschrift nach und nach die Oberhand gewann. Einer der bedeutenderen Runenfunde ist erst wenige Jahre her: Nach einem Brand in Bergens Altstadt fand man eine große Anzahl von Hölzchen, auf denen Alltagstexte in Runenschrift eingeritzt sind. Darunter sind unter anderem Handelsaufzeichnungen und kurze Geschäftsbriefe vertreten. Die Auswertung dieses Fundes dauert gegenwärtig noch an. Dies und die Tatsache, dass Runen regional zumindest als volkstümliches Alphabet verwendet wurden, lässt vermuten, dass ihre Kenntnis zumindest im Mittelalter und danach sich nicht auf einige wenige Schreibkundige beschränkte. In sehr alten Texten (um das 6. Jahrhundert) hingegen taucht vor allem im skandinavischen Raum häufig das Wort *»erilaz«* auf, dessen Bedeutung nicht ganz klar ist. Es gibt aber Grund zu der Annahme, dass damit der Runenmeister gemeint ist. Oft unterschreibt er sozusagen den eigentlichen Text mit dem Hinweis, dass er diese Runen geschrieben hatte: *»ek erilaz runor wurhti«*: Ich, der Runenmeister, habe diese Runen gewirkt. Möglicherweise war es zumindest für nicht profane oder magische Zwecke dem *erilaz* vorbehalten, Schutz- und Abwehrzauber zu wirken (sehen Sie, wie sich der Sprachgebrauch offenbar bis in unsere Zeit herübergerettet hat?).

Mit diesem kurzen Einblick in Wesen und Gegenstand der seriösen Runenforschung dürfte klargeworden sein, dass die Runen und die damit geschriebenen Texte ein wesentliches, länderübergreifendes Element der europäischen Kulturgeschichte darstellen. Sie gehören auch nicht ausschließlich der dunkelsten Zeit deutscher und europäischer Geschichte an, die bis heute zweifellos einen Schatten auf dieses uralte Kulturgut wirft. Mögen sie dem einen Ansporn sein, den Zeugnissen unserer eigenen Urahnen ein wenig nachzugehen, sind sie dem anderen vielleicht Orakel und Lebenshilfe und dem dritten, in einer neuen Tradition des Asenglaubens stehend, gar heilige Zeichen. Ich glaube, die uralten, ehemals in Granit geritzten und in Goldblech getriebenen Schriftzeichen aus den Tiefen der Geschichte lassen alle diese Interpretationen zu, da sie eben weder ganz profan noch ausschließlich magisch waren – so vielfältig die mit ihnen geschriebenen Sprachen und Inschriften durch zwei Jahrtausende eben immer schon waren.

Zur Aussprache des Isländischen

Die Regeln der isländischen Aussprache sind einigermaßen komplex. Deshalb werden hier nur die wichtigsten Hinweise gegeben, aber nicht mit letzter Genauigkeit. Wer tiefer einsteigen will, sei auf Sprachführer und Lehrbücher verwiesen.

Die Betonung liegt immer auf der ersten Silbe (fettgedruckt).

Ð, ð	stimmhaftes th wie this	Óðinn	**ouð**in
þ	stimmloses th wie think	Þór	**þour**

Der Akzent verändert die Aussprache des Vokals.

á	wie au	Kári	**kaur**i
í	spitzes i wie in nie	Mímir	**Mim**ir
ó	wie ou	Óðinn	**ouð**in
ú	wie u in gut	Rúnagaldur	**run**agaldür
ý	spitzes i wie in nie	Gotatýr	**got**atir
æ	ai wie in mein	stræti	straiti
u	ü wie in Mücke	Urðarbrunnur	**ürð**arbrünnür

ur	kaum betontes ür	Ásgarður	**aus**gar-ðür
ö	ö wie im Deutschen	Valhöll	**val**höttl
ll	ttl wie Vermittler	Iðavöllur	**ið**avött-lür

Sonstige häufige Namen:

Angantýr	**aung**antir
Ámundi	**aum**ündi
Beinteinn	**bäin**täittn
Guðjón	**gwüð**joun
Höskuldur	**hösk**üldür
Hvíthöfði	**kvit**hövði
Melkorka	**mälk**orka
Njáll	**njauttl**
Ragna	**ragn**a
Sigríður	**sig**riðür (mit weichem g)

Besten Dank für die Unterstützung bei der deutschen Übersetzung an: Gertrud & Werner, Gylfi, Herbert, Martina, Sigga & Alex, Simone & Karsten. Für entscheidende Hilfe bei fachspezifischen Fragen besten Dank an Markus Enderichs, Natascha Mehler, Markus Moors.